U0165058

交趾地方的奇迹、异物、幽灵和古怪

朱琺 著

上海文艺出版社
Shanghai Literature & Art Publishing House

目录

自序

《安南想象：交趾地方的奇迹、异物、幽灵和古怪》（以下简称《安南想象》）原计划在四年前出版。大致上是作者拖沓的缘故，捂着书稿不肯放手。其实书中这些小说多年以前早已写完，但我还在等待它们的一个同伴，我太固执于本书要出现一个完整的数字：三十。也就是说，我希望《安南想象》（以下简称《想象》）由三十篇小说——我个人把它们视为（无论哪个意义上的）“小说”——来构成，一个也不能少。

我设想，就像司马迁《史记》中的三十世家，少了一篇，就不是完璧了。三十又可以写作“卅”或者“卉”，老子有所谓“车三十幅，运行无穷”之说，它是一个体制悠久的固有结构，基于确切不变的数值，却通往变化无穷的未来。

更显而易见并普泛使用的，三十，以及三十一，天下公约，是一个月的天数（至于二十九，只是闰月，四年才有机会出现一次），考虑到历法的原理、派别及其历史，必须要说，这是一次月相变化的周期及其羡余——须知：羡余才是文学性的，有如《一千零一夜》和《一万一千鞭》——它反复演示空间影像如何完美腾挪于时间长河之中，是最古老的动图，是普罗米修斯和西西弗斯的先贤（我们的祖先把那个苦在天上的人叫作吴刚）。它亦不断简化，抬头即见，是人所共知的变幻循环符号。自古而今，它成了无数诗人和小说家最趁手的道具，用以想象不在场的故乡、缅怀死亡的爱情，或难以企及的爱情、阴谋与人心。请依次参见李太白的诗、张平子的《灵宪》片断、意大洛·卡尔维诺的《宇宙奇趣·月亮的距离》、《西游记》、不止一部的儒勒·凡尔纳科幻小说、威廉·巴特勒·叶芝的《幻象》。

而我最为看重的，还有一层落实到汉字上的意味：依照古人的观念，三十年为一世，见诸《说文解字》。这个“世”写作它的异体字“卋”或者“丗”“丗”，就一目了然了。由此，一世之数字面上肉眼可辨地等于十与廿，或十与十与十的彼此加持、情投意合，而不是廿七，是三十。正因为如此，陶渊明才咏叹道：“误入尘网中，一去三十年。”有人考据，其实他在宦途中也就待了十三年。但非得写成三十不可，这样，句子才不再是自供状，不限是史，而是诗。而我私心希望，本书也是一次关于“创卋”微不足道的努力，而不只是饾饤的麇集、故纸的翻刻，不满足于他方猎奇的爬梳，不愿意充当志恠趣味的冲泡咀嚼。为此，我在书中把大家习用的“怪”都别有居心地写成了它的异体字：“恠”，心之所在，识者鉴之。

但是多年以来我一再提到过：小说家言，不可当真。一旦，一个人染上了写小说的恶习之后，他可能会以反复逸出纪实的边界为乐，积重难返，怙顽不悛，无差别地释放着虚构的气息。甚至，这并非他能控制得了的。常有一派观点，被若干体验怂恿着，认为：所谓作者可能是文学之神的传声筒，（所谓灵感也可能只是个人间过路的妖魅来戏耍一通？）所谓创作乃是被附体，如此等等。以前我不大以为然，但马齿徒长之后，觉得此说大有文章可做……所以，以上各段，读者诸君姑妄听之（观止），不妨一笑了之。不过，以下倒是会涉及更多曾经发生过的事实，或许更值得把信任留在这几页上：

大家如果翻到目录页耐心数一数，就会发觉最后关头我放弃了《想象》篇什的执念——原本我有不止一次机会可以更轻易地凑齐这个整数。这牵涉到这些篇什的由来及写作时间。大致上，我自二〇〇八年之前到二〇一四、二〇一五年间，陆续写下了它们（我记得在书中可能原本提到过，那些年是我的"候鸟时期"，频繁往来于中国安南之间，我还很得意地引用过王尔德《快乐王子》中的话。但可能在某一次修订时，出自于现今现实生活中的一些顾虑，也因为候鸟不太容易成精，遂删去了更多的表述，总之，刚才翻一遍没有找到），尤其是在七八年前，集中写了一批。当时豆瓣网尝试做付费的"豆瓣阅读"，我就以这个名目申请了专栏，每两周贴一次，把旧稿一篇篇发上去，又草草写了一些新稿凑数，依约完成了三十篇就搁了笔。

但当初专栏的篇目与本书有些差别：这次，作者毫不犹豫地拿掉了并不具象的《中国通》一篇，又补了如今的末篇《指南车》。该篇写于豆瓣专栏完结的两年之后，原属于另一个叫《神恠交通志》的系列，拷贝到这里来，一取其能动，我想把它视作一个跋，一个通向南方又通向下一本书的标志；一取其能静（止于文献之中，数以千年计）：希望它暂时做一块垫脚石或者一个压轴之物。但是，在《指南车》上做了加法之后，我忍不住又做了一次减法，可详见书中《槟榔女》一篇，那里有几段不在书尾的“后记”——译后记。再后来，我在不同时候又尝试着写过若干篇什，譬如：《尿婆》《犀》《鹿鱼的脚》《痴龙》，等等。有的还没有写完，幽灵古怪就遁了，只好悬置起来，等待下一次的降神时刻；有的写着写着开始肆意生长，呈现出不同于这一批小说所显现的某种统一的风尚（当然要避免使用“风格”一词）；有的中途投奔其他专题去了，譬如去了《妖乱志·神恠交通志》那儿；有的坚决要求单干，作者拦也拦不住……总之，最终没有一篇成功加盟于此。

与豆瓣阅读的合约三年到期之后，我未再续约，就此专栏下架，我记得这约是二〇一八年的事。之后至今，我就一直在缓慢地修订先前的篇什，当年读到过豆瓣专栏版本的读者友人想必会注意到从形式到内容的加成。字数上说，最初映现在屏幕上的版本，每篇大多都在两三千字之间；而现在留在纸面上所呈现的少则近五千，多则近万字。此外，当然还有双行夹注的格式，常见于古典文献，新用于小说；图片也大都是这次修订增补的，尤其是每篇结束之后页面中下方的小图。《想象》在二〇一五年时还像一个幼童，到了而今二〇二二年，我想，“象”是总算要初长成了。

值得交代的是，本书三十张篇末小图，悉数采自一百年前安南出版的某一期《南风》杂志，书中叙事者不止一次提到了这份三语并行的刊物。直到前不久，我还没有下定决心，是否要在书前放置一篇自序。因为就像上一长段所示，它既是初版前言，又仿佛是在写一篇再版说明。这不免令人踌躇，套用书中叙事者们惯于拿捏的腔调：因为这是文献学角度的暧昧，我尚缺乏足够的经验。更何况，我早在书中埋伏下未必在最后的后记和不在书前的叙（序）录，首篇更是做了一系列特别的安排，这一切都使得本文显得多余。但最终我被自己说服：这些图片的来历需要有一句交代，不搁在这里，放哪儿都不大合适。

以我二十多年浸淫安南旧籍和中国故纸堆的经验，粗暴地说，攒集这些图片毫不复杂，有如探囊取物，手到擒来。各条双行夹注也是轻车熟路，水到渠成。近几年我的修订工作，之所以缓慢，真正的原因还是在于：我反复推敲，如何把一批十来年前的文本打捞到当下来。这固然看似弹指一挥间，但不论于个人史还是时代的变迁，都有一点沉船出水的意味。

于我自己而言，要挽救早年的轻率，如果不打补丁，以及补丁上摞补丁，构成一种故意造作的沧桑感的话，这三十个短篇无疑是要掷诸名为“悔”与“少作”的字篓的。当年既然少作，如今（补）做的就只能更多，一遍又一遍，连稍作改动都不够放心，非得架屋叠床，方可拯救这些字纸不被时光淹没。

除了敝帚自珍的动机，我想，更重要的理由可能还在于，这些小说以某个虚构过的古老记载为题，或者利用古旧文献再虚构；其素材的品性，要求叙事者标上不断更新的时间痕迹。那些被我引用的文字在历史上就是自带着多个跌宕的年号来到我面前的。最初，它们应该是初抵南方的北方人所记录下来的好奇心杂录，要么是受中原文化熏陶的岭南人士反哺给汉文的认同感笔记——当时它们就被拨归为中国古典文献目录学范畴中的“小说”一类了，作为意象式的安南时光切片。

我一再表达过文献学上永恒的遗憾（这也是文献学的立身之本）：那些最初的书，我们现在往往都无缘见识，譬如我在书中反复引用的杨孚《异物志》。后人之所以能够顺藤而稍稍有所作为、持续想象，还有机会探身进入古代安南那个奇迹异物世界，是因为又有像从《水经注》《文选注》到《太平御览》《本草纲目》这样的文献学文本以及类书汇编种种。早就有一大批古代的小说家顶着博物学者的名义，孜孜于无责任的转述与拼贴，出于书或书写的体例考虑，他们制造了不同的引文屑粒，那些更古旧的书在他们书写过程中纷纷破茧化蝶。当更古老的文献佚亡之后，这些前人称之为“吉光片羽”的存在，也就是古老时间的碎片，于是犹自发着微暗的光。

杨孚《异物志》辑佚本近年出版过两次，但都不够理想

更接近我们的若干代学者与作者，自宋代的王应麟、元代的陶宗仪到清代的马国翰等等，又曾做过新的事：把光的碎片再从历代引用者那里翻检出来，尽可能重新拼合到一起，与其说破镜重圆，不如比附以今日之拼图游戏，人称之为“辑佚”或者“钩沉”。其中最迷人的成果，我想莫过于鲁迅的《古小说钩沉》，这令我在

三十年时间里一直觉得“钩沉”一词远胜于“辑佚”二字（二十多年前我在接触安南古代文献之前，先在导师指导下参与过一项叫《古乐书钩沉》的工作），这两年看法才稍稍改变。《古小说钩沉》无疑是《故事新编》（它与《野草》才是鲁迅最好的文本）的基础。

本书也想踏上，从《古小说钩沉》到《故事新编》的文字小径。但与鲁迅处理的题材不同，交趾地方的幽灵古怪更为博杂，几番尝试与碰壁，尔后我只希望能悍然将它们生硬地连接成一个个赫咺的文本，集结于斯。因此，我时常想起鲁迅研究过的嵇康，这位竹林中的高士除了作诗、饮酒、操缦、谈玄之外，还时常打铁。本书近三四年来的修订与成长，意在把多个时间层锤合在一个及一批文本中，我自以为“打铁”是最恰当的类比。在此基础上，材料的重出、情节的互见、篇目彼此征引、文字叠影重重，都可以被暗暗说通。如果再要别求喻体，我还愿意套用美术的概念，称之为“笔触”。因为其中也折叠了更具个人情绪的部分，来自小说主人公们的经验，包括但不限于懊恼、惭愧、缅怀、自嘲、惘然等等，一如打铁时有火，有风，有汗，有啸歌，有友朋，有广陵散，竹林都散成写满墨字的简策。

必须承认，究其名目，《安南想象：交趾地方的奇迹、异物、幽灵和古怪》隐然要对标一个更丰厚博大的目标：即使不能成为一网打尽式的全集，也应该尽可能穷搜冥讨，正如傅斯年所谓“上穷碧落下黄泉，动手动脚找东西”。所以三十之数，与其说是过于严苛的删汰，不若讲，是作者不曾竭泽而渔。叮叮当当敲几块铜铁，难道不是偷懒么？恐怕本书不免于这样的讥责，要被称说名不符实、德不配位吧？想想说得也没错，因为安南密林中的缠绕、湿热与繁复，不妨可以视为三千年来在理性与文明狙击下（同时也有野蛮与残暴），一路撤退逃窜的某些新巢。那里作为故事与传奇的渊薮，那里的人自诩龙子仙孙，陌生的气息密集着种种不经的现实；自是恠力与乱神的所在，一直召唤种种充满欲望的视线。那里的奇异精恠岂止六掌之数呢？我们以往不够了解，除了它们消隐渐久，更主要的原因是从未正视过那些妄想与狂言吧。

两件十五、十六世纪的安南青花瓷器
左为青龙形壶，高 23.5 公分，菲律宾罗克斯・约罗收藏
右为凤凰形水注，高 15.5 公分，澳大利亚悉尼 F. W. 博多尔收藏

不过，请容许我在书前自辩两点：其一，《安南想象》既是要表达安南作为主体所能施展的想象，更是对安南的想象。后者溯及过往，正如上文所及，无疑是好奇、物化、偏见、谬误的混合物。而本书恰恰试图从这些古老记录中重新生发（这与我的前一本小说集《安南恠谭》是相反的，那本书里我规定自己主要使用安南古代文献）——而客位的材料及名目并没有想象中那么多，尽管汉文文献汗牛充栋。其二，本文一开头就不讳言，我的主要行动就在于反复选择（除了篇目的数量，当然还把时间花在挑拣具体的字词上，

所谓“寻章摘句老雕虫”）。尽管“全集”乃至“宇宙之书”也一直是我狂妄的梦想，但如同鲁迅《故事新编》，以及博尔赫斯《想象的动物》（*El Libro de los Seres Imaginarios*）的处境，作者总是会倾向于在篇目与文字数量上遵守更简约克制的规范，以至于书名与内容之间暴露出曹雪芹或卡夫卡曾有的状况，即一本书可以存在更多看不见的部分，一些宣称刊落，一些报告亡佚，一些佯作烂尾，一些判为腰斩，由此，在封底之后，作者鞭长莫及之处方是真正的结局。况且，从文体到物种，还存在着一条相似的更高法则，不论是作为小说的故事，还是作为奇迹的异物、作为幽灵的古怪，历来都是不同层次上被甄别抉剔的结果。

博尔赫斯《想象的动物》一个英译本和两个中译本的书影

我已经提到了博尔赫斯《想象的动物》。以上，以及以下所有页面上的文字皆可视为向此书的致敬之词。我已经早早养成一种习惯，乐意让我写下的每一本书都匍匐在早已存在的一种或多种高不可攀的文献跟前。在某种程度上，这是学术传统中参考书目的变形，但我更情愿将其视为中西传奇共有的一种武将登场格式：“拈弓搭箭，立于船尾，大叫曰：‘吾乃常山赵子龙也！’”“拦住去路，大叫：‘认得常山赵子龙否？’”“‘我是，’金属般的声音从关闭着的头盔里传出，好像不是喉咙而是盔甲片在颤动，飘荡起轻轻的回声，‘戈尔本特拉茨和叙拉的圭尔迪韦尔尼和阿尔特里家族的阿季卢尔福·埃莫·贝尔特朗迪诺，上塞林皮亚和非斯的骑士！’”戈尔本特拉茨和叙拉我不熟；常山，即北岳恒山，汉代避文帝刘恒讳，故名。道说故乡，是汉语中所说的“氏”，交代地缘关系。报上家族，是展现血缘关系，类同于汉语中的“姓”，姓氏其实也不必强作区分，都是英雄出处，不论是排行字还是郡望，或者在异文化中的父子连名、父名母名种种，都一下子使得一个人有迹可循，处在谱牒化的线索之中。

对一本书而言，作者姓甚名谁可能没有大家想象得那么重要，但常常被忽视的是，事实上书也有书的家族树，自有其前辈与后裔。有的作者热衷于制造书的姊妹兄弟，然后像骨殖那样将它们横倒堆垛，用以测量自己的身高；但也有的作者一心乱点鸳鸯谱，尝试育种、杂交、扦插与嫁接。文献学者有一门功夫叫“辨章学术，考镜源流”（清章学诚语），用现代的经验来说，庶几是基因排序、亲子鉴定的神乎其技。

况且，让书自报家门，“我是那部《谁谁谁》不成器的过房耳孙”，无疑可以大幅增加一厢情愿的耻感，而不必有扯虎皮作大旗的幻觉，这样，书稿会来敲作者脑袋：醒醒啊，为了不给那《谁谁谁》蒙羞，也为了你自己，别让你显得大言炎炎，落下个不知天高地厚的撒谎精恶名，起来，请克制厌倦感，不惮琐碎，再多改上我一通吧……

上一本书付梓之后，我有幸看到了一条宝贵的批评：“你不是博尔赫斯。请不要像他那样写。”我很感谢这位读者的直率，但腹诽他可能不会理解我的宏愿：我素将西汉扬雄视为偶像，就是那位《陋室铭》中提到的“西蜀子云亭”主人，口吃，所以善写。甚至，我在《〈朱琺传：倒叙体第一人称中国通史〉前言》中还擅自将他认作我的隔世前身。我希望此生能像扬雄一样，成为一名模仿艺术家。班固《汉书·扬雄传》总结扬雄一生的行为，说他“实好古而乐道”，“以为经莫大于《易》，故作《太玄》；传莫大于《论语》，作《法言》；史篇莫善于《仓颉》，作《训纂》；箴莫善于《虞箴》，作《州箴》；赋莫深于《离骚》，《反》而《广》之；辞莫丽于相如，作《四赋》。皆斟酌其本，相与放依而驰骋云。用心于内，不求于外，于时人皆曶之。”曶，指的是轻忽。时过境迁，后世当然有所不同。但扬雄身后，世界上已经又有了那么多经典。

所以我会恬不知各种负面情绪地招供说：自己乐于成为博尔赫斯（或其他前贤）的盗版，或者乐于成为博尔赫斯（或其他前贤）的延长线（而不得），或者急欲做博尔赫斯（或其他前贤）的译者、研究者也行啊。事实上，任何盗版都是对正版的曲意维护——为此，它们不惜伤害自己以及作者。事实上，我不可能真的很像博尔赫斯，即使我已经很努力地让我的家族到我为止也三代高度近视了，我还在继续努力地沉浸在五色之中，而不屑于五味，从不自卑自己五音不全；但是，我与博尔赫斯分属于不同的文献学传统，在本文的最后，我会重申这一点。

事实上，二十年前，我与我的一位勃勃有生机的朋友都将博尔赫斯戏称为是小说之神的名讳（新查了一下《汉语大词典》，“赫斯”是个形容词，指天子的威武奋发，出自《诗经·大雅·皇矣》，屡用于《魏志》《晋书》《唐书》等正史）。事实上，我还考虑过要不要把自己的出生年份改小十岁，改到一九八七年，这样就可以自诩是博翁（他一八九九年八月二十四日来到人间，一九八六年六月十四日永别地球）的转世灵童了；但这个把戏，得有一大批人理解我，专心替我遮掩，诚心帮我篡改……可行性不强，识破率太高，还会有无法早早退休的后遗症，只好悻悻然作罢。

事实上，谁也不是 J. L. 博尔赫斯，除了博尔赫斯和博尔赫斯笔下的两个博尔赫斯。对于汉语读者与作者来说，博尔赫斯可能早已不再神秘，多年以前，甚至已经有位同行朋友当面跟我说，你不知道么，博已经 out 了。她吐着烟圈，我从她当时的口气、鼻翼上的轻微变化以及上下游语境的水文状况，瞬间判断出我的这位友人不是在说类似竞技或者时尚的术语，而带有表述旧情人已经年长色衰或者油腻发福肌肉松弛……时的厌倦感。可于我而言，在没来得及读完多少博尔赫斯一生读过的书的时候，博尔赫斯始终不曾祛魅。而他撰写的著作中尤为神秘的，是迄今为止都不曾有全本简体中文版的《想象的动物》（繁体中文已经有了两个）。多年以前我写过如下一段话，这两天在一个偏僻的文件夹里翻找出来，颇能感触：当时年少无烦恼有力量的感觉真好啊——真敢说啊。

向博尔赫斯《想象的动物》致敬。先于博尔赫斯的伟大作者，只要为他所知，皆会被《想象的动物》致敬；晚于博尔赫斯的野心作者都应该向它致敬。小说作为对造物主的僭越，小说作者都宜有义务与责任，在想象动物的领域有所成就。这件事史不绝书，最初的智者们都心领神会：诸如，老子之大象（“大象无形”），孔子之麒麟（作为文献学的开创者，孔子的造物又岂止一端。**子不语怪力乱神**，他打着这样的幌子，把自己作为一个伟大的小说家兼最重要的博物学者的身份暗暗埋藏起来，至今少有人知。此外，孔子本人也可能是凤，而老子又被孔子认作神龙），庄子之鲲鹏（庄子或许就是鲲鹏？当然，更有可能是蝴蝶，或同时是蝴蝶）……正如有了《三国演义》，为所有历史演义开路也封住了天花板；《想象的动物》也正是之后同类著作难以逾越的典范之作……（以下残缺）

自从有了郑板桥治“徐青藤门下走狗”印之后，汉语中“走狗”一词焕然一新，可与孔子“累累若丧家之犬”遥相呼应。大致上，因此我也不惮于未来接到这样的意见：《安南想象》之于《想象的动物》，画虎不成反类犬。要知道，在门下走狗的逻辑中，这无疑是一条赞语，此外也是一个实情：读者诸君接下来并不会在本书中看到虎的专题。

但交趾地方的奇迹、异物、幽灵和古恠中决非没有虎一席之地，恰恰相反，它曾经高频出没于南海西岸的热带雨林中，与所有古恠的幽灵和异物的奇迹都有交集，可谓其中最重要的一种。（安南明属时期有位诗人李子构，解释这个现象时说是：“鲲鹏辞北溟，越地变龙虎。”录于此，聊备一说）大家也可以将《虎》视作本书最终缺失的那个第三十篇，（博尔赫斯《沙之书》一集中有一篇叫《三十教派》的小说，文中提及：“教派的名称引起种种猜测。有的说三十表示信徒减至的人数，那固然可笑，但有预言的味道，因为由于其邪恶的教义，教派注定是要消亡的。另一种猜测说挪亚方舟的高度是三十肘，名称由此而来；还有一种说法歪曲了天文学，说三十是阴历月份的天数；也有人说三十是救世主受洗时的年纪；再有人说红尘做的亚当成为活人时也是三十岁。这些说法统统没有根据。更匪夷所思的是把它牵扯到三十个神道或者神位的总目，其中一个是长着公鸡脑袋、人臂和人身、蜷曲蛇尾的阿布拉哈斯。”见《博尔赫斯全集：小说卷》，浙江文艺出版社2000年版，第425页）不过，对我来说，真相只有一个：博尔赫斯已经在《想象的动物》中写过安南的老虎了，并且，正是该书专写安南想象动物的唯一一篇。

近世安南国家银行发行过的一种纸钞，面值五百盾，背面图为草莽间的猛虎
安南语中，“虎”与五百之“五”并不音近，
但“五”读作 năm，与“安南”之“南”（Nam）却是相似的，
所以字喃写作“𠄼”或者“𠄻”

博神虎文在上头，因此，我必须“道不得”。但既然博尔赫斯与我都认为，虎是首要与至关重要的安南想象动物，《安南想象》又岂容回避呢？我思来想去，两全之法还是把《想象的动物·安南之虎》请来，放在正文之前、序文压轴的位置上。

不宜回避的是，博尔赫斯不通汉文，他对安南及中国想象动物的了解显然来自耳食（我忍不住想，不知他有没有尝试过“鼻饮”，多年以前我勇敢过，失败了）。想象正是因为与现实之间的偏差（我曾经完全一知半解地把它比附成宇宙学上的“红移”），才熠熠而有光彩吧。

不过，即使博尔赫斯最终还是闪烁其词，把结尾漂移去了马来半岛和印度斯坦，但开头地方他提到的“赤虎司南”“位于地图顶上”之说，是合乎远东图像学或者说地图学事实的，那指的是汉文化圈的古代制图传统，与西洋和现代地图的规则相悖，不是上北下南，而是上南下北，与现代天图方向一致，此处宜加以注明。

博尔赫斯文中还提到一句，这（安南的）俗信有着中国的源头。俗信一词，原文作 superstición，常被直接翻作迷信。不只是俗信，安南最重要的河流，红河（古称珥江）和湄公河的源头皆在中国境内，一称元江，一即澜沧江。

博尔赫斯不止一次提到了五只老虎（我不知道他会不会唱《五只老虎之歌》，我不会，只会唱《五只松鼠》以及《两只老虎》），我疑心这史源或许在《五虎平南演义》上，这是一部清代小说，又称《狄青后传》，写的是狄青率军平定侬智高的史事。

此外，博尔赫斯在《安南之虎》一篇中准确地提到了老子与老虎的关系。没错，老子就是那位又叫李耳、又名老聃、又叫太上老君的中国古代思想家兼神灵。历史上，东汉末年兴起的道教自说自话把道家接管了过来，将其神化，渐渐还出现了“老子一气化三清”的说法。而博尔赫斯不会想到，早在道教出现之前，西汉末年扬雄在史上最早的方言学著作《方言》（班固的《扬雄传》赞语那一段遗漏了这一部重要的书，它的全名是《輶轩使者绝代语释别国方言》，是扬雄模仿先代的使臣行为及其著述的成果。他在给中国古典文献学的奠基人刘歆写信时提到：“尝闻先代輶轩之使，奏籍之书皆藏于周秦之室。”又，史上最重要的两个博物学家之一的郭璞，也为《方言》作了注）卷八，用两句话遥遥为《安南之虎》作了一个旁注，这无疑领先了西方（包括博尔赫斯本人）两千年：“虎，陈魏宋楚之间或谓之李父，江淮南楚之间谓之李耳。”因此，原文“Lao Tse ha encomendado a los Cinco Tigres la misión de guerrear contra los demonios.”一句，在这广义上的江淮南楚间，大可有更为放肆的翻译：

> “老虎交付甗虎与恶魔作战的使命。”或者，
> “李耳委五个李耳以息魔战。”

亲爱的读者诸君，所幸，我还是更值得信任的，请看下文分解——

《安南之虎》（*Los Tigres Del Annam*）

J. L. 博尔赫斯 著

于安南人（los annamita）而言，虎或虎精，是四维的宰治。

（位于地图上顶端的）赤虎（el Tigre Rojo）司南，是夏与火之虎；玄虎（el Tigre Negro）主北，乃冬与水之虎；青虎（el Tigre Azul）位东，即春与木之虎；白虎（el Tigre Blanco）理西，系秋与金之虎。

另有一只凌驾于四神虎（Tigres Cardinales）之上的，黄虎（el Tigre Amarillo），居于中央。一如皇帝在中国的中州，而中国又在天下之中心。（这就是为何中国称为中央帝国（el Imperio Central）；也是十六世纪晚期耶稣会神父利玛窦（Padre Ricci）绘制世界地图时，为什么要将中国据于这幅用以教示中国人的《坤舆万国全图》的中位。）

老子（Lao Tse）用五虎（los Cinco Tigres）克邪降魔。有一份

安南祷祝文，曾为路易·乔·乔德（Louis Cho Chod）译介成了法语，文中恳祈虎威加持，令士气锐不可当。这俗信自有中国源头。汉学家指示，中国人置一白虎于西天列宿，南天设一朱雀（un Pájaro Rojo），东天安一青龙（un Dragón Azul），北天放一玄武（una Tortuga Negra）。如所见知，安南人保留了青红皂白，神灵则归于一种。

中印度斯坦（Indostán）的比尔斯人（los Bhils），信仰虎彪地狱。马来人（los malayos）则知，密林之中有一邑，人骨为栋梁，人皮为墙垣，人发为苫盖，此乃於菟城，虎所筑，虎所踞。

（朱琺 译

于虎年夏日）

附记：这是我第一次

翻译博尔赫斯的作品。

hoan huyên

鸬 | 欢喧

一页书蠹生活过的故纸
（昆吾书库所藏安南古抄本封面）

很可能，你、我，还有现在能够被统计普查到的所有人，都只是偏安于世界的一个副本中，顽强或是顽固地讨着生活，蝇营狗苟而不自知。绝大多数曾经存在过的奇异与意外，都遭有意挖改，被悉数删削，只剩下了乏味、单调，和触手可及触目可见的衰老。与副本相对，那个世界原本精彩纷呈得多，更加庞大固埃庞大固埃（pantagruel），指的是世界原本在空间上更辽阔，而且不像我们现在这样充满飞扬的尘土、纷杂的尘嚣——庞大是什么意思自不待言，埃即灰尘，“固埃”，尘埃落定。《庄子·逍遥游》：“野马也，尘埃也，生物之以息相吹也。”庄子也沦陷在我们这个副本中，这几乎是唯一一件让我感到差可安慰的事，使我有点相信 pantagruelism（庞大固埃主义）了。它早就不存于此间，本不足为此中人语云，但或许还有蛛丝马迹、吉光片羽，藏掖在某几个自诩博学多知的两脚书橱内，保存在分不清是回顾还是想象的记忆角落，零乱在某几种古书被脉望脉望，一种经历丰富而特异的书蠹。《北梦琐言》：“壁鱼入道函中，蠹食‘神仙’字，身有五色，是名‘脉望’，吞之则仙。”食剩的字里行间，甚至是那些不幸散佚的文献有幸被同类抄袭过的某几句断章残简中。

这种副本世界观，于我可说是一次巧遇。屈指算来，是二十年前的前尘往事了——当时，北京和香港正在一种非典型的情境中传染着令人恐慌的肺炎，但我的窗外则萦绕着河内市郊来的妇人的叫卖声，宛转却难懂——我在安南的临时寓所里，偶然接触到了一个新奇的世界。一墙之隔，安南女子顶着斗笠，推着自行车，步步生莲莲，是安南民众认同的国花，行走出曲折的街巷，大大的竹编篮子蹲坐在自行车后座，我知道，隔着布，篮子里躲躲，写成“堆垛”的垛也可以，但是它们都已经被冲洗得干干净净，没有一点尘土满了我大多不认识的南国果品似乎有草莓和蓝莓——我不禁为此不断心驰神摇，同时却执拗地封闭着自己。那一年我第一次出国，那两天因为交流上的小小挫折，因为言语不通，因为惨遭婉拒……遂吟诵着陈益稷公元一二五四至一三二九年在世。安南陈朝开国君主陈太宗第五子，后归顺了蒙元，客死于鄂州的诗句：“几年出国渺云沙，盈盈珠翠各天涯。人物凄凉无处问，江风吹老荔枝花。”镇日价研究起鸼这个汉字来——在随身携带的辞典上随手翻到的一个字——一点都不想去探究那些更新鲜的字喃，更不要说满纸都在扭来扭去的国语文国语文，是安南对其现行字母文字的称呼，以及满城都在扭来扭去的街巷了。我感到不安，但幽居在狭小的家庭旅馆里，一手拎瓶啤酒，一手持个看古籍用的放大镜，我就退缩在啤酒瓶和放大镜之间，天天利用当年十分有限的网络数据库，企图翻检关于鸼这种动物的所有记载——看着看着，把个自幼熟悉的汉字，直看得面目陌生、神游天外，而我又有点心不在焉。

在现在自称活着的汉语中，鸼字被无情地剔除了独立成词的可能性——即便是它擅长单脚独立寒秋，也不行，毫不通融——语言学家称之为词素——可是，接下去我可能会说到，**鸬**可不是吃素的——不得不与另一个有鸟悄然旁立的字“鹚”念兹在兹，形影不离。这种拉郎配的行径，我们早已见怪不怪，或者不知者不罪。记得，在我遥远的童年时代，江南密布的水网尚未遭逢乡镇工业始乱终弃，还有鱼虾，尚未富氧，不曾恶臭乌黑；我站在岸上，偶尔可以见到云彩衬托着乌篷，或者舢舨，与河水一起安安稳稳地流转。有时，船头会缩颈耸翅着一排鸬鹚。那种鸟也叫作鱼鹰，但丝毫不再有鹰的气度，脖项束缚，维系绳索，终生做着渔民疍户的黑奴——所以浑身还是黑的。

一千多年前，杜甫公元七一二至七七〇年在世在诗《戏作俳谐遣闷》中提到：“异俗吁可怪，斯人难并居。家家养乌鬼，顿顿食黄鱼。”说的不是海滨乃至大洋彼岸曾有的社会景象，而是在长江中上游的巴蜀所见民风。其中的乌鬼，与黄鱼对举，并非现在吴语区乌龟一词的谐音；它到底何所指，后世训诂学者纷纷有异说：有谓猪、有谓神鸦、有谓乌蛮鬼……但宋代知名博物学家沈括公元一〇三一至一〇九五年在世、陆佃公元一〇四二至一一〇二年在世，系知名诗人陆放翁的阿翁即祖父继承《夔州图经》的意见指出，这就是失去尊严的鸬鹚现在长江三角洲口语中还有“白乌鬼”一词，指的是鹅，很多人写成“白乌龟”，其实白鹅跟乌龟没什么关系，连同一场田径赛都没有一起参加过——那是白兔的行径。假如当年唐代有位乐天派的诗人姓黑，他一定会咏鸬鹚——也完全有可能咏**鸬**——作：“**鸬**，**鸬**，**鸬**，曲项向天呼。黑毛浮绿水，玄掌戏青鲈。”啊。

尽管鸬鹚捕鱼为业、食腥维生，**鸬**也是；尽管鸬鹚一身黑，**鸬**也是；尽管**鸬**与鸬鹚应该都是从卢得名的，黑狗的意思。但事实上**鸬**与鸬鹚并不相同，就像马猴非马、狐猴与狐也不是一回事，作为水精海兽的蚩蚩，明代藏书家张萱撰《疑耀》一书认为：“蚩，盖海兽之名，水之精也，可以厌火。”与蚩尤判然有别。汉字可以独立么，在语句的密林环伺中？很难。**鸬**与鸬鹚早已经常被人混为一谈，所以现在怪不得谁。杜甫身后没多久的时代，**鸬**与鸬鹚就是彻底淆乱的：譬如，晚唐作家段十六公元八〇三？至八六三年在世著名的笔记小说《酉阳杂俎》

里就提到了“鸬鹚吐雏”一句——作者道听途说，将**鸬**的事迹不完整地套到了鸬鹚头上而不自知，之后则更是谬种流传，一发不可收拾。但这也不怪《酉阳杂俎》，我找到了混淆之源，是一本不知何年何人所撰的《神农书》《神农书》，西晋博物学家张华在其《博物志》中提到说：“太古书今见存有《神农经》《山海经》，或云禹所作。”如果这里的《神农书》就是《神农经》即《神农本草经》无疑，那就有可能是神农所作，也可能是大禹所撰，更可能是秦汉间的作品；其通行的抄本无一例外都有错舛，原本则早已无人知晓。但只消稍作养殖和调查，谁都可以知道鸬鹚的生理并繁殖状况，怎么可能把通胃连肠的口腔当作产道？鸬鹚产卵，我们这个副本中没有哪种鸟兽吐雏，但原本却有，甚至还不止一种：既有望月而孕、吐子落地的兔子，还有就是这种遥远南方才有的**鸬**如果放到宇宙，乃至文本宇宙的尺度中，另外得算上一种外星人：日本动漫《七龙珠》（1986）提及，织女星座有单一性别人形智慧生物“佸偷”（ナメック，音译作那美克，得名自ナメクジ即蛞蝓），亦会从口中吐蛋繁殖下一代。还值得一提的是，佸偷星所在的织女星座第廿七主星系是一个三体星系，即它围绕着三颗恒星公转，是它们的第四行星。

这个副本世界上，有太多的书以讹传讹、太多的人惑乱视听了；但是，后汉杨孚其生卒年不详所撰《交州异物志》可能除外。遗憾的是，这本书早就散佚，只有稍许文字，寄身于其他典籍苟延至今；而又有大量不负责任的引用者，轻易窜乱——但是，武则天公元六二四至七〇五年在世的儿子，章怀太子李贤公元六五四至六八四年在世可能除外。他在为东汉马融公元七九年至一六六年在世所撰《广成颂》作注释时，就“鸧鸹**鸬**鹚”一句，曾援引了《交州异物志》中关于**鸬**的记载。这几乎是存世古籍中相关文字最接近原文的版本了，但遗憾的是，受童年经验的影响，李贤并没有反抗权威和习见的勇气，居然也重复了一遍**鸬**即鸬鹚的老调，他自己的话语与引证的材料彼此矛盾——反映出他内心的纠结苦闷。这不是他的真实想法，因为这不是真实的**鸬**。

鸬原本是世界上一种可以潜水潜得很深的动物，安于遥远南方。它以深水鱼类为食，却将巢筑在高高的树巅。拥有筑巢的习性意味着，它会被人归为鸟类，人们在它的名字中署上了一个鸟的徽记再也擦拭不去。但是，骄傲自大的人类呵，要知道，**鸩**是胎生的，而且从不产卵。这正是它与鸩鹚最深刻的差异。请信任世代累积的西方近代科学传统，据以遗传因素精密分类的动物学知识，**鸩**应该从属于哺乳动物——不如这样讲，**鸩**是一种总会给人带来意外的动物。甚至，更出人意表的是，迄今为止，似乎并没有人注意到和研究过它。因此，我尚未精确统计，在**鸩**身上及周边，总共会聚了多少项与众不同——与众不同的是，这事殊难考据，我博览群书，甚至把安南的书也看了，但还是缺少线索，只知道请注意，现在就要说到重点了，当雌的**鸩**临产在即，妃妃，这是我仿照“她”字的由来，为普天下牝兽、雌鸟、母的虫豸包括母大虫、雌老虎、狭义的麟、凰或者皇、翠、鸯，以及河东狮等等所造的一个字。专指第三人称单数的女性动物，而男性动物用“佗”。有关佗与他之关联，以及第三人称单数字的来历、蛇作为永恒的第三者的隐喻等等，也大有文章，但显然不宜在此处表述。又，一百年前，民国时期著名学者钱玄同曾主张用女旁它字来对应 she，不是拼音的蛇，而是英语的第三人称女性单数，与我不同会在高高的树顶上张开大大的嘴巴，众目睽睽之下，当场就有五六只，甚至八九只小**鸩**，像丝绪一样，哆唻咪珐唆啦兮，排着队，从母亲的嘴巴里蹒跚而出，连成一条欢喧（hoan huyên）的线索……

那般情景，首先让我想到往昔岁月中被**鸩**吞咽的那些鱼。瞻前顾后，如是我观，产仔成了进食的逆动作。那些无故被吃进去的食物，幽暗中鳞片闪耀着微光，终于到了一个激动时刻，原路掉头，回光返照，置于死地而后生。这氛围恍惚如隔世：昔年**鸩**的敌人和对手，已然成为子嗣。那些富有经验的无辜死者复归为幼稚而天真的生灵，从**鸩**的身体、从那个由外而内的黑暗小世界，退回到五彩缤纷的大世界。前生在水中皆若空游无所依的，将会学习飞翔，拥抱旋风，鳍长出羽，聚在枝头邀宠、鸣叫和炸毛，未来还会下水猎食——隔世心愿是不是一朝得以满足了呢？但是它们浑身已经变得漆黑……而更值得赞美的，却是**鸩**那个显著却隐秘的器官。我可能永远都拿捏不准：它得屈从于鸟类的习惯，称之于“喙”；还是理所应当，依照兽类的传统，叫作“吻”？没有文献提到过，它是坚强如铁石心肠，还是软软的、温暖，充满蜜意柔情？更重要的是，不知它隶属于消化系统，还是生殖系统？是在毁灭生命，还是为创造生命？宜称为胃肠，还是子宫？

其次，我还想到，有一个叫“鱼贯而出”的成语——当然，也可以说，原本该叫“鱼贯而入”这个世界上，南辕北辙的事情实在太多了。譬如杜甫《秋兴八首》中的句子：“夔府孤城落日斜，每依南斗望京华”，一些版本及论者偏要把南斗印成或说成“北斗”。依《搜神记》引用过的一种古老观念：“北斗注死，南斗注生。”是生还是死，意义当然大不相同。又，另有杜诗《野望》一首：“金华山北涪水西，仲冬风日始凄凄。”北字亦一作南。南辕北辙之事，可参见本书〖**指南车**〗一篇、“鱼贯而进”。但问题在于，那个奇妙而玄奥、老生常谈却又捉摸不得的原本，只能归诸想象，付诸叙事德国人莱布尼茨（Gottfried Leibniz）曾将此唤作可能世界，称其较之真实世界更加丰富多彩，见于《单子论》（*The Monadology*）。可他说这个世界是所有可能世界中最好的，毕竟是个“老实人”，纸上谈兵；就多子的鸤来看，即可知太过乐观。考证是乏力的，抒情是空虚的；当下世界，大率如此。

⿰犭畾 | 岔尾（xá vĩ）

我曾经遭遇了一个完整的安南雨季。那一年，日子一天天鱼贯而来，蓦然多情，空气里游离着想象的孢子，不论看得见还是看不见，生命力显形在任何一个地方。在潮湿到到处长满森林的室内，每当我感受空虚乏力，而阿莓（Môi）觉得充实与满意的时候，我总爱回味几分钟之前，她舒展脖子和手，使劲在枕上昂着头曲项向天歌，两个可爱的鼻孔微微战栗，向着天花板，仿佛那里就此云气蓊郁，幽幽然却又充满了热情的气息。

点起一支香烟，烟雾袅袅，我的思路不由得总是由此飘出房间，受到烟士披里纯（inspiration，亦称为灵感）和尼古丁（Nicotine，亦译作烟碱）的双重加持，从现代文明的百叶窗里钻出去，回到一个更加原始的世界里——我联想起那种名叫⿰犭畾的动物。通常，它被认为具有某种示范意义：当一种强力的命运临头，譬如悲惨、譬如自卑、譬如该如何进行抗争，迂回曲折又矢志不渝，这是吾辈并不容易做到的——具体说来，它向世人展示了：

万一不小心生就一个朝天的鼻子，如果又没有整容师帮忙动手术的话，碰到个雨天又忘了带伞该如何是好。

与莓不同，**猵**有它祖传不二之法：它从小就将自己的尾巴分出岔来——考虑到鼻孔朝天并非爹生娘养时发生的基因突变，而是代代相传；所以，暂且忽略人类的祖先从地质年代开始就比**猵**少了条尾巴这个简单事实吧，先来关注一下其尾巴的分岔问题——也就是说，**猵**拥有两条事实上的尾巴，可以各自东西、上下颉颃、瞻前顾后孔雀每根尾羽上都长上了眼睛，这是很多人都知道的传说。但尾巴上长眼睛，能瞻前也能顾后的，并不只有孔雀，可以同时对一组相反的方位维持着兴趣。此乃是有关平衡的更加复杂的理解力。同时，由于是尾巴而不是其他部位器官；所以，此乃反向的并封并封，古代传说中的双头兽，见《山海经·海外西经》："并封在巫咸东，其状如彘，前后皆有首，黑。"当代神话学者或有以为是双猪交媾之相、颠倒的连体婴儿，或者，更准确地说，**猵**与南方常有传说的两头蛇，构成了一双彼此相对的映像，有机会可以盘绕纠结，捉对厮缠，大眼瞪小眼。

当然，这还未必是重点。要等到天公不作美，乌云布城，雨水无差别地竞相落体，就轮到**猵**那条长长的尾巴正式出场了。但见它：像是食母的幼枭、倒灌的河流、逆转的时针、粘上枝头重闹一回春意的缤纷落英，袭向那个将自己延展出来的，毛茸茸、胖嘟嘟，却马上要湿答答的躯体，紧紧缠住，从身后绕过来，勒上一圈，准确并且迅速地，把两个前端塞入两个鼻孔里，直至雨停云散风去也。就此，我要说，淋雨的**猵**区分出了内外两个世界，除了它忍不住临时微微张开的嘴巴里发出的淹没在雨打芭蕉声中的细小喘息——

这里同时存在着一个大世界和一个小宇宙。一个在开放的天地间一片水茫茫：落下来的雨滴子，像是滂沱密集的言语打击、喷到眼前的口诛笔伐与戳到脸上的指手画脚；溅在地上的水流，则好比在巨大压力下横流乃成汪洋的涕泗。一个则顽固地封闭着自成一统维持其内部自行产生并运作在从毛细到主要动静管道中的湿润——两个世界几乎各自循环互不干涉。

因此，我要说，⿰犭畾的做派是何等样一种决心和禀赋呵；虽然不可模仿，也与我们自幼被教育的不屈不挠的反抗精神还有一种反抗精神谓之不屈不绕，即直截了当相悖，并且我还完全克制了关于⿰犭畾的岔尾（xá vĩ）平时会不会放入其他窍门的狭邪想象；但是，我要说的是，世界上总有不死心，据我所知，有两种动物，一心愿意成为盗版的⿰犭畾还有一种鸟类，字典往往认为是⿰犭畾的亲属，但很有可能不对，叫“鸓”。《山海经·西山经》中提到：“翠山……其鸟多鸓，其状如鹊，赤黑而两首四足，可以御火。”有些学者认为此处当作“鸓”，但没有什么有力的证据，不宜信从。从两首四足来看，鸓有可能是一对儿抱在一起恩恩爱爱不分离，一起行动，所以给人以一只的错觉。至于御火，直到近世中国，人们还认为，直白地画人敦伦的那些图，对，就是那些春宫，具有预防火灾的奇特功能，那年代没有自来水以及高效的公共消防，拼的就是个体的繁衍本能及由此而来的分泌液体或搬运液体的反应。毋庸置疑，那两种拙劣的摹本动物都很努力，并已然取得了一点点进化论意义上的成功——其现行的个头都与⿰犭畾差不多大小，一种是狖，一种是鼯我总觉得它们一个像哈姆莱特，一个像堂吉诃德，没什么理由，只是感觉而已。后者也就是飞鼠，情有可“愿”，别有特技；至于前者，不消说，核心技术难以假冒，狖始终发展不出分岔的尾巴；而勇力与迅捷，也大不如⿰犭畾。

即便如此，若将狖和鼯做成车辆的部件，就足以横行天下说横行只是一种惯用的修辞，往往不是真指它沿某一纬度自东而西或自西向东或无问西东地无限绕圈子；其实也是可以沿经度直行的。这来自晚唐罗隐公元八三三至九一〇年在世的诗歌经验。这位偏激的诗人曾在南方拥有大量传说，人称罗隐秀才，本是南面登基的天子命，受累于其母的道德瑕疵，被天神换了全身的天子骨——除了一张言出必果的天子口，最终却只落得个金口玉言、马上应验，潦倒地匆匆过了一生。迄今为止，罗隐与安南的想象我仅知一处相关：他曾经供职于淮南高骈公元八二一至八八七年在世。高骈在任淮南节度使之前，曾在安南与西川两个方向上，前后两次大败强大的南诏国。尤其是前一次，收复了被占三十年的交趾，当地民间于是在接下去的一千年中都称颂其为高王。高王另有一个部下高王部下不乏奇人异士，譬如另有一位崔致远，是千里迢迢而来的新罗人，为高做了多年的文书。新罗是现在的朝鲜半岛，崔致远是半岛上最早的作家，有“东国儒宗”之誉。又譬如还有一位没有什么别的身份与成就的从事官，叫吴降，他生平不详，在军中汇编了一本叫《安南录异》的书。这本书跟刘恂（曾官至广州司马）的《岭表录异》颇能配套，后者还有一处注脚引用过前书的图，提到了“凿穿心”也就是〖**穿胸人**〗、“飞头”即〖**飞头蛮**〗，以及“鼻饮”之俗即用鼻子来吃酒喝水，但在国内几乎也就只有这寥寥数字，此外则完全散佚了。我原本曾寄希望可能在朝鲜半岛上会有《安南录异》遗存，因为崔致远熟知这本书还为它作了增订。但至今未有所得。而且，崔致远的《补〈安南录异〉图记》也不见什么善本，也没有图，只有残存的数百字，收录在其别集《桂苑笔耕集》卷十六中，也被纳入十五世纪编的朝鲜文学总集《东文选》卷六十四或许与罗隐做过同事的，叫裴铏公元八六〇年前后在世，曾据随军见闻，写下了著名的短篇小说集《传奇》其中多有南方的恑谭与异说，这个书名后来成为我们在笔下和在舞台上追述唐代恑谭、奇说、巧合时候的文体代称；高王自己也善诗好文，后世广为流传的《千家诗》中就有他的作品，书写山上凉亭中的夏日时光——罗隐则曾经有一首诗形容长江上那座巫山如何之高，我悬揣他的想象力得到了其长官和同僚的资助，来自遥远岭南的记忆在转述中催生出以下诗句：“纵有精灵得往来，狖轭䶂轩亦颠陨。”据此可知，驯服狖䶂，驾以为车，是精灵才能做到的事情，人所难及。

然而，**猵**却几乎从未被任何生物驯服过，不论神祇、精灵、圣贤，或是凡俗。罕有匹敌的迅捷与勇力，正是它除了尾巴之外，素来为人所称许的两宗优长。但问题是：这些只能在动物面前、在无人之境，才会施展自如；一旦到了人类面前，或者说一旦有人到了它的面前，面面相觑时，**猵**会深深地感到自卑，久久地厌弃自己我最后一次跟阿莓面对面时也免不了如此。因此，倘若你蓦然站到一头**猵**的对面，你会惊诧地看见，它像一个癫狂的汉子，把自己像垃圾一样扔在地上，手和尾巴耷拉下来临时征用，当作脚和脚趾，歪歪扭扭，却瞬间笔直狂奔而去，像一部失控的机动车，方向盘又被锁死，人不撞南墙不回头——但它却因为动力充沛，撞破南墙也不回头：不管不顾前方所有的障碍物，人挡踩头，水阻踏萍，树拦伐木传说安南著名的一片枫杨林就是这样被破坏的，神挠砸庙，生生走出一条大路来。我不知道，它这是整容性的毁容，还是在做毁容式的整容，或者什么也不是，就这样跑得无影无踪。因此，你的目光只会停在生生折断的树枝，石块上的浮萍、血迹乃至残肢——被它们遮住前路；不管是你，还是你的眼睛，都捉不住它——更不必奢谈驯养和利用了。

也正因为如此，杨孚的《交州异物志》一书这本书常简称为《异物志》，也有可能，这才是它的原名，早有记载，那些脚趾交叉的交趾人，最终都只能将獵留驻在他们的嘴巴上：当说起“獵”的时候，十之八九，他们说的只是某一个有着不为人知的山林经验、空有一身傻力气但通常在人前却举止痴騃的年轻人。

从北方的立场看起来，曾有多少不伏规训的青年獵，就像〖**指南车**〗那样一路翻险越难轰然而行呵。除了跑到边界处的交趾地并且继续跑路，我怀疑，通向琼崖的雷州半岛，可能是獵仅可考证的另一处最后根据地。雷州另有一个更加完整的写法是靁州。“靁”字，不正是那种动物在雨下簌簌而自成一体的写照么？即使三个獵在雨下相逢，也决不抱成一团取暖，而是各抱各的况且，书写者还善解人意地含混了獵与癫狂汉子的差别，所以既没有让反犬旁现形，也没有写成“儡”。后人误将靁当作“雷”的异体字，是偷了懒，也是躲闪了真相，其实还是獵之所以消逝在后人视野中的一个宛转旁证史上有关雷州得名之说向无此论，而曾有四，分别是：唐代房千里、宋代《太平寰宇记》、明清之际屈大均等认为因为多雷，宋代沈括主张起自当地的一条叫雷水的河流，另有以为源于当地擎雷山，由于雷祖出生之地等。

《交州异物志》提到的大概是一个安南特有的微妙隐喻。我至今都不能确定，究竟是“獵”隐喻了青年人，还是说那些年轻的眼睛里保留着存世稀少的獵的残影。如果后一种理解成立，也就是说，他们成了獵存世稀少的目击者。那么，这种叫傻力气或者痴騃的品质，很可能由兽及人，具有传染性——是否人际传播则有待求证二〇一五年我在安南写下这句话的时候，大家讨论的还是禽流感 H7N9 是否会人传人。

可只要外部的眼光继续从北方瞄来，就会观察到南方广阔，獵并没有停留在修辞的表面与地图的皮相上。先秦史籍《左传》中早有这样两句，后来传为成语熟典：“筚路蓝缕，以启山林”，描绘的正是南方经验。因为，按照汉代扬雄公元前五三年至公元一八年在世在其奇怪的著作《輶轩使者绝代语释别国方言》一书中的研究，蓝缕最早是南方话，在楚地可以听到，指“人家贫衣破丑敝”。在原初的南方，遍地都是榛莽“遍地都是榛莽”，写到这句话时，我突然一恍惚，心底无端冒起个念头：若是遍地都是草莓该有多好。转念之间，又深为自己孩子气的想法感到诧异。不惑之年，有一些多年前的回忆像刚喝多了啤酒忍不住从喉咙口涌动上来无伤大雅，但飘来这种离奇的想象，不免入戏太深。唯恐思绪进一步错乱，我得换换脑筋，搁笔写电子邮件去也，企图遮蔽大地的形状，模糊着丘陵、峡谷、河流之间的界限。后来，被称为土人的，包括三苗九黎百越种种，长刀短笠，火耕水耨，渐渐有了一些孤立的部落。但是，这还不能算是更直接的“以启山林”，因为，筚路被认为是柴车，所以这个成语指的是开路。但问题又来了：谁开的路？为何要破衣褴褛，还推着柴车呢？安南历史学家黎崱生于约一二六〇年，卒于约一三四〇年。安南陈朝爱州人，东晋交州刺史阮敷后裔，自幼过继外家，改姓黎。一二八五年入元，终于北方。他最重要的著作是《安南志略》，汉语学界研究安南文学的奠基人黄轶球教授曾有语谓：“中国人对安南史地、政治、社会、风俗有全面的系统的了解，实始于这书。”曾在桂林的驿所蓦然怀念起故国的獾，他赋诗道：“踏尽崔嵬路几千，停车逆旅自年年。安危非我所能及，语默随人恠可怜。”我颇怀疑黎崱清楚地知道一些而今不为人所知的细节作为降元的南人，他只是不说。或者说，有选择性地说了一小部分，更多信息选择烂在肚子里，就是不说，譬如：正是南方的先民算计了獾。柴车如果是空的，那是用来装獾狂奔时开路开下来的那些木材的；但柴车也可以是满的，做东方版的木马计道具——用来藏人，将伺机突然现身吓唬獾。至于穿着蓝缕，更容易解释，如果其主语就是那些推车的唬獾人，乃是防范獾慌乱之下踩踏时糟蹋了好衣衫，工作服破一点无所谓；如果是獾，那是要嘲弄它皮毛不全的背影、重现它零乱残缺的牺牲。因此，开启山林的，真正的开辟者，就是那些消逝在穷途末路——原义指路的尽头——传说中莽然，尾巴分岔、鼻孔朝天，一下雨就用尾巴堵鼻孔的獾呵。

thương mại

龙脑 | 苍迈

龙缺席这个世界已经太久。一直有人怀想着它们恐惧龙、唯恐避龙不及的那些生物早灭绝了。我指的是那些叫“恐龙”的史前巨兽，它们的情况，大家或多或少都知道一点，想尽办法此恨绵绵无绝期升天入地求之遍，来发掘遗踪、打捞线索、寻访微乎其微的可能性，想象它们依然存在于某些秘境，想象大猫熊和矛尾鱼这两种动物皆所谓活化石，没有现存的近似种，起源久远，曾躲过灭世之劫而存活下来。矛尾鱼（*Latimeria chalumnae*）是一种硬骨头鱼，属腔棘鱼目，长达一米五，可活八十至一百岁，一九三八年在西印度洋被发现存世，原判为六千五百万年前已灭绝物种那样，算计着将消逝的龙找出来重现于世让人观摩与崇拜……几乎无所不用其极了。其中，当属画家的行动最引人注目，他们的工作从来就是为了博眼球，所以有专业优势早早地别出机杼，在象形立场上，以拼贴的策略，热情地提出了还原一条龙的一条龙方式，乃从不同生物中提取零件，占为己有，资产重组，一气呵成，得到一条条表面上的龙：

拾起牛的头盖骨也就是轮廓，

牵来驴的嘴巴也就是那个曾经让贵州的小老虎闻风丧胆的器官，

移摘虾爆凸而无辜的眼睛，

割锯鹿的带茸的角，

采象耳，

揭鱼鳞，

拔下某位男子的两根长须蓬莱宫中日月长一别音容两渺茫，

借上某些蛇安南古城所出〖人面蛇〗，大概不在其列的一个肚子，最后，还要

嫁接凤凰的一双鸟爪子本文不讨论鸟爪与鸟爪之间的区别，〖**雕题**〗一篇浅尝辄止地说到了一点四爪和五爪的差异。

这是画家董羽其生卒年未详提出的理论。他出生在唐公元六一八至九〇七年宋公元九六〇至一二七九年间的时代罅隙中，为他取名字的长者预知了或者期许着，这个未来的画家将要深谙飞行物种的生命形态：有心查证过文献的人会知道，“董”有一层意思即是“懂”，从懵懵懂懂到成为行家。事实上，董羽成了一位出色的摹仿大师能以精诚致魂魄雪肤花貌参差是。除了擅长把已经看不见的龙再现于平面之外，他还善于让洁白的纸张、布帛和粉壁上出现水流、波涛与鱼的幻象；却并不直接表达羽毛的意义。事实上，董羽很狡猾，只让龙停留在虚拟的二维中，却并不直接把祂召唤出来：设若有人信以为真，真的去按照他的教诲，将前八个步骤一一付诸实施，最终也会烂尾“烂尾”，更准确来讲，应该是“烂脚”；但关于神奇动物的香港脚症状会不会也是真菌引起的，及其他皮肤病问题，目前人类在这方面的研究还完全是个空白。又，我有点好奇，俗语所谓“瘦死的骆驼比马大，落毛的凤凰不如鸡”，那么烂脚的凤凰呢？如果彻底烂掉，截肢了事，它可以不用再跟 phoenix 有什么瓜葛了，而能与大极乐鸟称兄道弟、比翼而飞了吧——去哪里找得到凤凰并借得走祂们的脚对老饕而言，凤凰不可觅，就用鸡代替；依据的是刚刚引用过的那一句古话，“落毛的凤凰不如鸡”。所以一些浮华的饭店餐馆也就跟风，荒唐而堂皇地在菜单里列入泡椒凤爪这样的名目，泡椒是真的，毛一根也没有，不知落往何处也，所以，凤爪当然只是鸡脚呢，这任务的难度系数，比直接找到龙还高。况且，伤一凤而得一龙，何苦来哉？

所以，一个叫郭若虚其生卒年未详的公元十一世纪画家，自作主张，用鹰爪调包了凤爪。可这只是他小试牛刀“牛刀”，更准确来讲，应该是“龙刀”，但龙刀很容易被人误以为是屠龙刀。依当代小说家金庸在《倚天屠龙记》中的说法，“武林至尊，宝刀屠龙。号令天下，莫敢不从。”则屠龙刀不像屠龙技，更有类似权杖的政治学意义。这里的龙刀则是雕龙刀，刘勰的《文心雕龙》一书或许有其相关线索，要不还可以看看王力的《龙虫并雕斋琐语》的第一步，后来他野心膨大，变本加厉：还改用骆驼头和鬼眼，另取了蜃腹，并问蛇要了脖项，又以牛耳换象耳，而无视胡须和嘴巴，却为鹰爪

戴上虎皮手套——成了，凑出一种更加深入人心的新龙三千宠爱在一身始是新承恩泽时。但这份后起的郭氏清单中提到的骆驼头，对南方人而言，不免成了个难题。因为那时，不管是中原的黄种人还是西方的白种人，都认为骆驼是一种能食铁的神奇动物南方的红种人、北方的黑种人，还有东方的绿人或青种人有什么骆驼知识，我正在研究，目前尚无可奉告。另一种叫貊或貘的恠兽也食铁，见旧题东方朔著《神异经》和郭璞的《山海经》注。现代学者认为，貊或貘所指其实是大熊猫，原名猫熊。猫的繁体字作“貓”，形态和声韵与“貊”或“貘”都很接近，或许可以分别理解为是大熊猫端坐、翻筋斗和上树的样子；所以，骆驼是一种北方的想象特产。至于鬼眼蜃腹，更明显，那故意要为难所有模仿者。

但其中，鬼眼也许另有着更古老的来源，而不是郭若虚刁难众生的发明。早在公元六世纪，著名画家张僧繇公元四七九年生人，其卒年未详可能就攒全过所有零件，他大方地把其余八个部位贴在墙壁上示众，事先没人注意到，他连鬼眼都找出来了。当这个热衷于做各种危险实验的家伙瞒过所有的人眼，将鬼眼藏在毛笔的毫里，送进平面龙的眼眶时，轰然作响，龙在刹那之间升维破壁“升维破壁”，参见科幻小说《三体》，刘慈欣著。更准确来讲，应该是《三体》的镜中书。“镜中书”是笃信对称律的一部分达达主义者的文献学观念，他们被其他达达主义者视为异端，却一意孤行，长期秘密地尊奉列奥纳多·达·芬奇（Leonardo da Vinci）为一祖，芬达奇、芬奇达及其妻子奇达芬为三宗，自称孟达什维达克，相信世界上任何一本书都有其对跖的另一本书。不过，我跟他们素无干系，所以尚不清楚《三体》的镜中书是不是叫《体三》，也不知道这本书有没有正式出版，活了过来；旋即楼阁玲珑五云起排空驭气奔如电，祂再次飞得无影无踪，一瞬间又从这个世界上消失了。

这表明，即使凑齐那九个器官，让龙回到人世依然是一件徒然之事。当然，小说家可以臆想，在破壁之后、飞天之前，那条复活的龙是否产生过些许微妙或玄奥的意义，诸如满足了张僧繇的一个愿望后宫佳丽三千人其中绰约多仙子之类。自古以来，考证家对此都抱着极其慎重的态度，没有任何古文献证明这样的事情曾经发生过。

美术界的古典经验，暗含了一个前提：所谓龙的消失绝种，其实是被肢解并被隐藏起来了不见玉颜空死处养在深闺人不识。分尸理论的渊薮则藏身在神话中，世界各地、各民族都有更加伟大的例证，包括印度、北欧与中国，早期文本皆曾经提到：甚至，整个世界建筑在一个巨大的尸块上，或许那是一个凋零的始祖大神譬如盘古，或一头被肢解的原始神圣动物譬如青牛。祂的各器官分离之后，散落在三维空间里，形成了各种世界要素，高如日月，大如江河，以及风云变幻、草木摇落、细碎的寄生虫，等等等等。这就是时间展开的第一阶段，最初的原点，混沌初开。此后，例如从张僧繇到董羽、郭若虚那样，直至日本动漫《七龙珠》这部作品援引民间故事情节，提到攒齐七颗龙珠可以召唤神龙，满足凡人的一个或三个愿望，漫漫历史中人类其实一直存在着一种缀补尸块的强烈愿望：我们总是不满足，而试图要回到分尸之前的那个时空都不曾扩张的永恒状态中去。如我所见，补尸成功或者差一点成功的例子，除张僧繇外，就要数十九世纪英国科幻小说家玛丽·雪莱Mary Wollstonecraft Shelley，公元一七九七至一八五一年在世，著名诗人雪莱之妻了，她设法让人拼贴缝合了一个叫弗兰肯斯坦的巨人（1818），但由于缺少美的维度和小型化技术，尽管已经开始了交流并产生了误解交流并误解，乃是世界表象的两个最基本要素，最终还是酿成了一出著名的悲剧。

所以，在龙的制造业中——这个隐密的行当里充斥着各类臆想、幻觉以及谵妄症状——我们一定还是少了一些拼图碎片。其实，三维的龙毕竟也要呼吸，所以得有肺；也要吃喝，所以得有胃肠；也要代谢，所以得有肝——但龙的肝与凤的髓，可能都被我们的祖先意大利小说家意大洛·卡尔维诺（Italo Calvino）曾以“我们的祖先”为总题（*I nostri antenati*），写了三部历史题材的小说，分别是：《半身子爵》（*Il visconte dimezzato*, 1952）、《树上男爵》（*Il barone rampante*, 1957）、《乌有勋爵》（*Il cavaliere inesistente*, 1959）。卡尔维诺笔下的历史，也舒展在一个更大的世界上，而不是我们当下这个不存在半身人、猱身人和隐身人的副本吃光了。龙肚空空龙肚曾经出现在安南的河内，但后来只剩了一个地名，正如曾经弃了皇位在非洲待了三十年的安南阮朝成泰帝阮福昭在《游河城》一诗中所感喟的：“龙肚空余百战城，悠悠回首不胜情。”其句显然化用了唐人崔颢的名诗“昔人已乘黄鹤去，此地空余黄鹤楼。黄鹤一去不复返，白云千载空悠悠”。徒具其表的龙只能攀附在椅子上、袍子上、柱子和墙壁上，汲取特权阶层的荣光而勉强保持形状可怜光彩生门户珠箔银屏迤逦开。除了腹中的五脏不可以用蛇的来蒙混，或者用蜃的来糊弄之外，最终龙凤之所以不得复活，关键在于，祂们的脑子未曾找回来。

关于龙的脑子，也许是更深沉的禁忌。前人一筹莫展，始终无法回收，所以只好闷闷不说，哑然无言。我深信，古代中国还是有人知其下落的：与其他部位不同，**龙脑**藏匿在植物的基因里历来，关于龙的意见致使江湖门派林立，杀伐纷争不停。譬如有一派主张龙不过是一种修辞学动物，是高头大马，骑龙术是他们的核心理论。我则一向认为龙是一种语用学动物。不过，另有一批人，拈出中国最古老的诗歌《诗经》中“山有乔松，隰有游龙”两句，而说龙其实从来就没有行动力，不过是植物而已，也许是菊花一种：农历九月末亮出小银盘似的蓓蕾，宋代刘蒙公元十二世纪初期在世的《菊谱》一书讴歌了其颜色“独得深浅之中”，并提到，香味泄露了它的真相。可更多人认为，它的香味是模仿与巧合而不是正宗，这是盗版的**龙脑**无疑。此外，如今我们沿用的另一些叫**龙脑**或者**龙脑**香它们在如今的植物学上对应于 Dipterocarpaceae，乃是锦葵目下的一个科，有六七百种龙脑；或者 Dryobalanops，指的是龙脑香科龙脑香属。它们的植株高达四十至八十五米——自古，恐龙脑欲与试比高的，是一些高大乔木，人们也以为只是另一些遥远的摹本。因为它们主要生活在热带雨林中那里或许也有大椿，以至于与中国龙早失去了联系。即使把脖项伸得再长，再怎么翘首来盼也于事无补，谁让它们没有脚，动不了呢六军不发无奈何不见长安见尘雾。

要知道，最早的一株植物**龙脑**，散发着无与伦比的香气，留在神农氏尝百草的现场春风桃李花开日芙蓉如面柳如眉。这是被任昉公元四六〇至五〇八年在世的《述异记》记录下来的一段旧史，但任昉并没有来得及说明，那时候那条龙，作为好奇的旁观者，为何事后其他所有器官尽皆化去，独独把脑子变成的树忘在了当场？在我的家乡，农与龙声音接近，相互模仿以至于难以被耳朵区分开来一百多年前，高洮，著名的河南裔旅荷兰画家（Vicent van Gogh，曾用名温仙），就曾试图画**龙脑**菊，却阴差阳错，画成了蛮荒异种的向日葵。他还有个同宗的兄长高更（Paul Gauguin，教名保罗），也以绘事为业。高氏兄弟曾经和睦地居住在一起，后来又阋于墙。高洮受到刺激，在一次无谓争执之后，一剃刀将自己的一只耳朵分离了下来。那是一八八八年十二月发生在法国东南部小城阿尔勒的一桩骇人听闻的突发事件。关于割耳的前因后果，高更的自传体小说《此前此后》（*Avant et Après*，1902）颇可采信。高洮的视觉偏差，或许也要归咎于他外耳残破后的听觉损伤，只能通过形象与职责判为两端，莫非，神农也就是神龙自己？

或许，在尝过百草之后，**龙脑**往南迁徙，如今的**龙脑**香科植物，因此都可以追溯与攀附到见过神农的那一株，纷纷是其血缘稀薄的后裔回头下望人寰处姊妹弟兄皆列土。植物的运动，其经过与行为方式素来难以详考。目前我只找到唯一一次记录，与两个最著名的人物有关，唐明皇公元六八五至七六二年在世与杨贵妃公元七一九至七五六年在世，他们的爱情在《长恨歌》《梧桐雨》《长生殿》

及其他诗词戏文之外，也曾涉及**龙脑**回归的情节：

唐代天宝末年，十枚**龙脑**在长安现身。这是来自交趾的贡品，当时交趾还在域内，不曾分割出去自立为国，是为安南都护府所在——安南这个名字即出于此。帝国最出色的驿马将它们接力传递到京师，由当时最好的鉴宝师、一个无名的波斯人波斯人和江西人是中国无数识宝故事的主角负责接待。皇帝请他甄别这些是不是真正的**龙脑**。波斯人爽气地给出肯定的答案，皇帝很高兴。在波斯人指点之下，在场的宫人都看出来了，这些**龙脑**要么像蝉，要么像蚕的形状。据说，这两种同音、同样卑微却皆具有高风亮节的昆虫，曾同时寄居在最古老的**龙脑**树上——鉴宝师可能没有道破所有真相，那也许是植物的魂魄，也许是植物**龙脑**的原形。总之，它们会蠕动、会行走、会飞翔在天愿作比翼鸟风吹仙袂飘飖举，以及会鸣叫，只是不会为人所知晓。没有人关心，它们如何束手就擒，又如何一骑红尘、宿命般地被传递回中原达成一次重要的轮回；只知道它们的香气在十步之内，必使空间失去价值。即，以它们为中心的十步之内，是不存在距离感的。皇帝下诏让后宫里的人极为迅速地称呼它们为“入味”——其实说出口的是祥瑞的“瑞”，或者说“蕤宾”的“蕤”。后者在双音节中，指的是一种乐律，在单音节中则是一朵花——同时，皇帝把十枚蕤全部赐给了贵妃安南也有杨姓，譬如历史上的杨廷艺，交趾爱州人，曾是静海节度使曲承美的部将。后曲氏为南汉所灭，《大越史记全书》记载，“杨廷艺养假子三千人，图恢复”。假子是养子的意思，三千养子让我想到孔夫子的三千弟子。杨廷艺最终死于其中一位叫矫公羡的养子之手，而此前他把女儿嫁给了另一位养子吴权。一些历史学家主张吴氏是安南自立的起点，另一些学者认为交趾独立要从稍后的丁部领开始算起。有一些文献想把杨廷艺篡改为杨延艺，编织到南方也广为流传的杨家将谱系及事迹中去，但并不成功，主要是年代差太大的缘故。但也不完全空穴来风。历史上，杨业之孙杨文广曾随狄青征南讨侬智高，到过广西安南一带，让她变得几乎无处不在据我新近计算，十枚龙脑的最小有效影响区域为三万一千四百十五点九平方步。考虑到一步实指一跨步长（step length）即二步距，并与一个人的身高保持着松散的关联，那十枚龙脑加持下贵妃的活动范畴，换算下来大约是零点一平方公里，是当时明皇与她同居的兴庆宫总面积一点三平方公里的不到十分之一。

这还只是故事的开端。春秋更迭间，到了一个夏日的漫长午后，皇帝与一位史籍失记的亲王下棋闻道汉家天子使九重城阙烟尘生来打发无尽的黄金时代。皇帝的棋快要崩溃了。江山危急，暂时还没人知道这是时间的隐喻，是未来，是谶。羞花的贵妃当年我在安南，曾经跟一位杨（Dương）家的姑娘交往过。有一天我们在她家宽大的阳台上看空中雨后的大朵白云飘起，聊着天。话题松软、散漫而飘忽。我问她，下棋么？她说：不了，还是继续聊天吧，反正你也下不过我……蓦地提到杨贵妃，杨姑娘把双手枕在脑后，说她相信一种渊源有自的意见：杨贵妃老死在东瀛而不是陕西马嵬驿，并且，她籍贯安南而不是山西永济。她马上又转过来朝着我看，撑起一只胳膊，捂着耳朵托着头，说，哎，你有没有觉得，这是另一部中日越的《三国演义》？然后我们又愉快地说起闭月的貂蝉与吕布，祝融夫人、诸葛亮，以及关云长传说中的儿子关索来了始终微笑着端坐在边上，与棋盘遥遥呼应，见势不妙，悄然祭出了来自另一个国家的另一件贡品，康国的猧子。人都以为猧子只是一个小型狗品种，殊不知，它跟安南所出产的〖髯〗的胆一样，能制造微型的风。猧子长着长长的毛，无时不在拂动，它的身体就此掩藏在皮毛的深处，成为一个行动着的迷你风暴眼。贵妃将它召唤到了自己的身边，于是，只看见棋子就像皇家园林里遭逢秋风的梧桐落叶，无一能驻守原地，兵马各自盘旋，散落一地。皇帝与贵妃暗自都很开心，亲王也因为无意之失得到了弥补而舒出一口气。亲王的口气迅速与猧子散发出来的气势混成一体，预告着飒飒西风将至。

他们三个谁都没有在意，在场还有第四者。须知皇帝身边，必有音乐伴奏。当值的乐师叫贺怀智其生卒年不详，兢兢业业履行职责，本以为与往常半生一样，他只是时间的平行线，宫廷角落的装饰品。孰料猧子风暴将贵妃红围巾的一端吹到了他的帽子上，乐师大气不敢出黄埃散漫风萧索夕殿萤飞思悄然，顿时恨不能化作木石，任音乐凭惯性绕梁，被遮掩的脸色涨得跟围巾一般无二。直至贵妃转身与皇帝离去，帽子、人与音调才重获自由。

这个故事见载于唐代《酉阳杂俎》前集卷一，并提到：乐师回家后，才从轻微的晕眩和窒息感中彻底清醒过来九华帐里梦魂惊魂魄不曾来入梦，六识恢复，他马上意识到自己的帽子上浸染了不同寻常的香气，这香气甚至始终笼罩着他全身。等到他把帽子摘下来藏进箱子，那神秘的气味才消失。这就是来自瑞的气息，龙的脑的灵氛。

多年以后，天下大变，王室流亡，白云化作苍狗，猧子下落不明，贵妃在他乡香消玉殒。接着是战火燃尽，留下废墟田园相斑驳。老皇帝回到他的宫廷，在权力的遗址上，以思念贵妃作为余生的唯一爱好。劫后的贺乐师起了兼有同情与同雠、同病的复杂心思，他主动起出出逃前深埋于地的帽箱子，发现其中的香味依然恍若隔世、栩栩如生。如新的帽子重新戴回他劫后斑白的鬓发上梨园弟子白发新 惟将旧物表深情，乐师带着僵硬的关节和老化的琴弦，去面见衰颓而称太上的皇帝。在老人与乐师交谈之初，两个有故事的人却迟迟没有让回忆之微光亮起来笼罩到这寥落的旧宫垣中，但太上皇帝总算回过神来，对所有的情节与视角都了然于胸了。模糊的老眼滴下泪水，鼻子却还像一个不会游泳的年青落水者那样，拼命耸动，要抓住任何救命的稻草似的。苍迈（thương mại）的声音在时间中忽而哽咽、忽而回荡，却未能成为明皇传奇中最重要的情节。因为他只是喃喃地说：这是“瑞”啊，这是“瑞”啊，这是“瑞”啊。作为来客串的听众，乐师并不知道当年后宫的切口，他在继续晕眩的香气中，大致能确定老皇发出的是人瑞的瑞字或者祥瑞之瑞，他想，但是皇帝已经无法发出一个“祥”字了么，像千万个行将就木的老朽一样？乐师暗暗为明皇努着力，却丝毫不敢动弹或向上看去，一如当年。而当年也常在场的一众白头宫女竖着耳朵也很失望，居然老头子没能再一次悠悠说出贵妃的名字，口齿不清得像一个真正的老年痴呆，再也不复有主角的光环。她们齐刷刷偷偷翻着白眼，任凭龙颜上泪水像簌簌的秋雨一样横流出一道道褶皱纹路，龙袍的战栗中大量秘辛像泥石流一般失去了形状。在这个叫作“长生”的破败宫殿里，梧树落叶成了喧宾夺主的意象。从来没有人想到过，此时此地，这位叫隆基的皇帝为之恸哭的，同时还有他作为上一代真龙的，自己的脑子。

髯 | 钝满

độn mãn

说髯的时候，我们并不一定在说胡子按照古典汉语的细微差异，胡须有髯、髭、鬍（即胡）、鬚（即须）等不同，颜师古注《汉书·高帝纪》称：「在颐曰须，在颊曰髯。」颐是下巴的意思。不过，本文不打算作区分，因为与主题无关。公元六世纪，在那本喧宾夺主的著名地理学著作《水经注》中，北方博物学家郦道元约公元四七〇至五二七年间在世引述杨孚《异物志》由于南北分裂的缘故，郦道元原来并没有来过南方踏访。他看到的《异物志》只是个副本，《水经注》中将其标作《南裔异物志》，算是同书异名一书提到“髯”，原文开门见山，说髯只是一种长长的蛇而已。由此，更早时候另一个博学的北方人设下的谜团，可以迎丈八蛇矛而解了：他叫张揖其生卒年不详，三国时代的人，曾提到过交趾有一种叫飞猵的动物“以髯飞”。很有可能，张揖指的不是用胡子飞“用胡子飞”，也并非完全不可能。《河图·括地象》指出：“天池之山山，有兽如兔，名曰飞兔，以背毛飞。”这种长得像兔子的叫飞兔的奇物，用背上的毛飞行。飞兔非兔。出产飞兔的地方也很特别，那座山的名字可能是“天池之山”，也可能直接叫“山”。古籍竖排，不少引用此段的文献包括《太平御览》，把两个山字合成了一个“出”字，也有些书径直删去了一个山字，认为是衍文——都不对。但这种以髦髮鬍鬚飞翔的例子太少，姑且就认为是古人的想象吧，而是飞猵与大蛇的合体：一条柔韧修长的身子充满了力量感，驮起一只猵且让猵飞，或者一头飞猵飞猵非猵，空无所依径直升腾，转折蜿蜒间不可思议地，像鞭子一般发出炸响，悠悠然游上天穹，从此纵横宇内、周流天下——这当然只是我出格的幻听幻想，不便列在〖**猵**〗〖**飞猵**〗二文中，仅在此姑妄一说、聊备一格。

我并没有找到过任何一页故纸，称说**髯**蛇乃是由髯须变化成精明代小说《北游记》倒是提到过真武大帝在武当修行时辟谷，“脱有肚、肠于山中石岩之下，肚成龟怪，肠成蛇怪，在中界作乱。”后被收服作水火二将的。尽管这个世界上有各色神人，高矮胖瘦，黑白俊丑，什么都有，有人模甚至还有不人样的，其中也不是没有铆足了劲儿把胡子长得很长很夸张的，譬如伏魔大帝关圣关二爷其生年未详，卒于公元二二〇年；但恕我谫陋，我不曾见有胡须粗长如蛇虺的譬喻。惟知，极西之地出过一个被污名和妖魔化的美杜莎（Μέδουσα），神话无端将人家满头秀发说成了群蛇狂舞。更何况，**髯**蛇大概要归为蟒类，蛇中巨种，卵胎生：想象一下，要以**髯**、蟒为胡须的形象，唇齿间毛孔那样粗壮，嘴脸得多么开阔、身形该何等高大……

还有一个重要问题：设若真以蛇为胡，纷纷活着，到底该将蛇头连接头面蛇是一种自洽的动物，人类对衔尾蛇（亦称咬尾蛇，Ouroboros）已经研究了三千多年，认为它构成了○或者∞。蛇也能连结不死草，现存最早的史诗美索不达米亚的《吉尔伽美什》（*Gilgamesh*）中就有蛇偷走了英雄的不死草。中国《白蛇传》中的蛇也做出了同样的勾当。这跟报恩无关，蛇天生就能“结环衔草”还是蛇尾巴黏合下巴呢？若是蛇头，仿佛是人中、双颊及下巴等以口舌为中心的区域密密麻麻正分膏于众蛇之吻，令人心生恐惧感不说，并轻易就生出不庄重感，甚而会给个别敏感的有志蓄须者如我带来一种滑腻腻的不安全感。而若要说，从嘴下伸出了不可细数的若干蛇头来，每蛇头还有不可细数的尖尖蛇牙……尾端固定，扭曲着身子，咧嘴伸舌，嘶嘶作声，不知跟头顶蛇发相比，哪一个更加怖人心神呢？但蛇胡的效果又不见得很好，想想看：每一根胡子貌似都善于运动，为了让它们更有范儿地舒展，不至于有噬咬或者误伤胸脯及喉咙之虞，该人或神应该保持四十五度以上的仰视姿态——不仅累，生傲慢心，鼻孔渐渐朝天，亦不雅。

据我所知，**髯**蛇的资料很有限，除了《淮南子》语焉不详《淮南子·精神训》：“越人得**髯**蛇以为上肴，中国得之而弃之无用。”而不提其出处，之后就要数是已经亡佚的《异物志》，说到这种蛇只居住在遥远的交州，帝国南方边陲的密林中。除了《水经注》，唐代一个姓段名公路其生卒年不详的世家子我在〖鸬〗一篇中提到了他的父亲段十六，本名成式，与两位著名诗人李商隐、温庭筠有两个有意思的共同点：一是好作家，尤其善写骈文；二是在各自的家族同辈兄弟中都排名第十六。这一时让一些王十六、朱十六和赵十六们趾高气扬，但也经常被暴打成石榴撰写过一本叫《北户录》的书，也抄录了《异物志》同一段落。“北户”，乃是古人想象在南半球，腊梅在盛夏怒放，太阳出现在北方的天穹——门窗都朝北开，遂成了南方边远地区的别名。但段公路明显连一段公路旅行都不曾走过，缺乏背包客的经验，他不知道，安南其实离赤道还有距离呢。所以《北户录》常常出错。其中还抄错了颇关键的一个字，居然把“髯”误写成了“蚺”！从此，髯基本上只能安心在头下作胡子，并常有书籍在论及“蚺”这另种大蛇时，无心中窜入“髯”的事迹——换言之，髯就此偷偷地缩小自己，在博物志中躲到了蚺的身子里，长期藏匿其中，默默讪笑着尽信书的读者们傻傻分不清。不过，《北户录》的引文比《水经注》多出了四五句，遂有一个更大的《异物志》碎片残存于世，便于后世好事者如我来打捞，也算是功过相抵吧，就不与错别字多计较了。

两本书共有的《异物志》引文提到：髯蛇身上布满了杂色花纹，铺排出令人费解的秘奥图案。髯有着极耐心的长度或许也是身高，可活吞猪和鹿，丝毫不畏惧鹿角或者鹿脚好不好消化，不管野猪的獠牙或脚丫硌不硌牙。髯当然也会受伤，但这正是人所乐见的，因为髯养伤时会进入一种叫“钝满”（độn mãn）钝满，我觉得可以望文生义，理解为迟钝而丰满。但有位写诗的安南女友认为，这是钝角与满月的意象的状态，它的肉于是格外鲜美从《淮南子》看，这是安南人而不是北方人的立场，当然，它会比平时更容易被捉到。

即使这样，《北户录》里的引文接着声称：要想捕杀髯，得做好充分准备，主要是要带上一种特殊的诱饵——几件带有年轻女人体味的脏内衣十多年前我见新闻说：在淘宝网上有以此作为商品售卖的，还特别标注处女，被曝光后被取缔。不知道收买此物者是不是有类似用途。或许，髯蛇瘦身乔装，以某些方式报上了户口、取得了身份证，混进了人群也未可知，那是必须的，将它们投到髯的身边，就会看见这巨蛇浑身激动起来，把那些衣物盘旋在中间，团团内向，无心作任何抵抗，不再关注外物，即使暗地里飞来利刃和毒箭阮朝嗣德帝阮福时有一首咏安南的神弩的诗篇，末句最终也是落到“始终寻衅由女儿”上。他是成泰帝的叔祖或祖父——嗣德帝无子，过继了成泰帝的父亲育德帝。安南皇室虽然有的能生很多儿子有的没那么能生，但大多能诗，这种浸淫在漫长男权史中的奇俗，让我想起西方猎人诱捕独角兽（unicorn）的伎俩。据说，独角兽这种珍奇而神圣的动物，只会爱上并臣服于贞洁无瑕的处女，猎户们遂四处打着采集纯蜜、开发纯净水的幌子收购纯小姑娘，赶在她们因经历丰富而奔放主动之前，牵起她们的手，一起去捉独角兽——无人提及，**髯**头上是不是也长有偌大一支独角在东方，崭露头角、头角峥嵘是夸人的话（除了《诗经》中的“谁谓雀无角，安能穿我屋”）；而在西方，男人头上长角，有若中国蒙元之后所谓戴绿头巾和绿帽子之谓。安南近世受法人统治，所以也曾用欧陆典故来表达妻子出轨之事，安南语的“长角”写作“𣘃䚡”（mọc sừng）。譬如安南近世作家武重凤（Vũ Trọng Phụng）的小说《数龲》（*Số Đỏ*）中就反复用这个表述来构成节奏感，可参见夏露中译本《红运》，武重奉著，四川文艺出版社 2021 年 8 月版。十八世纪的一部中国百科全书《格致镜原》倒是提到过一种一角蛇，引用来自《蛇谱》一书的资料，说是多次见在“黔东粤西山中”，它代言红与黑*Le Rouge et le Noir*，法国 Stendhal 有同名名著，红的地方像炽焰燃烧*Burning Bright*，美国 Ron Rash 著有同名小说集，黑的地方如漆黑清晨*Coal Black Mornings*，英国 Brett Lewis Anderson 著有同名回忆录。黔东指贵州东部，粤西即广西，但一角蛇与**髯**似非一物。唯在桂林郡与象郡交界处，即接近后来交趾的北部边境，今广西最南边一些地方，史上若干部族捕杀一种叫山獭的神奇动物时，也相传自古使用同一个美人计，可参见南宋两位诗人的笔记：范成大公元一一二六至一一九三年在世的《桂海虞衡志》和周密公元一二三二至一二九八年在世的《齐东野语》。

也有其他古籍提到过**髯**蛇的专情与专注，但如前所述，往往被粗率地归并到蚺蛇名下。十九世纪一套叫《舟车所至》的丛书中，收有一种名为《一斑录》的文献，书名大略是取用望远镜筒偷窥一只性感的豹子“略见一斑”的意思，其中有一段写道：岭南有一种蚺蛇，最奇恠之处还不在于它淫荡，它对人类女性有矢志不渝的热情就好像它是孤雄的存在；而是在它玄奥的花纹底下、身体内部，它的胆！要知道，它的胆会在体内浑身游走，居无定所，尤其当天敌来袭：以它之大，世间难有匹敌，除非是具有优势数量双拳难敌四手，好汉架不住人多。何况它无手也无脚呢的人类持以各种工具女人衣物除外方能令它退避三舍，所以说，人类是各种动物的天敌名单中唯一的交集。而在被男人追逐的时候，蚺蛇应作鬐蛇的胆会跟它在女人面前一样，全身躲闪跳窜我悬揣《一斑录》说鬐蛇胆会在女性面前如许表现，是从内衣恋物癖可能性内向与性无能的逻辑上来的。因为别无他书这么说。只要胆没有受到伤害，其他器官，不管是心肺还是肠胃，几天之内即可康复；而一旦胆受了伤，马上丧失逃遁能力——这显然深有隐喻。但即便如此，要想真正有所收获，只有再动用一种叫“墙头草”的植物，才能缚定蚺蛇应作鬐蛇胆；不然，虽然胆可以被轻松剜出，但它仍然会在空气中不断跳动，形成微型的风。有人观察过，一直要等到一个月之后，胆完全干瘪了，风才算消停。那么，人们为什么需要蚺蛇应作鬐蛇胆呢？难道是在电风扇发明前纳凉解暑用？《一斑录》只关心更有利润的事情。书中写道，那是为了提供给那些在政治斗争中失利，正面临极刑的权贵；一些普通死刑犯的家属，出于对家人的爱犯奸杀罪的恶人的家属可能不在其列，也乐意出高价在黑市上购求此物，但常常上当，买到假货。引颈就戮时候，如果有蚺蛇应作鬐蛇的胆，以酒送服，则不管是枭首砍头还是剐割凌迟，都不会觉得痛，唯一的副作用是会当场阳痿——可是死到临头，那又有什么要紧的呢犯奸杀罪的恶人有可能不在其列？

想必这曾经在刑场上反复实证过，而不是到了近古才出现的新说。因为在“三通”之一，十四世纪初的著名政书《文献通考》中，有记载：唐代武德年间，从交州的嘉宁地方分出一个峰州我结交的若干安南女子中，我记得，阿椿（Xuân）的祖籍就在那一带。她身材高大而饱满，豪爽，酒量大，眉眼如画，在同性和异性中间都显得很特别，仿佛一个未入行的亚马逊（Amazon）女战士。这么比喻是因为传说女战士因弯弓射大雕的方便，而传统上会将利手侧的丰乳割去。阿椿当然“*左旋右抽，中军作好*”（语出《诗经·郑风·清人》），凹凸有致，匀称超标，缅想一下，思来虑去，只能称之为未入行了。她甚至会飞——是个业余的飞行员！她周围的一众男孩子号称一个个饱读诗书，对她又爱慕又敬畏，却没一个色胆包天，敢对她稍加邪呢，而隐隐然有奉为大姐大的意思。我刚到河内时跟他们一伙初识，虽不知情，但很快也看出了一点端倪。他们在酒吧里把玻璃杯碰得叮当响的时候反复使眼色怂恿我，我摸摸自己的鼻子和并不茂盛的下巴，深深吸一口气，自卑地低头喝闷酒，把自己灌得脸色通红，假装什么也不懂，什么也不知道来，这个州专门上贡白银、藤器、白蜡、蚺蛇胆和豆蔻。据上文可知，这里说的分明就是鬐蛇胆。由此可再知，在讲武德的年代里，鬐蛇胆不止在鬐蛇体内流浪，也在帝国各处漫游——这已经有至少一千多年的历史了。至于将胆与对女性的孜孜欲求联系在一起，或与“色胆”一词有着相同的出典。将胆加酒与阳痿联系在一起，则是物极必反的道理。无独有偶，鬐也就是胡子，也常常被视为性欲的表征符号，将亢进和茂密神秘地维系在一起。失去生殖器的中国宦官“宦官”，也被呼作“公公”。我疑心，后一个称呼，这富有反讽意味的叠词，在音节中蕴含着曲折的标点变化，也许是这样的：“公？公……”，也许是这样的：“公。公？！”但须知在古代中国，标点符号几乎不曾充分发明出来，所以，只能凭着挤眉弄眼、阴阳怪气时意会的声腔和语调来传达人所共知的秘密了，时或被形容为“面白无须”，即是一例。

很长一段时间里，我对鬐如此热情地追逐女人这一习性很感好奇。我提到过，飞猵是会飞的猵，猵的形状有点像一个倒立的人，事实上，当它一见到人就仿佛眼前有一面魔幻的镜子或者一条错乱的〖**镜鱼**〗，就把自己颠倒过来，进退在两难的处境中。所以，鬐蛇还真的有可能，会将猵误认为是它珍视的少女非我族类，它的审美习惯，与我们此时此地的总会有所不同而载之上天，成为飞猵也未可知。若果真如此，萦绕着鬐的，便不仅仅是一两则飞天恠谭，而可能会有一些跨越物种的佳话，情节富赡，曾被秘密编织出来，从天空中回溯而降，或是向着大地延展那一对故事主人公幸福千古的白鬓，哦，不，是白鬐。

tiêu nạp

人面蛇 | 消纳

交趾**人面蛇**的事迹富赡而离奇。但说实话这个物种的悲欢与进退，它们所珍视的和它们的阴暗处，我一直知之甚少我只熟悉个别属蛇的交趾人，譬如梅（Mai），与我同龄，一个伤残军人的女儿。我也认识她父亲。二十年前我头一次去南方时曾向她展开春季攻势。没有什么经验，当场被冷血地拒绝了，没有任何余地，还用越语和汉语说了两遍。记得当时是莺在飞草在长，我被晾在河内二征夫人街上 Fox & Foods 咖啡馆白色的室外座椅上，鼻头冒汗，灰头土脸，手里捧着刚买的水果冰沙，时间在追悔中定格：刚才应该点一杯苦咖啡的。阳光透过榕树枝叶在我脸上画出可笑的光斑和阴影，绿色的吸管就停留在离我的嘴三尺远的地方，喝也不是，放下杯子即刻走人也不是 。

前两年，我起意要去为古今精恠编地方志，从黄浦江畔开始，先写一本名叫《魔都百恠》的书，因此热心于埋头翻阅一百年前旧刊物；这才偶然晓得，安南也是有**人面蛇**的。二十世纪初，上海有份《时事新报》很著名，每期都附送画报，一九一二年有一张画报上，莫名将一枚很可疑的秦汉美人首古权图、一位很无趣的美人出浴图和一条**人面蛇**炫耀其 DNA 结构似的扭着身子图并列同框[图一]。**人面蛇**部分，有署“呆槑”的作者配文说明，大意是：

人面蛇出缅甸、交趾古城，人所罕至处。
与人一样分男女，其中女蛇是欲望化身，
别去看下半身，活脱脱就是个冷艳美妇，
修长的脖颈下面，她双手光滑十指纤纤，
请把目光停留在那里，去想象她的金莲……
至于雄蛇不说也罢，绿油油髯毛长满脸。
他们善于跟虎搏斗，凶狠有力，长数仞，
却性畏狐。若被狐捉到，从头到尾吃光。

呆槑其人暂不可考证，显然是个嗜好形式主义的笔名。很多人不认识槑字，大概只能把“呆槑”理解并默读成“一呆二呆”或“呆、呆呆”之类。其实，槑没那么呆，是梅花的“梅”的异体字，象形或会意，即每一个呆字都是一根枝条上的一朵梅花开放或一个梅子成熟，所以该说成是一朵两朵梅花，或梅子一两颗就像鲁迅笔下孔乙己说到“回”有四种写法，“梅”字也有不少于四个异

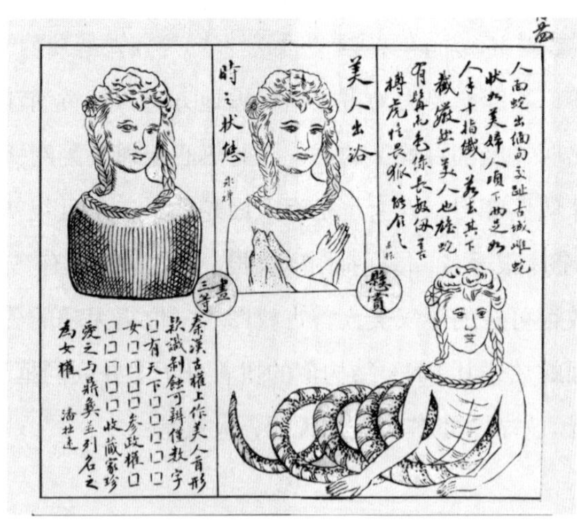

图一

体：一为“某”，是古字，《说文》释“酸果也”，注解《说文解字》的清代学者段玉裁以“甘者，酸之母也”来解释某上从甘的原因；后由于语义分化，也写成“楳”；《字汇》并记有一个“坆”字，长得像“坟”，也确实多用如坟；还有就是用了不同声符的“梅”字。“槑”字乃古文即大篆的写法，从口不从甘。我最早认得“槑”字，是因为《雙槑景闇》丛书的缘故。该书博杂，多集录古代色情文献，乃清末民初湖南人叶德辉所编刻。叶氏以著名藏书家、刻书家和版本目录学家称于当时，人谓读书种子；政治立场则很保守，后惨死于农民暴动。

但一九一二年《时事新报》那一期画报的绘图者，未必就是呆[稍顿]呆呆或梅单双。如果持晚清更著名的《点石斋画报》来对照，其拙稚便一目了然。仿佛有一种目无余子的顽固主宰着该人的手与心：但凡女人，皆留一样的发饰辫型，长相似的眉目双脸，露酷肖的神态表情，而不论时代、地域、人兽乃至金石。还不止一期如此[图二]，可知不高明的插画作者大概是同一个人，或许那是他的贝亚特里采[Beatrice，出但丁《神曲》（Dante Alighieri: *Divina Commedia*）]，或许是托蔽于友情乃至血缘上的关系，在报社占着版面，有一搭没一搭地，靠这些画混口饭吃，所以无所用心，交差了事。我既不知他的名字，也无法考证其境遇，更不知，世局如棋、山川巨变，在接踵而至的时代旋涡中，他将有何下落，命运究竟又在其身上绘就怎样的新篇章。

图二

不过，也存在着其他可能性也许那只是对美人头开放式想象的征文征图，可惜我当时耽于玄想，错过了仔细考据图像学的机会；现在则不耐烦重新翻检出来，兴趣也不在于此：《时事新报画报》一直以来都只用同一个女模特，十分长情，决不喜新厌旧，她呆板的造型甚至在同一张画报中重复出现，就是要明确呈现古今中外画报都不具备的某种寓言气息，试图改造读者的美学观。这当然惠及了传说中交趾以及缅甸若干古城中的**人面蛇**，使之别具由形式反哺而来的文本外深义。加之当代人不熟悉我的同时代人，说起**人面蛇**，或许马上想得起的，只有动画片《葫芦兄弟》（1986）里妖媚的蛇精，以及被扭曲的蛇精病蛇与人结合的各种可能性，在更漫长开阔的时空中，它们于是戛戛独造，埋伏于故纸堆里，暗暗宣示着独一无二的恠异。

但交趾**人面蛇**的说法，《时事新报》却还不是最早的。我稍后发现，十九世纪八十年代末的《点石斋画报》中已然游出过一条算起来应该是《时事新报》那一位的长辈。依敝乡称谓，爸爸的姊姊叫姆姆，妈妈的妹妹叫娘娘；“姆姆娘娘”连称，泛指上一辈关系亲近的女性，方言念出来有种婷婷袅袅之美，画家吴友如约公元一八四〇到一八九三年在世名不虚传图三，那里图文并茂，优美多了，还有老虎可看。今录图文如下：

图三

美人蛇

交趾山中产有一种异蛇：

头如美人，发光可鉴。

朱唇翠黛，风致嫣然。

两臂弯如雪藕，十指纤似青葱。

双乳隆起，鸡头软红（请参见〖槟榔女〗一篇）。

以下则全具蛇形，但肤致滑腻耳。

性柔媚，善伏虎。

虎狎玩之，辄受夷伤。

土人莫得而名，呼为美人蛇。

其名则脂粉也，其实则虺蜴也，可畏也。

而或者曰：余久客沪上，司空见惯。

四马路棋盘街，其巢穴也。

但狎之者悦其上半截之美，

而忘其下半截之毒耳。

〔清〕《点石斋画报》二集·辰

这文字上半段有一些骈句套语的痕迹，却是用了自然主义风格，来形容交趾**人面蛇**上半身的匀称之美，纷纷拿植物兴象器官，看似直露，却也是遮掩，有屈原（约公元前三四〇至前二七八年在世）《离骚》“制芰荷以为衣兮，集芙蓉以为裳”的余韵。下半段开始回避细节，虚写它的蛇形下体以及伏虎之能，然后发表一通议论，称其“可畏”——这上下因此既是篇幅上的区隔，也对应身体的上半身下半身，虚实之间暗藏着“卖艺不卖身”的叙述立场。但又假托他人的意见，以蛇来比况上海四马路上的蛇蝎美人。四马路，是指沪上南京路向南第四条东西走向的平行线，即福州路，新世纪初还有书店街、文化街的称谓，虽然已经名不符实。而在近百年前，则有一半红灯区一半书店街的盛况，革命者、买春客、文化人，形形色色，鱼龙混杂，算是旧上海韵味特别的繁华之所。据此文可知，街上的色情传统可以溯及十九世纪后期开埠之后不久。福州路也曾是我在沪上造访最多的马路之一，甚至还闭着眼睛走过一段——那是多年以前梅从安南来中国旅游时我全程充当向导，最后一站到上海准备搭机回家时。去浦东机场前一天，带她到上海书城，时逢假期，里面人多得缺氧，出来两个人却都有点寂寥空落的感觉，她说这几天辛苦你啦，我说没事，应该的，别客气，如果觉得过意不去，要不，改你来给我做五分钟的向导？说着我把眼镜摘下来，将一把长柄黑雨伞作太阿倒持多年之后回过头来想想，有点像一条勾人的蛇尾巴，递给她，我瞧不清她的表情，但手上传来触动，耳畔有明朗的笑意，那你索性把眼睛闭上吧——我于是合上眼皮，顺从地被牵走，大胆放心向前，不虞有它《说文解字》：“它，虫也。从虫而长，象冤曲垂尾形。上古草居患它，故相问‘无它乎’。蛇，它或从虫。”也就是说，“它”字的本义是一条蛇。

其实，美人蛇或美女蛇的称呼，有可能都是开埠之后的现代性产物，并不见于古籍。还有蛇蝎美人的说法，更晚一些，目前我只能溯及联华影业公司一九三五年摄制的黑白默片。此前没有明确的成说，即使像唐代白行简公元七七六至八二六年在世，白居易之弟写的传奇《李娃传》那样涉及欢场之溺男人故事的，也不作类似譬喻。至多可以在明代方汝浩其人不详所撰说部《禅真逸史》第三十八回中有“上人视色如蛇蝎，智士视色如雠敌”一句，将蛇蝎作为女色的比方；但这时的喻体还仅有丑陋恶毒的意味，换作骷髅等物，也没什么要紧，还是不同如今，兼有美色诱惑与戕害身心的双面娇娃功能。甚至，因为有毒，美女蛇也包含了可唤起征服欲望的一种媚惑，可称是现代文艺中的女性角色类型之一；这背后除了对男性审美新趣味的迎合之外，同时应该也有女性越来越自由此处宜有“汉有游女，不可求思”“南有乔木，不可休思”的咏叹。这是三千年前《诗经·周南·汉广》里的诗句自主的主体意识在蜿蜒前进，与时代同步。

关于美女蛇的说法，更直接并更具有影响的来源，应该是白话文时代早期，鲁迅公元一八八一至一九三六年在世那篇《从百草园到三味书屋》。它早早被纳入语文教材及相关读物的清单图四，广为人知。故事内涵虽然称不上少儿不宜，基本上却是少儿不解的，乃古代内向的苦读书生的性幻想即奔女情结，富有强烈的规训与恐吓的口气，又借助佛教符号与神通法宝，申发出层层的教诲。不过，待到少儿成长成少男，精气勃发也，如我多年以前那样枯守书斋，往昔埋伏下的美女蛇也就从容成精了，这或许又是鲁迅和早期语文教材编纂者始料难及的。

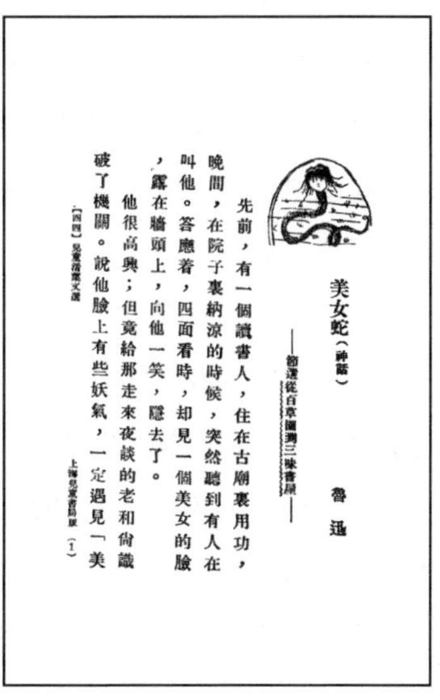

美女蛇（神話）

——節選從百草園到三味書屋——

魯迅

先前，有一個讀書人，住在古廟裏用功，晚間，在院子裏納涼的時候，突然聽到有人在叫他。答應着，四面看時，却見一個美女的臉，露在牆頭上，向他一笑，隱去了。

他很高興；但竟給那走來夜談的老和尙識破了機關。說他臉上有些妖氣，一定遇見「美

〔四四〕兒童活葉文選　上海兒童書局版　(1)

〔四四〕兒童活葉文選　上海兒童書局版　(2)

女蛇」了；這是人首蛇身的怪物，能喚人名，倘一答應，夜間便要來吃這人的肉的。他自然嚇得要死；而那老和尙却道無妨，給他一個小盒子，說只要放在枕邊，便可高枕而臥。

他雖然照樣辦，却總是睡不着，——當然睡不着。一到半夜，果然來了，沙沙！門外像是風雨聲，他正抖作一團時，却聽得豁的一聲，一道金光從枕邊飛出，外面便什麼聲音也沒有了；那金光也就飛回來，斂在盒子裏。

後來呢？後來，老和尙說：「這是飛蜈蚣，牠能吸蛇的腦髓，美女蛇就被牠治死了。」

图四 《儿童活叶文选》，徐晋选编，上海：儿童书局1931年9月第3版

正如蛇行总是委婉曲折、迂回往复的，讨论蛇的思路也可以再折返一层——话还得说回来：这个词语虽然才活了一百多年，浸润

着现代意识；但是，包括鲁迅文章中长妈妈即保姆阿长所讲的越地浙江故事，以及前文所引十九世纪末到二十世纪早期两种上海的画报所载交趾人头蛇的情节，却都有古典谱牒，斑斑可寻。

须知，**人面蛇**身的造型是中国神话中常有的。共工、烛阴、相柳、贰负等等，广见于《山海经》。何况还有具备大神神格的伏羲女娲，在上古文献以及图像中，大多就是这副尊容，古籍有时称其为“鳞躯”；图像包括汉画像石，常画伏羲女娲各持圆规与矩尺，两尾交缠之状，表示祂们的夫妻身份，以及制订“规矩”即婚姻制度的重大意义。我怀疑，世上有多少种蛇虺毒物，就会有多少种**人面蛇**身。也就是说，有蝮身人面，也有人面蟒身，还有人面蚺身，如此等等，甚至有白蛇身人面、青蛇身人面……但我还没想好眼镜蛇、响尾蛇们的曼妙、丑陋与奇恠，怎样表现更为合适。

所以，交趾**人面蛇**，又未必要有中原汉文神话的血脉，更切近它们的还是越地百粤故事。越地多蛇，又譬如：清代王渔洋公元一六三四至一七一一年在世的《池北偶谈》卷二十二有《叫蛇》一篇，称是粤西即广西的事情。它更早的一个版本见在明代谢肇淛公元一五六七至一六二四年在世的《五杂俎》，称是“岭南”产物。清代康雍年间有位叫陈鼎其生卒年未详的人写过一本《蛇谱》该书顾名思义记载各种蛇，书中提到过一种独角蛇，参见〖髯〗。但不止一种文献提到**人面蛇**的雄蛇也有髯，我不知道它与髯蛇有什么关系，书中叫它“唤人蛇”，说得最为精确。

广西近交趾的山里有这种蛇，它们伏在道路旁边的草丛里，以标准的中州话也就是普通话发出声响，“何处来哪里去”六个音节。行人若早做好哲学之问锤击心灵的准备还则罢了；即使没什么思想，素来“日三省其身”也行；或是智识多了，生性中哈姆莱特式的迟疑、犹豫与纠结占了上风，皆可能反倒逃过一劫；而要是顺民过路，直肠惯了，误作回应，即刻坦承，那就惨了，即使走出数十里，即使有堂吉诃德式的大战风车之勇，即使临时改变主意夤夜疾行，即便使方向更改、更弦改辙，甚至先前就撒了谎《西游记》中写到金银角二大王的宝物，也是真话、假话照单全收的。即使报上“者行孙”的名号，孙行者只要一应允，就会被宝葫芦消纳（tiêu nap），空有一身功夫，莫可逋逃，都无济其事：话语一旦脱口而出，覆水难收，问答间锁定因果，叙说的踪迹顷刻化作谋杀轨道，接下去在那个漫漫长夜里，他将面临永沦黑暗深渊的命运，被蛇赶上，咆哮也没用，乞求也没用，破门而入，吞了便走。蛇速快若一阵腥风，这是对回应的回应，难以逭遁，真相只有一个：绝望的大结局。除非它的天敌，碰巧也在左近，才能侥幸逃出生天——飞蜈蚣，速度比唤人蛇更快。

这里说到广西近交趾的山里十年前我曾经步行走过现在称为“友谊”的边关。环关皆山，影影绰绰，山上栽满的大概是梅树——我视力欠佳，但不敢随便乱走去立地验证，因为怕成佛、雷劈及其他因素，只好可望梅不可即。史书上称其为“镇南”，这是往昔的常用命名方式，想要寄托一种强力的效果，显然已经不合时宜也伤感情。在安南的旧籍中，则称其为“南关”——可吊诡的是，南关位于他们北方的边界。更多南北混淆的资讯，可参见〖鸺〗，包括现在地图上标名为“十万大山”的所在。蛇类活动没有国界线、边防站和关隘之墙，不必护照签证，更何况唤人蛇行动如风俗话说得好，“世上没有不透风的墙”呢。据此，交趾必有分布。《蛇谱》紧接着“唤人蛇”之后的一种即是“**人面蛇**”——阿长的故事就是把这两种蛇糅合在了一起。但说不定是同一回事：唤人蛇进化出个人头来做甚？难道是吃啥补啥，平日里啃了太多人头，该有此报？我觉得更有可能是为了说人话、更标准地说人话。头脑为了工作，身体服从传统。人头蛇身，校勘一下文字便知昭代丛书本《蛇谱·**人面蛇**》：“雌蛇状如美妇人，项下有两足，如人手，十指俱具。雄蛇有髯而色绿，长数仞。雌雄交则相鸣，声如吼。善搏虎。畏狐，见狐则蒲伏不敢动。狐从容啮其尾，血出则蛇死。呼群狐负之，归穴以为饮。缅甸、阿睦、占城、交趾，及八百媳妇国诸山俱有”，这就是《点石斋》《时事新报》两份画报相继刊文配画的原始出处。其中《点石斋》发挥较多，上文提及，其中寓言意味更加显豁，所以压根不提雄蛇压下雄蛇根的稿子未发。其实雄**人面蛇**的绿胡子还是颇可附会的想一想，故事会在蓝胡子、绿帽子的典故方向上跳出来，春来江水共胡子一色。《点石斋》文中“性柔媚，善伏虎”两句，蓦然而至的转折，颇妙。“虎狎玩之，辄受夷伤”也是《蛇谱》原先不备的，属近人想象与增补，并见诸画幅：吴友如笔下的老虎侧身露腹，抬爪缠尾，蚩蚩而笑，与蛇嬉玩，既一副甘之若饴，不知危险之将至的样子老虎常充作情欲隐喻：更著名的一个故事直接把女人称为“老虎”，早见于袁枚《续子不语》卷二，一个自幼居于山寺的小和尚下山，师傅恐其动心，唬他说山下女人是老虎；小和尚之后“一切物我都不想，只想那吃人老虎，心上总舍他不得”。此图中老虎竟也受诱惑，一副色授魂与状，由此可知，美人蛇是虎中之虎，讽喻豪强男子受蛇蝎美人的蛊惑，英雄难过美人关；也是得意忘形，浑然不知自家兽心百分百暴露，从尾到头，由下及上，连人面都维持不住正如新流行词所谓：脸都不要了，“不知何处去桃花依旧笑春风”了。

《时事新报》的文字更接近《蛇谱》，只是省略了阿畦、占城和八百媳妇国。这也是对的，占城早已被交趾吞并，八百媳妇国归在缅甸，而阿畦从来不详其地《明史》有载：“剌泥而外有数国，曰夏剌比，曰奇剌泥，曰窟察泥，曰舍剌齐，曰彭加那，曰八可意，曰乌沙剌踢，曰坎巴，曰阿畦，曰打回。永乐中，尝遣使朝贡。其国之风土物产，无可稽。”是今何处，失考。那就唯独“古城”二字在两相对勘之下显得很突兀。但从鲁迅版本可知，是受到了类似古庙精魅版本的影响，那位呆槑先生于是顾头不顾腚蛇犹如此人何以堪，不管后文说到它“善搏虎、性畏狐”的品性是否与城市冲突了。它当然可以被理解是“占城”两个字的讹变把“古”字处理成是“占”的形近之讹，不失为文献学本分。但在美人蛇的主场，人的胴体和蛇躯岂会形近而讹？反正我是不信；我倒会把两条也会缠绕的人腿——请注意，两条腿！——联想成狐狸，包括它多歧的尾巴。虽然我也属蛇，但我实在不喜欢冷血，而偏爱热情。又，“占城”反倒可以是“古城”被一口吞噬与开始消化的残存，但我更愿意它是城市的废墟，在热带，苍翠更密集，沧桑轮转得更快，城市易老，令人轻率地兴起“黍离之悲”这种情绪需要节制，不然会沦落为普鲁斯特（Marcel Proust）在《追忆似水年华》（*À la recherche du temps perdu*）中塑造的勒格朗丹。福楼拜（Gustave Flaubert）也曾在《庸见辞典》（*Le Dictionnaire des idées reçues*）中调侃过浪漫派：“废墟（Ruines）令人遐想，使景色平添诗意”。但诗人着眼于植物，而小说家往往更重视精怪与动物：那里已经重归自然，狐狸乃至老虎还有这**人面蛇**身的怪东西，都坦然在残垣断壁间出没。

请注意，**人面蛇**不仅有人面，还有一双人手近代教育家陶行知诗：“人有两个宝，双手和大脑”。即使人类的文献也承认它们十指纤纤，这会带来多少灵动的绮想，勾动多少人的美好回忆。而从《蛇谱》到《时事新报》却依然称之为“足”，或许是另一个方向上的性癖，也可能是道德上的分野：它因此被坚决地划在异类中，毫不通融。虽然上半身与人一样无二，虽然还会发出惊人的哲思之问，虽然雄性更加轩宇、雌性娇媚异常，看上去与印欧传说中的海妖或者美人鱼相似；但是，南方的**人面蛇**

却只居住在人类已经抛弃的地方，与遗址相互映照。

我不清楚我其实并不清楚现今安南有没有**人面蛇**遗存，没有勇气去做相关的调查（唯一一次，是把材料寄到了梅家，还附了张明信片，抄了两句《秦风·蒹葭》：“所谓伊人，在水一方？溯洄从之，道阻且长。”结果，梅告诉我，明信片被她父亲收到之后，颠来倒去对了太阳又对了灯光看了又看，最后什么也没有说，这件事就这样没了下文），不敢直视各路妖艳魅惑。所以，书中自有**人面蛇**；资料检索和纸上推理，可能就是自卑的青年书生夜读于陌生闹市的现实了。在肉身活跃的生活中，想象不会产生什么很完满的结果，那就降维到文字世界中去，或许是个出口、是条去路——志怪与传奇也都有着这样的来路吧，**人面蛇**的生物性状后来我偶然间知道，安南古代有一位叫阮柳斋的诗人曾经写过一首未完成的诗：“两岸千峰排玉笋，中流一壑蘸青蛇。江流如昨英雄逝，今古无常事变多。”有有心人告诉我，那可能是作者去人面蛇部落的一段经历的缅怀。我查考不到阮柳斋的具体情况，疑心或许是阮廌即阮抑斋的讹写，他是个刘伯温式的人物，《平吴大诰》的作者，佐助黎太祖黎利击退了明军，终结了明属时期，但又致力于确立了与明朝的朝贡关系。阮廌的爱妻阮氏路也是一位诗人，琴瑟相和，有“丈夫勉大丈夫志，女子非儿女子情”一联，安南人认为是佳句。但她的上百首诗作均没有流传下来，因为她最终被黎利次子黎太宗元龍，强行临幸时皇帝暴毙，阮廌遂被诛灭三族，豪宅立成废墟。民间传说，阮家被就地处决，等到阮氏路刀斧加身前，在满地血污中徐徐化作了一条美人蛇，环顾左右，从容入水而去——参见安南最著名的笔记小说集《公余捷记》，是应该被构架为蛇类的进化、突变，还是人类的保守、退化与返祖？这关系到它们与古城之间更加确切的关系：是向往，还是留守？是它们寻求认同未果，还是我们遗弃了一部分人？两难选择彰显出**人面蛇**真正的奥义：它成了文明状态里某种悖反与荒谬的镜像，历史进程中些许倒错与混乱的象征。所以，关于它们与人类个体之间具体的各种遇合，显得无足轻重。

唯一还富有意蕴的是**人面蛇**在生物链上的位置，它与不同物种相互吞噬。**人面蛇**雄踞在山林之王的上方，列在用各地传说拼凑成的那份叫作老虎天敌的短名单上。但同时，它又反被狐所克制。这构成一个与“战国”那种文明形态中出现的著名典故“狐假虎威”相颠倒的隐喻，其间包含了一种最简三项式的循环制衡关系：**人面蛇**不敌狐不敌虎不敌**人面蛇**。团团转动焕发出蓬然的生机，漫长的蛇躯富有弹性，是这一循环的牵引线。而在线条终点处，**人面蛇**的尾巴，却是它最关键的弱点所在。按照《蛇谱》的说法，那里，也就是**人面蛇**与人之间的距离最远的地方，一出血，像红梅一样绽放，它就完蛋了。即使它僵直成美丽的雕塑，狡猾的狐也不会放过它，一口见血，还吆五喝六，呼朋引伴，一起抬上**人面蛇**，回家做饮料畅饮——想想吧，那个时候，在狐的气息浓郁的巢穴里，长长的蛇躯成了一根吸管，一头接着狐的嘴巴，一头还保留着人类的上半身接下来它也许会像一个椰子——人头。椰子有个古名就叫“越王头”。参照人类，我们可以知道**人面蛇**的下半身蛇躯是怎么来的了，可能是被吮吸得变形的结果，也可能是提防被榨取的预先设置。但在可怕的狐面前，这都是无效的挣扎。所以，即使那些还活着、还没来得及遇上狐的**人面蛇**，在交趾及其他地方各座古代城市的遗迹中，虽然还支撑着人类的头脑和双手，终究也是徒劳。

吒螺 | 螺 着

loa trứ

宋初，保存先宋文献最多、多达千卷的类书《太平御览》有一页有一行，征引了东汉《交州异物志》的一个片段：“**吒螺**，着海边树上。见人，吒如人声。可食。”除了《交州异物志》的遗迹，这个苍茫的世界上，哪里还有**吒螺**，以及关于**吒螺**的记载呢？据我所知，这是它存在的唯一证据了。一个神秘的物种，只剩下一个句子留在这个世界上，证明它们也曾看过悠悠白云，接受过绵绵细雨。难道，它们那么乐于脱光一身羽毛，将声名消磨掉，把象征资本Symbolic Capital，源自法国皮埃尔·布尔迪厄（Pierre Bourdieu）的同名概念。我曾经想通过他的同胞米歇尔·图尼埃（Michel Tournier）的作品《皮埃尔或夜的秘密》（*Pierrot ou les secrets de la nuit*），而不是更多更繁琐的论文来接近这位思想家，但似乎是走了弯路，效果并不理想都澌灭殆尽么？或许，这是它们最高级的隐身术——能把自己掩藏得那么好，想必缘自与生俱来的模仿能力吧。事实上，它们如此热衷伪饰、乔装和变形，每时每刻都在试图让自己成为崭新的异己——所以，支解破碎又何妨？改头换面又何妨？它们马不停蹄，俯仰周旋，在各种皮相、外表和形象中游走所以，白马本非马，吒螺亦非螺。而因此，关于**吒螺**的一切也可以免除一切大吹法螺的嫌疑指控了，早就忘记本相究竟是什么了吧？莫愁前路有知己或无人知是荔枝来，天下谁人能识君？是的，对真正的旅行者来说，最初的身份从来都不重要，最终的归宿也是次要的所以，不论是说，吒螺是安南的，还是称，吒螺是安南的异物——这样的判断句都很难成立，而要说：安南是吒螺的，或谓，安南是吒螺的驿屋。李白说：“夫天地者，万物之逆旅；光阴者，百代之过客。”吾辈又何尝不是如此呢。

现在，我们只知道，曾经有那么一会儿，**吒螺**为了炫耀，纷纷攀援在海边的树上。那或许只是它们漫长历史中一场即兴而起的、最微不足道的比赛。想想看，月光下，众**吒螺**趁海波涌起，亮闪闪，借势冲出水面，潮汐与地球引力都不再是其视线的焦点，它们就像所有薄情郎在阮氏椰（Nguyễn Thị Da）的记忆中，想必我也是个薄情郎吧。她想象我只会记得她饱满的胸部和薄嘴唇。事实当然并非如此，我们都给对方留下了诸多细碎的缅想和起伏的情绪。我还记得她家在河内碧沟街上的寓所门外那一排椰树，我每次走过都战战兢兢一点也不洒脱，很担心夜色中有椰子落下来砸死我……但我知道椰并非她的真名，她也未必知道我的真名，也许，这已经足够薄情了吧那样，那一刻那么坚决，绝不回头，抛弃了大海，缓缓行进在海滩边高大坚固的树干上，用“头足”靠着脚（足）的头以及贴着头的脚（足）在身后仔细地留下未干的银色跑道。那层薄薄黏涎当然随风就凝固，贴在树皮上，可偶尔也会有一些仅容其身的更狭窄片段，不甘寂寞，加入到漫无目的的海风中，运用其看似良好的反射能力，别有居心地，试图给空气、洋流、鱼群还有船帆指路，但如是我闻，几乎谁也没有注意到它们——我说的是**吒螺**与海边树摩擦或者贴面相吻之后的分泌物，已经干涸，那每一道与**吒螺**并不相像的细微轨迹，虽然不是**吒螺**本尊，可我曾疑心其实是它们伪装与变化中的一种形态。要知道，我们并不知道，海边树的树干上正在进行的，是怎样的一场爬树比赛。**吒螺**选手如何在一个眼神、一刹那或者一声令下之际，所有复杂的规则都迅速商量妥当而又一律不公之于众：也许是比慢阮朝明命帝第十王子阮緜审自号白毫子，被封从善公，有《仓山诗集》传世。他写过一场慢的赛事，无人知晓他说的会不会是**吒螺**：“驿路寒山瘦，关门秋露深。中途逢九日，相望碧云岑。”明命帝是嗣德帝的祖父。緜审有个兄弟绥理公緜寊号苇野，也擅诗，嗣德帝曾夸赞他的这两位叔叔：“文如超适无前汉，诗到从绥失盛唐。”超适指的是诗人阮文超、高伯适；当然，也不能排除它们自甘降低智商，去像人一样，或者是像人造的动画及其他儿童电影中那样，比谁更快更高更强；或者是比谁的轨道凌驾于同辈之上谁更出轨：比更直率也可能比更委婉周详，比更狭隘也可能比更康庄大道；还或许，它们是要比谁体操优美，比谁跳水多姿，比比谁更加变化多端……

正是在一个无知的角度上，我有机会考虑到这样的可能性：或许，曾经有一些**吒螺**先期变成了大树原先，人和种子植物经常相互转化。我曾经恬然梦见阮氏椰亭亭变成了她家门前椰树中的一棵——多了一棵出来，果实累累，这意味着我被砸死的几率又上升了。等醒来想到，也许她是那其中某棵椰树变的，所以才会散发着椰汁般的香气……我又想到，当年秦始皇拥有天下之后东巡，泰山上有一位“五大夫”变成了松树，替皇帝蔽雨挡风。另想到，东汉还未拥有天下的时候，则有一棵大树来到军营中变成了将军，那位在史籍上称之为冯异的异人，他的同僚都知其根脚，故纷纷来唤作“大树将军”。还想到，再后来，东晋大司马桓温在行军途中重逢了当年扶植的年轻人已经变成了胸围为十（此处欠一单位，古籍失载）的树，他长叹一声，“树犹如此，人何以堪”，流了一通泪，不顾而去，后世文人却总想去现场瞅一瞅，可是，“树挪死，人挪活”，哪里容易看得到真相呀。东方甲乙木，这些事，正史不便直言，只得另编一些解释性的说辞。但其实众所周知，当下生活中，偶尔有人也会变成植物人，偶尔的偶尔会有植物人恢复行动和言说的能力，这些事，不足为怪，那些规则制定者，那些甘愿退出比赛者，那些还没有上场的选手，还有那些热情而偏心的观众。人类的体育课上我们早就这么，彼此跳过山羊，互相捉过迷藏，交换着爬过人梯其中一些人或者只是个别，乐此不疲，成人之后还要尝试 996 或者 69 式。正在上树的**吒螺**，只是可以交换的一个身份，暂时标记的某一状态。如今，海边往往并没有树，那里是连礁石都会慢慢退缩成沙砾的所在，是水与土的战场，柔与刚的切面、缓冲与纠缠地带；双方都有内应譬如明目张胆制造石灰岩原料的贝、螺与珊瑚各种，如是我闻，**吒螺**也在清单中、信心和巧计譬如为了演绎攻防有序、进退裕如、卷土重来与不撄其锋，海水抛出了太平大陆，制造了月亮这颗巨大的气象卫星，详参天文学家小达尔文（Sir George Howard Darwin）的理论；所以，某些地方的大陆架上所谓的红树林或其他林子，甚至包括堤岸上的椰树种种，从根柢到枝节，都很让我怀疑我知道“树犹如此，人何以堪”两句，是先读了庾信《枯树赋》。后来读《世说新语》，见其所载桓温对“金城柳”的感喟“树”尚作“木”，庾赋之后，才木消树长——大海里有那么多善于变化的精灵和生物呵，参见〖**高鱼**〗〖**嬾婦魚**〗〖**鱈鱼**〗，及鹿鱼、鼍风鱼。那么，有没有**吒螺**在更早时候，曾经化作一阵咸湿的海风、一段可靠的堤岸、一朵无心的浪花或一股基于刻板印象的洋流？

如果你也已经为质疑的声调所怂恿，那就回头再来读一读《太平御览》引用的句子，或许会发觉，个中另有奥妙：**吒螺**们果真把赛场设在了海陆交界处么，譬如就是为了离天更近一点点即使如丝如毫，而上岸上树的么？会不会那种树不管是不是**吒螺**的同行或者伙伴变的的名字就叫作“海边”呢？而“海边树”又未必生长在水滨，就像中国套盒并不是中国的特产，阿拉伯数字不是阿拉伯人的发明，月桂也并非来自月宫。

疑窦一开，常有决堤之水，无休无止——我要说的是，说不定连**吒螺**都不存在，只有一种叫作“吒”的异物，像螺一般，附着在那种叫“海边”的树上或者随便什么海边的某种树上？螺着（loa trứ）。“吒”“螺着”“海边树”上。作为树上攀援者，它们会不会像柯希莫男爵那样至死都不肯下树参见意大洛·卡尔维诺的小说《树上的男爵》，提到近代意大利一个贵族小男孩与他的兄弟解救了家里地窖中一些将被食用的蜗牛，而被他们的男爵父亲关了禁闭；等孩子出了小黑屋，愤而出家，登上花园中的大树，再不肯下地，开始了他木处离奇的一生，始终与大地平行，向往天空。我在想，或许他是中国项霸王的转生也未可知，带着“不肯过江东”的执拗投胎欧陆，转作了垂直向度上的拒绝，但“铁甲依然在”！仍旧是对其根柢的深刻怀疑与否定，仍旧是精彩人生、悲剧英雄，有骤然玉碎的爱情。这在欧洲哲思传统中，可归为启蒙主义浪潮。又，蜗牛，中国自古即认为是螺的变种，裴松之《三国志》注引鱼豢《魏略》的文字称：“蜗，螺虫之有角者也。”唐代成玄英注《庄子》时也说：“蜗者，虫名，有类小螺也。”可知是一个共识呢？长居有巢（Visse sugli alberi）——永怀后土（Amò sempre la terra）——还诸长空（Salì in cielo）？它们不下树的话，又始终苦苦等待着什么呢？“候人兮猗！”这四个字乃是传说中最早的南方诗歌见《吕氏春秋·季夏纪·音初》，跟大禹与涂山氏的爱情及两地分居有关：“禹行功，见涂山之女，禹未之遇而巡省南土。涂山氏之女乃令其妾待禹于涂山之阳，女乃作歌，歌曰‘候人兮猗’，实始作为南音。”以我的经验来看，分居与爱情的消亡有很大关联，按照它的指示：迎着期待，应声而来的，必是某一个或某一些确定的人。正如《太平御览》所引，吒终将见到人。上树眺远，未见其人，先闻其声。但新的问题接踵而至：然后还发生了什么呢？譬如会不会悍然或悄然进城安南历史上最著名的城池之一，是螺城，位于今河内附近，公元前三世纪时，自蜀地来的安阳王所建，最初随筑随崩，后依水上来的神龟指示，半月乃成。依安南古籍《岭南摭怪》中《金龟传》一篇所谓，“其城延广千丈余，盘旋如螺形，故曰螺城”。我想，它应该就是一只巨大的**吒螺**吧？

通常的理解是，吒螺见了人之后，发出了像人声一样的叹息。卓越的博物学者郭璞公元二七六至三二四年在世，写下过这样的游仙诗句：“临川哀年迈，抚心独悲吒。”吒即是叹声。吒或**吒螺**由此得名。它们螺号发出宿命的浩叹，因为被视为食品了——“可食”是来人的立场。但是，**吒螺**岂是寻常物事？单凭它们能发出人类的叹息声，这件事也宜用更奇怪的方式来衡量。须知，要充分尊重它们丰富的经验和悲哀的结局。须知，古籍作者并没有标点的习惯，他们把更多时间留给了读者。“见人吒如人声可食”这八个字，我看完全可以这样断句：“见人，吒如人，声可食。”还可以这样：“见人吒如，人声可食。”这正是**吒螺**出奇的变化术的一部分，你以为它只剩下了一个句子，可是这个句子富含歧义与双关，地表之下蕴有微妙的断层，布成了路径不同的隐蔽迷宫。

就刚才的两种断句而言，前者说的是：**吒螺**见到人之后，会模仿出人叹息的样子，它哀惋的声腔可以成为特别的佳肴二〇一九年十月，我曾经在一首叫《瞻淇奥》的诗歌结尾处写道：“加入喧嚣我只有无言与宣告两个选项／没有寒暄，焉有萱草／即使双关的语言与目光，都无法缓解／AI（āi—ái—ǎi—ài）在体表形成的暗伤。”还没有人认为我写的是**吒螺**，不知**吒螺**怎么看。后一句则可理解为：若一个人感喟的样子被**吒螺**所见到，那么他的话语将会成为**吒螺**的美食。

不论哪一种，这个句子于是要说的，最终都是声音成为食品的可能性我有一个写作计划，取径于加拿大作家玛格丽特·阿特伍德（Margaret Atwood）《可以吃的女人》一名，题作《可以吃的女人的声音》，尚未完成，还在咿咿呀呀琢磨细节。乍一看，这似乎匪夷所思，其实，想想看，我们可能都听说乃至亲见过“吞声”“食言”所以，万一**吒螺**泛滥，当然也有隐患：我们会不会因此失去所有的言语，只能道路以目——不得不开发出一种视觉语言了呢？不过话又说回来，自从有了鼎盛的文明传统，也许我们一直道路以目着——君不见，满大街都是文字呵，从店招、广告到路牌。若不见这些，可能只是因为荒僻，可能只是熟视无睹，可能只是低头族在看手机。如今手机与移动互联网的兴起，更是大大提升了在路上用眼的比例。“君子动口不动手”一句，未来会不会变成“君子动眼不动口”？不可知。也未知这其中**吒螺**究竟又扮演了什么角色的事迹，依《左传》提供的历史素材，后者还会很利索地造成肥胖；可知，某些表达情感以及意义的声音，可以在某些特定的生物器官中贸然转化为丰沛的卡路里。所谓“食言而肥”的经验表明，一个时代语境、地区、世界中的修辞，在另一个时代语境、地区、世界中则原本就是现实；正如一个时代语境、地区、世界中的技法，在另一个时代语境、地区、世界中则原本是魔法。我莫名有一个预感，不必依傍于先前的嗟叹和考索，安南的**吒螺**或许还在这里，“悄立市桥人不识”，因为它已经是我们当下的一个活态隐喻；或许，将是下一个——马上就要轮到它了。

果然 | 厌色

yếm sắc

多年以来，我一直孜孜然追索人类中的妖精、滔滔于探讨动物中的恠兽（把这两种研究对象合起来可以简称为“妖恠”），作为一个不太合格的不可知论者，愚钝而懒散，但总算也攒积了一些经验之谈。譬如，想要贸然认识纷繁丰沛的事物，愚以为，一个有效的办法不是打招呼，更不是矢口漫天吹捧，或者屈膝伏地膜拜，乃是：首先不由分说，将其一分为二（请参见【蠮螉子】一篇）。无须考虑分类清晰还是混乱不一致，只要利索地一刀切下去，然后再琢磨种种算计、推敲种种计较。譬如说：可分判作青红和皂白两部分，亦可割裂出你喜欢的与不喜欢的两种，也可切分成长着长鼻子的与不长长鼻子的两派，还可区别以被中国古代光恠陆离的博物志记录过与没有来得及被五花八门的古代中国博物志记录过的两类……由此，我率尔曾将普天下动物，擘坼为如下两半：

（1）反复自报家门（名字）的，以及

（2）并不“其名自詨”者。

“其名自詨”四个字典出《山海经》这本古代中国的神秘典籍，说的是一种著名的鸟，也许前生真是个帝女，在海上淹死了，青春肉体竟被鱼虾、蜉蝣和海水胡乱分配，而魂魄化作了鸟一飞而起。但她并没有因此觉得自由，也不服从后世落水鬼的通行规则找替身然后解脱，而是困顿在那个悲惨时刻，永生永世，反复鸣叫，直至刻板的叫声成了她的新名字：精卫！精卫！精卫！

自詨其名的其他动物，也多有翅翼舒展，天生擅长传播语音，振振兮扇动起空气不接地的：布谷、秦吉了、知了、行不得也哥哥……都是飞鸟与飞虫。但这并不是说毛虫——兽类一定不擅长于此，只需要抚摸或梳理一下古代的汉语的读音的知识的皮毛我曾有一位姓黎的朋友，她的家族一直做跨国生意，常年在东南亚各国活动。前两年我与她久别重逢，聊了很久，包括她的生意及见闻、我的往事与随想。发现我们还有一些共同点：我十余年来一直摹仿一年生草本植物及落叶乔木的习性，每到冬天来临才去削一次头发明一次志；而她的家族生意亦即她二十年来的事业则是做假发——我们都在下顶上功夫，都关心毫末处的意义和价值。从她这里我才了解到一根完全想得到却从未意识到的知识线：包括头发在内，人和动物的皮毛都是有方向性的，顺之者帖伏，逆之者炸毛。所谓有虎须及龙的“逆鳞”，也是同一个问题——即使对“古代兽类实验语音学”古称“毛虫音韵”，故可简称“毛语（古）学”一窍不通也不打紧——即可知道：喵喵咪咪叫的猫咪、一吠形百吠声的犬、哞哞喘月的牛、善唬的虎……我把它们也都归于前一类，全然不顾忌现代语言学宗匠索绪尔Ferdinand de Saussure，公元一八五七至一九一三年在世。他主张能指与所指间的关系是任意的，如同抛绣球、撞婚或者一夜情，然后莫名缔结起长久的亲密关系的意见：老索可能是烦了它们一遍遍唠唠叨叨啰啰唆唆，拒绝承认它们说的是普通语言。

果然兽是诸多第一类动物中最卓尔不群的那一种。它并不是以动宾结构的短语劝诫、提醒与警世的伦理动物，有如布谷；也不是义理难明只好依声摹字的卖萌动物，譬如猫牛；更不是自吹自擂自诩自喜的自恋动物，犹如知了。**果然**叫起来“**果然！果然！果然！**”一声起而众声应。比之雄鸡唱和与百犬吠声，到了果然兽成群的所在，人们更容易陷入一片虚词构建的悲观宿命论结界。长期以来，我偏好使用这样的不实之词，尤其乐将虚词放在实词的位置上，挖空心

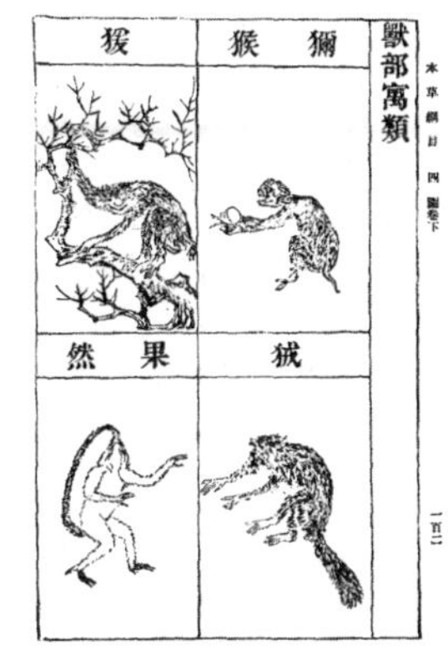

后人为《本草纲目》所作**果然**插图

思想了一堆理由准备应付八方诘难事实上并没有谁在乎过，谓之：语气可实体化、虚无的回归、付副得正……一个例子是：浙北嘉兴那里有一个几近废弃的地名叫“钦城”我曾有祖先在那里居住，我反复把笔下故事的舞台设在那里；古交趾特产“果然兽”是另一个例子。

寓属生交趾，自呼名**果然**。

欢同难还共，小后大居前。

柳异王孙恶，郭齐君子贤。

不因皮适褥，林处命宁捐。

这是爱新觉罗·弘历公元一七一一至一七九九年在世，一七三五至一七九五年在位的一首五言律诗——人们更乐意用他做皇帝时所颁的年号，呼他乾隆。乾隆帝一生写了几万首诗，据称是史上作品数量最多的一个人，但少有人把他称为诗人。这首不起眼的咏物之作，其知识背景也能追溯到两千年前的《山海经》。距今一千年前，类书类书，被称作是中国古代的百科全书中最著名的一种，宋代的《太平御览》全书共一〇〇〇卷卷九一〇集中编纂了果然兽的文献资料，率先引用的就是《山海经》，略称：

果然兽看上去像猕猴，听起来像它自己的名字。它们“披薜荔兮戴女萝”，身着苍黑色外套，在暮色中以复数形态行走：依照长幼之序，青年总是踩踏在既有的脚印里。但年轻果然兽有的是蛮力、好视力和义气，它们找到食物不论萝卜还是人参，总会让老者试吃。只要老者依然健在，只有老者心满意足，才会轮到无时不刻想着要活成老者的青年果腹。只有在交趾的群山里才能找到它们。当地的“獠人”射之，用弓箭得到它们，用它们的皮毛做成裘衣和被毯。用户纷纷评价说：很温暖。

原文中有猕猴、交趾及“以名自呼”三句，即是乾隆五律首联的出处，而他的下巴联和尾巴联也能一一找到对应。

到了明代，张燮公元一五七四至一六四〇年在世编撰《东西洋考》这部海洋文献，书中涉及交趾物产，依然首列《山海经》的这段记载，只是删去了“色苍黑”一句及“獠人射之”以下三句。后世作者谈及果然兽，基本上就是做《山海经》的加减法：唯产地或有差别，颜色及功用、习性各有踵益。但有一本叫《蜀地志》的书独树一帜，它一定要说咱也有果然兽，它出现在重庆涪陵南界榛峡中：形状像狗子，头颅像老虎，尾巴柔又滑，身体白乎乎加黑乎乎。这也许不是**果然**，而只是只小熊猫并非大熊猫的幼仔，也可能是**果然**偶尔的流窜，因为安南与蜀地，自古即有通道据《交州外域记》记载，先秦时候，蜀王子泮即流亡到了红河三角洲，据以为王。而到了唐代，西南的南诏国在两个方向上给长安的朝廷造成了长达数十年的麻烦。帝国最终启用了一个人，先到安南，再去益州，把这个问题解决了，南诏慑服，不敢再伸出触角。这位将军就是高骈。高骈在交趾修筑了大罗城，在西川故伎重施，重修了成都的罗城。两处城池可能都是生物的象形，受到水生动物精灵的启发。所以一千多年来，在安南，高骈被尊为高王，除了名将、大吏、诗人之外，还被赋予峦头派堪舆术宗师的身份，留下不少传说，以及像《地理高骈稿》《安南地稿录》这样的风水文献。不管怎么说，这只能算小概率事件，更多文献还是将**果然**视为岭南交趾地区包括当时的九真、日南等郡的特产，也有人指出出自“交趾以南”。

郎世宁《画交趾果然》
今藏于台北故宫博物院

虽然关于**果然**的产地异口同声地指南，交代了一种越来越南的言说动向；当涉及毛色，众说却纷纭，仿佛戴了不同的有色眼镜。《南中八郡志》记载说：“白面黑身”同时“毛彩班烂“班烂”即“斑斓”，指的是色彩错杂灿烂。我很难想象黑身体白脸，又能如何毛彩斑斓？这是我读古书所见两个无法想象的谜之一，另一个是《续齐谐记》中著名的《鹅笼书生》一篇，提到：那个拥有异术的神秘书生居然走进了鹅笼子，那个装了两只鹅就显得很满足的笼子并没有变大，而书生也没有变小，而且天性敏感的鹅（因为鹅是雁驯化而来的）居然也没有受惊狂叫，书生就跟两只鹅排排坐，鹅笼子提起来也没觉得重了多少。”《吴录·地理志》声称：**果然**体色又青又红有条纹。嵇含公元二六三至三〇六年在世，系竹林七贤之一嵇康的侄孙在《南方草木状》世上现存最早的地方植物志一书中跨领域发言，与之相近，说：“皮文青赤白色。”而在更早一些时候，三国的万震其生卒年不详，吴国人编撰《南州异物志》时则说：它长着狗形的面孔，身体白底上有黑色纹路，看上去像只“苍头鸭”一样，只有胁骨边上有天然的条形码我一直认为，条形码是中国古代动物的发明。今天我们尚能在非洲大草原上看到条形码的指名种——条形马也就是近代中国人译成了斑马（*Hippotigris*）的那种动物，还有长颈鹿的唯一近亲獾㹢狓（*Okapia johnstoni*），斑马的近亲条形驴（*Equus quagga*）则已于 1883 年灭绝——据说它叫起来是 qua-g-ga，有点像“呱嘎嘎”或者“娃哈哈”。但是非洲撒哈拉以南地区并无太多古老的记载，而古代中国的诗歌则不绝于书，如明代博学的杨慎曾亲见过条形马群，写下了“缥缈碧鸡使，萧萧斑马群”。晚明政治声誉不佳的阮大铖，则可能用心学过它们的叫声，他写过：“折柳过淮西，听余斑马嘶。”更早的时候诗人习惯于称它们“斑马”——也许是为了兼带着纪念一下两个历史学者：班固和司马迁——譬如唐代的李白写过：“挥手自兹去，萧萧班马鸣。”元代的赵孟頫接着写道：“萧萧班马鸣，念子明当去。”斑马始终在那里，有声有色，成为人事、离别和怀念的背景云云，又有同有异。同时代，在北方魏国，钟毓生年未详，不晚于二二五年；卒于二六三年。其弟叫钟会，曾是嵇康的粉丝，后来成了他的仇人还写了一篇《**果然**赋》，其中却说到是“黑颊青身”……

这里的斑驳色差，透露出各处方志作者及博物学家凭仗的《山海经》版本不同吴方言中称说人神吹海侃，顺嘴胡编，夸夸其谈，不着边际，谓之“乱说山海经”，可知《山海经》在口传及书面的异文几乎无穷无尽；当然，更有可能，他们皆道听途说所得，哪条道上的各各不一，八面来风，形形色色，名称、色彩和味道都有区别，请参见〖**风母**〗。因为以讹传讹，所以它的另一通体质特征，在《南州异物志》一书中被添加了更多的油和醋，写成了仰鼻猴的模样，让我想到〖**狨**〗《南州异物志》原文：“身如猿，犬面……其体不过三尺，而尾长四尺馀。反尾度身，过其头。视其鼻，乃见两孔，仰向天”。果然，到明代李时珍公元一五一八至一五九三年在世修撰《本草纲目》，在兽部卷五一中收录**果然**时，已然把两者混为一谈了。

但**果然**果然如此么？乾隆题那首御诗时，坐在龙椅上太过自信，他说，**果然**并非仰鼻猴，因为真正鲜活的果然兽就在眼前。可以确认这是皇帝登基之后第二十六年即公元一七六一年的事情，不只是皇帝，七十三岁的意大利人 Giuseppe Castiglione 公元一六八八至一七六六年在世长期留在中国的宫廷中，也目睹了这一只来自安南的奇怪动物，它是安南国使团所携贡品之一，新任安南国王派使团前往北京“告哀乞封”。那位意大利老人遵旨意，在中国画家的协助下，完成一幅名叫《画交趾**果然**》的作品，一如惯例，动用了“郎世宁”三个汉字作为署名。郎世宁身在远东，根柢犹在西方高度写实的传统中。因此，《画交趾**果然**》是果然兽第一次被绘形绘色，以一种近乎真实动物的图样呈现于世。也由此，今人可以一目了然：郎世宁所画，乾隆所见，安南所献，乃是印度洋中非洲大陆一侧的世界第四大岛马达加斯加岛（Madagascar）特产，灵长目狐猴科的环尾狐猴（*Lemur catta*）。当时，可能有一只或更多马达加斯加狐猴辗转流落到了安南，又被使臣掳掠到了北京。值得注意的是，此次贡团真正的核心乃是副使黎贵惇公元一七二六至一七八四年在世，他堪称安南历史上学问最好、受汉文化浸润最深的一位士人，并不亚于中国内地的知名学者，不满三十岁就有《群书考辨》等书问世，一生编撰有《北使通录》《抚边杂录》《见闻小录》以及《全越诗录》等数十种汉文著作。所以，这只动物并非是以无名或莫名因此，益害祥咎也不明之物进献给天朝的，而就是打着“**果然**”的名号招摇北上的黎贵惇经过湖南永州的时候，曾用唐诗集句的方式抒怀，有两首如下：“白云生远岫（焦郁），明月满前川（杨炯）。骚客吟无尽（沈佺期），穷途事**果然**（张祜）。”“霜薄花更发（骆宾王），沙空鸟自飞（江为）。**果然**惬所适（王维），香扑使臣衣（郑审）。”可知有愁有喜，旅途充实；安南人未必管它叫起来是不是像“果然”两个汉字的字音，也未必管它并非如《山海经》以来的传统所称出自交趾；就目之为仁兽，看作是祥瑞，为投合清朝皇帝的期待，也为表达安南新君的仁义，把它带到北京去了安南有一个不成文的政治传统是：向北方宗主国隐匿自家名号和真正的好东西。举一个例子：《清实录》记载，乾隆二年（1737）二月“安南国王黎维祜故，嗣子黎维祎遣陪臣阮仲常、武晖、武惟宰等进本告哀，附贡方物。戊寅，遣翰林院侍读嵩寿、修撰陈倓册封黎维祎为安南国王。”而公元一七六一年黎维祎去世，所以黎贵惇他们带着**果然**来告哀并乞封——请宗主国加封新的国王。但根据安南史书《大越史记全书》所述，一七三五年后黎朝纯宗去世，他名叫黎维祥；继位者叫黎维祳，庙号懿宗。据知，安南或许在后黎朝时还有真正的果然兽，而只把马达加斯加岛来的西贝货——当时西方的红毛国主导着海上贸易，后人称之为陶瓷之路或海上丝绸之路——塞给了北京。

北京的清朝皇帝百闻不如一见，见了**果然**，果然很高兴此乃惊喜。《清实录》记载，安南国的贡献并不按计划来，不遵守事先约定于《会典》的规矩出牌，让北京的官员很头大，先前他们就曾提议：“安南国所贡方物，与《会典》不符。嗣后入贡，请令遵照《会典》。”结果被好奇并好大喜功的皇帝驳回：“外国慕化入贡，所进之物，着即收纳，不必遵照《会典》”，令画师写真这并不等于说其中画的就是现实中的马达加斯加环尾狐猴。当代有美术史研究者指出，首先，环尾狐猴的尾部环纹有十三个左右，而郎世宁只画了七八个——这固然可以解释为猴子打架打断了尾巴，或者二维码（马……猴）的长度所限；其次，狐猴攀援在树上时尾巴笔直下垂以保持平衡，而不会平举在身后——这依然可以解释是为了展示二维码。而最致命的一击在于，图中桃树（虽然既可以说是北京的桃，也可以说是安南的桃）上花果并陈，这显然是想象性的，皮之不真，毛将焉附？想象之树上的那一匹，确然是想象中的动物了，并亲自写了诗，嘱状元于敏中公元一七一四至一七八〇年在世恭正地誊在画作上。皇帝的诗合乎身份，富有伦理意义，强调了果然兽尊老爱幼的品行，如前所谓，这是《山海经》即提及的习性，后世却不再是各书征引的重点。御诗还将这只“**果然**”的珍奇罕见归结到，由于它皮毛温暖，所以遭到了獠人——其产地土著的猎杀。这依然学舌了《山海经》，而与《本草纲目》的说法有歧。后者只是声称，当地人将其唤作仙猴。因此，如果尽信书，古人诚不我欺；那么，我们可以把**果然**产地的土著族群一分为二：一种人喜欢射杀果然兽，取其皮毛；另一种人却视之为仙灵。

果然兽只是因为皮毛温暖而成为猎人追逐的对象么？我觉得未必。审美原因不可忽视。譬如，古代中国谓为“貊”的那种四川一带所出的恠物，以熊猫熊猫，学名是“猫熊”的名义在二十世纪之后举世走红，这表明：在这个五彩缤纷的世界上，出乎《老子》所说“五色令人目盲”的厌色（yếm sắc）心理，人们对黑白安南街头有一度很流行各种有色眼镜，但黎氏荔（Lê Thị Lệ）不在其列。我不假思索地迷恋上她的大眼睛，喜欢安静地看眼波如何流转，黑色的光和白色的光一起亮闪闪，那里，仿佛万物都不重要了，四季都不存在了，雨季和旱季的枯荣却常有，就跟安南的气候一样。我一度天天盼着跟她见面，贴面就近观测《诗经》所谓“巧笑倩兮，美目盼兮”，盼就是黑白分明的样子。直到有一天，她打了个摩的来见我，在马路对面跳下车，高挺的鼻梁上架了一副茶色蛤蟆镜，掀下头盔，秀发飞扬，迫不及待，大声叫我的名字，向我招手。我一向听力迟钝，眼神则时好时坏，又常后知后觉；就在那一天，与认出她来的那一刹那几乎同时，我莫名失去了兴致，突然决定假装并不认识她，顿时马路变得无比宽阔。即使改日她的闺蜜告知她好几天眼睛都红红的——应该是得了红眼病即急性结膜炎的缘故——但沟壑已成，覆水难收动物别具盎然的兴致。如果重新把动物分为黑白的与彩色的，熊猫、企鹅、斑马就会在一起。小说家黎幺曾在《机械动物学》中，说到斑马其实是一种被黑白打印机逐行打印出来的动物！**果然**，若以《山海经》《南州异物志》以及郎世宁的画作为据，也与它们同在——前提是，还能找得到真的**果然**的话。

造成**果然**真相不明的，更重要的原因是巫术：晋代左思约公元二五〇至三〇五年在世在其令洛阳纸贵的《三都赋》一文中《吴都赋》那部分里写道：“狖鼯猓然，腾趠飞超。”这里**果然**被抄成“猓然”，还有文献作“猓猓”，或是个一厢情愿的声明：它不是那个表示事实与预料相符、抒发果真如此义的词语“果然”，乃指动物，与长尾猿、飞鼠视为同类。所谓同类，不是后世所称它们相像，而是因为它们都拥有飞一般的迅捷——难道说，**果然**竟是因为飞翔能力而其名自詖的？——狖与鼯曾因为共有此秘诀，相偕在一首唐诗中出镜：“下压重泉上千仞，香云结梦西风紧。纵有精灵得往来，狖轭鼯轩亦颠陨。”这首形容巫山之高的作品中，精灵族的车辆成了铺垫。如其所述，精灵车用狖皮包裹着车轭，鼯皮装饰着车厢——这就是典型的巫术思维，认为动物的习性表现在其身体的每一个部分。《山海经》也包含类似的例子：黄帝为了与蚩尤角逐中原，发明了声波武器，遣人去东海流波山屠灭夔这种一条腿的恠物，使之绝种，将其皮蒙鼓并配备雷兽之骨为鼓槌云云，原因就是：因为夔“声如雷”，所以夔皮鼓“声闻五百里”。而**果然**皮也早早被用在蒙盖车辆，为了跑得快。儒家十三经之一的《周礼》中有“然複”一词，自汉末郑玄公元一二七至二〇〇年在世至唐代的贾公彦其生卒年不详，古代训诂学家都认为其中的“然”即是果然兽，“複”又作“幦”，指车前横木上的覆盖物。所以，前引的钟毓《**果然**赋》也提到：“肉非嘉肴，惟皮为珍但《本草纲目》未必同意这些古老的看法，书中带言，**果然**肉虽非嘉肴，却可主治疟瘴寒热。”

但交趾的獠人猎手之所以会积极追逐果然兽，除了与其谋皮，将有多用，其实还是对自身能力的一种检验；在更快、更高、更强的人生目标下，他们自然不会去竞相追逐蜗牛或乌龟，只有像风一样快的那些传说中动物才是他们的对手啊。

而宋代博物学家罗愿公元一一三六至一一八四年在世在《尔雅翼》中引述唐代李肇公元九世纪人的说法，端出第三种可能性。众猎人只要追上一只**果然**，收获就会翻上好几个筋斗：一旦一匹遭猎杀，马上就会有一群它的同族从密林各处挺身而出，围绕着尸首不忍离去，露出伤心的表情，哀哀地叫着“**果然**！**果然**！**果然**！”再也不管不顾猎人的飞箭利刃与自家宝贵性命。这幅带有浓重宿命论气息的场景并不会打动硬心肠的猎人，乃是果然兽传说的另一个仁义版本。参照《南州异物志》所载，每收集到十余张**果然**皮，就可以得到一床黑白分明的果然兽毛被郎世宁看到的话，他会不会想起久违的西洋棋？不过，若是在果然被子上下棋，把毛皮当厮杀的棋盘，小小棋子可不容易站稳当，“繁文丽好，细厚温暖”；那么只须出手一次即可，成本不高，杀戮则重。事实上，这与乾隆帝所见、郎世宁所画那从南纬十八度漫游到北纬四十度的孤独一只已然相去甚远。但在我的想象中，果然兽兴许早就发明了葬礼与祭祀。甚至，如果我们更聪明一点，多一点历史感，参照中世纪欧洲黑死病高发时期的经验：为避免被死神镰刀其实是高度传染性的病毒与细菌盯上，纪念死者时都穿上与周遭环境高度融合的黑衣而今简化为黑袖章——那就会知道：果然兽穿着不同于人类文明的迷彩丧服，毫不伪饰，从不更衣，早已时刻准备好，惨然接受自己变成他人的褥子的命运。

交趾之人 | 足骨 (túc cốt)

交趾地方的奇人异物，首推**交趾之人**。佚籍《交州记》里提到了这个给当地带来遐迩声名需要强调的是，在这里，带来声名一说名符其实。乍一看，**交趾之人**就像河北人、山西人、中人、法人一样，是先有地名而后有族名的；但其实是颠倒的，因果是相反的，先后是逆转的的族群。生活在晋代的作者刘欣期其生卒年不详声称，**交趾之人**身上布满浓密的毛发，郁郁苍苍，像一团有无穷线索的乱麻翻着筋斗，转移了外界的注意力，遮蔽了自身形状；又像是一座移动的雨林，而一旦跌倒，他们无法自己一骨碌爬起——那是因为他们的大小腿之间，并不存在宝贵的关节也就是膝盖——所以密林就地安营扎寨，休养生息，成长壮大。所以，现实中，每当**交趾之人**从梦中苏醒，需要有帮助者应声而来，搀着方能站起，醒了扶伊去，深藏梦与魇，稍稍恢复作为人的尊严。

显然，这是一些北方腔调的话语，受了南方湿润繁茂的刺激，反弹到南方人的相貌与体征方面，用想象来歧视，以夸张来倨傲：浑身长满毛云云，大致是野蛮未开化，尚泯然于猿猴群中的隐喻。

更夸张的，当然还是原文所谓“足骨（túc cốt）无节”以及由此“卧者更扶始得起”。不知那些随时待命的侍者究竟是何许人也，是不是**交趾之人**同族？他们组成了一个友爱的交叉睡眠共同体？有没有远赴古埃及秘密培训过搬运木乃伊的窍门，或者前往湘西访高人学过赶尸？抑或，存在着更常见的剥削关系，就像当年山阴王子猷公元三三八至三八六年在世。亲兄弟七人，他是五王子，王子敬（献之）是他的七弟的仆役那样，浪漫而洒脱的寒夜之雪皲裂了不同床榻上贵贱有别的梦境，作息时刻表无规律游移、推迟而破碎，只能将浓浓睡意透支，兑换成欸乃的桨声和棹歌，才能抵御彻骨的冰凉；而这大约又是**交趾之人**的起床曲了。

膝盖通往奴性可参见诗人须弥著《身体地图》“卑微的膝盖”一节。如果这个命题成立，那么**交趾之人**的反奴性可谓深入了骨髓，已然遗传成体质特征。但这并没有凝结出一个唤起讴歌的标志，如那个起身的细节所示，它常常被歧视为天性缺陷。我们的古老观念中，在那些统称为“天人合一”的繁琐细节里，有将人身上的骨头数量判定为三百六十块者，以应和周天三百六十度，及一年生植物指春生夏长秋收冬藏的那些草木的生死周期三百六十天。这项知识自会被现代解剖学轻易证否，却曾经影响深远：羡余一些骨头还不是最打紧，可谓之闰；少了一根半节的，就只能称之为残了。而另一方面，行动伦理可提供更简易的理由：大丈夫能屈能伸——能伸而不能屈的，大概会被自诩聪明的中国人视为应对不敏、缺乏变通的傻瓜吧？在交趾，管这种人叫作〖**獵**〗。

按照《交州记》的说法，**交趾之人**聚集在南定县。我曾在《安南恠谭》一书中转录过一个在交趾地方流传已久的传奇，原载于《南真杂记》一书，说到一个一千年前的断头骑士如何策马奔驰，一手在胸前托着他自己的头颅，而嘴里还厉声吼喝，沿途不停地询问路人：“无头佳乎”，据说这件事正发生在南定境内，南定人当场纷纷回应成回音："佳——驾不知他们是不是**交趾之人**，此一时不论其他，他们两颊颤动，口中含混着真假难辨的敬畏：佳—颊—假—驾！"恭送无头将军矫公罕其生年未详，卒于公元九六七年跑开去不知道他们会不会目含悯然，想到早些时候安南籍的唐代进士廖有方的诗："半面为君申一恸，不知何处是家乡。"廖曾救助过一位在考场里发急症的同学，惜乎他不是"瘳有方"，同学死了，之后他又好心地代为处理了后事。廖有方还不惮时议，与落拓的柳宗元有所往来，柳宗元有一段文字："交州多南金、珠玑、瑇瑁、象犀，其产皆奇怪，至于草木亦殊异。吾尝怪阳德之炳耀，独发于纷葩瑰丽，而罕钟乎人？"正是《送诗人廖有方序》。而《交趾地方的奇迹、异物、幽灵和古怪》一名的四个来源之一正在于此。只不过，在断头故事的发生年代，公元十世纪，交趾正要被中原王朝拦出界外，就此自立邦国，不再是一州；而在断头故事的传播年代，南定早已被称为南定省，不像原先那样只是一个县。就我这些年所见，有关南定省的后世文献中鲜有**交趾之人**的记载。但是，后世不复得见，不等于说更早时候一定没有。"南定"作为地名，可追溯到三国时候。可以想象这样的图景：北方远征而来的官吏与军队，在密林边缘勒马逡巡，视野里出现了这样的无膝人。有一批人不知他们中间有没有无锡人感到欣慰：南定矣！同时还有另一批人不知他们中间有没有婺溪人也许感到头痛：南定乎？

因为对于北方人来说，更著名的足骨无节者，**交趾之人**还算不上，而是来自东西洋的鬼子。近世以来，国人先把漂海而来，船坚炮利的西洋人说成是缺少膝盖的异类，并因此把他们叫作西洋鬼子。要不是其时娱乐资讯不发达，电影大片及电脑游戏尚未大行其道；我在想，不然他们也许会被叫作殭尸或者 Zombie源自大西洋两岸的巫毒教信仰，译作丧尸或行尸、活尸、活死人，可区别于中文传说中的殭、尸殭或者殭尸。这种对欧人的想象如今当然付为笑谈，已然要遗忘到历史角落里去。当年它却也曾体现在清乾隆五十九年合公元一七九三年那一次意义深远的马戛尔尼访华事件中。英国使臣乔治·马戛尔尼爵士Lord George Macartney，公元一七三七至一八〇六年在世准备觐见中国皇帝，拒绝三跪九叩，而坚持要实施他谒会英国女王时候的鞠躬礼——一番拉锯，最终双方达成一致，单膝跪而不叩头。这件事情塑造了双方持续延宕的观感：英国人觉得东方帝国与马可波罗Marco Polo，公元一二五四至一三二四年在世等人的传说大相径庭，专横、黑暗、野蛮；而中华上国的朝野则从来并不匮乏各种想象力，想来就此会很体贴地认为，那些西洋蛮人不是不知礼数，而是膝盖打不了弯吧。到了大半个世纪之后，从鸦片开启的战争与近代史中，林则徐公元一七八五至一八五〇年在世依然认为，洋人浑身裹紧，腰腿直扑，一跌不能复起；而从裕谦生于公元一七九三年，一八四一年在镇海败后投水自杀至董福祥公元一八四〇至一九〇八年在世。哥老会出身，曾任甘肃总督，在庚子年间（1900）炮轰过东交民巷，相似的论调代代相传。半殖民地化的进程中，谣传与祛魅趋洋的现代性认识一度并驾齐驱，各自抢夺着中国人的头脑。

有意思的是，无独有偶，欧洲人也早有相似的说法：世上存在着某些僵本文临时区分了作为人的“僵”和作为非人譬如尸体的对人有不明歹意的“殭”两个字直的类人物种。早在十三世纪，法国方济各会教士、第四位派往蒙古的使臣鲁不鲁乞William of Rubruck，约公元一二一五至一二七〇年在世写下了《东游记》一书《东游记》可能是游记，也可能是小说；《西游记》可能是游记，也可能是小说，书中第二十九章表述他在蒙哥公元一二〇九至一二五九年在世，一二五一年起在位宫廷所作为与所见闻诸事时，称：

> 有一次，一位从契丹Great Cathay，即古丝罗国 Seres（又译作赛里斯、塞雷斯，西人古时曾以此呼中国，多称它以产丝著名），今从友人李夏恩所译。本文中那几位近代人士的观念以及这一则材料，均是与李兄聊天时，我问他，他信手拈来，顺手送给我的来的教士与我毗邻而坐，身穿一件颜色极佳的红色料子衣服。我问他，是从哪里得到如此好染料的。他告诉我说，在契丹的东部山区，悬崖绝壁间居住着一种动物，它们在各方面都具有人类的形状，只是膝关节不能弯曲，因此只能跳跃着走路；它们只有一腕尺高，身上长满了毛，住在人迹罕至的洞穴里。人们带着米酒去猎捕它们，在岩石上挖凿出一些酒杯形状的小洞，灌上米酒。安排停当，猎人们躲藏起来，轮到这些动物走出藏身之所，闻到酒味，它们呼朋引伴，喊着“猩猩”（Chin Chin）（它们从这种喊叫声获得了它们的名称，因此它们被称为猩猩），直至酣醉如泥。这时，猎人们走近前来，乘其昏睡，捆住手脚，在它们脖项上的一根静脉管中抽出三、四滴血，然后再将其放生。他告诉我，猩猩血是最贵重的深红染料。

可见，远东的君臣在畅谈西洋人时说他们没有膝盖，西方对东方也持有类似传闻普遍的东方当然可能相反，那时候是膝关节与面部肌肉太发达，使之惯有奴颜屈膝。这种况味可谓：相看两无膝。但也许要突破东西方之间刻板的相互凝视模式，眼神瞄开去，斜视流盼一下，“既含睇兮又宜笑”，南方人才没有膝盖？法国教士说到的不屈一族浑身长毛的说法，与**交趾之人**颇相似；甚至，称之为猩猩、其名自詨、人用醇酒诱捕，以及血可以染等等细节，也常与交趾有关，广见于诸多古典文献，参见〖狌狌〗；唯方位上有所差别，也许是他们还没有指南针或者始终没有〖**指南车**〗的缘故。

此外，当代著名的学者小说家，意大利人翁贝托·艾柯Umberto Eco，公元一九三二至二〇一六年在世在其《波多里诺》（*Baudolino*，2000）一书的第六章中提到：主人公逃课，为了有朝一日为那位远方的女王写情歌，他一头扎进了图书馆里那些奇妙的文章。他看了“老普林尼Pliny the Elder，公元二三至七九年在世的博物志、亚历山大Alexander the Great，公元前三五六至前三二三年在世的传奇、索利努斯Gaius Julius Solinus，约公元二至三世纪人的地理、依西多禄Isidore of Seville，公元五六〇至六三六年在世的词源学”等等，看到了包括：

一种在沼泽里吃了人之后一边哭泣一边翕动上颚的无舌大蛇，被人叫作鳄鱼；

一种半人半马的动物，被人叫作河马；

一种有着驴子的身段、鹿的屁股和角、狮子的胸和大腿、马的脚的动物，被人叫作四不像；它还有咧到耳根的大嘴，会发出人类的声音，而牙齿是一整块骨头！

一种人，只长着一只脚却能健步如飞，但往往想躺在樟木箱子里长途旅行，他们的族名叫作：西亚波德或可译成“夔人”；

在这份可以无尽罗列的妖怪清单中，暂时被小说家压轴排在倒数第二项的，是“一种膝盖没有关节、耳朵巨大到可以御寒的怪人”。若暂时无视大耳朵的存在可参照〖**飞象**〗一篇中的小呆宝，这就能与《交州记》所谓**交趾之**

人引为同类了；或者说，艾柯拈出西方博物志中的那种恠人，大致是飞象与**交趾之人**的结合体吧。

与这些到了近几百年才走遍世界并蓦然闯进汉字中的红头发绿眼睛西洋人不同，**交趾之人**始终在远处的雨林里，若有若无地散发着一些自己存在的信号。更多时候，从《山海经》到唐代杜佑公元七三五至八一二年在世，诗人杜牧的祖父所撰《通典》，古籍常常提到**交趾之人**安心于连脚趾都交织在一起一说是小腿，则可以算是重度X形腿或非典型O形腿。而根据《汉书》的说法："骆越之人，父子同川而浴，相习以鼻饮。"骆越大致即在交趾。《汉书》不关心他们的腿如何如何（或许是因为洗澡的时候腿浸没在水下，不是非礼的话勿视？），但很感兴趣地说到他们是用鼻子喝酒的——想来**交趾之人**也可以这么喝XO（上乘白兰地）吧。我有一回去安南，曾与小萝（La）反复练习过。她小我好多岁，身形也娇小，却豪爽大气又有大把的钞票——家里有矿。我说：小萝，XO？她说：XO，大琺！我们就喝得个昏天黑地，醺然沉醉，换了多个花样、调出各种组合、变着姿势和位置喝，也还是没有习惯鼻饮。我很愿意狠狠夸一下她酒量好，心想说：牛！但贴上去拍了肩膀，翘起根大拇指，张口却说成了OX！小萝顿时柳眉倒竖、杏眼圆翻，满嘴酒气直朝我脸上喷薄而来：你才OX！你就是个OX！XO，再来！两个人继续XOOX……后来的情况记不太清楚了，大概她跟我都喝成了**交趾之人**，膝盖打不了弯，在O形腿和X形腿之间反复切换，颤颤巍巍，任凭酒精把时光都燃烧殆尽，并不移开去各自舒展。根据《交州记》的说法，那其实只是：缺膝关节、移动困难、器官变形的结果。我觉得，刘欣期的说法更值得计较，这使得**交趾之人**具有植物性，就像是那些缠绕着藤蔓、盘根错节的热带树木。在**交趾之人**身处的雨林中，每一种植物都枝叶茂盛而种类繁多。因此，我也一直猜想，本着某种神秘的守恒定律，**交趾之人**那些消失了的关节，会不会就集中归于某些植物，譬如竹子上去了？传说中，安南的密林中既有百足之虫，又有百子之实，还有百节之竹——不过，那是另外的故事集里的段落了。

鳢鱼附鹿鱼 鼍风鱼 | 徐（từ）生（sinh）

事实上，安南那种被称为“鳢”的鱼，当地球绕着圈圈，春夏秋冬又一春，人类始终只有一半的时间，才能安心把它们归于鱼类。

往往在仲夏之月，夏至方至，又闪身而过，马不停蹄。北半球的广袤区域中，日子一天比一天短，安南也不免如此，黑夜的胃口悄然变大，好像啜饮了四季一熟的猴儿酒似的，一小口，一小口，耐心吞噬着光亮，消化不尽的细小碎片铮然在夜空中迸发出寒光，当然，那是越来越多的星星。这时候，**鳢鱼**就是**鳢鱼**，或者说，可以称之为**鳢鱼**。

但子午流转，大约到了北方人称之为隆冬突然发现，迄今为止，我不曾经历过安南的冬天。主要是因为要回乡过年。所以年中我会像鸿雁一样飞来飞去，而到了年关，窝在故土，让鸿雁替我往来——我指的是电邮，向纷纷为人妇、为人母的老朋友送去祝福，年复一年，千篇一律，空洞而充满套语——事实上我什么都给不了她们，她们一般也不回复我。我觉得，安南古代诗人阮忠彦的诗句很能写我之实：“故人别后睽南北，鲤书雁帛无消息。”至于为数不多的几位男性老友，两个不怎么用伊妹儿（email）尽管爱上脸书（facebook），一个收到我的信每次回且只回四个汉字“阿珐你好”；还有一位，十年前举家迁去了德国，去体验寒冷和不过农历新年的生活——我当然理解他，他也很体谅我的节令，安南的冬天不见雪花可以见可怜见的雏菊花，大家都知道，唯见北方传来了各种关于寒冷的夸张消息，地上的影子终于又苗条，在有限范围里拉到最修长。这时候，人类看不见的所在，在洋流深处，**鳣鱼**的身体默默开始发生变化。有经验的渔民凑泊起几代人的教训，知道**鳣鱼**开始在血肉中酝酿翱翔，从体内秘密地生长起羽毛来了。但变身并不一蹴，进程颇为缓慢，乌升兔坠，仿佛飞空一事，非得要有冬去春来万物复苏时蒸腾的生命力烘托方可。

直到仲春，**鳣鱼**的进化尚未完整，但它们的体内却已经悄悄生成了两枚鸟肾，而腹下则长出一柄刀状物件，长丈余，好像刚刚从逝去的冬天、从遥远的北方冻土冰山中踏刀滑雪归来，已经完成了一个传奇似的。但这个时候，**鳣鱼**好像还不急于领略在对流层中垂直上下的乐趣，它们留恋于水的浓郁与沉浸，而不是气的轻盈，它们从海中洄游，沿着所有天然线路，泝流而进入内地，竭尽可能地浏览大地的宽广，在每一处清浅的河床上，都反复磨拭着身下的寒寒刀意。

离水的日子还是到了，是在立夏。杨孚的《异物志》中有关于**鳣鱼**的记载，但并没有详细地描写那一天的盛况，只是简捷地称说“白鸟似鹭群飞”。可以想象，刀锋磨得无比锋利，以至于刃下容不得一点水，鱼儿于是只能从浪头的泡沫中分离出散碎的白色；但迅即，重新在上方组合成群，硕大的身型呼朋引伴之后，结成了莫可名状的密集队形，宛如山溪、江流和三角洲都沸腾了起来。自下而上，不是怒浪击空，而是**鳣鱼**组成的浪潮反对着地心引力，似乎，先前一年中所有的倾盆与滂沱，都要反戈回转，向着那无尽的苍穹归去。那一刻，大地上其他的风景，恐怕都不会比一万条**鳣鱼**化作鸟儿飞上天空的样子更壮观吧若有见证者想要在回忆录中记上几笔，他也许会哀叹道，此时，精妙的词语、闪光一般的灵感也都随之去往天穹高处，早看不见了，理屈而词穷，说不出也无法说明为什么会这样。此一时，但有两个问题，像是不安的孤云阴沉沉在天边逡巡：一、**鳣鱼**有没有数以万条？二、**鳣鱼**变成的鸟儿，是该叫**鳣**鸟呢，还是**鳣鱼**鸟呢涩泽龙彦曾在《幻想博物志》一书的《鸟类诸事》一篇中提到说，索邦学院的神学家会议实际上早已解决过这个争议：他们决定把水鸟统统视作生有羽毛的鱼。这样，如何在天主教复活节前禁肉食（不禁鱼也不禁渔）的四旬斋里做菜，如何搭配优质蛋白的事情也就有了更多选择余地，甚而迎刃而解：水鸟肉可以继续吃，“网开一面”，近水楼台，通往厨房。依照这种想法，四旬斋里无烤鸡，但烤鸭和烤鹅大行其道？还是要发明一个超大字符集中都没有的字：鱧鸟或者鸖鸟或者䲅鸟呢？根据《说文解字》，鸟是长尾巴的鸟，隹是短尾巴的鸟。还没有人关心到：**鳣鱼**长出的鸟儿尾巴究竟长不长。

一年一度的**鳣鱼**高潮就此倏忽而过，接下来是循环往复的前奏：待到仲夏将至，鸟儿开始集中低飞并出现在海中，不时与水面亲密接触，不知是它们变回成了**鳣鱼**，还是以为自己又变成了**鳣鱼**；或者是它们把卵产在海中，入水而化，轻易就孵出带鳍有鳃的返祖子代，新的一个轮回，又要开始了。

事情很清楚了：**鳣鱼**与冬虫夏草有着相似的宿命。如果不考虑以尺度胜还是以数量胜，更接近的同类项应该是庄子一说约公元前三六九至前二八六年在世所记载的鲲鹏之变。同样在水在天，鱼形鸟态之间的切换转变，标志着每一个精密完整的系统内部都存在着傅科摆。这样的复杂物种难以用单一名称来统摄，堪称是玄学化的生灵。在某些地方，它们被人认为具有神性；另一些所在，人们会哄抬价格，以为食用它们可以轻易得到惊人的好疗效——两处未必矛盾，甚至还能成为供应链的上下游；冬虫夏草在当代无非就是这样一个好局，但所幸**鳣鱼**都飞上了青天。

史上能鱼跃的并非只有**鳣鱼**和鲲。《山海经》举证说，东海中的大蛤，每年的六月份即会化为小黄雀，义无反顾地舍下敞开的贝壳，靡靡亲近青云去也——显然与“雀跃”这个词更吻合；只是，变成鸟了，鱼吻或者鱼唇就必须要更加坚强，化作喙，喙的内部也要重组，因为要歌唱。有的物种，不只是嘴上变硬，西晋史学家张勃公元四世纪初在世的《吴录》记载，娄县即杭州湾北岸我故乡所产的石首鱼，每到秋天第一片树叶变黄的时候，就会变成一种会潜水又会戏水当然还会出水而飞的鸟：凫凫，一般认为指的是野鸭子，至多指被规训和惩戒之后已经驯服了不再野的鸭子。这当然没错，但从字形上看，它就是踏水而起的鸟，从浪尖上展翅，掠过波涛，惹得水晕心动。据说，这种凫的头以下一部分，也就是脖子，还犟得不得了，强横顽固，像石头一样。寻常的渔夫与猎人都拿它没办法，只有石匠、玉工和雕塑家才能降服，但问题是，石匠他们好端端地，轻易并不会跳槽改行，所以，从来就没有什么标本记录。所以也不知道这些凫的心肠硬不硬。此外，屈大均在《广东新语》中提到，每年二月和八月今寒暑假之后的开学季会有海鳇鱼群聚集到沙洲，迅速变成火鸠鸟四散而飞。不知道它们这是各奔锦绣前程，去往不同的学校呢；还是纷纷乔装改扮，作了赖学精。

此外还有那些必然会跳过龙门的鲤鱼，参见〖**高鱼**〗和〖**龙脑**〗，它们跳过之前反复尝试，额角留下疤痕，最终变成尺木和龙角，参见〖**雕题**〗。鱼龙之变当然广为人知，但是龙算不算鸟呢？它们都会飞只有美颌龙科的中华龙鸟（*Sinosauropteryx*）和驰龙科的中华鸟龙（*Sinornithosaurus*）除外，它们都不能飞，但都早已在一亿两千万年前就灭绝了，我只知道，恐龙没有悉数灭亡，鸟类都是其幸存于世的后裔。那么，新的问题又来了：**鳢鱼**会不会也不属于鱼纲，而有其恐龙祖先恐龙祖先：意大利小说家意大洛·卡尔维诺有一部短篇小说集《宇宙连环画》，我非常喜欢，个人认为在想象的尺度上，难有出其右者。书中有一篇《恐龙》，提到恐龙在大规模灭绝之后尚有孑遗离开高原，渐渐混迹于人群，甚至还与新人有了后代，最后，他“穿越山谷与平原，到了一个地方的火车站，乘上火车，混入人群之中。”这可以与一千多年前一位耿姓女子的观点互相参证：“天下之居者、行者、耕者、桑者、交货者、歌舞者之中，人鬼各半。鬼则自知非人，而人则不识也。”可知人群之中，混杂着各种鬼灵精怪、史前奇兽、珍稀物种。日本电影《平成狸合战》（1994）也持有相似的观点。耿姓女子的出处则在唐代传奇小说集《续幽怪录》。作者李复言提到，她有“洞晦之目”，经常把前面那句话挂在嘴边，絮絮叨叨。她是河南中牟人，嫁给了同县的一个叫叶诚的染匠，想必终生都很不屑于她丈夫的事业呢？

如果不论飞不飞，那么，值得一提的是，《异物志》中还记载了交州地方的一种鹿鱼。鹿鱼可不是鯱鱼，后者是鰈鱼的别称所以，我在犹豫，要不要把**鳢鱼**称为曹鱼——这样，也不必造字了——因为在字典里，鳢除了本文正在叙述的传说物种之外，也是鲂鱼即鲚鱼的别称，还是鲥鱼的另名。但说曹鱼，会不会又易被人误解为与曹操有关，或者是曹县特产。总之，我觉得自己疑心病挺重的。有一种意见认为，鰈鱼的形状有点像未跳龙门之前的鲤，却长着鸟的尾巴和六只脚，出处俟考。另有一种看法认为，鰈鱼乃乐浪潘国的特产，《说文解字》就这么记载，但不给出“乐浪潘”这个国家的位置及其他任何信息。还有第三种可能，说鰈即是鲷，《史记》的一个注本提及鰅即是乐浪郡所出的一种皮肤表面天然有字样的鱼。甚至有第四种表述，把鰅和鳙连在一起解释，说《楚辞》中的《大招》一篇憋了一个大招没人注意，即连用“鰅鳙”：“鰅鳙短狐，王虺骞只。”有训诂学者说到“鰅鳙”和“鳙鳙”没什么区别，鳙鳙之鱼是广为传说的另一种恠鱼，《山海经》有所记录，称它出现在《东山经》那一部分，模样像犁牛，嗓音却有类于四脚朝天捆作一团的猪留在这个世界上的最后叫唤一样至于短狐，跟狐狸无关，它的南方名字叫“短弧”，又称射工，还有一个名字叫“蜮”，《诗经·小雅·何人斯》有句“为鬼为蜮，则不可得”。这也是一种想象中的动物，居住在水中，口中含了沙子喷出来打击人的影子，谁的影子被击中谁就会生病。当然，这就是人们常脱口而出的“含沙射影”一词的出处。

所幸鹿鱼不是⿰鱼鹿鱼，不必纠缠到上文所陈列的能指链条中去。《异物志》虽然语焉不详，但到了唐代，刘恂生卒未详所著《岭表录异》引证了一本叫《罗州图》的书，称：“州南海中有洲，每春夏，此鱼跃出洲，化而为鹿。”罗州在今北部湾北岸，所以鹿鱼是南海中的物产无疑。《岭南录异》接着说，“曾有人拾得一鱼，头已化鹿，尾犹是鱼。”感觉鹿鱼的变化有点像鸣蝉蜕壳我曾与一位叫樟（Chương）的安南女孩相谈甚欢，虽然她自幼在河内城里长大，但她跟我说，她们陈家世代从事远洋捕鱼，我说难恠……很诱人。因为我总是在她身上闻到一种淡淡的腥味，仿佛海风时刻萦绕着她，又好像她本人就是个大海鲜，时刻招引着我。我们在很短的时间里反复见面，有时约在同一个地方，有时又刻意避开相熟的所在。那时候，我们坐在大树底下的绿色长椅上，或在林荫道下行散，或者躺在草坪上看太阳如何一点点沉入远处的西湖——河内西郊的大湖，古称浪泊，其面积是杭州西湖的六分之五——彼此都朦胧起来。我的头脑中充斥着轻盈的曲线，却以为它们是天地间代表幸运的抽象法则。我卖弄学问，但对人心毫无经验，善于打捞文字，捞海底针则是一窍不通。我说我知道安南也是樟树的原产地之一，听得她眼波流转很高兴。接着，事情却突然变得无可挽回，因为我莫名起玩心，从路旁的一株樟树上取了一只蜕壳蜕了一半的知了，打算做个珐布尔（Jean-Henri Casimir Fabre，《昆虫记》的作者），扬扬得意，跟她说，嗨，你身上长这个啦（心里想我可以跟她聊聊貂蝉）……事后我才知道，樟怕极了各种虫子，蝉也不例外，进程有点慢。但也许，所谓鹿鱼，说的正是这种过渡状态，就像西方星相学中的磨蝎Capricornus，♑，苏轼在《东坡志林》中提及，韩愈和自己的星相都在磨蝎宫：“退之诗云：‘我生之辰，月宿南斗。’乃知退之磨蝎为身宫，而仆乃以磨蝎为命，平生多得谤誉，殆是同病也。”今多写作摩羯。据希腊神话，乃是牧神潘（Pan）在尼罗河畔遭逢风暴巨人堤丰（Typhon，有认为这是“台风”一词的语源），想水遁，慌乱中现出一副恠样子从此现世：露在水面之上的上半身成了山羊，而水下的下半身化为鱼。其实很少有人注意到过渡时鹿鱼的两不像，而一味看重首尾我本来也可能会变成一个安南通，或者卓有成就的安南学专家，热爱交趾的文化、文献、文学与文人，甚至与一位幽幽散发着雨林气息的姑娘喜结朱陈之好，依王粲所谓：“复弃中国去委身适荆蛮”，从此侨居在回归线之南。要么就撤退到听闻安南、上安南研究的贼船之前，回归少年时代在北纬三十度铺陈开来的远大理想中去，十年一觉，只是在偶尔浪漫情绪作祟时，怀想一下某种南行的可能性，做一场因为年青而没有留下太多痕迹的白日幻梦，梦见那些美好的但是抓不住的倩影。但问题就在于，目前的处境可能比这两种设定都要更糟糕一些：我有点魂不守舍和进退两难，身在北方，由于时代的疫病与自身的困境而难以再去安南；而另一方面，昔日的热情还在发光，回忆时常萦绕在眼前，就像古文献中的佚文条目，渐渐从暗夜中漂浮过来，令我恍惚中对现实产生不真实感，而同时又首施两端，因为怀疑犹豫而裹足不前，不肯把想象付诸实施。如果妥协一下，用某一种宿命的套话来说，我大概前生曾经是条鹿鱼无疑了，要么神圣化，要么妖魔化潘神的原形也是人与羊的基因杂拌：羊角羊耳羊腿，人面人性人身。在中世纪天主教徒看来，这就是恶魔的尊容。所以剧变之前是鱼，严格意义上说，称其“鹿鱼”还操之太急，名不符实；而变化完成之后，那俨然就是鹿了，而再说“鹿鱼”，又为时晚矣。但也许，这不过是逻辑的表象。当地人说，这种鱼变成的鹿交州地方还曾有过一种狼要变成鹿，但是更马虎一些，只是在额上长了鹿角，参见〖**麡狼**〗，肉味腥气得不能吃。

不知道**鱄鱼**和鱄鸟的口感有什么区别，我曾经猜想，前者吃了可以提高飞翔能力，而后者有助于凫水，但苦于无法实证。与**鱄鱼**不同，鹿鱼的世界中没有水天的垂直二元，而只有海陆相对的矛盾。由于上岸还是下水之间的不确定性，鹿鱼变成的鹿即使在草地上徜徉、林荫下奔走，长着鹿的脑袋以及一双鹿角，依然牵扯着鱼的气味属性。这算是不消化？怀念？还是固执的习惯？也不知道，待到蠢动的春夏归于平静之后，一部分鹿会不会萧萧瑟瑟回到海滨，在不可遏抑的哀伤中，自沉于凉意徐生（tử sinh）的咸水？

安南的水域中，还有一物，与鹿鱼有几分同病相怜，又有所不同，叫鼍风鱼，也见载于《异物志》。此鱼身处热带却会为冬天而欢喜，千万条一起藏身在海中的大窟或者鼍穴里抱团取暖，舒服得咫尺也不移动；麇集如此，这个洞穴上方每每会出现白雾的异象。鼍风鱼的皮像漆和蝙蝠一样黑，它们会在其他季节中敏锐地感知到树洞，御风而行，直奔主题，一钻进树洞就把自己化装成蝙蝠。有人吃过这种特别的鱼肉未审带不带冠状病毒，即使戴，戴的也是旧冠，而非新冠，除了确实是鱼肉之外，他们觉得要比普通的蝙蝠好吃得多。民间传说里，蝙蝠即首施两端于禽兽之间；而鼍风鱼既然能高难度变身，从能力到肤色，早已与蝙蝠混为一谈，想必也就拥有牙齿、冬眠、翼膜和超声波，甚至海陆空三栖，堪称是海蝙蝠或者蝙蝠鱼我等普通人、普通读者可能知之不详，近代以来，世界各地的博物学家曾有一项秘密比赛，其中一些赛况也被人编辑到了维基百科中。这是基于十六世纪法国学者皮埃尔·贝龙（Pierre Belon）的命题展开的，这位探险家兼鱼类学的开拓者说过：“动物命名史方面，陆早于海，因此大部分海鱼的起名都搬用了陆生种的字号”——其实他是站在海这一边，要为海鱼打抱个不平来着，但后世大家却都有意无意忽略了其初心——心照不宣却踊跃竞标：去寻找海洋中栖息的蝙蝠。其中水当然很深，他们往往有效发动了一些自以为是的海员和不明事理的渔民。甚至已经有在分类学上也瞒天过海、暗度陈仓了的，是鮟鱇目的一些棘茄鱼，它们组成的那个科（Ogcocephalidae），即称之为蝙蝠鱼科。但是加勒比海上巴巴多斯岛的居民持续地反对这种成见，他们主张海龙鱼目飞角鱼科的翱翔真豹魴鮄（*Dactylopterus volitans*）才是真正的蝙蝠鱼。而马来西亚的捕鱼人则擅自将鲈形目帘鲷科的斑点鸡笼鲳（*Drepane punctata*）作为试点，称之为斑点蝙蝠鱼——据说美国人支持他们这么做，他们还偷偷把鲈形目银鳞鲳科的银大眼鲳（*Monodactylus argenteus*）叫作银蝙蝠鱼。而在大西洋上的圣赫勒拿岛，那里是拿破仑·波拿巴（Napoléon Bonaparte）最终的流放地，定居在那里的人不喜欢争得脸红脖子粗——他们长期吹拂着海风，自然肤色发红；但不缺碘，所以脖子并不粗——他们更相信鲀形目单棘鲀科的单角革鲀（*Aluterus monoceros*）才是正宗蝙蝠鱼。白鲳目白鲳科燕鱼属的几种燕鱼，诸如尖翅燕鱼（*Platax teira*）、圆眼燕鱼（*Platax orbicularis*）和圆翅燕鱼（*Platax pinnatus*）等也都有“蝙蝠鱼”的俗名，大约可以对应尖翅蝙蝠、圆眼蝙蝠和圆翅蝙蝠。还有人找到了鲤形目吸口鲤科的胭脂鱼（*Myxocyprinus asiaticus*），硬安上蝙蝠鱼的名义，不管不顾该种鱼只生活在淡水中，不免贻笑于方家。根据已有资料，以上种种，其视野都局限在辐鳍鱼纲里，但也有人超纲，别出机杼，把软骨鱼纲燕魟目的加州鲼（Myliobatis californicus）命名为蝙蝠鲼。其实，各种说法未必矛盾，可能一个都不错，须知，翼手目（Chiroptera）的蝙蝠有十九科一百八十五属九百六十二种呢，所以还有那么多蝙蝠鱼有待被发现与对应呢，博物学者尚须努力——只是，目前发现的这些蝙蝠鱼中，没有一种能像安南的鼍风鱼这样，能飞，喜欢倒挂金钟，能冬眠。在这几种动物所在的天地里，总有一些外形特化的器官，一旦周期性的时机出现，就会有冥冥中的造化之力，将其揉搓成新的形状，使之轻率地拥有了一项或多项暂时的获得性遗传功能。就此，关于**鳢鱼**体内的羽毛和一对鸟肾，想来也就可以理解了。

麡狼 | 绞猎
giảo lạp

最早麋集交趾地方及其周边各种奇迹、异物、幽灵、古怪的，乃是东汉的杨孚。他是岭南人有说他很长寿，近两千年过去了，我们对他所知能考实的并不算太多，除了他写下的《交州异物志》“交州”即是交趾之州。后来到了唐代，其地又被称为安南，当时帝国在四方边陲之地命名了安南、安北、安东、安西。但时过境迁，除了安南，也就只有安西由于一首诗歌杰作目的地的缘故，还常为后人所知。这本书到底为汉文化的典籍传统，以及汉文、汉语，提供了多少有意义的内容呢？除去数十种也冠之以“异物志”名号的著作接踵而至试图与之混为一谈不谈，也暂时不计它不仅在技术而且在内容上为本书提供了足够多的支持，至少还有一点：至少有一个汉字最早出现在这本书中，它或者它们很有可能，是杨孚的创造物，继而，它们可以算作“异物志”传统的一个微小的发明，我称之为“博物学文字”，或者可径直叫作“异物志汉字”。

这就是“麡”。

稍后，五世纪的《后汉书》称今四川大渡河及汶川一带的冉駹国“地有咸土，煮以为盐，麡羊牛马食之皆肥”。这不知是作者范晔公元三九八至四五五年在世从哪里道听途说来的传闻，企图转移叙事的重点，轻描淡写，说到那里的麡和羊和牛和马都因为吃了带有盐分的泥土而长得壮硕云云；要让人觉得冉駹国有“麡”是个先验既定无须辨析的事实。细心的读者都会感到狐疑——只要不是羊质虎皮者、不马马虎虎，平素好钻牛角尖的读书人，自然要蠡测一下：羊、牛、马三种皆在六畜之列，是与人类关系最密切的哺乳动物之三，那前面的“麡”岂不突兀，会不会是个错字,或者挂羊头卖狗肉——照理该是豕即猪之类的才不出意外?

或者，存在另一种可能：这里的“羊”也未必是羊，譬如说，是“枭阳”即“枭羊”有时还被写成“枭杨”的略称，也就是中国古代的狒狒古代的狒狒不是今天的狒狒，西汉《淮南子》有“山出枭阳，水生罔象，木生毕方，井生坟羊”之说，东汉末年高诱生卒未详的注解称“枭阳”是山中的精怪“人形长大，面黑色，身有毛，足反踵，见人而笑”。而汉初严忌公元前一八八至前一〇五年在世的骚体作品《哀时命》中想象将“枭杨”派为开路先锋，又使白虎殿军，前后呼应。东汉王逸其生卒年未详的训诂很夸张又很明确：“枭杨，山神名，即狒狒也。”白马非马，木牛非牛，枭羊非羊前引《淮南子》中提到的“坟羊”，也不是正常的羊。博物学家孔子——没错，就是大家熟知的那一位，但他的这个头衔是今人不熟悉的，汉魏六朝时候倒是人所共知——认识它，《史记·孔子世家》直接引用夫子语录：“丘闻之，木石之怪夔、罔阆，水之怪龙、罔象，土之怪坟羊。”坟羊是一种生在地下，藏在泥里的怪物。裴骃《史记集解》引用一个与杨孚同时代的叫唐固的东吴丹阳人的说法，称坟羊没有性别，那么麡既不会是猪，也不要乱猜忌其字形，胡乱说它就是鹿的一种了。

揣测麡羊牛马中的羊是狒狒而不是羊，我有一枚旁证：早于范晔一个半世纪之前，著名作家左思在那篇一时扰动洛阳城文具批发零售市场的宏文《三都赋》中，描写到林中的野兽时，写下过如许华丽的句子，使在树上的寓类古人用“寓类”以指攀援在树上的灵长目动物。至于像意大洛·卡尔维诺的小说《树上的男爵》这样的一辈子生活在树上的男子，是不是也可以称之为寓类或者寓属，前人并没有提到过，可能是因为没有经验。虽然中国古代也有“有巢氏”的记载，但语焉未详。还有一个叫“寓公”的词，但指的是流亡的士绅、官僚与贵族，与此无关与草间动物相对举，“其上则猿父哀吟，犴子长啸。狖鼯猓然，腾趠飞超。”“其下则枭羊**麡**狼，猰㺄貙象，乌菟之族，犀兕之党。”句中除了出现了明确划归在兽类的〖**果然**〗，又赫然将《后汉书》提到的“麡羊”二字颠而倒悬成“羊麡”，这或许就是树上树下的不同？此地“羊”“麡”分属于并列短语中的两个事物，枭羊与**麡狼**。左思并不是在《蜀都赋》的段落中，而是在《吴都赋》的篇章里提到这些动物，所以，“麢羊”与“羊麢”还构成南北或东西方向上的彼此倒影，同时也是真实与虚幻之间的对称。

收录《三都赋》的《昭明太子文选》，到了唐代有诸家的解释。按照翁贝托·艾柯在《植物的记忆与藏书乐》一书的说法，阅读是隔代的对话，注释学是对于书籍的询问，乃是引发书籍崇拜的前兆，而宗教史尤其是犹太教、基督教和伊斯兰教这三大一神教定义的宗教史。一神教似乎也常是一本书主义，即有唯一的经典；而多神教多与群经相呼应。这样我们可以理解为什么会在欧洲近代出现单数的“世界之书”概念；也可以判断 J. L. 博尔赫斯的《巴别图书馆》一定是个异教传统中的隐喻——很有可能来自东方，而被建造在南方就是对一本神圣之书的不断询问。刘良其生卒年未详透过为《文选》作注的机会，采取语源学其实是字源学的思路揣测左思的作者原意，引用《异物志》也就是《交州异物志》中关于“麢”的记录，提到“**麢狼**”也就是麢武则天的儿子章怀太子李贤注解《后汉书》，明确与之呼应：麢就是**麢狼**，是一种出现在平浅的草丛中不敢靠近山林的野兽。除了在交州，广州这里的广州不仅仅指今广州市，庶几同于今粤省岭南地，乃三国时候从交州分裂出来的。无独有偶，广州在西方的译名 Canton，据说是源自法国人，实是广东两个字的谐音。也因为如此，老上海的五马路 Canton Road，今作广东路，实是广州路，与南京路、九江路、汉口路、福州路相平行。最初上海的街道名，东西向的悉以城市为名，而南北向的均取自省份。广州路还是广东路这里出了个例外。实际上，溢出城市而有一州之地的广州，是州作为行政单位的古义人也曾见它们来串门。

有人认为，麢是一种长得像鹿的狼。温和如鹿，狠勇似狼；外表像鹿，内心实狼几年前，阮氏菊（Nguyễn Thị Cúc）就总是这样评价我，但我始终没有把**麢狼**的事情告诉她。她是对外越语专业的，俄文、法文、英文、中文都会一点，水平好像都不怎么样。说要跟我学中文，很奔放的一个南方女孩，有一天雨过天晴，我们到离美国使馆不远的一条街上随意找了个地方喝咖啡，她媚着眼睛得着意，告诉我她和联合国五大常任理事国都建立过外交关系了云云，那天的咖啡可能有点问题，我那两天颇有点胃窦不适外加中耳炎，狼也狼不起来鹿又鹿不了……。但**麢狼**这种奇妙的混合，也可以先看作一个简单的把戏：一匹狼长上了鹿的角安南最博识的古代诗人黎贵惇有一首集句诗：“白云生远岫（焦郁），明月满前川（杨炯）。骚客吟无尽（沈佺期），穷途事果然（张祜）。”末句用的是中唐海内名士张公子《伤迁客殁南中》一诗的颔联，原本前有“远地身狼狈”五字，此处说的狼狈，可能正是**麢狼**及趴在狼头上的想象中的鹿。不过，不知为何，它体内可能还混有犀牛的基因，因为鹿角并不安处于头顶，而是在前额的位置上。但凡有角的动物，似乎都是食草的，此乃现在这个世界的一条铁律，所以，当年西洋动物学奠基人乔治·居维叶Georges Cuvier，公元一七六九至一八三二年在世的弟子戴着头角峥嵘的面具，把蹄子伸进窗户企图让老师做个无伤大雅的午觉噩梦，却马上被拆穿，遭到专业知识连本带利的一通痛击。那头临时的恠兽狠狠地被教训了——狼也狼不起来，鹿又鹿不了。可如我所知，古典世界却并不是这样的，参见〖**鸬**〗。

角，大概是鹿最显著的特征在谈论奇迹、异物、幽灵、古怪时，看上去我无视了泛物种女性主义的存在，但实际上我胸中常要为她们抱个不平：譬如这里，鹿，不得已，指的是公鹿，就像 man 指的是男人、单人旁的他字目前指的是男性第三人称单数一样；雄性是话语的默认形态或缺省值。这会不会是一些深入到兽性中的两性不平等呢？鹿这里的情况可能更加固化：世上现存三十三种鹿，唯母驯鹿也有角；公的则都有角（此外，獐头鼠目的獐也是个例外，雌雄皆无角，而改长犬牙外露，这令我想到《诗经·行露》中的句子：谁谓雀无角，谁谓鼠无牙）。但换言之，也可以说在人类这里，女性的状况其实好转很多：woman 可以视为 wo-man，即 man 戴上了漂亮的头饰甚至是角；而她之于他，若将女字旁中的“く”视作是“亻”的变形，那剩下的“ㄗ”，无疑也是他字的耳畔强调了缠绕宛转的云鬓花黄。我曾经研究过鹿鱼，那就是一种长着鹿角的鱼类，近代以来未见有目击与观察的记录。而在一般意义上，鹿角最基本的特征，正是它与羚、羊、犀、牛之类最大的区别，乃在于分岔与参差。这可能是一种对称的造物意图，要表达动物与植物间的呼应；所以鹿角可谓是一种一年生的树枝关于“一年生”，可参见〖**交趾之人**〗一篇，每年更新。包括《敏斯豪森男爵历险记》在内，世界各地不止一两部古老的文献提及，曾有不同时代不同地域的目击者作证，一头鹿头上的鹿角业已演绎出一株大树，甚至一片树林。那是动物体内植物性无节制的勃发。同性相斥，因此，鹿与树林之间总会保持一点距离，除了假冒了“鹿”名的长颈鹿长颈鹿不属于鹿科（Cervidae），而属于长颈鹿科（Giraffidae），此外，它在明代时候还曾顶替过麒麟以树叶为食。还有例外就是人类一厢情愿、别有所图的仿造物，有时叫鹿柴或者鹿寨，有时径直叫鹿角，其实是多有枝桠的树木，堆垛在自己的身外，栅栏一般，借着防御、保卫的名义，自卑地自我封闭起来。

好了，如今有那些**麢狼**在前额上长着鹿的角，它无法再进入树林，《异物志》提到，不然，它会变成睡梦中的羚羊，那样，自以为无迹可寻，挂角在树上，让自己悬空起来，获得某种通往飞翔之梦的灵感；但其实，那样做会让它们更无技可施，任人宰割。我们在冬天悬挂的腊肠、火腿、风鹅、烤鸭，虽然都不曾装模作样地妆扮以角，却一样四脚或两脚悬空，把头颅高高挂起，在凛冽而干燥的寒风中无助地摇摆。事实上，交州地方的人抓捕**麢狼**时，正是利用无处不在的密林，把**麢狼**驱赶到那里去，让鹿角一样的树枝与树枝一样的鹿角相互纠缠、让植物与动物彼此捆绑，这是一种更残忍的绞杀，他们称之为绞猎（giảo lạp）安南胡朝诗人武梦原有句：“襦袴久闻声上达，**麢狼**今见胆先惊。”包括《全越诗录》等后世安南诗歌选本均把**麢狼**篡改成了“豺狼”，把襦袴——短袄长裤——理解为中国的典故“襦袴歌”，说成是对德政的歌颂，其实不然，这只是猎人与**麢狼**的对仗，听觉与视觉的映照，是在描写围剿与求生、在记录凶残与胆战 。

但对于“麢”来说，这并不在它们的生命蓝图之中。它们并不是装扮成鹿的狼，或者相反。就其这个单音节的名字而言，这种动物的野心超乎其所有渊源：麢并没有承认过有犬科的血缘或体型关联，它们同时也想远离鹿的烦恼——“麢”字上鹿下齊繁体齐字，整整齐齐堆垛成规则形态，恐怕是麢或**麢狼**在角上的所有野心。它们很有可能是做到了，因为人们抓住**麢狼**之后，剥它的皮，制作皮鞋或者高仿的鹿皮袜子——贴牌之后，从标签到质地都以假乱真；吃它“肥脆香美”的肉；此外，则把它的角残忍地锯下来：富有经验的猎人们总是能够找到一个稳定的平面水平或者弯曲，嵌置一方木板，即可形成一把造型奇特的椅凳。人或摇或坐，伸着脚，打发掉一个个春夏秋冬，悠哉悠哉。我想，那时候，他不会知道，自己仿佛挂角在林间无力挣扎，就像是**麢狼**的一个再次翻转的影像——这样，由于古怪的对称性，活着的人和死去的麢，在无奈、悲愤、冤曲，以及无聊之外，可能都稍稍满意了。

蠍蝎子 | 攀联

phan liên

人们未必意识到，当代生活常识往往把虫子搁置在那些外设的螺母ROM：乃是 Read Only Memory 的略称。信息时代，常识犹如内存；而书籍种种，恍若 ROM里。它们微小、异质，与人命运迥别，常令人退避三舍；那就放在 Samsung 三星牌的或者其他牌子的 SSD——固态硬盘SSD：乃是 Solid State Disk 的略称，而不是三星的里好了。当然，搁在博物馆里、学校里、书里也成。要把纱窗关牢，家里常备杀虫剂、驱虫液和清凉油。一旦有人被发现对虫子有异乎寻常的关心，他要么被贴上“热爱科学”的标签，要么被写下“精力过剩”的诊断诊断与标签有可能是一张纸的两面。又，在传统年代里，男孩子小时候谁没有劣迹呢？本能中的残忍往往就暴露在虫子面前：有的粘知了，有的捕蝴蝶，有的烫蚂蚁，有的斗蛐蛐，有的捅马蜂窝……所幸，这也许是一种释放，多数男子成长之后就不会在女子面前再肆无忌惮地宣泄人性中的恶了；也有些人，将斗蟀养蝈的习惯保持终生，胎息绵绵，长期开放着一个无效的出口：因此，虫子的躯壳外形及其更疏离的美学特征，曾经肋推并卸货，是少年普遍使用的成长容器；要么，被诠释为更功利的实用和更主动的防御：拍苍蝇、打蚊子、养蜜蜂、育蚕蛾蚕蛾是极少数的特化例子，被称为宝宝，足见它已经很不虫子了，莫不如此。富有野心的人类当然有少数人例外。不必举很多人都听说过的《昆虫记》作者尚－亨利·珐布尔为例，再往前追溯两百年，英国有位卓越而博学的作家托玛斯·布朗（Sir Thomas Browne），也是站在虫子一边的。他在《医生的宗教》中说过：“谁的头脑，不应该取法蜜蜂、蚂蚁和蜘蛛的智慧？是谁那智慧的手，来教给它们如此行事的？我们镇日受教于理性，尚不及于此呢。而朴鄙之徒，却目眩神移于自然界中的庞然巨物，如鲸鱼、大象和骆驼；这些，固然是天生奇伟；而在质小形微的造物中，畴学广算，是更加精微的；这些小小的公民，兴邦立国，以礼为先，对于显扬造物主的智慧，则更有拨云见日之功。”（见《瓮葬》，缪哲译，光明日报出版社 2000 年 1 月版）早就有了过于直率的分类原则：益虫和害虫——把虫子，以及连带着两栖类甚至一直到人类自己，都干脆利落，残忍地一分为二了。

当然，有些虫子躲在古籍里，侥幸不再为人所知，遂能逃过无情的阶级成分划分。譬如，《广韵》这本中国古代最重要的韵书，在第一卷“蝺”字下提到一种叫“蠍蝺”的小虫。书中引用了后汉三国时期《异物志》和晋代《搜神记》这两种文献的共同点：都早非完璧，当年《广韵》这样晚出的书籍仰仗它们来接驳更悠远的光阴与更广阔的界域，后来，当它们散佚，情况就反过来了。《搜神记》的引文说到，蠍蝺看上去像是加长版的知了，它合乎人的胃口，有点辛辣但是很美味。它还有一个名字，叫作“青蚨”。而《异物志》则早称之为“**蠍蝺子**”，因为首先要说的是蠍蝺的子，即卵或幼体的性状。所以，并不用那些深藏地下多少年不为人知的鸣蝉取譬，而声称它们与蚕宝宝相似；但不同于蚕的是，**蠍蝺子**附着在草的茎干上，喜欢开会——所以它们是天生的中华附会学动物。**蠍蝺子**还有一种天赋异禀的通讯手段：它与母亲无时不刻保持着联系近二三十年来网络用语层出不穷，而多与古无稽，表现出尘土飞扬时的蓬勃与浮光掠影般的噪喧。例如有个词语，尖刻嘲讽一些男性成年之后不独立，在情感上犹与原生家庭密切攀联（phan liên）在一起，与母亲长期共生，那些男子被唤作“妈宝男”——如果多读一些书，或会知道**蠍蝺子**就是这样的呀。世上早有这样的天然喻体，惜乎我们的词库日趋闭塞狭隘，不再广征博采于山川乾坤之间。我觉得这是个危险的信号，有可能接下来会传染、扩散到句子、段落继而是篇章、著述的层面，使表达刻板单调，令思想局限乏味。如果有人把它们从草茎上撸下来，接着他会发现，即刻有一只成熟体的母虫，渺小却无畏地向他逼近……

《广韵》中的《异物志》引文戛然而止。两种文献的引文详略稍歧，正可以统一起来看：这种虫子的幼体像蚕，而成熟体有类蝉；所以，有时候**蠍蝺子**（zǐ）指的是像蚕的那种，有时候**蠍蝺子**（zi）指的却又是像蝉的那种。这种特别的形态有点像〖**龙脑**〗。但人们提到青蚨，更多时候，却并不指虫，而是很多人馋得不得了、垂涎三尺、趋之若鹜、见之眼开、其欲熏心的那种——即钱。青蚨与“孔方兄”“阿堵物”“没奈何”“大团结”“老人头”种种并列在历史的长河中，作为货币的多种别名讳称，映视其不同面向，幽灵一般，操纵着人心的走向。而其中，青蚨可谓正是代表了金钱泯灭人性的那一面。说钞票不干净，沾腥带血，兰麝之香莫掩其恶，从“青蚨”出处来看，一点也不夸张：青蚨钱首先带上的，是青蚨的血古人把虫子的体液与我们的体液统称为血，有可能比我们想象中更早，他们就知道了淋巴液和血清，因此可能早知道蓝血，才有“碧血”之谓；还有另一种可能，青蚨的体液中充满了类似血红蛋白的物质，使其体内全是鲜红液体，流淌出一番番大小周天，循环不已——这也许是《异物志》引文一段的后事，但我近乎偏执地相信，《异物志》原本就到“逼近”为止；因为，接下去的句子，就不是纯粹与超脱功用的知识，而是前文所及“更功利的实用”了。

接下去，人们富有经验地捕捉到了若干青蚨虫母子，也就是蠍螭和**蠍螭子**，把它们装在瓮中，贴着向东延展的墙壁走去，活埋在其背阴处。记得三天之后，取瓮启封，看它们的尸体各自相拥。支解取血，把母虫的血涂满九九八十一枚钱，另取九九八十一枚钱涂上子虫的血。涂血被认为有拘魂束魄的巫术功用也可能有别的用处，譬如〖狌狌〗血（猩红）所蕴含的暴力美学意味。而这个世间的钱（也可以说是资本），本身的每一个毛细孔隙里就饱含着血污，涂血则可理解为：将其明确化到路人皆知，这些钱就此强行掠取了青蚨虫的异能：一旦把它们分开，一夜之间，它们会神不知鬼不觉地又相拥在一起，无论什么方式都阻隔不了，穿云破土、穿墙法国小说家马歇尔·埃梅（Marcel Aymé）的名作《穿墙人》有可能是受到青蚨事迹的启发，而非一些中国读者和学者认为的那样，乃《聊斋志异》中的《崂山道士》一篇影响的硕果。但也有可能，“天下没有不透风的墙”，埃梅这一辈子压根就没有从东方文学中汲取营养。因为关于这位作家，我们曾经既无知又有误解，在《会搔耳朵的猫》（署马塞尔·艾梅著，黄新成译，重庆出版社 1982 年 12 月版）一集最初译介出版时，作者在书籍前言的开头就被穿越了性别，介绍说是“法国当代著名女作家”，“一生写过许多小说”破壁，千山万水来相见广西近安南的山中有一种唤人蛇也天生具有这种破碎时空的异能，但没有材料提到它们有没有情感，因为蛇属于冷血动物，它们只对特定的声音信号有执着的反应，参见〖**人面蛇**〗。捕虫埋瓮取血涂钱的那些人，借此，将每一笔交易都变成了欺诈：或者把子钱用出去，或者把母钱用出去，过不了不久，用出去的那些沾着青蚨虫母或者青蚨虫子的血的钱，受本能驱使，又会飞回来，让主人失而复得。也就是说，一样样东西买回来，一文文银钱始终花不出去。

物之神异天成，又一次被人的机变与用心所牵引。这种金钱的回返往复，从晋人干宝生年未详，卒于公元三三六年《搜神记》旧通行本卷十三、今人李剑国新辑本卷二八到唐人段成式《酉阳杂俎》续集卷八，一千多年前的古人津津乐道，记载详备，陈陈相因。而最早的记录出自一本叫《淮南万毕术》的佚书，它是西汉前期淮南王刘安公元前一七九至前一二二年在世与其门客所纂。按照晋代著名的神仙家葛洪公元二八四至三六三年在世在《神仙传》里的说法：淮南王包养了“天下俊士”数千男人，几千零一个男人一起欲仙不死，一起写了内书二十二篇、又中篇八章、又外篇三章。其中内书即传世的《淮南子》，原名《淮南鸿烈传》，杂陈道家学说，多存神话文本；中篇为《淮南鸿宝篇》，大概是淮南王从八公之徒那里所得，谈的是修炼成仙的各种法门以及炼仙丹、发明豆腐、培植灵芝仙草的各种经验，想必毕备于此，后来刘安一人得道鸡犬飞升，可惜完全失传了据张华《博物志》记载，刘安一案的审理者，乃是文献学家刘向的父亲刘德。他“得枕中《鸿宝》秘书，及子向咸而奇之，信黄白之术可成，谓神仙之道可致，卒亦无验，乃以罹罪也”。据之，是刘向的家族得到了这本书，结果却是继承了刘安家的噩运——那指的大概是刘向那位杰出的儿子、刘德的孙子刘歆，他后来改名叫刘秀，想要应和纬书中所记“刘秀发兵捕不道”的谶语做皇帝，但遭王莽先下手为强，诛之。而另一个刘秀从微末处渐渐崛起，最终光武中兴；至于外篇即《淮南万毕术》，则应该是万法大全、法术全编的意思。

不过，我深深怀疑，这一则有关金钱的术法神话不可全信，个中存在不实之处。倒不是说整个情节的真伪，那不是我最关心的问题对于惨痛到一定程度之上的事，我会本能地反应迟钝，或者避重就轻地把注意力转移开去，或许这是一种自欺的逃避；我困惑的是，使用这些青蚨钱时，果真不分子母么？何以如此笃定类似现象不会发生呢：不是钱主手中剩下的那些钱受花掉的钱的感召，飞离那个无良的家伙残杀蠍蝎子的凶手，飞向那个差点亏损的卖家呢？这样，钱主可谓“赔了夫人，又折兵子”，花了两倍的定价不说，还折损了未来可能带来无穷收益的青蚨钱。但不要小觑了天下的逐利者：我看到今辑本《搜神记》中多了一个旧本不备的细节，有效地堵上了技术漏洞：“杀其母以涂钱，以其子涂贯，用钱货市，旋则自还。”显然这是更谨慎的做法：只用母钱也就是“钱”，留着子钱也就是“贯”。道理很简单，成虫飞行能力更成熟；而且，重要的是：母对子的护卫，比起子对母来，从来都更加有力。

但从汉至唐，更多文献却延展了任用母钱子钱的叙述传统。我猜想大概是始作俑者的诡计，这种消费方式迹近诈骗，却使财富生生不息。设若所有细节都说清楚，编成了人手一册的“致富秘诀”广为发行，青蚨绝种不说，整个市场乃至国家，会变成类似于意大利作家意大洛·卡尔维诺公元一九二三至一九八五年在世笔下寓言故事《黑羊》所呈现的那个小偷之国：每个人都是贼，每到傍晚，人人出门去偷东西，然后带赃物回家时发现自家被其他贼光顾了。他们习以为常，就这样“幸福地居住在一起。没有不幸的人”，直至国家崩坏。但有区别之处在于：《黑羊》世界里，人们左手进，右手出；前门拿进赃物，后门财产被窃；手拉着财物拉着手，构成了一个至大无外的圆球，这个可循环的乌托邦的真正边界。而青蚨世界中，每个人都推着太极云手，一个人自顾自画圈圈。由于匮乏《黑羊》世界那种幸福感背后的共享精神与不设防原则，在我们这里，青蚨钱和摇钱树、聚宝盆、点金棒之类的法宝在西方，譬如卡尔维诺编选的《意大利民间故事》中，还有一种“魔鬼裤”：每天在裤兜里为主人从虚空中生出一个金币，代价是把灵魂和未来预支给了魔鬼。而有“意大利的卡夫卡”之誉的迪诺·布扎蒂（Dino Buzzati），其名篇《魔服》，则是魔鬼裤的一个更疯狂版本。在中国民间故事中，认识法宝的，要么说是江西人——他们也可能是风水先生，要么说是胡人，尤其是波斯人，可参见〖**龙脑**〗一样，传说中归为稀奇物品，生活中徒然只是一个达意的特殊符号，把人对钱的贪婪一次次兑现为无利可图的言语。就这样，青蚨被拥戴为金钱的别名，让那些不知出典的人，伪装出对财物自标清高的躲闪。

为了让青蚨钱不可遇也不可求，只停留在迷思（myth）的结构层次上，招摇成生活的一个谜面，相关文献还有更多消息埋伏消息：这两个字有盛衰、变化、休养、停止、斟酌、端倪、音信、底细诸义；还特指机关，与埋伏连用，近代的说书艺人还会这么用，我自幼听长篇评书，很熟悉这四个字，也很向往，但一直没见过。譬如，提到青蚨钱不能量产：一个人不能制作九百九十九枚青蚨母钱，每天价一掷千金；又如，《酉阳杂俎》中提到一个古怪的禁忌：不可以持青蚨钱买金银器及其他珍宝，不然，母钱回不来。不知，那些金银珍宝上是不是自然而然有一种类似于青蚨公成熟体的气味？或者说，成年青蚨公虫体味接近于金银珍宝？要么是，中国早期金银器在铸造环节中其实早就有器成之前外壁涂抹青蚨血的秘密传统而一直不外传不为人所知？或许，这只是个奢侈品禁令？

问题很多，但有一点至关重要，却始终没见哪本古籍说清楚过：青蚨究竟是种什么虫子，其产地又在哪里？所以，就算真有财迷心动不如行动，也一时无处措手，未知往何处行脚，只落得四顾茫茫，爽然若失（唐代僧人寒山有诗：“囊里无青蚨，箧中有黄卷。”黄卷指的是书本，尤其是用黄纸书写的佛教经籍。一本作“黄绢幼妇”的“黄绢”，有人觉得不是寒山的原意，篡改的人或许自鸣得意因为黄绢有隐语的意思，也暗指“绝妙好辞”；但也同样可以被理解为歇后语“幼妇”（就像袁枚的鬼故事集叫《子不语》，歇后“怪力乱神”）——咄，一位高僧的箧中怎么可以有此黄绢！不过，说实话，单就修辞来说，黄绢与青蚨倒是真对仗，不仅是色彩上的青黄（或玄黄），还暗藏着布与泉、书与钱的对照，甚至有植物与动物、妇与夫等几层对偶）——非但得不到青蚨钱，反而会觉得失去了什么东西似的，心中空空落落，寡欢一场。《搜神记》含含糊糊，说是“南方”，似乎是刻意不引人注目，但毕竟是“指南”；到了《广韵》引用时，就被忽略不计了。不过，更古老的《异物志》倒是早早就紧缩了问题的银根：因为《异物志》又名《交州异物志》，据此可知，这是旧交州所出的物产，约略是岭南至安南一带的异物。唐代一本叫《南海药谱》的医籍也引了《异物志》，但内容颇不同，它首先更加明确地说：“青蚨生南海诸山。”接着，书中说到青蚨并非重母子之情，而是“雄雌常处不相舍（后来我曾心生过后悔，要是我对枚姊讲《南海药谱》这个版本的蟱蝺子故事，她会更加热衷于帮我找青蚨么）。”看来，昆虫界的情爱痴怨，怎么着都会被人类无耻利用。不过，并没有别的文献附和这一点，或许出自该书编撰者自以为是的改篡也未可知：《南海药谱》引文中说的是“南海”，与其书名即主题应景得太直接了，反倒使人生疑。

还有一点：《南海药谱》引《异物志》，跟《搜神记》一样，都把虫名说成“青蚨”。而《搜神记》并提及《淮南万毕术》，其中提到青蚨还有一个异名叫“鱼伯”。到了宋代刊印的《太平御览》引《淮南万毕术》，则作“青蚨一名鱼”，很可能是句尾脱了一个“伯”

字，不晓得是不是某种私讳，或者就是手民粗心所致；不过还有下文“或曰蒲”，看来也有可能是自觉的形式癖造就了异文。所以，**蠍螞子**有四个别名了：青蚨、鱼伯、鱼、蒲。可是还没有完：《太平广记》引《酉阳杂俎》作“蠍螞”读若吞雨或者吞曲，《天中记》等书及旧本《搜神记》皆作“蝍蠋”读若贼竹，《广韵》又作“蟱蜗”读若无窝或者谋窝……固然，这些都是累世抄写“蠍螞”两个字时形近演化的结果，但返回到唇齿之间，其读音却各不相同、大相径庭。当这种虫子落到人类的口头上变得越来越乱，扑朔迷离，鱼龙混杂，堕入名的迷阵之中；想捉它？越发是想也不要想了。

如果还不死心，更加固执呢——如果，从汉代开始**蠍螞子**就已经有了鱼或鱼伯的别名，那也许表明人们早知道这种虫子亲水敝乡称金钱也叫“财水”。而十四世纪后期安南正直的诗人陈元旦感喟说：“世上纷纭万事难，自笑不如钱若水。”作者在窘境中被自己的比喻逗乐了：原来我不像钱那般像水之无孔不入使万物都离不开啊。陈元旦是阮廌的外祖父。在《太平御览》及另两种类书里，还有把“青蚨”写作同音的“青凫”，或许正要作相关暗示。“凫”有鸭子的意思青蚨钱的热情拥趸差点早早喝上了鸭血粉丝（fans）汤，也指浮游与泅水。葛洪所撰《抱朴子》曾经把“鱼伯”与“蜉蝣”并列，说：“鱼伯识水旱之气，蜉蝣晓潜泉之地。”这几乎是与母子或者雌雄情深以及先像蚕后像蝉一起，是我们所能知道的**蠍螞子**知识唯三的细节。也许，这个句子要表达**蠍螞子**对湿度异常敏感吧，这是一种生活在水际的虫子。不知道是不是它们情深意笃，求仁得仁？因为眼中常含泪水？但前文引《南海药谱》引《异物志》却又说这种虫出产于南海诸山……所以《南海药谱》要我说呀，很不靠谱，我们最终还是不知道它居于山海之间，到底身处何方，与人类的欲望作着微小的周旋。

所幸，这个世界上还存有交趾旧籍令我欣慰。有文献证据确认，它到了十七世纪中叶还可能存世，未曾被汉唐间一众高人术士灭绝。其时在安南属于后黎朝，一位著名的当地修仙者名叫范员生年未详，在山中藏身多年，后来短暂入世，接济了年已八旬的寡居姑母，给了她二十一块钱，告诉她：莫嫌少，每天可以用二十块，只要不花完，第二天就还会有二十一块。“姑依其言，旦买则暮还。”一年之后，姑姑死了，虽然早有人觊觎，但那二十一块钱却从遗物中飞走了，无影无踪——想必是回到了范员手里，他那儿可能有母钱之母钱。这个故事告诉我们：宝石之中有所谓祖母绿，青蚨之中有所谓祖母钱。

安南明命通宝背帝德广运母钱

我那么多次在安南，没见过祖母钱，但见过母钱。在河内还剑湖边上的一家卖古董和高仿、工艺品的铺子里，一枚明命通宝安南十九世纪前期阮朝明命帝在位时期所发行的钱币。明命帝姓阮名福晈（Nguyễn Phúc Kiểu），是安南末代王朝的第二任君主，薨后庙号阮圣祖，他将阮朝带至巅峰，但对外闭关锁国，在国内禁耶教，黄铜阔缘，背镌“帝德广运”四字。那时候我尚未明了自己的命运，成熟的女老板在一旁笑吟吟地看着我的侧脸，我只盯着钱，任黄澄澄的样子照亮眸子，旁若无其他更活泼的惊艳；叵耐钱包在口袋里瘪着嘴叮当响，只得悻悻然离去多年以后我想到，她当时以及后来可能一再跟我说过“我有什么可以帮到你么？”“我想帮你。”可我当时以及后来似乎一直没有听到或听进去。直到一个礼拜之后一位友人的派对上，抬眼看见同样的笑容和精巧的美眸，才算真正认识，才知道不止她的眼睛会说话，嘴巴当然更会。她的汉语说得很好，尽管总共也说不了几句，颠来倒去地讲，生意上固然也用不了更多；但她介绍名字时候有股糯米的香味，轻轻拍打自己的胸脯，说她叫范氏枚（Phạm Thị Mai）在安南文中也与“梅”同音，因此偶会相混。例如唐代安南地方的梅叔鸾，反对中央统治，起事造反，自称梅黑帝——有的民间抄本中作枚叔鸾、枚黑帝。所以我其实并不知道范氏枚是不是该写作范氏梅。那时每次我叼起她的皓腕唤她枚姊时，总禁不住会去联想：那里可曾有过一枚梅花状的守宫砂在战栗与期待、宛转与淋漓之间隐没于历史了——但当然这是无从稽考、也不可追究的小问题，是我青春期那会儿武侠小说看得太多……所幸，从未向她脱口而出。后来每次约会……时我总是让她说中文，让我品味她的香甜，她每次都很努力。但最终我后来才发觉彼此之间有错位，我们手心里捏着不同谱系的青蚨，最后必将错身而过。枚姊跟其他女孩一样，往往以为我行囊厚重、手头宽绰，快速寻求快乐而不计久远，随着北方财富骤涨，像洪水一样漫溢出口岸与边境，给她们带来机会，也带来道德和命运的陷阱。她们未必弄得清楚内心中究竟存有欢喜或者排斥，搞得明白诱惑还是魅力，身段里并存着迎合时的僵硬和疏离时的柔软。而我呢，自以为是一心追求知识来到这熟悉的异乡，意欲在文献中发现别有洞天、看到颜如玉和黄金屋，却一身孑然，回望来处发觉自己生命的动力，想要率性前行，则总是感到堕入各种肤浅的套路中，久而久之自己觉得烦厌起来，不时想着要回国去，一动再动思乡的念头；两种躁动把在安南的访学和生意都搅得七零八落，一事无成……当然，说到底这依然只是一个借口，我也知道，或许，在枚姊那里，十分简单，我只是无法时时面对她那一双判她抚养、当时正在上幼稚园和小学的小儿女罢了，她也没给我那枚明命通宝母钱，甚至给我摸一下都不肯，总是一次次推说刚刚卖掉，问卖了多少钱，却又笑而不答。

我曾经一厢情愿，相信范氏枚是范员家族的后人，但一直没掌握什么证据我每次见面都没顾上问，甚至只有反证：知道枚怕极了各种小虫子，一见就会像个小女孩一样尖叫，所以她一直说对北方的冰雪悠然神往。想必当年范员掌握的就是青蚨钱的制造之术甚而有所发展，这意味着他的确找到了**蠍蝸子**的家族。有意思的是，在安南近古，《见闻录》《雨中随笔》《南天珍异集》《本国异闻录》《听闻异录》《大南奇传》等等，有六七种笔记小说抄本可参见《越南汉文小说集成》共二十册，陈庆浩、孙逊、郑克孟、陈益源主编，朱旭强副主编，上海古籍出版社 2010 年 12 月版都记载了这个故事，但无一位作者发觉说：这就是青蚨呀。因此，乐观估计，这种虫子在十七世纪之后，依然不会因人类有目的性的专项滥捕而灭绝。

其实在大陆与朝鲜半岛的古代汉文文献中，我也见到了类似的故事。我猜想那些神通广大的主人公，要么曾经远涉南洋收购蠍蝸；要么，找到了其他的替代方式秘而未宣：毕竟，自然界中母子之情、雌雄之爱，以及同声之应，可资利用者甚多。单说与蠍蝸如出一辙的，就有一个猿的故事，也见于《搜神记》：在临川郡东兴县今属江西。今在靠近安南边境上也有一个同名的东兴市，一个人进山捉了一只小猿，把它带回家。母猿直直尾随而来，勾勾相望，那人竟把小猿绑在了院子里的树旁院子里的树：是“困”。但是，院子里没有树是“囚”。母猿向他做出各种乞哀的样子，抽着自己的耳光，恨不能开口求饶，以身代之；而人却心肠刚硬到——当面把小猿击杀了。猿母目睹此景，悲啼了四声四声：这个精确的数字可能是到了明代才被徐文长发明出来的。徐文长在文学上的最高成就，莫过于杂剧《四声猿》。既是《狂鼓史》《玉禅师》《雌木兰》《女状元》四部作品的合称，又合乎清乾隆年间顾公燮在《消夏闲记》中解释的：“盖猿丧子，啼四声而肠断，文长有感而发焉，皆不得意于时之所为也。”而我假想，另有可能，这四声还是“曰平上，曰去入”，如果我们能构拟出六朝赣方言各声调的音高值，就像现代汉语普通话的四个声调那样：55-35-214-51，sol-sol-mi-sol-re-do-fa-sol-do，或者羽－羽－角－羽－商－宫－徵－羽－宫……这样或许可以捣鼓出古中国一首哀歌的旋律了。而古入声字，所谓短而促，以今语音学知识来说，是最后那个塞音，庶几可以说是最终戛然，因哽咽气绝而休止的标记，把自己摔在地上，倒在小猿的身旁，气绝身亡。而人，那时候居然还残忍到——趁机研究灵长目动物解剖学，把猿母的肚子切开，结果发现了一个超自然现象：因为怀有无比巨大的悲痛，她的肠子瞬间断裂成了一寸一寸的碎片。另一个雷同的故事也出现了肝肠寸断现象，发生在三峡的蜀道中，记录在《世说新语》里，后世成为典故。

想来，如此无耻地利用猿的母爱，如此血腥地把子母血涂抹到钱币上去，更多人是硬不下心肠来的。所以《搜神记》和《世说新语》那两个故事结尾相似，道德的回路明晰可辨，而利益的循环不再提及：东兴人，半年之后，全家被流行性的瘟疫所报应，无一幸免。而蜀道上那个汉子，让他上级长官感到震怒并心生不安，就地免职，不再录用，连姓名都无法存留在任何史册中。那么，焉知对**蠍螞子**的荼毒，就不会出现类似人事乃至天理的双重反弹呢？按照古代的逻辑，动物都是虫子——龙和鱼乃是鳞虫，虎豹猿猴即哺乳类称作毛虫，鸟类谓羽虫，乌龟和虾兵蟹将叫作介虫，就连人类，无羽少毛，没鳞片也不天生盔甲，也有一个叫“裸虫”的名字等着我们……在偷梁换柱之间，我要说的是，**蠍螞子**的事迹反映了：人与虫的实际差异，比之现有的常识与日常想象，可能更为细小，也更加浅表。

y hạ

穿胸人 | 衣下

没错，每个**穿胸人**，胸前都破了一个洞，不只是衣服，整个身体，胸背之间，穿了个洞。于是，他们常常被人曾经也包括我误认为没心肺大概还是有的。没肺除非有腮，不然没法吸氧排碳，少了气，再有精神也不济事，只能称之为死人或者僵尸了。我没有仔细想过穿胸人有没有僵尸的问题，因为孔子说过，“未知生，焉知死”，大家总是把那洞想象得足够大；我们放心的所在，**穿胸人**心胸阙如、空空荡荡。这不免让人又好笑又心酸，此外还会在遗憾中生出一点说不清道不明譬如他们偌大一个族群是不是一直不用心脏跳不跳动来断人生死？难道在脑死亡作为科学标准实行之前，他们没有心跳就一直都是死的？或者一直活着？这显然都是没心没肺、不动脑子的胡话的空空落落。有些人的脑回路则更长一些，或者用一个近年来突然流行的新词所谓，脑洞我一直出自本能地抵抗新流行的词，因为我知道它们刚一流行就处在保鲜期的临界点上——那是个火山口——随时会即刻腐败，因为蘸太多口水的缘故，马上要变成陈词滥调。很快的，当重复次数（或称“引用率”）抵达到一个神秘的大数字之后，哪位言说者不管是不小心还是小心翼翼，再一次讲起那个过气的词时，他人的耳目会纷纷见证，他当场簌簌地掉土渣而浑然不自知。但是，也有极少数新词例外，因为它们精彩。“脑洞”一词介于两种状况之间，我平日里避免使用，却听任他人说它。这主要是因为，我在写这篇关于“心洞”的小说啊更大一些，会觉得每一个**穿胸人**都天生小心或者偏心，概莫能外，无一幸免——但或许，他们只是把心藏起来了根据东洋民俗学家柳田国男的看法，饼（mochi）是心的象形。所以，穿胸人也可能是心脏被吃掉了；或者将要被吃掉，所以剜心剖腹了。掏心掏肺的情节类型在古代中原地区的恶棍、强盗与山大王的轶事中很常见（惜乎还没有一本中国版博尔赫斯《恶棍列传》问世）。而最早一个版本，我想大约是在商周之际，比干大夫因为生了一副七窍玲珑心，被妲己怂恿纣王摘了走。只是，以上这些东方与北方的说法都没有特别将胸口的空洞作为重点，与南方并不同呢？

据我所知，曾有古代博物学家以为，**穿胸人**空洞的胸口是某次突发事件造成的获得性遗传，也就是说，最初时候，世上本无**穿胸人**，后来有一个人穿了胸，他的后裔于是个个穿胸，生而穿胸，终身穿胸、代代穿胸。现在看起来，这一假说当然不免荒忽；但在古典世界中，不论物种或人种的出现，我们的祖先常常并不以为是“进化”的结果；在想得起来、问得出来、记得下来的时候，也未必归为玄奥莫名的特创所谓特创，往往表述为某个物、物种乃至世界是由一个创世主或者神灵以某种不可名状莫名其妙之法制造出来的，而主张是可以描述的灵感发明；更多时候，还是事故与灾难的结果。

进一步说，组成这个世界的，皆是劫后余生的痕迹与记忆，乃是：如〖**嬾婦魚**〗这样的冤屈并哀怨、似蚩尤旗那样的错乱而不祥、像精卫鸟一样的愤怒与执着……**穿胸人**当然也在其列，将迎面显露着他们一人份的大窟窿且先认为他们坦坦荡荡：请将目光从美媸不一的脸庞上、胖瘦各殊的身段上自然移开，被他们不存在的胸部吸引过去吧；我们难以掩饰的不可思议，据此为入口，一次次返回历史，去寻求古早那次事故的真相。

最早提示有**穿胸人**存在的是《山海经》，但这本恑异之书展开的地图与这个星球上现有的地貌之间，实在差别太悬殊。也许时间过去了太久，最早有“山海经”这一计划的那些人，最初的《山海经》作者我的所指并不在文献学意义上，即不是我们现在所能隐约知道的战国到秦汉间修订《山海经》的那些无名氏，而接近于汉人提到的禹、益，那些经山过海的双重探险家，他们从风、土、水，到口耳以及甲金、简帛，“路漫漫其修远兮”，先后经历了太多周折，离我们过于遥邈；以至于，他们所说的，已经没有多少人还相信、去考实了“吾将上下而求索！”“上下未形，何由考之？”屈原大夫既这样谆谆相告，也不免暴露出他自己的矛盾和茫然。

《山海经》有海外南经部分，说到一个叫“载国”它所在的经纬度不详。古代学者考证这即是盛国，可是没有人确认，盛国又在哪里的地方以东，有一个国家叫“贯匈国”，“其为人匈有窍”，那些可怜的人们，“匈”上那个窍洞使得他们的“胸”肌、胸脯、“胸上雪”及其他种种胸肉全都销蚀殆尽了——胸也罢、背也罢，以及从脸的红，脖子的粗，到腿的深和脚的浅，那些写成“月”的零部件，与月亮都没有关系酥胸能穿，皓月能不能穿呢？这是一个问题。很多地方都有将正月二十称之为“天穿日”的习俗，我母亲说，在敝乡旧时，这一天穿耳洞不会发炎不会痛，是传统上的“无痛穿耳”技术的重要关节所在；但查知这一天在很多地方都有着更完整而宏大的解释，被视为女娲补天纪念日；所以遥想当年，天也穿过一个大洞呢。天能穿，而况月乎？月亮上的环形山，大约可以视为穿月的一次又一次努力；叵耐月亮太小了，所以只能一个月一个月地残之，待月盈时候下手。比月亮大得多的太阳，我们知道是会在极偶尔的时候，在极短的时间里，真有可能被穿的——人们称之为“日环食”，人类并不是从月亮上来的古代学者认为：兔子的血脉中有一半——Y 染色体是从月亮上来的。兔子望月而孕，是大地上真正的女儿国。参见〖**飞獵**〗一篇，不是月亮做的骨肉，那个月字旁乃是“肉”的异写。由此可知，古人在写字时，都不忘记要藏肉，化为月光。当然，你也可以说你知道月是肉的隶定，而且匈是古代的胸、胸是现代性的匈——但是我不感兴趣。

《山海经》的兴趣并不在于奇迹与恠谭，所以信息就此戛然而止。但是很奇恠，最后竟然又啰唆了一句，大意是：出**穿胸人**的那个地方有说是在㦸国的东边哦——很多读者都相信今本《山海经》并不可靠，这一条记录可能存在着篡改、混淆、讹字或者错简。

而后，《淮南子·墬形训》沿袭了《山海经》对四方各种奇恠人种及国度的部分知识，也提到了南方的**穿胸人**，称之为穿胸民，同样语焉不详。东汉后期的经学家高诱注解《淮南子》时，特地指出，那个孔洞从前胸透达后背——想来他也很感兴趣，但也许他并不知道穿胸的始末由来。

以现有资料来看，汉代的《河图·括地图》一名《河图括地象》，现在有学者认为《括地图》与《河图括地象》并非一本书。但我认为另有书名叫《括地图》固然没错；但《河图括地象》又叫《河图·括地图》，并简称《括地图》，亦可成立，两者未必矛盾开始说到穿胸的故事。说那可以追溯到大禹时代要知道，《山海经》也曾被认为是禹和他那位通晓鸟兽鱼虫之语的臣子益的作品，在大禹诛了防风氏之后，防风氏的族裔逃到了南方域外。而上天降了两条龙，成为禹的坐骑。大禹乘龙出巡南方，来到了防风族裔的地头，遭到了防风氏两位旧部属的埋伏狙击。大禹安然无恙，而两条龙在狂雷中飞上天去，不复下来。两位暗杀者心知无幸，“*以刀自贯其心而死*”后世东瀛的剖腹自戕术，或许有此源头，但不知哪一世实践者不忍伤心，所以锋刃下移，改贯其腹；腹部广大，所以切时就不得不需要助手——介错了，本来可以两人一起悲怆赴死，而不得不有先有后，有死有活，有离穿胸原味。但大禹偏不使其如意大禹偏枯。至于他与南方乃至安南的关系，别有事迹，可参见〖吒螺〗一篇，白白让他们一身轻松魂魄归于蒿里，遂弄来不死之药，使其起死回生，却世世代代留下孔洞而活着。

《山海经》不记其贯胸的原因，从这里就可以理解了：原作者或许怀着不便流露的恻隐之心他的心事后被剜去了没，只能告其阙如、留下空白，闭口不谈当初的酷烈。但我觉得，《括地图》也未必可靠，虽然这种说法曾为魏晋时候张华公元二三二至三〇〇年在世的《博物志》所因袭。因为晋时代另一位伟大的博物学家郭璞曾引用到《尸子》里的一段话，提到黄帝时候的深目、穿胸、长臂人常常来朝贡“四夷之民有贯匈者，有深目者，有长肱者，黄帝之德常致之”。换言之，导致**穿胸人**穿胸成洞的那次事故如果真有，也远在大禹之前，甚至比黄帝更早。

我另有一种思路：还是回到《山海经》，《海外南经》率先提到的是结胸国。人们大多以为那结胸，只是鸡胸而已，我理解那是前鸡胸后驼背的一种人——背不是《山海经》重点关心的部位，所以胸洞、背也洞的**穿胸人**只以贯胸命名，结胸亦然——他们与贯胸国即**穿胸人**构成了一枚硬币的两面未来我有没有可能铸造这样一种货币呢，但他们要比硬币复杂太多。我原以为，让一个结胸人和一个**穿胸人**拥抱就万事大吉，凹凸皆有致，丝丝入扣了，阴阳好合，一带一，路上走，完美配给，莫过于此。现在想想，这种构思过于简单，没有领会造物的深意，如果真要拥抱，那得三明治式的，即中间一个结胸人，前后两个贯胸人，一带二或许才是天作之合。但这还不是关键问题，关键是：无论结胸人驼不驼背，他们多余的胸背也许就是**穿胸人**失却的那些。一饮一啄，西南民族也多讲究天地间微妙的平衡与报应，他们曾认为，男人两只手心内凹他们从来没给女孩子看过手相么，那是被造物主各剜去了一块肉，所以当男人勃然而起了原始的冲动与强烈的愿望，就往往想要与那失去的手心肉联为一体，于是双手摸上女人的双乳——造物主把手心肉搁那里了多年之前，我曾经单纯地考虑过、认真地构思过：跟一位天生无胸、心眼足够大的女子——当然，就是一位**穿胸**人姑娘——恋爱并且欢爱，我的手能放在哪里比较好。我能否做到，在那个胸洞中每天放一朵无刺的玫瑰花呢。搁置其中对女性的漠视与物化不论，这民间故事背后的理论或许与古希腊哲人关于人原是圆球生物的说法异曲同工，甚至说不定同源也未可知：古希腊人认为，造物主怒而罚之，析而分之，有出有人，遂成男女，男女常思结合，乃欲复归原始，重新圆满云云“寻找另一半”的时兴说法源起于此。相比之下，西南民族的说法固然更轻佻而具有挑情调情的性质，但也不至于下流，因为隐含了付诸夙债与索讨报偿的观念框架。

此外，在亚欧大陆乃至周边岛屿包括日本的民间故事中，另有一个更广泛流传的母题：讲两个驼背兄弟，一善一恶，善者穷，恶者不仁而为富人，甚至对其同胞都不假颜色，百计剥削，父母均分的遗产全到了他手中。穷兄弟走投无路，黄昏降临，离家出走，进入密林等死。误打误撞，以其笨拙的样子逗乐了来此聚会的山泽精灵，精灵摘下他的驼背不还给他了；穷兄弟就这样腰板挺挺地回家来了，人生观也得以扭转，富人见到不由羡妒心发作，东施效颦，故意也到深山里，在先前的事发现场有意等候，如法炮制，丑态百出，洋相出尽，过火的表演反倒惹火了精灵，祂们怒起，非但不再妙手第二次摘除驼背，反倒把他兄弟前一次卸在那里的驼背贴在了他的前胸，于是这个恶人只好鸡胸加驼背地回家了，前突后翘，但皆错位走形，样子像一个鲁迅笔下阿 Q 笔下画的圆。

我猜测**穿胸人**与结胸人的遭遇正相类似，最初可能就是这般一爪子掏心挖洞，再一股脑前胸加后背的贴补也许还是大禹的特创或同一个案子的惩戒。早期的精灵或者神祇不带有惩恶扬善的说教性质，故事中出现道德因素正表明是被熨平了冲淡了的后出版本。当然，这种假想没有什么实据。不过，关于**穿胸人**，有过实据么？需要实据么？史料中在**穿胸**的跑道上，比的是离谱：明代人周致中其生卒不详，一谓元人，而著作成书于明洪武二十二年之后在《异域志》中描绘**穿胸人**之中那些达官显贵不穿衣服，因为要让其奴仆往胸洞中插一杠子抬着走“尊者去衣，令卑者以竹木贯胸抬之”我在想，安徒生如果知道安南想象，《皇帝的新装》或许会有所不同，清代人李汝珍约公元一七六三至一八三〇年在世在《镜花缘》中臆测**穿胸人**是“歪心疔”和“偏心疽”发作溃烂成洞，虽用祝由科医术移狼心狗肺来而洞补不成……谁半斤，谁八两不重要，这个比拼穿胸的传统不宜断绝，值得挖掘二十世纪的版本，阐发二十一世纪的诠释譬如讨论一下穿胸人与心脏移植手术的关系，或者调查一下他们的语言中从欢心到心碎种种心理活动的词、从昂首挺胸到直抒胸臆种种动作短语，都怎么表达。

明代胡文焕《山海经图》载“贯匈国”
他可能是出自不贯匈人的傲慢，把两位挑夫的衣服也扒了去

事实上，若不亲密接触，普通**穿胸人**很难被识破。这是后来多有人抵达南方，却不再见有**穿胸人**的原因有段时间我曾经住在河内西湖郡，经常从妪姬路走到二征夫人郡，从来没遇到过一个穿胸人——因为人类有衣冠呵，**穿胸人**亦不例外：缺陷可以遮掩，穿胸因此比结胸稍稍幸运一些，或者说更具迷惑性一些，他们想必会穿戴齐整衣服下面有什么风景，那只能付诸各种有偏差的想象了。但我怀疑，本着自卑心理，必然还有**穿胸人**想得更多，而不仅仅是穿上衣服，他们会智计百出，率先发明束胸

与文胸，甚至要把那个胸洞填补起来：或许有堆以百货杂物，成为储备空间的，那些**穿胸人**更适合做魔术师而不是物流快递员；或许有塞一些纸笔马上相逢，就不会如岑参那般郑重其事地口占一部《平安经》了、种一些书籍、浇一些墨水，就此文章锦绣依苏轼所谓：“粗缯大布裹生涯，腹有诗书气自华。”**穿胸人**的洞甚至也能映现其精神世界？安南阮鹰想必是赞成的。他有诗来想象**穿胸人**的胸有成竹，可以有目共睹，并现诸镜像，写的是：“清虚洞里竹千竿，飞瀑霏霏落镜寒。”我觉得别有洞天，十分有现场感。但正如我们日常所见，更多人无非柴米油盐吃喝拉撒，所以此处存而不论、考场不愁的；或许有旅行家，借此藏干粮的，饮食将有深意谓，取自胸，纳于腹；保不准还有充实以砂土——其主要成分是二氧化硅，再用胶水黏糊成一块的。所以，隆胸当源自填胸。我每每在安南，入芝（Chi）兰（Lan）之室，不入肆之鲍鱼的时候，小心并细心检查验证颜如玉美如云的衣下（y hạ）时，还莫名想到，说不定那位西施，就是那粘二氧化硅的胶水不牢，常恐脱落，是以颦眉捧心，成了千古头一号的忧郁美人。原来她是史上最早的隆胸者兼隆胸事故受害者呵。

西施作为**穿胸人**的可能性，虽也得不到文献的直接支持，但还有一个间接的证据：西施乃越人，交州或岭南那时及以后皆谓百越文身地。而禹之南方域外，《山海经》的海外南，在《异物志》中都得到了落实。况且，东汉的杨孚是高诱的同时代人，张华与郭璞的前贤，早就从另一个方向上，说明**穿胸人**独特的组织原则。在我看来，那些当代艺术，旨在从多维空间探索、意欲由人体向度开展的作品，可断言莫能早于此：

> **穿胸人**，
> 其衣则缝布两幅，
> 合两头，开中央，
> 以头贯穿。

这是保留在宋初《太平御览》中的一段《异物志》佚文。学者们大多考证说这是一种民族服饰，叫“贯头衣”，当代还能见于西南民族，由此可知穿胸的真相云云。这个解释语焉不详，牵强附会，误打误撞，别有机杼。贯头与贯胸之间，相差太大，除非把这衣裳当作是对人体的模仿，则贯头衣的奥秘便一览无余了。一片布中间开洞套头的样式，其实得要把那块布展开来——而这依稀就是一具胸腹间有大洞的身体，就是同一个或另一个**穿胸人**的模样呵。因此，“缝布两幅合两头”云云，其中或许也有传抄的舛误，其实可能不只是指贯头衣而已，还是**穿胸人**如何主动解决胸前空洞的问题。心之不足，头脑来补。早在遥远的过去，**穿胸人**很笃定，知道脑是称之为“心中”的替代物，运营着思想，攒集着智慧，沉淀着经验。所以，他们很可能相互协助，让一个人的头贯穿以填塞另一个人的胸洞，三个人如果叠罗汉，那是一个“众”字。但依穿胸人所为，则二维码一般的方块汉字显然是无以表达的，而要呈现为三维立体的符号。我曾经努力研究过各物种的文字体系，尤其是对南方的鸟文符号和北方的介（甲）文符号略有心得；但关于穿胸人文，却始终茫然一无所知，乃至更多，便依次连成一条委曲的线索，一片弯弯折折的空间。由于他们各自裸裎相对，心脑相贴，甚至首尾相连，而能构成一个封闭的自足群体。只是，他们之中只要有一个人有隐逸之心，或者是有一个人把人心藏了起来看不见人心的话，我们怎么还能看见人呢，整个**穿胸人**族群就会踪迹皆无。所以，我们再也看不见他们了。

高鱼 | 纳吉

nạp cát

我，一个1米68的北方男子，
谨以本文纪念一位1米86的安南少妇。
上周我很遗憾地听说去年，
她准备生产迎接新生儿，却莫名死于新冠。
我不想贸然提起她的名字，我一直记得五年前，
在芽庄她那张冒出海水的芙蓉般笑容。
如今她再也不管不顾这个世界了，
终于高于现实。

我总喜欢望文生义，但在**高鱼**这里，却碰过一鼻子灰——这个世界上，意义并不是你我想生就生、想生几个就能生出几个的。虽然，对文本世界而言，“望文生义”历来都是个很有效的修身齐家治国平天下动作，但是，经验显示，有小前提在于：得依从计划行事，先结个网，把网撒出去捕鱼，捕到了足够的鱼才能烹小鲜治大国——我指的是，首先要把充分的资料统统捉牢在手心里才行。面对文字的时候，光凭些许飘忽的眼神、暧昧含糊而语焉不详的句子，怎么就能在心里笃定了什么意思呢，不过一厢情愿罢了。或许，还只是个波澜不惊的一厢情愿，连单相思都算不上，因为单相思着的心，

会怦怦跳成一面患得患失的鼓，一根旋律中似有似无的弦，一条涸辙中忽高忽低犹自蹦跶的鱼。那么——

鱼，能不能用高低来衡量、用高下来判断、用高矮来分类呢?

也许，可以因为所处海拔危乎高哉，直接将有些鱼叫作“高”。譬如，昔时的大海已然心肠变硬，隆起成高原乃至被人称作喜马拉雅，这世界第三极上那些不怎么被人猎杀的鱼，有着数以地质年代计的漫长绝望，不断缩小自己的活动范围，却依然游动，从黯淡的深海到藏青的高原，始终在努力，要生长出曲线轮廓来。所幸，当地人并不贪婪于此，他们也不渔色于看得见的身体，因为氧气稀薄。我以为，若将它们统称为“藏鱼”就很有韵致了，或者叫“高原鱼”，也从容自在；如果称**高鱼**，不免压缩过甚。

也可以有某种鱼类由于能跳高、高高跃出水面而得名“**高鱼**”，但问题是，它们跳得再高，人们要么叫它们“跳跳鱼”，要么唤它们“飞鱼”，要么如跃龙门的鲤鱼鲤鱼跳龙门有北方和南方两个故事版本，各自表述。现在大家所熟悉的，只是北方黄河上的说法，早见于汉代辛氏《三秦记》，这是一本佚籍，但被唐代类书《艺文类聚》卷九六引用：“河津一名龙门，大鱼集龙门下数千，不得上，上者为龙，不上者□，故云曝鳃龙门。”而南方版本则说这是一件交州故事，在《后汉书·郡国志五》刘昭注引晋代刘欣期的《交州记》（这还是一本佚籍）：“有堤防龙门，水深百寻，大鱼登此门化成龙，不得过，曝鳃点额，血流此水，恒如丹池。”从文献学角度来看，北方版本更早更正宗；但人类学视野未必全然赞成：南北方之间，可能只是存在了一点写定的时差。南方的龙门到晚近几个世纪都还存在，十八世纪以来陈名案、吴浩夫、杜璞、阮焯等安南文士纷纷把民间俚语俗谚翻写成四言汉诗，结成《南风解嘲》《国音演诗》《南雅时谐民智考集》等书，其中有一篇提到：“四月初三，鱼载天言。四月初四，鱼跃禹门。”可知旧历四月四是安南鲤鱼相约化龙的日子：是不是龙子要试上一试那样的，早就有更让人熟悉的名字了。跳、飞、跃，每一个动作都有事实尾随，比起高低这样作用于压力的形容词来，并不受视野和视角影响，要切实有效得多，命名时必然更具优先权。

或许听觉的力量更不容小觑——虽然平时遭人忽视，但在纸张不普及之处，传说当然最重要：安南民间信仰中曾有一位叫“高王”的神灵，实是晚唐的枭雄高骈，他从长安来，随着北风的方向，克服回南天简称“回南”，华南及以南地区阳春三月时一种天气返潮的现象。因气候回暖，来自太平洋的南风将水汽覆盖到低温的万物表面所致；有北风重新进境，回南即止，当北风一停，南风再回，重又回南。回南对南方文献的传播与记忆的留存颇造成了一些麻烦，但对知识的生长和想象的蔓延则未必是坏事的种种麻烦，“以伐远扬，猗彼女桑”，率兵击败了盘踞此地几十年的侵略者南诏国，挖渠修城，把安南重新带回文明世界，一时威震南北。高骈被尊为高王，他吃过养过喜欢过的鱼，或与他有其他故事的鱼，被命名为**高鱼**亦无不可。为了不忘却的纪念，可参见〖**嬾婦魚**〗。但随着安南自立为国，后世高王崇拜日益遭到抑制，被明确改造成了粗暴的殖民者形象；而在北方，更早时候他已经被打入《新唐书·叛臣传》，因为高骈在唐末乱局中试图拥兵自重，不肯为已经失去权威的唐王朝出力，结果却身败，所以名裂——最终还裂了两次，里外不是人。一千年前高王还把风水术带到了安南，后来安南独立之后，却被说成是别有居心破坏安南的好风水。所以就算当年纪念过高王的鱼，后来也未必会有什么遗迹。更何况，在高王出生之前，先唐就已经有了**高鱼**的记载——如果这些古籍不曾遭到后人篡改的话。

更重要的是，这里完全可以撇开人的权力，而有个鱼的立场。譬如，叫一条鱼**高鱼**，可以缘于它叫起来像“高”这个字的发音。“其鸣自詨”乃自《山海经》以来一种普遍的命名逻辑，固然，把动物的声音归化成人类语言，依然是隐蔽的人类中心视角，但毕竟有了一点“名从主人”的大度，不再是一意孤行。想象一下：一条条**高鱼**，穿梭在溪水或者汪洋中齐声高唤，以磨牙一般的音质和分贝，摆脱水草的挽留，与卵石相碰撞：“高！高！高！”这样的场景一定有故事：但或者早已发生过又被人忘却了，而仅仅以后遗症的方式留存至此；或者在某个情节链中将要偶发迷离而又惊悚的事故，徐徐展开若干人性的必然，而**高鱼**只是无心凑成了一个提点读者的隐喻，这已经是侦探小说的惯技和故伎了。

还有，还有，“高”字不一定是汉语，还可以是其他语言的发音。多重翻译是南方风水中回声的具现，也许得请出〖**指南车**〗才不至于找不到北。从鱼语到外语到汉语，九转回肠，音译如此。就像乐高（Lego）的高，或者加了索的高（Caucasus）行不行呢？我顿时想起 Because 乐队那首叫“Fish, Fish, Let Me Go!”“来米高”有人总要念成“烂米糕”，我是很不能同意的的著名旧歌。

以及可以是在某个时候某个地方的某个同音字，慢慢讹记作“高”。膏鱼、告鱼、羔搞鱼……或者是一个长得像“高”的字，如亷、嵩、蒿（Khao）我喜欢蒿，喜欢蒿情到动处高起来时发出的呦呦的鹿鸣声。但我不止一次把她的名字误念成“高”（Cao），还一本正经跟她说，cao 在汉语中读 gāo……孰料人家是个好学的好学生，来不及沐洗就打开书架把字典翻开来摊到面前敲我的头，看看，是 hāo，好不好？那一霎真糟糕，我强行被退出了贤者时间、敲之类，甚至还可以包括“鰝”，渐渐误写为“高”或“**高鱼**”，也未可知。但字典上可以查到，鰝是六朝时候北方海域里的大海虾的意思。如果望文生义有效的话，这可以有多少新奇的悬念和桥段呵。

恩斯特·海克尔《自然界的艺术形态》（1904），图版 79，引自维基百科

所以，问名问名也是传统婚俗的一个步骤：纳采、问名、纳吉、纳征、请期和亲迎，见于《礼记》与《仪礼》，南北通用无效，这些徒然都只是悬揣与蠡测。关于**高鱼**，得承认，此间人根本不知其所以然，连个名字都抓不住，所以更不用说它的形象乃至样本了。唯可打捞上来一亲芳泽的，只有宋代类书《太平御览》中的一个片段。这本中国古代百科全书中涉及鱼类的那几卷，列出**高鱼**的条目，引用了杨孚《异物志》的几句佚文：

高鱼与鳟相似

与蜥蜴于水上相合

常以三二月中
有雌而无雄
食其胎杀人。

高鱼也许与鳟相似。不过，这里的鳟，并不是如今习称为鳟鱼的那些鲑形目（Salmoniformes）鲑科（Salmonidae）鲑亚科小型淡水鱼类；而可能是指鲤科（Cyprinidae）的一种红眼鱼，早在《诗经》中就有记录，“九罭之鱼，鳟鲂。”罭是细眼的渔网之意。不过这无关宏旨，只供人大致在脑海中勾勒**高鱼**的胴体，到底是接近于侧扁纺锤形是鲑鱼的流行样态，还是前后圆筒状红眼鱼的身段大致如此。接下来才是更引人注目的，是**高鱼**与鳟不可同日而语处——尾随着的那一句，说的是**高鱼**与蜥蜴的奇特爱情。尽管更多的细节不详详情无非也就是两条不同的林中路径，一条春色不欲节制、过于浓艳而有少儿不宜之嫌，一条则仅仅在生物学专业的文本中呈现冰冷安静的叙事角度，但是已知：

首先，堕入情网的**高鱼**与它的蜥蜴情人会在水面上交媾。那爬虫——它的个子不知道高不高呢，**高鱼**高一尺，蜥蜴高一丈？抑或相反？——因为这种奇妙的情愫或者激素，而变得轻盈。年轻的时候我一路向南，不畏险阻，不刻意纳吉纳吉也是传统婚俗的一个步骤：纳采、问名、纳吉、纳征、请期和亲迎，见于《礼记》与《仪礼》，南北通用拒凶（nạp cát cự hung），沉浸在披荆斩棘的幻觉中，很愿意相信这种异类爱情的存在。那些年，有些时候我愿意自己看上去就是一条凶狠的蜥蜴，充满力气、有的是时间，却急于在陌生的环境、不可交流的语言和异种的躯体面前表现自

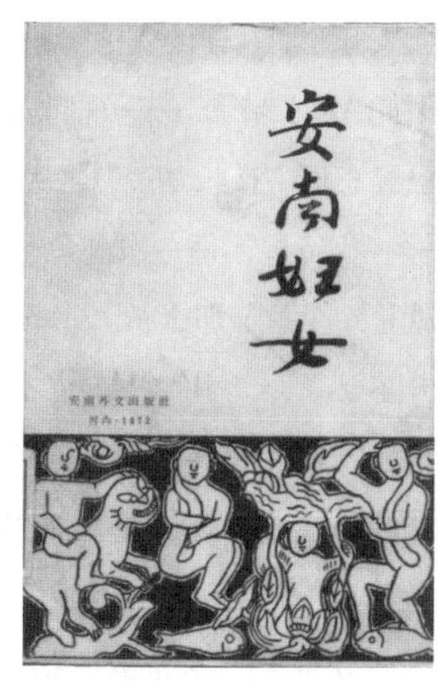

《安南妇女》第一集，汉文，河内：安南外文出版社 1972 年 10 月版

己——想想看，一只蜥蜴和一条鱼，公然，在水上，示爱。水面像镜子一样，即使可能被挠动，被暂时击破；而气与水的界面，始终都在那里，从零度到一百八十度的视角。鱼与爬虫相互倒映，首先繁殖的是爱情，但它们会继续努力，把复数的爱人从镜中拉到自己这一方的真实情境里来么？请沉沦吧，请跟我在一起！**高鱼**就像意大洛·卡尔维诺笔下《宇宙奇趣》(*Le Cosmicomiche*)中水族舅姥爷那样，在岸上情人眼中充满了魅力，水面上涟漪像眼神一样悠来荡去，天色、云彩和树木的倒影变了形尽收眼底，晕眩就这样在水面上化开来。这里也许有高超的技术——那个年纪的小伙子，谁不想同时既体现鼓胀而不休不止的力气，又展露先进而花样百出的技术呢？

但是，**高鱼**并没有在爱情来临时进化出临时的四足，堂皇徙居陆地；蜥蜴也不曾就此回归水中，或落水趁机重操一些两栖类勾当。也许，它们各自小心保留着自己的习惯。也许，它们徒劳然后分离。无人知晓，这样的爱情究竟会长久，还是会像人类别有居心的说法，谓此“露水姻缘”——说起来，现在大家更熟悉的近义词是“一夜情”，已经忘记“夜长梦多”之类的老派姿势了。

我猜想，每一次**高鱼**与蜥蜴的情事，都能持续两三个月之久，就是一个季节那么长。并不是如《诗经·王风·采葛》所夸张的“一日不见，如三月兮”，也不是像“安南四不朽”之一仙容公主与褚公童子的一夜泽褚公童子又称“褚童子”，位列“安南四不朽”之一。四不朽指的是安南民间广泛信仰的四尊大神，此外三位是云葛神女、扶董天王、伞圆山圣。“一夜泽”也是一个始终在水面上下的故事，略谓：雄王公主仙容初不肯嫁人，四处漫游，在某地见水泽清爽，沙滩宜人，动了沐浴的念头，让人四下清场。孰料这里的水底正埋伏着一位衣不蔽体的褚姓穷小子，他见突然有贵人莅临，唯恐无礼冲撞，只得躲在沙子里，大气不敢出……结果，两人裸裎相对，遂成了夫妻，过起小日子，做起大生意，顺便还修仙求道，人生赢家，啥事都不落下。但最终，这一场不登对的婚姻激怒了雄王，王女不告而嫁，成何体统，不如不生，弄死了事。派重兵来剿，团团包围。孰料，夫妇二人拔宅飞升，所居之地一夜成泽，既构成口碑上的纪念物，也在大地上留下了永久的痕迹故事——这个故事很容易被现代汉语读者再次联想到“一夜情”——就是百来天。不过，**高鱼**爱情季的重点还不在时长，而是那两三个月里，根据《异物志》记载，这种罕少的鱼类种群中皆不见有雄鱼，唯有雌鱼。种种可能，恐怕无以论证，只能遐想：

是雌**高鱼**纷纷去找了雄蜥蜴谈风月说情爱？于是，那些雄**高鱼**剩下恨与仇细细咀嚼，水下少花也无雪，要么羞愧而死，要么闭关修行，也不再打扫居所，也不思饮食，龟缩在不经整饬的洞穴深处面壁枯坐，闲诵《黄庭》三二卷，绝不抛头露面？

还是说，在最贴近水面的高处，逞勇与雌蜥蜴胡天胡地的，正是那些雄**高鱼**？以至于在整个族群中，他们绝无例外地毫无踪影？所以，平日里呈现对称之美连“高”这个字，在两千年前都是左右对称的的整个**高鱼**群顿时成了一个奇特的临时孤雌种类？请期请期也是传统婚俗的一个步骤：纳采、问名、纳吉、纳征、请期和亲迎，见于《礼记》与《仪礼》，南北通用待百日之后再恢复正常吧。

第三种可能，《异物志》的叙述者说的，也许只是恋爱现场，那溶化了的镜子，激情的水面；那里，雌**高鱼**都在感受天地大和谐之美，至于雄的**高鱼**，要稍稍修订一下上一段中的说法：说不定他们都上岸去征伐雌蜥蜴了？投桃送李，以为报复；围魏救赵，东隅桑榆；来而往之，去非礼也；所以有了秦晋之好，人类学上称之为族外婚（exogamy），我不知道鱼类学上该怎么来对应表述。

假如引入变性术的维度，就像司晨的牝鸡，还有渐渐粗大的黄鳝；那么，这句话说的是，在这两三个月里，雄**高鱼**都暂时易弁而钗，变成了雌**高鱼**？某一日启明星升起，全民出动，去领受来自水外世界有肺有脚者的恩宠与临幸？

那要是变形术呢？那么，说不定所谓缺席的雄**高鱼**，就改头换面而混迹在雄蜥蜴中？甚至都未必曾易容易装：动物界，包括鱼类，都不乏两性间个体差别颇为悬殊的物种。而雄**高鱼**们，则至少学会了蜥蜴的善变——大家都知道，变色龙正是这个大家族的重要成员。

所以，还有反转过来的一种可能性——所谓镜像，难道不就善于左右颠倒么：也许所谓**高鱼**，压根儿就是善于变化的蜥蜴生性擅长的高难度的欢爱姿态？甚至是它们想象出来的独特情趣？

我暂时采纳异类婚之说。单纯的嫉妒心、强烈的羞耻感，要比炫目的奇技淫巧和乔装打扮，更利于理解。因为“其名自詨”的最著名个案：精卫鸟就有先例。在同样可能是孤雌物种的〖**嬾婦魚**〗一篇中，我提及了后起的任昉《述异记》曾经解决了一个女人变成一种鸟类之后所面临的繁衍种群问题：当世间找不到滔滔子母河水，当单性繁殖和高等动物克隆技术又一直是科学界的禁忌，那么，堪可依赖的，就只有经常还见人类暗暗参与的跨种族婚姻了：东海之滨，精卫鸟会与海燕相合，生下的雌鸟都归精卫，雄鸟都成了海燕。爱情至上，习俗需要遵守，子女问题随性分配。那么，南海呢？

子归父，女从母。这样的例子在安南自立之后兴起的民族起源故事中也能找到，见于《越甸幽灵》和《岭南摭怪》《越甸幽灵》和《岭南摭怪》是安南最重要的两种志怪故事集。促成《安南想象：交趾地方的奇迹、异物、幽灵和古怪》的，有四个最重要的文献来源，这是其中的两个启发点。可能是受到了流传到东南亚的印度史诗《摩诃婆罗多》影响，安南人征纳了持国（Dhṛtarāṣṭra）百子的传说，搬演而成貉龙君与帝来之女妪姬诞下百子的神话。龙君原本生活在水陆之际，后来回归海上，带走了五十个儿子；而从北方长途迁徙来的妪姬，最终则留在南方的陆地上，带着剩下的五十个孩子，热带雨林中筚路蓝缕，扎下根来，其子裔中的雄长者立为“雄王”。我很怀疑，留在陆地上的其实是五十个女儿，所以才会选择其中“雄长”的——长得个子高的、出生时间早的、看上去像个爷们的。设若本身皆是雄性，就未必要特别心虚地标示为“雄王”中国学者普遍认为，古代文献仅见的雄王，其“雄”字有异体作“䧺”，与“雒”形近，最初正是“雒王”抄错所致。这跟另一些上古汉文文献中将交趾地方称之为“雒越”的记载相吻合了。

就这样，两个故事之间的渊源关系露出水面了。但不知**高鱼**与蜥蜴的故事，跟貉龙君与妪姬的神话，孰先孰后。事涉情爱，文献学必然不可靠。龙君的本相可能是一条**高鱼**，而妪姬什么的，也许掩藏了蜥蜴的原形——但也可能，颠倒了一桩情事：有人说，龙的原型是一种已然灭绝的蜥蜴。依我看，灭绝云云，其实是最终下定决心，离开这个世界参见『龙脑』一篇，永归水府了吧。依故事中的定论以及龙作为水中灵物的旧说，想当年，貉龙君离开水府登陆上岸，乃是从妻居，说白了即入赘；但依南北论，他的妻子北方来的妪姬却又留在了安南夫家，一场婚姻因倒错起，又以倒错终，曲终离散，个中委曲复杂，究竟有没有你侬我侬的欢情，缘何相识又为了什么仳离？只是政治婚姻？抑或遇龙不淑？一切又都悬而不决，难以详考，可以置疑。不妨说，高鱼与蜥蜴情爱的细节亦如此，可以遐想与追缅，也被掩饰和剜改。

不过，又有两个古代安南故事，至少可以作为某个版本的注脚：一个说，交趾人原先常将南海即今南中国海及附近海域。古时安南因袭北方的说法，也径称南海；后世民族意识逐渐勃发，遂以自我为中心，不再亦步亦趋，改叫“东海”的主宰理解成一位女神，偶尔游戏人间，串门去了北方投生杨氏，杨家有女初长成，其人生的巅峰是担任了南宋末代太后公元一二四四至一二七九年在世，帝昰生母，度宗淑妃。中国史籍多称其为杨太妃，南方民间多尊其为“太后”。安南信仰杨太后的文献颇多，譬如《越南汉文小说集成》第三册中的《大乾国家南海四位圣娘玉谱录》《教育社奉事》《大乾国家南海四位圣娘王、灵湫瓜瓜夫人事迹》等三种书，诞下龙种，却又辗转到了南海的北岸；当陆上那个孱弱已久的庞大帝国在海滨覆灭，祂的人世旅程与之偕亡，一起在水面上告终，归于水府。而另一个不相干的故事讲，女海神的女儿，或者说下任女海神，还曾化身为硕大的螺，上岸游玩，遇险获救，与十六世纪安南莫朝一个叫甲海生卒俟考的状元成就了新一段姻缘，但与中国人相熟的田螺姑娘不同，他们愉快地在龙宫生活了一段时间，既没有留下子嗣，也没有耸人听闻的杀人事件。所以，参考《异物志》所传**高鱼**“食其胎杀人”之说，到底是涉及异类婚的**高鱼**胎生不卵生，以及**高鱼**的胚胎毒死人抑或会变身为杀人魔王等等，在这里请恕我暂告阙如吧。

ANNAM

狌狌 | 谩述

man thuật

狌狌，徃徃可以写成举世皆知的“往往”两个字。徃、往是异体字。为了靠近狌狌的字形，本文通用此字可以写成举世皆知的“猩猩”两个字。狌、猩是异体字。虽然“狌”字单用时，偶尔会串门，去与“鼪”即黄鼠狼相混同；但若自我重复而成为叠音字，在汉文古籍中，基本上可以重抄为“猩猩”，并不算作错别字。然而，本文要描述的“**狌狌**”，却与大家相熟的猩猩判然有别，所以，还是一开始就从字形上区分开来为好，以免进一步混淆视听。

如今称之为猩猩的那些，在大型动物园都可隔栏相看、凝神对望，也可随处找到图片的，乃灵长目猩猩科（Pongidae）的三四种。主要分布在非洲；仅红毛猩猩一种，原产于世界第三大岛婆罗洲又称加里曼丹，以及世界第六大岛苏门答腊是现代知名作家郁达夫的亡命之地。一九四五年九月，二战已经结束，他却为日本军人残害于彼处。婆罗洲，属“南洋”，但从不属“安南”，相反，倒颇有不安于南的意思：安南曾有文献，将我们称之为南海、他们现在称之为东海的那片洋域，部分称作风暴洋，来表达他们客观的累世经验与主观的心有余悸。

与汉文书籍传统之悠长夐远相比，“猩猩”二字用来指称红毛猩猩和黑猩猩、大猩猩、猩猩这几种动物的时间实在太短暂，大约起于近代东西方文明的交汇。那时候的博物学家和译家，有所谓“格义”的惯技，常以古典时代既有的词汇，来容受新见到的物种乃至知识。譬如：用传说中的食铁之兽——貘，来指称奇蹄目那种生活在南美洲与东南亚的丑陋动物，它耳朵像马、体型像猪，而鼻子有一点点像大象，但又不唯妙唯肖，所以有人称之为三不像。又如：日语中的麒麟，指长颈鹿；这在中国也早有先例，明代宫廷得到过一匹来自印度洋北岸一酋邦从非洲东海岸购得的长颈鹿，博学的大臣们认为那就是孔子（公元前五五一至四七九年在世）曾经见过的麒麟，永乐皇帝（公元一三六〇至一四二四年在世，一四〇二年起在位）特令画工作画，还让当时朝廷里著名的书法家沈度（公元一三五七至一四三四年在世，是我的同乡先贤）写了一篇赞颂文字。旧的瓶子，就这样因为附会的新酒而串味了。**狌狌**也是从古典时期遗存下来的概念之一，犹在服役，却早已偷梁换柱。我没有统计过这些概念的数目，也许是绝大多数，甚至是汉语的全部。

那么，在我们的祖先那些未曾见过红毛猩猩的眼睛里，**狌狌**是什么呢？首先，这是一种出产于交趾的动物。后汉杨孚《交州异物志》、东晋郭璞《山海经注》和常璩（约公元二九一至约三六一年在世）《南中记》、唐代张鷟（公元六五八至七三〇年在世）《朝野佥载》和李冗（生卒未详）《独异志》等书甚至都更加具体地指证，乃是交趾封豀县的特产。而北朝郦道元稍持不同意见，他在《水经注》中认为其产地在交趾的平道县。他虽然常被人以不曾抵达过南方相讥，但上文所列的那几位作者中，除杨孚外，也没有听说谁曾履迹过交趾。况且，这些县的名字后来都不见了，因而抽象而不关宏旨（要任一种天性自由的动物恪守人类行政单位的界限，作为此县特产而乖乖不越县境一步，也太匪夷所思，不能成立的吧。）大致上，这几本书反复提到了两个故事，其中之一是说：汉代有一个叫黄霸（生卒未详）的人，时在交趾任县令，有人背了一个蠕动的口袋来，云是送他土特产当地名物是槐花蜜。黄霸问他，里面是什么东西啊？那个行贿者还来不及开口，就闻得那个封闭的袋子里好像藏了一个妖怪似的事实难道不就是如此么，闷闷地发出一声长叹，幽幽说道：只有一斗槐花酒和我罢了。一打开，长官看到，里面居然是一头浑身散发着酒味的**狌狌**。

有关**狌狌**会说人话的记载，一直可以追溯到《礼记》。因其是儒家经典，而为后世文献引用不绝。书中把鹦鹉与**狌狌**并列后指出：虽然这两种动物会说人话，但我们还是得公事公办，决不允许把它们算作人类但安南人的想法或有不同。最会作诗的皇帝黎圣宗有句曰：“憸壬莫不中肠惭，鹦语狌言日日多。”憸壬又作憸人、憸子、憸士、憸夫、憸邪、憸佞、憸奸等等，广见于中古以来的汉文古籍，指小人。像这样，不屑以听觉，以语言来划分族群，要求诉诸视觉，乃至进行道德考察的观念，合乎儒家对社会进行内部分层的一贯做法。曾经有人认为，除了录音机等人造物，这个世界上只有个别鸟类才能模仿人的语言——包括鹦哥鹦鹉别名、八哥、鹩哥、行不得也哥哥鹧鸪别名等等都有能力反复附和这一论点。我不知道这些哥是不是“兄”的意思，或许要追溯到最初人们自己还不会说话时，见到这些鸟说人话而肃然起敬？《诗经》有句：“鹑之奔奔，鹊之彊彊，我以为兄！”《诗经》中的叠词常有拟声，所以写成“噴噴”和“嘔嘔”大概不过分。不过，有一个小说中的例子说明，与鸟称兄道弟，跟对方的语言能力无关，可见诸金庸公元一九二四至二〇一八年在世《神雕侠侣》中的杨过和他的神雕。那神雕横骨未化，不会说话；所以杨过不免有点过了，口口声声称它雕兄。

而另有人又举证出兽类中的唯一例外：能不经修炼、不得长生、不获奇遇、不傍仙人，不属祥瑞异种却口吐人言的，大概唯有**狌狌**一种而已。**狌狌**的语言能力，也许存在着一个进化过程，可供考据癖们探挖捕捉。要知道，《交州异物志》一书旨在开创一种记恠异、录博物的风气，所以，作者杨孚描述了封豀县的**狌狌**刚生下时候的幼小以及它们未成年时代简单的哇哇发声状况之后，说，它们有段时间只会在晚上，在山村之外，远远地，勉强加入到夜啼郎的独唱中去，来营造一种百犬吠声、百儿哭夜、百鬼夜行、百鸡报晓的氛围。要知道，这其实是反复释放的好意，来提醒：善良的人们，黑暗是复数的可参见意大洛·卡尔维诺的小说集《黑暗中的数字》，英文本，Tim Parks 等译，Penguin Classics 2009 年 5 月版。中文本直译自意大利文，沿用了另一篇作品作为书名，叫《在你说“喂”之前》呵。

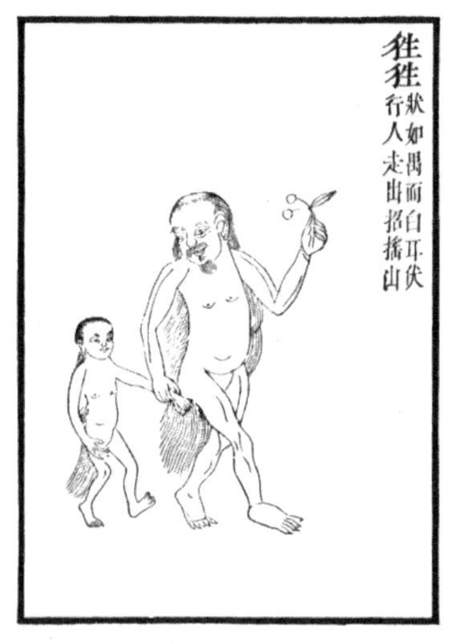

〔清〕郝懿行《山海经笺疏》插图

但也许，那只不过是因为当时大**狌狌**都已经被抓走，没有谁来照顾这些孤儿，它们将从折冲衍射、回波荡漾的凄苦声响中汲取给养，不由自主地摇晃着稚嫩的身躯，缓缓长大；也许，是有夜游习惯的作者，偶尔遇到了被吓哭了的迷路小**狌狌**，它们已经出走得离家太远；也许，这是遵循不同书籍所形成的不同支流：因为，《尔雅》这本世界上最早的词典就提到过一种歧说，**狌狌**从小只喜欢做两件事：蹲在树上，还有啼哭。

北魏时的博物学家郭义恭旧说是晋人，其生卒年不详在佚书《广志》中曾经对此提出质疑，说，这种啼哭并不能算作人言。我不知道《广志》一书的失传，是不是与这样的翻案意见有关？还有，作为北方人，他怎么那么自信，说他了解这种南方特有方物的习性细节？后来的郦道元是继承了他的信心还是笔记？

也许他俩都看过上古奇书《山海经》。今本《山海经》的开头，《南山经》所记第一座山“招摇之山”物产，最早提到的恠物就是**狌狌**，其后又在《海内南经》说到“**狌狌**知人名”。这句话的意思至少有：**狌狌**已然掌握了两三个音节。事实上，它们早就学会了认识与区别人的名字。人的名字当然是这个世界上万物专名中最复杂的，几乎每一个都不一样，大都越来越抽象、别扭和乱七八糟，甚至有叫惺惺相惜的“惺”的。譬如有个明代文学家叫锺惺公元一五七四至一六二五年在世，说出来听起来，跟狌猩没什么差别，以至于我高中时候最初见到他的名字，久久地受了诱导，认为他性趣特异，锺爱动物园里那些猩猩。

东汉高诱为《淮南子》作注，也提到过**狌狌**“知人姓字”，来印证《淮南子》文本中所说的“**狌狌**知往而不知来”一句，指的是：**狌狌**通过熟谙人类的姓名而掌握了全部历史，但是它们天生不会预测而且不能干预未来。**狌狌**的悲惨命运，往往因此发生，我会在下文提到。

明末岭南人邝露公元一六〇四至一六五〇年在世可能才是极少数真正见过**狌狌**的博物学者。要知道，同时代，漂海去日本，以移民的方式做遗民的朱舜水公元一六〇〇至一六八二年在世，是我的同乡先贤曾经被洋流裹挟，漂落到交趾，听说当地海边还有**狌狌**，他念念一见，终未偿心愿。后来，朱舜水在跟日本学生的交流时表达说，之所以在交趾的海岸线上生出如此强烈的兴趣与愿望，是早年曾在浙江嘉兴，见到有人遮遮掩掩地弄了两只灵长目动物号称**狌狌**，但他当时不屑于深究详辩云云所以嘉兴有个地名叫“软城”，我称其为叹息之城。朱舜水终生抱憾，时逢乱世，他应该并不知晓留在岭南直至清兵攻陷广州之后殉国的邝露有什么经历。在《赤雅》一书中，邝露提到他在一个叫绿鸦山今广东省中山市及中山大学，都因为孙逸仙即孙中山而得名，亦有别名，称“双鸭山”——与黑龙江省地级市同名而遥相呼应——由“孙逸仙”三字内外音变所致。由此推想绿鸦山或许是跟一名姓陆的不知名仙人有关，不知道是不是《封神演义》写到过的陆压，但似乎跟安南的关系并不大的地方与**狌狌**交际的往事，那或许是离安南不远的粤西境内，据他观察，**狌狌**“通八方语言，学虫鸟语无不曲肖，声如二八女子，啼最清越”。如果我们信任邝露，就像邝露信任**狌狌**们那样，那么，**狌狌**几乎可以称之为语言的守望者，它们把昆虫与鸟类那些常常在天空中切切相谈的声音包括在内，所有语言与全部句子都了然于胸了；同时——我觉得，至少在这里，我还是一个值得信任的转述者——众**狌狌**将十六七岁少女的声调作为是最美好的语音加以摹拟，至少，在邝露面前现身的那一群，它们做到了。

狌狌开口说的是悦耳的女音，这不止《赤雅》一本书这么提到过。但在同时，这些文献也经常会说到，它们的身体还是与猿类没有区别，与曼妙的少女形成反差。我并不觉得这是亲历亲为的感受，即使亲历，那些作者身处在视觉与听觉的不协调现场，情欲闭目即起，睁眼则消，所以一定是尴尬的结果和失望的产物，类似于吃不到蒲桃说葡萄酸。而另一方面，换取**狌狌**的视角与立场，它们不满足于只停留在语言的层面上与少女看齐；早在上古时代，它们至少就有部分个体，已然进化出人的面庞。这是自《山海经》开始，古代学者也不得不承认的。虽然，《山海经》的那些匿名作者总是很倨傲而且挑剔，有一处说到**狌狌**的耳朵上还长着白毛，有一处说到它尽管人面但浑身青色云云。后一条材料，总让我望文生义地想到“青面兽”这个称号，但似乎从来没人说起过，《水浒传》中的梁山好汉杨志，这位杨家将的后人面容娟秀姣好如妇女。正统的说法是：

杨志脸上有块青色胎记。我揣测那是施耐庵其人真伪未详，疑化名及其前辈青面兽杨志的名字早见于宋末周密《癸辛杂识》续编所引龚开的《宋江三十六人赞》。龚开是位“怪怪奇奇，自成一家”的文人画家，以画慧驷、耶胡和鬼魅留名青史，但他并不知道杨志拥有何种基因，所以他好奇地提问：“汝兽何名？”但一直没人告诉他真相的嫉妒心在作祟，想想看，杨门媳妇个个英姿飒爽，佘太君、穆桂英杨家将系列故事中的虚构角色，人所共知的古代巾帼英雄之一。故事中她嫁给了杨延昭（六郎）之子杨宗保，诞下一子名杨文广。杨文广是真实存在过的历史人物，但《宋史》提到他是杨延昭之子，而不是他的孙子在戏中画上，皆是美女将军，父系也都相貌堂堂，所以杨志这个杨令公公元九二九至九八六年在世的孙辈，长成美男子的几率应该不会小。所谓青面兽，大约说的是他的母系中有作为美女**狌狌**的基因？

行文至此，到了该回答为什么送给汉代封谿令黄霸的一个口袋里会出现一只**狌狌**的问题，以及提袋子的人为什么想要抓捕它作为上贡的礼物？是为了好奇与搜集标本的爱好？或者为了寻找一个对话者？或者是为了那些不可示人的欲望？曾经有很多连**狌狌**的影子都捞不到的家伙，愤恨之余，只能捕风捉影，他们往往混淆**狌狌**与狒狒——这里的狒狒当然也不是在动物园的标牌上可以找到的那种灵长类，猩猩的亲戚与邻居，宜按照《逸周书》写作“费费”；而在那些无能猎手之前，另一些人则早就混淆了狒狒与交趾的土著之间的差异——说**狌狌**无膝，或者称为“反踵”，其实是抄袭了狒狒反踵无膝的旧说，而事实上交趾之人才可能是无膝的。但那只是个隐喻，说的是，它们不具备人类的膝盖可以弯曲臣服。

当一些人诋毁**狌狌**的时候，总有另一些人在赞美它。《荀子》里就提到了**狌狌**的笑容；甚至，下一句还说到了它的双足上荀子或其后学，能不能由此推断有恋足癖之嫌？并没有毛。联系它的人面与女声，**狌狌**的形象也许比先有的想象更加迷人。“人面桃花相映红，人面不知何处去。”我甚至在想，有没有人对这两句唐诗提出新解呢，里面所说，其实是**狌狌**？人面被人先下手为强也哉？《朝野佥载》的作者张鷟是武则天时代的人，他就曾直截说：“安南武平县封谿中有**狌狌**焉，如美人，解人语，知往事。”知道你隐在时光深处的往昔人事或黑历史，却善解人意。张鷟是那一代最值得信任的美人学专家，他写过一部叫《游仙窟》的色情小说，因为尺度太大而在中国大陆失传已久，但被有兴趣的日本人拿了去，至晚清被人带回来出版，所以现在又可以轻易找到了。

为什么要捕捉**狌狌**？《山海经》说吃了**狌狌**之后，人会善于行走；《南中记》提到它的血猩红色，可以直接抹在布匹上作为染料。这两种说法后来都被证否了，是相似律的巫术思维在信口肆谈。此外，《荀子》貌似说得很血腥，说：罕有的君子虽然知道**狌狌**的美丽笑容，以及它们光滑的足；但是他们还是要喝**狌狌**羹，还要把它们肢解了吃肉！这样的表达虚张声势，很容易就被看破正笼罩着暧昧的幢幢叠影。而更多材料都说要吃狌唇，把**狌狌**的唇列为山珍海味的最短清单名录，那是狌红而性感的美味嘴唇呵，依然还是情色的廋辞。

所以，那些想要抓捕**狌狌**的人，多半乃是酒色之徒。所以，他们往往辩说，**狌狌**贪酒，还喜欢穿漂亮的红鞋子——这与现在的美人高度一致呢——所以，可以利用这两点来抓捕。荒野中坦然放上美酒，陷阱不用添加任何掩饰，酒坛子旁边放一些时尚的绣花鞋就可以了，但是鞋带要偷偷连结在一起，就像命运的维系。众**狌狌**寻味而来，见到酒和鞋子，就会痛骂各位猎人的无耻与贪婪，甚至骂到他们的祖宗八代，口才无碍——那是因为，再隐秘混乱的谱系，对**狌狌**而言都不是秘密，它们知道所有人的名字和关系。**狌狌**是多么的智慧呵！可是同时，我也提到过，它们没有节制自己与干预未来的能力我也没有——这是因为，它们更热爱美酒。因此，结果总是这样的：它们互相说服，包括自我欺骗，要浅尝辄止，却忍不住酩酊狂欢，饮得半醉，还往自己的美足上套绣花鞋……然后，埋伏已久的猎人们就冲出来啦，**狌狌**们行动不便，步履蹒跚，束足就擒。黄霸得到的那只口袋里的**狌狌**，就这样被捉起来；但聪明的黄县令怜悯于**狌狌**的那句发言，起了惺惺相惜之心，把它放归于交趾的山水之间。

在遥远的北方，自古见到交趾**狌狌**的几率极低。所以，上文提到的一些文献免不了以讹传讹，多有令人晕头转向之处。我试图从浩瀚的典籍中寻找最明确与简洁的线索来捕获**狌狌**的真相，这一种抓捉也许与**狌狌**的事实相去甚远；但是除了**狌狌**自己，又有谁知道呢？令我颇感到悲哀的，不是**狌狌**能否真如以上所言通晓人言，更不在于**狌狌**美不美，而是它们大概没有机会了解到我们现在对它的这些讨论，也不会现身指正。不过，话又说回来，月有阴晴圆缺，事有南辕北辙，如此种种古难全，请参见〖**南方有大鱼**〗，**狌狌**的不幸，不幸又可以移用作这方面的一个例证：

从《逸周书》到高诱注《淮南子》，其实还有一支相比较而言更微弱一些的文献传统，一直在鼓吹**狌狌**是北方而不是南方生物。关于**狌狌**产于南海还是产于北海，可能都对，可能都不对，当然，也可能一对一错。有趣的是，近世的安南人曾经支持北海说，我不知道，这是不是他们在境内找不到**狌狌**我也在找也找不到之后的一种绝望情绪使然。曾有一本叫《人中物》的交趾汉文书籍，还有一个副标题自诩是“伦理教科书”，书中收录了与我们常识截然不同的汉代苏武牧羊故事，略谓：苏武生于公元前一四〇年，卒于前六〇年当年北海牧羊，仪表堂堂，惊动了居住在附近的一匹女**狌狌**。她乘人之危，敢作敢当，主动追求，最终感动了可汗费尽心机不曾攻克的苏武心，结成夫妇。她手下原有一众小**狌狌**，娘家旁支亲戚一大帮，帮苏武担当起了繁苦的日常劳役，所以，苏武所谓放羊，其实只是放任小**狌狌**们去牧羊，自己优哉游哉，与那女**狌狌**在十九年里生下了一双儿女云云。这个标作《**狌狌**妇》的故事，可能受到明清小说《双凤奇缘》的影响，小说中有**狌狌**追舟的情节，漫述（man thuật）这段情感的悲怆结尾：苏武回了大汉，**狌狌**在北方的山里海边独自抚养两个孩子长大成为新一代的男**狌狌**与女**狌狌**；而号称富有牧羊经验的伟大爱国者，在正史中成了写诗不长的男版蔡文姬名琰，生卒年未详，东汉末年被乱兵裹胁，流落匈奴，后因曹操干预归汉，有《悲愤诗》传世，另有后人托名之作《胡笳十八拍》，却在野史里成为因为人兽之别而侥幸逃脱谴责的汉代陈世美包公戏《铡美案》中所出的负心汉典型，一度成为常用词。该角色有认为脱胎于元末高明《琵琶记》，而其中的男主角叫蔡伯喈，原型是蔡琰之父蔡邕。

这个貌似解构英雄的故事，其实改编自一种常见民间故事类型，即女野人与男人的短暂婚姻的主题，结尾处十之八九男人是要回归文明社会的，不然就没人知道这段奇缘或孽缘，缺少了教育及教唆的意义。之后，**狌狌**追舟或者**狌狌**妇的故事也数次被改写为地方曲目，而不独见于安南的伦理故事。我见过一个更为离奇的版本修改了结局，谓有路过的仙人见到女**狌狌**噙着热泪，遥看苏武远去的绝望与痛苦，起了怜悯之心，连着做了几个动作一气呵成：

一是使用一支特效脱毛膏把女**狌狌**彻底变成了一位美娇娘——北海北部湾那里离安南最近的海边城市之一，也叫北海，有人认为即今俄罗斯境内西伯利亚边上世界上最深的湖泊贝加尔湖，作为原住民，她的毛发起初一定很茂盛那里还出土过长毛象——或许大家对此还比较陌生，但说到长毛象的另一个名字，就一定耳熟能详：猛犸。不过，猛犸象披着厚毛也免不了亡种，北方的**狌狌**是不是也已经灭绝而非想象的动物呢？我十分赞成这种假说。我自幼被人认为毛发旺盛，我母亲那时候刚刚在学会了打针之后又学会了理发，前者无法拿我做试验，后者则有点肆无忌惮，也不管我已经是个小学生有自己的形象尊严了，一把摁住就上剪子下刀子，那时候她发觉我的一个发孔里竟然有长着两根和三根头发的，歪歪扭扭地卷曲着——这一点则像她。她还特意跑去跟我爸说，像是蓦地捡了个宝贝似的：我们儿子头发真多。我父亲那时候已经与我母亲达成了一种和平共处的平衡：呼吸道尤其是支气管处开始有了慢性病灶，发际线则不断畏缩而撤退，十来年下来，已然遮掩不住、人所共知了，不然无以御寒。

一是使用一支特效化骨散，化去**狌狌**喉咙里的横骨：古人认为，绝大多数禽兽与人之不同在于不会说话，而它们之所以不会说话是因为那个横骨的阻碍，而修炼五百年终于成为妖精时有一个变化就是那块横骨会消失，不过苏武的同居前女友还远没有那么老——但是如前文所知，这个版本的作者并不知道**狌狌**的基本状况就是能言。

一是仙人帮人帮到底，帮**狌狌**也是一视同仁，即把母子三人作法摄到半空，瞬移到位于长安的苏府安南李朝（公元十一世纪至十三世纪）之后，亦有一个"长安府"，位于今宁平省，阮朝明命二年（公元一八二一年），改名为安庆府——轻率地翻译成当下的表达，那是给了他们三张单程的机票——那时候，天上掉下个整容美人妻，苏武没话可说，分辩不得古代辨、辩二字相通，一家人于是幸福地生活在一起，直至白发千古上次我在河内的时候，与阿桑（Tang）算是小别重逢。她用纤纤的手指把玩着我鬈曲的长发，说："哎，有白发了呢。"我有点懒洋洋的，闭着眼有一搭没一搭地回应她："早有啦，少白头。"想了一想，又跟她说："也就是说，我年纪很轻的时候，一二十岁，就已经有白头发了。这又叫少年白。"桑没想到我会解释这么多，愣了一下："很卡哇伊的……"蓦地又接了一句："我要跟你白发千古！"这下子轮到我感到意外而怔住了，好在脑筋还算灵活，问她："你怎么知道白发千古这个词的？你知不知道白发千古什么意思啊？"接着我们开始讨论起她当年通过偶然得到的一套《一千零一夜》纳训中译本来学汉语，以及我读著名的理查德·伯顿爵士译本的往事来了。也是在那一次，我知道了她有八分之一的中国血缘——她跟我说，不要告诉别人哦。哦。

可惜，《人中物》未曾采用这个大团圆式的结局；否则，这篇关于交趾**狌狌**的文字就可以在一片融融泄泄中结束了。事实上还有一个更根本的悖论：在南方北方之外，我好像还没有说到**狌狌**到底应该归属于现代动物学的哪一门纲目科属种。当然，我知道，不必强行将古代传说动物都对应到现实中的某个种别，做削足适履的煞风景事，那会流血并且会很痛的；只是作一个大致的判分，我们的祖先不也有鳞、羽、毛、介、裸的五虫之分么，前三类约略对应于动物学意义上的鱼类、鸟类、哺乳类。虽然，《尔雅》曾经作过另一个层面上的归类，根据生活环境与行为功能，把**狌狌**称之为"寓类"，意谓是寄寓在树上的动物，后来李时珍也设了这个类别，把原产交趾的〖**果然**〗兽和〖**貜**〗等奇物都塞了进去。但是，绕不开的是，**狌狌**到底是不是兽类即哺乳动物？绝大多数古代博物学家可能不会考虑这个问题，近代红毛猩猩的命名也正是这种不假思索的思路；我们可以轻易在古代文献中找到根据，颇有明确把**狌狌**归于猿类的，即使不提猿，也常用狗与猪来比况它的体形，可见一斑。

但是，异见早在唐代就出现过：唐初著名的僧侣玄应法师约公元七世纪在世见多识广，他修撰的《一切经音义》明确指出，**狌狌**是一种会说话的鸟：它正如《淮南子》所说，知晓人的名字；正如《山海经》所说，其身体像猪一样大小；但是，只有找到一种叫“黄鸡”的神秘鸟类，**狌狌**的头颅才会有唯一准确的喻体——也就是说，它长着一个鸟头；它出现在交趾的封谿，声音像是小孩子的啼哭云云。

《一切经音义》的说法并非空穴来风，也不是唯一的例外：距释玄应成书约三百年后，宋朝的太祖公元九二七至九七六年在世，九六〇年起在位太宗公元九三九至九九七年在世兄弟在分裂之后再次统一中国，太宗原本有心要把当时同样处在割据状态的安南一并纳入版图，去迎合汉唐以来的习惯，但是事与愿违。直到南宋灭亡之后，一本不甚著名的古书《云峤类要》才透露了当年宋朝皇帝心路变化的现场。事情是这样的：在宋朝大军平定岭南，准备接着挥戈安南的时候，有学问的皇帝得到了心仪已久的一只**狌狌**。皇帝与之密语了一夜，长叹一声，下令班师回朝。当**狌狌**与略显萎靡的皇帝一起默默从密室里出来，众臣也终于一睹真容，他们同样感到迷惑乃至惊骇，于是二话不说，对皇帝的诏令一致赞同：那匹能言的动物绝非《礼记》等经典构筑的常识中的形象，它居然是一只比公鸭大一点的鸟，而不是一个和任何后妃差不多同样漂亮的女子，身上正猩红流淌，见血自觉封喉，不良于行，神情慵然，眼光飘忽无视左右，也不知道发生过什么。显然，这是一个完全不同于常识的恠异安南，透过这一只**狌狌**鸟，一片颠三倒四的领域展现在宋朝君臣面前，一切关于它的经验和知识都不复可靠。这足以让拥有雄才大略和雄心、急于统治天下的北方人望而止步，放任自流了。自此，安南成了一个独立的国家。而安南的**狌狌**，据我所知，就此竟一次也没有再出现过。

飞象 | 暂(tạm)别(biệt)

“飞象！飞象！”如果耳畔骤然有磕开唇齿的嘹亮音节，你率先能想象到的，想必是一枰热闹的棋盘上空，若干个向心围聚的脑袋，一个粗豪而直率的声腔十五年前的初夏，顺化（Huế）人张氏花槐（Trương Thị Hoa Hòe）来中国旅游，我当然得多方请假去陪她，偿了先前她在安南陪我四处考察的旧债。我俩到湘西凤凰小住了几天，拜谒过沈从文的墓地，读了《湘行书简》，逛了周边的村寨还赶到了两个集，回县城早，傍晚天还没黑，就在沱江边上散步。临走前一晚，在江畔恰见几个汉子刚刚做完体力活，卷着袖子脖子里挂着毛巾坐在河岸上大柳树下摆开棋盘棋子，棋子拍在手工画的木头棋盘上作响，就地燃起看不见的硝烟，间或伴奏着蜀地口音的大呼小叫——想是跨省出川来打工的。我们就站在边上看他们下，花槐自称多年以前参加过家乡市里的少女组象棋比赛差一点拿到名次的，当然，我可下不过她——我出神地看着她瞪圆了黑白分明的杏眼，看得入神。最终，天色暗下来，远近灯火荧荧亮起，江上微风徐来，一方形势直转而下，棋盘边遂跳起个黑魆魆的汉子：“格老子的，走错了，老子要悔一步！”花槐和我有默契地相视一笑，都觉得这生活攻守交错而声色久远，十分美好。我们立刻转身回旅馆了，人生地不熟的，怕夜深了万一走错路。楚河汉界，车马炮卒、将相和士。这种红与黑的战争无烟、不见血，空穴来风却依然剑拔弩张；旗鼓相当，界河两边，遥遥相应的棋子默默对阵，用异体汉字标志出你死我活、不降不走的双方阵营：当——

红方隔空用“炮”，而黑方架“砲”飞射；

红方“傌”壮人强，黑方却“馬”蹄轻疾；

红“俥”杀伐果决，但黑“車”纵横开阖；

红架“仕”于九宫，黑在中军帐里上“士”；还有

红“兵”黑“卒”、红“帥”黑“將”——但根据我的看法，这里的“卒”也得念 bīng过河时把“兵”念成 zú 也行。又，这大概不能借用《诗经》史上的做法称之为叶音，因为不牵涉到韵事——押韵的事情；而要借鉴东瀛的经验，谓是汉语的内部“训读”；或者说，这种训读的存在，正可以证明：“棋语”已经形成。虽然它还很简单而粗略——相对于旗语而言。博物君子们大约尚未承认棋语有合法地位，所以他们看到了（观），针锋相对地，“棋不语”，并且“帥”还读 jiāng。讲起来，若是你不同意，我可以举出以下场景为证：当黑方的车马炮或小卒（bīng）对着红帅照“将”即“将”军之先，棋手高高地把个精致圆润的玉棋子拎起来，配上啪的声音，铿然落在纹路细腻的石棋盘上，再在口中悠然或者断然、沛然、猛然喝出一个“將”字来，如若那红帅真读作 shuài，那就要么叫作文不对题、一知半解，要么得算突出奇兵、兵行险招了。一声“帅啊”；甚或，仿“将”有去声、阴平两读法，贼兮兮若《封神榜》中郑伦陈奇那样，哼鼻哈口，黄白之光大现，唇间溜出一句“shuāi 啊”，或许会引得对方棋手思路中断，抬起头来一脸茫然“唔，什么？”甚或心浮气躁勃然作色借题要泼“你才衰呢”“你倒是摔啊？”之类——不信者不妨试试——但以我的观察，至少，现在的象棋还不带这么混淆视听，把个攻心战术无所不用其极的；所以，“卒”念 bīng、“帥”读 jiāng，有助于下棋不妖魔化，把规则明晰化、事务简捷化、阵营平等化……

现在，象棋棋盘上各棋种总算只剩有一对了，对了，我犹豫了很多年，始终不太能确定，它们是不是也算异体字，我指黑“象”与红“相”。从这种棋叫“象棋”而不是“相棋”来看，可知士相相辅之说只是皮相，而“象”才是正字。我曾经在《安南恠谭》一集中写了一篇叫《象棋的故事和借尸还魂》的小说，提到世界上真有过“象”棋。据说交趾历史上，就至少有一次，把活的大象当成了棋子：皇帝彼国自称皇帝，中原的档案文献中称之为国王特意在高大的象房里点起蕙茝、申椒、菌

桂诸物，与中国来的天朝使臣下了一番辛苦的象棋——在彼国的喃文古籍中，象棋两个字依越语语法，中心词前置，写作“棋象”——说辛苦，不止是因为天气炎热，气味不好闻的缘故。此外，在交趾，还经常有用人来下棋的——我指作为棋子的乃是三十二个活生生的人，“將”于是成了真的将军，“兵”也果真是兵，只是不玩真刀真枪，不收割真正的生命但也不排除有例外——这倒是悬疑小说的好题材，我以前没想到过，以后也未必会尝试——两两相对之间，隔着真正的河流，连纵横的线路都有了轻微的隐喻。

人走的象棋、大象走的象棋，与棋子在棋盘上走的象棋，风貌与气象自然各不相同。但呼喝起来，却总是雷同的术语：卒要拱，士得上，马可跳，若想挪动“象”这个子，请用“飞”这个字吧。我一时没来得及考察各地方言，但不管是移象、挪象、上象、走象、跳象、蹦象、动象、行象你难道说的是形象、架象你难不成要赶大象上架，似乎都没有**飞象**那么能飞身护主，有慷慨赴难、一象当关万夫莫开的气势；又可飘然远引、临河饮水，或作壁上观。但问题是，象能飞么？“马走日，象行田”——这是“象棋”而不是“相棋”的另一重旁证。一如马前有子可裹足，田心塞上他子，可绊住象腿使之动弹不得——但以大象那四条粗腿，一旦暂别（tạm biệt）地球，之后再马上重重地回到泥土表面，就会生成一个田字的印记虞舜传说中有“象耕”“象田”的情节，当时大象尚未从中原退却，王充《论衡》引用出处不明的“传书”说：“舜葬于苍梧，象为之耕；禹葬会稽，鸟为之田。”后世称为“象耕鸟耘”。把它说成是

十五世纪马索·菲尼格拉（Maso Finiguerra）的插画，关于龟的飞行时刻和埃斯库罗斯的临终

葬礼的仪式行为，但本意可能是象田、鸟田，即利用鸟兽践踏过的土地进行耕作，此外还有记载提到麋田、雒田——安南旧称雒越，有雒王（雄王）、雒侯、雒将种种，可能正是与这种农业状况相关。而象田在南方后世也有记载，如唐代樊绰《蛮书》提到：“土俗养象以耕田”，“象，开南以南多有之，或捉得人家多养之，以代耕田也”。但说到要让它飞？你会说：它连楚河与汉界都过不去呢……

不过，我要说，还真的屈指可数有几头大象曾经飞过。我曾经满世界考察飞我满世界飞来飞去，四处拜访图书馆，翻检各国史料，考察的内容并不限于象一种，而涵盖了各种平时不飞的动物。譬如我因此知道非洲的犀牛会攒足倒挂着飞，不知道中国古人说的“以背飞”是不是也这样——直升机和人帮助它们达成搬家的成就时顺带着完成了这一壮举。我知道地中海的乌龟也曾飞起来过，它们当然也不由自主，那是落入了邪恶的鹰爪之故，只有生命最后的一刻才重获自由——自由落体，回归大地（上的岩石）：鹰拿乌龟壳没办法想出的主意，把乌龟高高掷向巨石，将壳摔碎好吃肉。而曾有一龟，落的地方很不对，就在地中海西西里岛的格拉（Gela）那里，砸死过古代希腊的悲剧之父埃斯库罗斯（Aeschylus）。老普林尼在《自然史》中提到这件事在埃斯库罗斯活着的时候早有谶言，苦主自己知道，但最终还是无法避免悲剧发生，谁让他的头颅地中海了——秃顶呢。他曾惹出普天下读者太多的涕泗（tears），但这一奇怪的落幕方式，颇让一些人忍不住笑出眼泪**象**，连日本当代漫画家正子公也我曾经和不少人一样，误以为他叫“公子正也”——姓“公子”读来当然更顺溜得多，也可以依名前姓后的西洋派头，唤作“正也公子”或者正也公子公子——趁他还年轻的时候。而如果叫“公正子也”，则用文言写他传记时比较有意思：“公正子也者，公正子也。”意即，这真是个公正的人儿啊的《三国志》插图都不放过。画中诸葛亮神色凝重，端坐在象脖子上《大越史记全书》曾记一位古代安南奇女子：“九真郡女赵妪，乳长三尺，施于背后，常乘象头，与敌交战。”“妪”字不全称老年女性，而是女子的通称，如今人所谓“女士”。赵女士很生猛，“聚众攻掠郡县”，被镇压。据《交趾志》说，“死而为神。”如果她骑的是**飞象**，情况可能就不同了吧。又，汉字为（爲）的字形实是从爪从象，手执大象，是驯服大象为人劳作的意象，从画面中注视着观众，象脚却不在观众的视野中假如诸葛亮骑的是战马，或者稍神骏一些的良马，能获得的卢、赤兔认可的宝马，那就意味着他没露出马脚。从象牙下面和人背后面的红色鸟儿，我可以脑补出，在漫画家的心里与观众的错觉中，大象此刻身在高空——只是不知道诸葛亮的心悬在哪里。

最有名的**飞象**，要数是迪士尼的马戏团小象呆宝（Dumbo），在一九四一年的那部动画电影中，有曲唱道：“我算不上历经沧桑，直至目睹大象飞起。”这两句的原文作：But I think I will have seen everything, when I see an elephant fly.且不说这呆宝是天生奇禀，耳朵特大【飞头蛮】也是用耳飞，非娘胎产道所出，系 made in 天堂，送子鹳亲自派递，而且幼年坎坷，在不曾青春期发育与大规模增重的情况下，误交鸦鼠，早早觉醒了异能——结局温馨却情节曲折。不管是三国版还是大耳版，甚至在网络上找得到的含有老鹰及苍蝇基因的 PS 版我在骨董研究的文章中也找到过，明宣德年间景德镇有一两件六牙翼象纹的青花，一为扁壶，一为大盘。不过都置于海涛中，我觉得确切地说，应该是别一种异物：飞海象，而不是飞象。并且我觉得，但凡在大象身上插翅膀的，已然不算是大象，更何况是飞象了。这些 PS 版，或可依《水浒传》中提到的雷横的绰号“插翅虎”那样，把它们称之为插翅象，都是现代的视觉艺术，现代的意象与现代的想象。但其实，安南早在古代即有一头飞起来的象，飘飘然从云端

飞象《三国》版，[日]正子公也作

飞象大耳朵版，美国迪士尼电影

飞象羽翅版，来自互联网

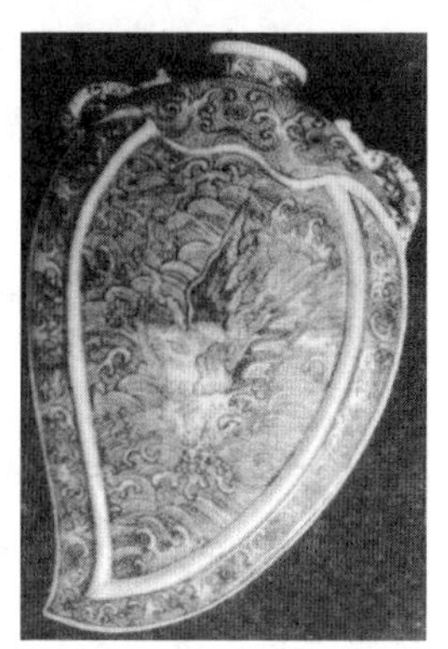

明宣德年景德镇制有翼海象纹扁壶，私人藏品

抵达京城。当日虽是早晨，料有众目睽睽，万人争睹；故而交口相传，辗转成了一个离奇的故事，大略如下：

一天，珥河也就是红河，上游在云南境内，称元江。下游流经河内边上的无赖子阿Q走到山峦重叠的地方，发现这里有很多大象北朝郦道元《水经注》引三世纪末三国吴孙皓时代的佚籍《交州外域记》引东汉伏波将军马援说当地：“犀象所聚，羊牛数千头，时见象数十百为群。”马援事迹可参见〖马留〗。他便挖了个又大又深的陷阱，在坑口铺上竹箄和青草。三天后，青草还没完全枯黄，终于有一头大象落入陷阱，象头冲下，屁股朝天，动弹不得。阿 Q 用土埋住象身我在《安南恠谭》中《安南齐天大圣之未遂 那个叫强暴的大王》一篇中提到强暴大王死的时候：“就在那一刻，好像接到了什么谕令似的，十里八乡的牛一齐挣脱了枷锁，竟相奔向强暴的田，齐聚在这里，用脚把四周踩成泥淖，用角把土培成一个大坟堆，将强暴的遗体深深地埋藏在下面。”我想，王充引用到的“舜葬于苍梧，象为之耕；禹葬会稽，鸟为之田”，其真相也是如此，强暴大王被牛葬、舜被象葬，禹和此处的象被鸟葬；而后世还有成吉思汗被马葬，据南宋彭大雅《黑鞑事略》：“其墓无冢，以马践蹂，使平如平地”，只露出肛门。然后回家，天天走来看看，自言自语：

——阿 Q 这算是一种特别的“其名自談”吧，参见〖**果然**〗啊，我会有一头**飞象**，周游天下此处可插入唐骆宾王《为徐敬业讨武曌檄》的两句：“一抔之土未干，六尺之孤安在？……请看今日之域中，竟是谁家之天下！”当然，这尺得是“等身尺”，并非人类各处使用的公尺或者市尺 。

大象死了。乌鸦、鹞鹰种种闻到腥臭味，便都飞来啄食。它们呼啦啦钻过肛门，进入象肚。先是十来只，后来呼朋引伴，多至成百只，每天都在里面〖**鼠母**〗的子嗣对付大象也会这么做痛痛快快设若大象还有知觉，并会说中国话，陷身于此等百鸟啮咬肚肠的绝境中，万蚁噬心般，它一定会说：“痛，痛！快，快！”与其遭这零碎罪，不如一记头死过去爽快。所以我让这头飞象一开始就死了。又，这个阿 Q 故事的尺度无疑是比较大的，我的意思是，故事压根儿不考虑虫豸在生物尸体降解过程中的重要作用，更不消说还有当年没人知道的微生物呢，因为微观尺度的显微镜尚未发明地啄食象肉和内脏。

等到象肉差不多吃光了，阿 Q 突然塞住大象肛门，挖起土，把大象放平了，骑上去，用棍子在象肚上轻轻一击。里面的鸟群被惊动，都拍打起翅膀，拼命地往上飞了起来有种将普通光转换成了镭射光的意味，阿 Q 果然是神人。于是，象身带着阿 Q 飞上天空。俯瞰着下面锦绣一般的山峦河川，阿 Q 目不暇接，流连忘返。整整飞了一天一晚，最后，在清晨时分，飞到了京城上空。但见都市恢宏，房屋栉比，人来车往，络绎不绝。阿 Q 很想下去看看，便在象背上拍了几下，鸟儿们已知厉害，纷纷收翼停飞。象身遂徐徐下降，落在正在朝会的宫廷中央。

皇帝和百官突见有人骑象从天而降，以为天神下凡古文献记载过一些降神的例子。有魂魄降临的，也有肉身降临的。譬如屈原《天问》提到：“帝降夷羿，革孽夏民。胡射夫河伯，而妻彼雒嫔？”他质疑的是后羿有没有跟河伯打过一场类似特洛伊战争的架，射瞎了黄河之神的一只眼，而把美貌的洛神抢走了；但诗人肯定，或者说相信这位“夷羿”就是从天而降，天帝派下凡间来拯救万民的，敬畏万分，连忙下跪膜拜。皇帝亲自将阿 Q 送入内殿，盛宴招待，侍立一旁，竟不敢平起平坐。阿 Q 于是神吹海夸了一番。皇帝颤巍巍道：

——敢问天神，您能让寡人骑上神象，去看一眼寡人的大好河山有志气的皇帝，秦始皇帝当年就有这种爱好，好吗？

——陛下啊，当然可以。但你要做两件事：首先，皇帝你得跟我换衣服该人不费兵卒夺得大宝，可谓之和平演变。与皇帝换了衣服就登上皇位，是一种很通达的观念：皇帝无非是一尊宝座一袭旧龙袍而已。所以“皇帝的新装”会成为笑柄，也没有片缕的合法性。而这是一个民间故事母题，不同的情节都用到过它。我在《安南惟谭》中《风水大师的小儿子离龙口一步，离龙椅一步》一篇也提到了更衣的细节，因为神象怕生；再者，等飞到海上，记得要打开象屁股的塞子我跟很多人一样，知道“屁塞”是读到《阿Q正传》的作者鲁迅在《彷徨》一集《离婚》一篇里写下的文字：“‘这就是屁塞，就是古人大殓的时候塞在屁股眼里的。’七大人正拿着一条烂石似的东西，说着，又在自己的鼻子旁擦了两擦……”，让它喝水。

皇帝连连点头，心想竟用屁股喝水，真乃神象也。他执意不听朝官劝阻，一个人兴冲冲骑上神象飞上天空。到了海中，皇帝想起了阿Q的吩咐，打开象屁股的塞子，鸟群哗啦一声飞了出来这应该算是史上最壮观而有型的一个屁了，四散而逃。空空的象皮群鸟中一定是混入了著名的噬骨鸟，但我找不到它们的其他信息——可能被吃掉了，我怀疑它们连自己都吃，吃肉不吐骨头于是掉落大海，皇帝葬身鱼腹象腹空空，鱼腹暂饱。这是不是史上最早一个因海难而去世的皇帝，我不知道（有太多安南人死于海难了）；但他一定是最早一个因空难而去世的皇帝。而在京城里陈朝入元的诗人黎崱写道：“天象分明散晓霞，故令骑马入京华。”说的是自那位皇帝上象飞起永远消失在东方即晓霞的方向之后，骑天象入京是一种默认的禁忌，这条准则不见诸任何法规条文，但大家心领神会遵令骑马去。而稍后的范师孟则有诗句：“象头仞九千，层层紫霄云。”说的是飞象在空中被人看到时的离地距离。仞是个高度或深度单位，一仞在古籍中有说是七尺有说是八尺的，以八尺为主。九千仞固然可以视为一个虚数，不过，可参照一下《山海经·西山经》对华山的记录：“太华之山，削成而四方，其高五千仞，其广十里，鸟兽莫居。”，阿Q龙袍加身，登基治国。

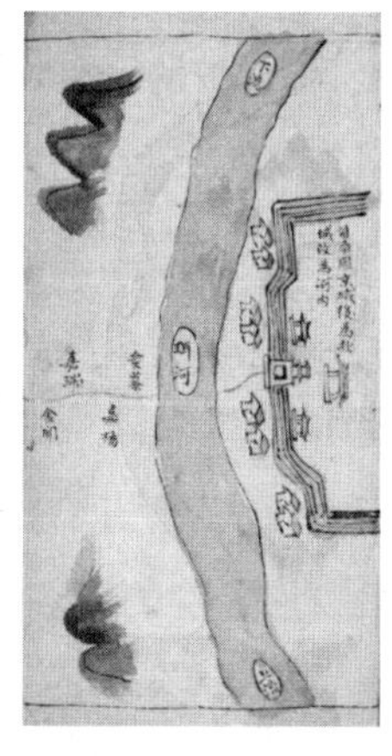

安南古籍中的珥河的地图

安南民间故事集中的阿Q篇章的插图

古典时代**飞象**史非洲的尼日利亚航空公司用飞象作标志，耳作翼状，这属于现代**飞象**范畴，现代科技发展，我们查**飞象**也容易很多，不过，这标志究竟只是一个没有根脚的装饰性图案呢，还是有其古老渊源，俟考，目前为止，以我所见，此一例最为正宗有西藏神话说喜马拉雅诸峰原是一群飞翔的大象，被神忿怒之下割断了翅膀，从天而坠，一个摞一个，化为雄伟高山云云。我还没有查到其原始的文献出处，并且，那只是一个折翼的故事，谈说飞象的消亡而不是诞生，持论于插翅象而不是内向的升空动力即内部的无数羽翼——我已经提到过我的观点：插翅飞象非**飞象**，虽有赶尸控偶之嫌，却想来并无象巫蛊降头那般的诡秘与恠诞感。将这个只在故事里做了皇帝的无赖子主人公唤作阿Q，可不是我的发明。在不同的汉文文献中，他被记作阿桂或者阿贵，与《阿Q正传》序中所说如出一辙，我在这里索性效仿文豪的思想，以Q标音，使浙江之古越与安南之雒越遥相呼应，让这个故事与那篇小说在意义与声势上彼此重叠。

尼日利亚航空公司 logo

汉语中的“想象”以及“幻象”“意象”种种词语，本义皆与大象脱不了干系。《韩非子》在《解老》一篇中说到，中原地区的人已经很少能够看到活的象了：除非是传说，提及虞朝的天子大舜死了之后，他的弟弟为之耕种田地，舜弟就名叫象这是对王充《论衡》所引“传书”：“舜葬于苍梧，象为之耕”的另一种描述；或者是化石，在黄河流域，多年以后也能挖出黄河象的骨殖。象骨及其图形曾经遍传四方，人们就此臆想着传说中的巨象到底长什么样子：也许有的人想象是一堵如高大肉墙般的生物；有的人想，象应该有如巴蛇，彼此吞噬，并能吞噬万物甚至自己它会不会也从尾巴开始吞起；有的人想象会是细似绳索，柔若线头，它身上蕴含着进化的奥妙；还有的人想，象可能是给予蒲扇发现者仿生灵感的源头，柱子发明家学而习之的榜样；甚至有的人看到骨头象，想道：这不是当年被夏朝的天子大禹屠杀灭族的防风氏啊，孰为来哉，孰为来哉，是来向考古学家反驳文献，想来述说真象的么？……

一九七〇年代出现在印度新德里的共和国日（一月二十六日）阅兵式上的飞象，据说其本相为 Chetak 直升机。小说家盛文强兄赐示

你或许看出来了，有很多……好的东西混进来了——但这却是想象的本象，不是假象与幻象。就象被安南那个阿 Q 骗进象肚子的那些鸟一样，杂乱参差、种类纷繁不一，方向无序，目的各不同，设若没有一个厚厚的外壳作为表象，即作鸟兽散。

你或许要问，为什么独在安南地区有**飞象**的故老传说是因为不让北方三国时代早慧的少年曹冲有遇上真正的难题么？因此，还不让他的父亲统一天下，更让他早早离开世界以免听说飞象故事，造化设计，也是真无所不用其极呵？自然与那里多象秦代设了象郡。汉代时，则在日南郡南部置了一个“象林县”，其治大约在今安南广南省会安西南。我每次看到象林县这个名字，总想到有无数象腿站在看不见的远处，犹如密林乔木有关。宋元时期安南作为属国常向中央王朝进贡大象。而早在汉代，许慎生于约公元三〇年，卒于约公元一二四年编撰最早的字典《说文解字》时，说到“象”这个字，就表述为：“长鼻牙，南越大兽。”也就是说，那种南越的大动物才叫象。南越得自同名的政权，汉初一个叫赵佗生年不详，卒于公元前一三七年的河北人在岭南与中央王朝分庭抗礼，核心区域在交州即今天的河内与广州之间移来移去，传承数代，汉武帝时被伏波将军路博德其生卒年不详所灭，其地分为儋耳、珠崖、南海、苍梧、郁林、合浦、交趾、九真、日南等九郡，大略是今之广东与海南旧称粤东、广西旧称粤西和越南粤与越通北部，而安南，历史上一直有将南越树作正统祖先的企图，到近古，曾向作为宗主国的清廷申请把“安南”这个国号改成“南越”，算是复其旧观；但被雍正帝公元一六七八至一七三五年在世，一七二二年起在位驳回，称南越本中华故土，不止于你邦一处独有；若让你更名，是不是更会向我讨要两广之地呢？孰料安南的君臣很聪明，不死心，再来了一本上奏，那不叫南越了，改叫“越南”，总可以吧。北京的皇帝不懂比较语法学，嫌其烦，挥挥手，只要不叫南越即可。没想到，如我前文提到，中心词前置的越语中的越南，依然还是南越呵。

至于安南人以象作棋，以及下人棋种种时必有的“飞象”，亦可算作刚才那个问题的旁证。要知道，在这个平庸的世界副本中，纸上谈兵的象棋一项，如果剔除日本将棋及高丽将棋这样的变种，若西洋象棋也不算，那除中国外还能夸称强国的，举世皆知，也就是如今的安南了。甚至他们在西洋棋棋盘上也时有大师冒尖于国际大赛——因为他们多的是象，和盘上执象飞上飞下的人，精通于孰先孰后的细微差别，攻防有为，进退得当。所以，往安南想象，任由思绪飞，那一定是想对地点与方向了。

周留 | sầu sô 愁 皱

放眼天下，很多人不知道，有若干存在孜孜不倦，长期向人展示伪装术，传授其三十六门派的七十二种技巧。**周留**还算不得其中最出色的。仅在《**安南想象**》的名义下，我就已经：讨论过用嘴巴模仿成产道的〖**鸬**〗以及在色彩与习性上都在模仿鸬的鸬鹚；叙述过〖**猵**〗的盗版，包括狖、鼺和〖**飞猵**〗；嗟叹过被家暴的懒妇变幻成像海豚一样的鱼，也可能是像猪一样的兽或者像纺织娘一样的虫，参见〖**嬾婦魚**〗；感喟过与蚺蛇和胡子纠结缠绕在一起的〖**髯**〗；提到过学习使用人类虚词和持有马达加斯加护照的〖**果然**〗兽；悬揣过〖**南方有大鱼**〗与大鹏鸟的亲缘关系；掩藏过〖**人面蛇**〗和美女蛇的异同；区分过〖**狌狌**〗和猩猩的细微差别；涉及过猴子、凤凰和天鹅如何充当士兵，代代遵守汉代伏波将军马援公元前一四至公元后四九年在世让他们驻留原地的遗命，参见〖**马留**〗；笑谈过被人误解为馒头的〖**飞头蛮**〗；窥探过〖**镜鱼**〗、镜子和月亮性命攸关的奥秘；引用过龙全身的器官与九种动物的尸块形似或神似的渊源，参见〖**龙脑**〗；参详过〖**瓮人**〗和尼格罗种、〖**黄头人**〗与金发基因之孰先孰后、本末源流；列举过受到高人点拨的〖**高鱼**〗混淆视听的诸多旁证；证否过〖**交趾之人**〗不值得交心和交钱的传言，至于他们可以被下饺子的无稽之谈不值一哂；研究过〖**指南车**〗的机械原理如何拒绝被写成制造与操作指南；力陈过〖**鳣鱼**〗、鹿鱼和鼍风鱼的两栖类生命周期并不糟糕；考虑过〖**穿胸人**〗的胸部跟匈奴人一南一北究竟有无可比性；犹豫过〖**鼠母**〗和〖**风母**〗谁的拟母性指标更高的话题要不要公之于众；推敲过〖**雕题**〗可以出什么样的题目使人不仅仅对其原型感兴趣；销毁过〖**吒螺**〗更诡异的易容案例；琢磨过〖**麡狼**〗的分类学归属；设计过〖**蠍蝎子**〗与〖**槟榔女**〗如何隐姓埋名逃出生天；争执过〖**飞象**〗还象不象象……

据此可知，物以类似，相聚在这个世界上，一个事物总有与之宛肖的另一个或一些，在意料与视野之外，在不可期待的未来某个时候，某个角落，等待着邂逅相会、相谈甚欢。我相信，从“福无双至、祸不单行”的古老智慧一直到反物质学说，以及内禀宇称即对称性理论甚至还有宇称不守恒定律，其源头，均在于世界拥有将自己重叠起来的本性，我称之为：顾影怜。未曾谋面时，那两个乃至多个相像却不伴的物侣，总是遵循着自身未必察觉的先天习惯，彼此模仿，相互探求，充满了担心：唯恐见之旋又别之，但事实上却往往轻率地擦身而过。

交州那种叫**周留**的动物，正基于这样的原则，为《异物志》所收容。唐代类书《初学记》保存了《异物志》的原文片段，提到说，**周留**总把自己化装成水牛的模样，而且是青牛，它从头至尾刻意显示出很单纯的毛色，却慌慌张张，坦露偌大一个肚子，以及，那个存在着多个锐角的头。多年以前，我曾在一篇名叫《钻进牛角尖顶个球》的万言长文中，试图考据天文学的真相与地球的困境，攒集了地球上各国各族群青牛的多种神圣传说：包括众所周知的老子骑青牛在沙漠中西行下落不明，还有地球伶仃无依地竖立在一支青牛角上，间或被那头不知名的青牛高高抛起，悬在茫茫宇宙中空空落落。我也说到，那种叫麟的想象动物，想要化装成青牛，却因为技术缺陷，以致在离孔子咫尺之遥的曲阜郊外失败身死云云。

当时我疏忽了李冰公元前三世纪中期人物，多有传说与江神斗法一节，没来得及将其编织进隐秘的地球史。殒身的江神是一头青牛苍牛，李冰遂也伪装成一头苍牛青牛，按照东汉应劭约公元一五三至一九六年间在世《风俗通》一书的说法，他故意露出些许破绽这是从青牛的角度以及青年的角度上说的，包括腰间的白绶带，他的属下据此区分出真伪，众人齐心协力，帮助那头假青牛杀死了真青牛青和苍大致上可以是同一种颜色，但在人眼中的情感意味或有不同，譬如青天和苍天、青松和苍松、青蝇和苍蝇，取而代之，就此两千年来，江川流向、水道出入，一直服从于人工的安排，即使有大地震当时我在写这一篇**周留**的想象时，汶川大地震还没有发生，也不敢稍稍叛出改道。

两头青牛间的战斗，还曾发生在安南海阳省嘉禄县的海滩上有一次我在安南待的时间有点久了，曾到当地度过假。那里并非名胜，当然，我一开始也没有把它想象成普鲁斯特的巴尔贝克（Balbec）。那次旅行确有几位姑娘作伴，那里是阿柳（Liễu）和阿杏（Hạnh）姊妹的故乡，“青春作伴好还乡”，她们自我介绍时总会说：“我是柳杏公主的柳。”“我是柳杏公主的杏。”柳杏公主是安南四不朽之一，俗信中最著名的神祇。柳杏的父母是当地有名的渔业大王，但我们绕开了她们家的渔场。在海滩上，顺化人阿蕙（Huệ）打算手把手教我打水漂，我说我自幼就很会打并且一直很喜欢，她说在她们家乡，别有技巧和说法：这叫“发水纹”。安南历史上据说有个在国内得了状元又到中国得了状元的读书人莫挺之，外家就在这附近，他曾有诗写道：“空翠浮烟色，春蓝发水纹。”后一句就指打水漂。只有一小部分地区的人保守着几种特殊的手势，加以简单加工过的材料，可以得到一个稳定的弹跳数值。我有点不信。我俩走了不少路去偏僻处找合适的瓦片或石块。她又告诉我说，依安南中部的民俗，在某个特定仪式譬如生日时候打水漂，水面上几处涟漪意味着这个人寿数的个位数是几……但后来我偶然读到一份华文报纸上的副刊文章则有异说，说是年轻人打出去的水漂次数与其恋爱次数相关。我一直不知道哪个版本更可信。也不记得那天后来有没有学会阿蕙的那些技术了（只记得玩到涨起大潮），那也并不十分重要，因为我后来才分清谁是柳谁是杏谁是蕙，曾经沧海，当时只知她们脾气很好，从未见柳眉倒竖杏眼圆翻，只知道一个笑的时候喜欢弯腰，一个笑的时候脸是圆的，一个笑在眼睛里，当地渔村里有一个孱弱的闲人无意中在场。据《越隽佳谈》前编及阮尚贤公元一八六八至一九二五年在世，安南近代作家，维新志士。晚年在杭州西湖畔出家并卒于斯葬于斯《喝东书异》等多种文献，那位失名者本无缚鸡之力，还长了颗榆木脑袋一直未曾开窍，住在村庄的边缘，遭到自然和社会的力量排斥，推来搡去间，此刻居然额骨头撞到了幸运。原本，他每日价只能寻觅更弱小者，主要是到海边拾捡些蚬蚌蛤蜊之类的，换钱维生。那一日，他醒得比平时早，洒扫过，无事可做，天蒙蒙亮，就提前去了滩涂上。远远地，东方既明，杲杲出日，他看见两头莫知其往来的青牛，仿佛刚刚从水波中涌出，正在沙上角顶角、头碰头。闲人赶紧闪到一棵椰子树后，他好奇而胆小，视力又好，九牛二虎之力都看得出：是如之何在虬然隆起的肌腱上来回运转时反射着晨曦的光；九牛一毛也看得见：是如之何在巨大的对冲之力作用下悄然飘落在沙土中——何况现场只有两头牛呢。其中的一头掉了三根牛毛下来，看上去马上要宣告它的失败，却兀自撑着，与对方同呼吸，一起消磨着体力、打熬着忍性。闲人一时福至心灵，耐心等到那两位拼得两败俱伤，长嘶一声，复归于水，毫无踪迹，遂蹑足走上前去，利用其职业习惯，赶在潮汐、螃蟹和跳跳鱼之前，蹑手翻遍每一个即将消失的牛脚印子。差不多来来回回走半天就要绝望了，冷不丁却在个贝壳上找到了那三根牛毛。浑不吝地，来不及用水送服，了不起就当是赛神会上赛神会指一种普泛存在过的村落俗信，在每年的一个特殊时刻譬如神灵生日时，民众狂欢数日，抬神游行等等，会后安南若干地方会有举族聚食的传统厨师公太忙冷猪头的毛没处理干净，忙不迭囫囵吞下去……这才符合故老传说的思路，父祖们留下的故事情节果真成了那位业余渔夫确凿可证的未来：他自此变身为一个力士，水性又好，无所事事，只好为国家效劳，做水鬼水鬼，如今常称为蛙人的勾当。某次海战中他潜到水下，轻而易举，凿穿了敌方大船，扭转了战争及历史的走向。

当初，这位未来力士所见，至少有一头应该就是**周留**；另一头可能也是**周留**多年以后，如果他在做游击将军时多读点书，而不是以多留下几个子裔为己任，可能就会多知道一点往事的真相，甚至发表一些随想及杂感流传下来，便于后人稽考也好。譬如这两头周留之间什么关系？这跟一九二四年鲁迅在《秋夜》一文中所写不同：“在我的后园，可以看见墙外有两株树，一株是枣树，还有一株也是枣树”。枣树是植物，没有公母，不分雌雄。而周留如果是真的在认真模仿青牛的话，那它们必有性别。这不是个小问题，而涉及当初那两头牛为何打架，是李冰与江神斗法的翻版，还是水中神兽玩耍、挑逗，或是争夺配偶、领地与荣誉？安能辨其是牝牡？但那位力士那时候关不关心沙滩上究竟是一牝一牡呢，还是两头牡青牛，或是两匹牝**周留**，就不得而知了。即使最初一眼便知，后来还能不能想起来又是另一回事。斯坦尼斯瓦夫·莱姆（Stanislaw Lem）在《机器人大师》一书中提到：“性（seks）只是被遗忘的既往（eks）。性不再是性，只是像忆由心生。”。也可能是真正的青牛。力大无穷只是青牛最微不足道的性状与神通之一，此外就是好斗，皆为**周留**所继承或习得。**周留**因此有意另为我们展示它们的模仿技艺。**周留**和**周留**的斗争，乃是斗牛最原始的次生形态。巨大的力量毫不花巧诡计地矗立对峙、轰然相撞，决出高低，现出真伪。而最终真伪又并不重要，奥秘细如牛毛，无声地掉落在泥淖与沙坑里。

根据一千年前的中国文献，**周留**几乎可以乱真，甚至被误以为是水牛的别名。但不管是《初学记》另据了晋代郭义恭的《广志》，还是宋代类书《太平御览》抄录了一本杨孚的后裔《郁林异物志》，都提到：**周留**的样子有点像猪。这既提示了**周留**可能的本相，也合乎猪曾被当作是水生动物后来我们知道，水中的猪那是海豚和江豚。在安南沿海，曾有关于德鱼的一些传闻，也见于《喝东书异》，记载称这种南海中的神奇动物，在历史上屡屡救人救船于海难中云云，其实正是海豚所为，或者是它们的亲戚 Jonny（鲸鲵）的古老知识。古时常有水神、水恠猪形之说，例如：《吕氏春秋》说“彘为水畜”，《山海经》说恠兽合窳“彘而人面”，“见则天下大水”。是不是它们占到哪儿、争抢到哪儿，哪儿就会沦为其领土或是领水呢？或许那种角斗正是陆沉的一种原因吧我一直试图提倡一个概念，多年以前撰写《安南传钞异本〈西游记〉整理前言》一文时曾提到过：抛开传统宗教势力和现代道德观念不论，站在人类文明的立场上看，在很多地区，猪与狗是近期及未来的两种“基础动物”。基础动物指的是该物种与人类生活最为密切，成为我们常有的隐喻、看待他者的通配符乃至生活中的隐性标准。这在詈语中已经表现得淋漓尽致，“猪狗不如”就是一个例子。此外我也搜集到：最近一二十年中有刻意把狗打扮成熊猫、猴、羊、牛的新闻，这两年渐渐少有听闻，可能是已经多得不再是新闻了。而牛（在某些地方还有马）是上一代的基础动物（更早一代可能是恐龙及其后裔鸟），所以牺牲、牲畜、畜牧，以及物品、特别、犒劳，还有“牝牡”“牠”这些汉字都从牛。而印度的《阿闼婆吠陀》称：“牛支持天地，牛支持空间。牛支持六方，牛进入万物。”所以**周留**也学牛。安南也有陷城为水的洪水神话，但往往还是道德说教类型即天惩与义人得救情节与北方自环渤海湾到雷州半岛各处相传雷同。联系《圣经》诺亚方舟，可知这是一个世界性的故事母题；而少有与牛相关的，更不消说**周留**与青牛了，有待考证。

我注意到，晚出的李时珍《本草纲目》一书中，把**周留**写成了州留。考虑到“留”与“流”互为反义而同音，想一想，那种有可能信步去周流天下、在《圣经》到环渤海湾天下周遭各处都留下过身影的“**周留**”，与这留于一州的——显然应该是交州，尽管后来交广分治、又切割出郁林等地——特产“州留”居然是同一种动物的不同名字黎圣宗时代的诗人阮保写下过诗句：“辙环天下厌周流，直欲乘桴海上浮。”他大概只读圣贤书？不知道海上也是周留的地盘。这一动一静，骤然撕扯于两极之间，我似乎从未见过其他恠东西具有类似振幅的别名。对此，语音中心主义者自然容易宣称谜局可以一击而破迎刃而解，并排比材料，通过复沓的声响，指示说这是当地方言或民族语词汇的底层遗留。不过，我却觉得，像这样望文生义，乃是事物对文字的尾随与趋同，未必不靠谱。在这个任意东西都充满相似性的世界上，早就消逝在空气中的词源也许并不重要，重要的是我们彼此间的效仿，以及，由于看见对方而如同看见自我的镜像，会心地一展各种愁皱（sầu sô）因愁而皱的容颜。

飞鼺 | 仿雨

phǒng vǔ

三国时代，编撰过《广雅》一书的博物学家张揖，曾经迫不及待，要和后人分享他偶然所得，那些关于**飞鼺**的不靠谱知识——也就是说，他并不满足于趋近以往文献上的旧说。《广雅》断言，**飞鼺**只是一种会飞的老鼠，能空无依傍，任意东西，但未必会吱吱叫唤；它们长得又有点像兔子，嗜草，能生，柔顺的皮毛下涌动着温热的狡猾，还有怯懦，但没有长长耳朵。**飞鼺**的飞翔能力来自它鼻下、两颊和下巴上长长的胡须，也就是说，它凭借一把美髯，在空气里蝶泳，到天穹中信步，睥睨众生，又被众生睥睨——因为它个头不大，微不足睹，大家一般目中无它，不曾见知，甚或闻所未闻。

即使我们能够毫无保留地信任张揖，但**飞鼺**还是不能称之为飞鼠。因为“飞鼠”历来是鼯的别称，已经被啮齿目松鼠科(Sciuridae)的一族抢注，它们在前后肢之间长着膜，善于滑翔。会飞的老鼠当然不止飞鼠一种，中国很多地方都故老相传，普通老鼠吃了盐之后，就会长出比鼯更加夸张的膜翅，形成类似翼龙与翼手龙的区分，真的能立马飞上天空，只是依然夜晚出动，白天躲在洞穴里——应了这句话：可上九天揽月。飞鼠大致也是这种德性——以前，吃过盐的老鼠不再被人视为败类，虽然依然不会与之亲近亵玩因此可保长期不受冠状病毒侵犯，但传统却认为这就是福祉的隐喻，因为同音，是的，那些食盐进化的飞天鼠们，即叫作蝙蝠，简称蝠。这个故事不待现代动物学检验，便可知其不可操作性：从来没听说过哪里的灭鼠良策，是以撒盐为主的：硕鼠硕鼠，无食我黍。给你吃盐，诒我多福？！果真有效，鼠们就此化废为宝啦？除非有人能把蛞蝓和老鼠混为一谈。我也见过有异文称，不是盐，而是油有没有酱和醋的版本？放心，我会继续来找寻，会让老鼠变身为蝙蝠。那倒是解决了一首著名童谣中的结尾问题：“小老鼠，上灯台，偷油吃，下不来，吱吱吱，叫奶奶这首童谣中为什么是奶奶而不是妈妈，可参见〖**鼠母**〗一篇：它妈妈未必可亲，奶奶不肯来？”……扑扑腾腾飞下来我一直觉得，本着狗尾续貂的有效经验，文本的结尾是可以自由替换的。譬如，把诗歌名篇删改为三句半，就是一大宗佐证，例：“锄禾日当午/汗滴禾下土/谁知盘中餐/有毒！”所以，那个“奶奶不肯来？叽里咕噜滚下来”，只是诸多平行文本中较凄惶的一种！

即使荒忽，蝠鼠同类之说，却曾共见于东西方经典作家笔下。一则因为希腊人伊索传说人物，约生活于公元前七世纪至六世纪，与五羖大夫百里奚有相似之处的加持而广为人知，略谓：蝙蝠有认同危机，遂展翅欲为鸟，伏翼愿作鼠，却始终不成功。它在汉文传统中则又不然，似乎颇能左右逢源，首鼠两端。李时珍《本草纲目》把蝙蝠归在禽类，径称其为“伏翼”。而早在唐代，那位博览经籍、无书不读的诗仙李白公元七〇一至七六二年在世。他自诩过“五岁诵六甲，十岁观百家”、“十五观奇书”，在一首有关仙人掌茶的诗的诗序中，引用了一种来历不明的道教秘籍说：“《仙经》：蝙蝠一名仙鼠，千岁之后，体白如雪，栖则倒悬，盖饮乳水而长生也。”说的是，蝙蝠饮石钟乳而得以长生，活了一千岁的话，会变成白蝙蝠云云。但成仙之后，依然是鼠辈名家也许不这么看。仙鼠，兴许就是上天的老鼠英国作家道格拉斯·亚当斯（Douglas Noël Adams）在《银河系漫游指南》中很晦涩地指出：老鼠“是拥有超级智慧的巨大泛维度存在物伸入我们这个维度的突出体”，地球人“所居住的那颗星球是老鼠定制、付款并主宰的”。地球“和全部人类构成了一台有机电脑的运算阵列，在运行一套需要一千万年计算的研究程序”，地球曾遭毁灭，“被毁灭的时候，它距离完成制造它的目标仅仅只有五分钟了，结果”“不得不重新再造一个”地球二号。（姚向辉译，上海译文出版社2011年7月版，《银河系搭车客指南》，第188—189页）之意。

在鼯与蝠之外，如我所知，至少又有这一种古怪的，用胡子飞的老鼠——**飞𤢖**。但说到用胡子飞，还不能算是**飞𤢖**的首创。最早被文献记录的，应该是《山海经》中的当扈鸟。它生活在西方的上申之山，不飞时和野鸡并无区别；除非你近距离看见了飞翔的细节，或者吃了它——如果吃到的是当扈鸟，那个贪心的食客将会在很长一段时间里慌乱于找眼药水，因为他忘记了如何眨眼睛。

但是后来，因注解《山海经》一书而闻名的东晋人郭璞，说到**飞𤢖**时，却根本不联系当扈鸟，由此可知，他并不赞同张揖。郭璞指出：**飞𤢖**的毛和胡须是紫红色的；另外，**飞𤢖**还有一个名字叫作飞生。而比张揖还略早一些的杨孚，在其《交州异物志》一书中则提到飞生这种动物的特殊原则：不生于蜀汉与曹魏，而只出现在东吴的土地上——不过，不要急着宣称它就是一种爱国的动物，因为飞生这种动物只出现在东吴土地的上空：从来到这个世界的那一刻开始，它们始终在空中，克服大地的引力，完成一生中每一个高难度动作，包括交配及生产——飞生能边飞边生孩子，顾名思义。它们常常不舍昼夜，在高空聚集成积雨云的模样，有时遮月蔽日，有时随风变形安南古代诗人阮子成有句：“风急断云多变态，雨除明月长精神。”我觉得颇合此境，内心却一定是常向往着大地，想要模仿雨点自由落体吧。但是比起雨点来，飞生显得过于庞大，它们的体型接近猿；不过，不论晴天雨季，从来不曾有过天上下飞生，以及砸死人畜、破坏山林的任何记载，想来上天有好生之德依据孔子的教诲，“未知生，焉知死”，本文暂时不讨论飞生死的时候，遗骸在空中解体还是坠落尘埃的问题。意大洛·卡尔维诺在《树上的男爵》一书中，将一生平行于大地的柯希莫男爵之死，也处理成不知所终，不归于尘土，收缴了它们落地的权利古今中外，都广有一生都在飞的物种传说，从雨燕目雨燕科（Apodidae）普通雨燕（*Apus apus*）到雀形目极乐鸟科的大极乐鸟（*Paradisaea apoda*）。Apodidae、Apus、apoda，有一个共同的希腊语语源：ápous，意为“没有脚的”。雨燕真因为长期飞行，脚趾都有所退化。它们可以除了下蛋育雏之外，拉撒食色均可在空中完成。而从祛魅过的现代科学眼光来看，大极乐鸟常被认为无足，是因为早期标本被中间商克扣了双腿之后再转卖给欧洲人。但涩泽龙彦曾认为此说并不靠谱，参见《龙彦之国绮谭集》中的《极乐鸟》一篇。我赞成他的观点，历史上关于神奇动物的记录固不乏是标本制作商的赝品，但切不可以偏概全，那些假货必然也有柏拉图（Plato）所谓的理型——他的学生亚里士多德（Aristotle）就曾在其《动物学》中记载了很多曾经存在于这个世界的理型。

飞生奇异的生产方式，让我很想再提一下兔子。友情提示：张揖曾说过**飞𪕮**很像兔子。这种似乎很常见的动物兔子常见，但古代白兔却并不常见，偶有所见，要写到《五行志》《祥瑞志》里去的，十二生肖中第四位，史上曾归为啮齿目一种；但当一种会飞的老鼠很像兔子，它的意味要联系更多兔子的奇闻来看。兔子在古籍里即拥有非凡的繁殖传奇，却远不只是数量，简单来讲：天底下没有一只兔子是雄的——那倒是解答了《木兰辞》最后的问题："雄兔脚扑朔，雌兔眼迷离，双兔傍地走，安能辨我是雄雌？"能！雌因此这个问号有标准答案，并非悬而不决：兔子是英雌，木兰是女郎！——世界上有且只有一只雄兔子，生活在嫦娥身边，广寒宫中"双兔傍地走"，所以是雄兔和雌兔想到一块儿去了的异床同梦。所以，兔子的夜生活及交媾方式很特别：天下的兔子女想要生宝宝了，"举头望明月"，注视着月亮即可，兹谓之"望月而孕"。与之相匹配的，生小兔子也异乎寻常。古人谓其从口腔中诞出幼仔——有关女儿国的传说中倒不曾有这种细节，可知人与兔宜区别对待，不可随便换喻日本动漫作品《七龙珠》中塑造了一位绿皮肤的恶棍：短笛大魔王，他的部下是他从食道到口腔艰难产出的蛋，即刻破壳而出迅速长成的后裔。短笛被设定为魔族，以破坏毁灭为乐，行事残忍乱悖——后来在更凶猛的大恶人登场之后就弃恶向善了，但同时也就开始不孕不育。这种生育方式算是它跟人性及灵性相颠倒的一种表现吧——低头生幼仔，兹谓之"吐子"，据说兔子就由此得名，记以谐音。因此，除了母兔的脚，兔子在繁殖过程中其余部位都不必接触地面。

在**飞𪕮**或飞生的产地此处"产'地'"一词颇为虚伪，姑且食古不化、习非成是，因为说"产天"无人能懂，只好暂且如此安南，兔子是一种被忽视的动物，甚至被逐出了生肖动物的群体，取代兔子的是与卯同音的猫在中原，猫当然没在十二生肖的正册上，据说是被鼠子欺骗了，所以世代结成天敌。但猫有亲戚在其中：猫有个别名叫虎舅；据此可知虎可以有个外号叫"猫甥"。若在安南，可以先过猫甥年，再过猫年；猫甥年的前年还有猫敌年……若再能把鸡年妄改成猫头鹰年就完美了。这是不是意味着，交趾之人只愿意顽固地承认：凭空怀孕、悬空生产乃胎生禽类更多时候我还是相信物种之间有差别，禽类和虫类包括爬虫类卵生，而兽类胎生。可以有例外，但我不赞成《集韵》把"𪕮"与蝙、"鼺"或"鸓"混为一谈。所以，𪕮不是《说文解字》提到的"鼠形飞走且乳之鸟"鸓，西汉司马相如《上林赋》"蜼玃飞蠝"、东汉张衡《南都赋》"腾猨飞蠝栖其间"提到的跟猿猴做朋友的，都未必就是本篇所讨论的**飞𪕮**——当然也不排除有讹字的情况。鼺在后世常指一种小飞鼠，直接叫"鼺鼠"。《本草纲目》提到："此物肉翅连尾，飞不能上，易至礧坠，故谓之鸓。俗谓痴物为鸓，义取乎此。亦名鼯鼠。"其中不免有望文生义处，不过倒是可以跟安南人把痴汉称为"𪕮"遥相呼应才有的特性，即使兔子迅若骏马，草上飞，也只好统统不提——〖鸬〗是飞生之外的另一个证据。

关于飞生，还有两种说法。《交州异物志》提到：一是说一只飞生的嗓音和一个人的号叫不分彼此，不知道是谁蹈袭了谁。再者，飞生食火维生，这使得它们可以在古代神奇动物分类学中容易跟蝶螈放一起。它们胃口不小，饥不择食，偶尔也会误吞烟雾，这会使飞生长出蝙蝠一般的肉翅。遗憾的是，《交州异物志》早已丢失了大部分内容，无从稽考，上一句是不是条件模式的表述，意谓：飞生只有在吞下烟雾之后才会长出飞行器官？那么，在此之前，飞生原先没有翅膀么？莫非长的是鸟的羽翼，一遇烟就掉毛异变？

况且，杨孚也没有明确说过，飞生与**飞猵**同文同种一百年前，有关安南与中国同文同种，中国与日本同文同种，日本与朝鲜同文同种之说还四处可见，尚未遭受二战之后席卷全球的民族解放运动淘洗。我更好奇是《论衡》所谓“好奇无已，故奇名无穷”的那种热烈追求奇事异物的兴致，所以愿意相信张揖有关“以髯飞”的表述，并且把它们简单理解成会飞的〖**猵**〗。但**飞猵**除了会飞之外，如前所述，还仿雨（phỏng vũ）。三年前的夏季，我曾经要去赴阿榆（Du）的约会，急匆匆兴冲冲没带伞，在河内迷宫般的狭窄街道上遭逢风雨。满大街的男孩女生都能迅速就近进入掩体，毫不慌乱，似乎训练有素。我留在檐下，感觉仿佛身处青萍之末，仰头透过建筑繁复的边缘还有缠绕混淆的电线但凡在二十年前去过河内的人都知道，安南的市政建设尚未显现出那种高度规则、统一管理的红色特征，所以公共设施颇芜杂，令一些国人涌起自诩先进的优越感。但我却深爱这自然与混乱，觉得跟多雨潮湿的热带气候、枝蔓横生的热带植被、奇形恠状的热带想象相合。多年过去，我没有再访，不知道现在情况如何，看见阴沉的天空和激烈的闪电，鼻子和眼镜上骤然溅满了雨滴，我突然想象到，也许正有一大群**飞猵**就在空中，在乌云底下，体态近乎猵，而团身成为一个一个完美的球J. L. 博尔赫斯《想象的动物》中有“球形动物”一章，广征博引，转述了文艺复兴时代以降，包括新柏拉图主义者马尔西利奥·费奇诺（Marsilio Ficino）、著名日心论者的焦尔达诺·布鲁诺（Giordano Bruno）、十七世纪德国天文学家约翰内斯·开普勒（Johannes Kepler）、英国神秘主义者罗伯特·弗拉德（Robert Fludd）等人的观点，说天堂、地球、诸行星都是活的球型动物，只有长长的胡子，一根一根从球体上延展出来，刻画出风的线纹。

nghịch tiến

马留 | 逆进

设若大地依旧能视作平面，而不是一个球，当今世界会简单很多目前国际上依旧有少部分人信任“地平论”。一九五六年一个叫塞缪尔·山顿（Samuel Shenton）的英国人在多佛建立了名为国际地平研究会（IFERS）的组织，又称“平地会”，因就美苏卫星上天和星球大战计划经常发言，而名噪一時。本文所涉，则与该协会毫无瓜葛，多少问题譬如洲际旅行很早就可以很简单，也不会垄断在少数一些族群譬如〖黄头人〗阿拉伯人等手中很多个世纪都可以迎刃而解——可以轻松地被另一个平面完美分解掉。譬如，东南西北都依旧会有明确的终点，不像现在：南北两方的极限普通人遥不可及；而东西那两个，似乎就隐藏与分散到各种东西的极性中去了，于是乎出现了诸如：极好极坏、贱极贵极、极多极少，妙极蠢极等等，各种皮相之见。

设若大地只是一个平面，就可以毫无障碍地牵拉出无数线条。但问题在于，自古以来，大地上已经堆放了那么多东西，不论如何迈步行走，都会受方向与坐标的导引。曾有人被笔直带向东方，因为他宣称要去寻找太阳的源头与权力的根底：秦皇公元前二五九至前二一〇年在世魏武公元一五五至二二〇年在世都怀着这样的企图踏上征途，勒马碣石，以观沧海。更有人由是一路西游：夸父族的巨汉可参见《山海经》和《列子》的相关记载、骑青牛的老聃，以及唐代初年的和尚玄奘公元六〇二至六六四年在世，昔日皆沿着夕阳的方向，去追索时间的奥妙。还有人驾车向北，却企图就此抵达南极，虽然愚不可及，但直线总是对的。当然，也自有人直接向南，越来越南。

我注意到，大致上，这样的旅程一开始还是写实的，可一旦触发边界，妖异与神奇就不可挽回地出现了：

昔年唐僧在两界山，看着山石下面蹦出个猴子，号称这是他第二次从石头里出来，急欲展开其不同寻常的生活；并且，那猴头还宣称非要做他徒弟不可——这样他就冠冕堂皇我差点写成了“唐皇”，董说《西游补》也差点这么写了，第二次往西探索不死的奥秘；再往后，可了不得，居然有猪头妖怪和潜伏在水中的食人生番纷纷加入进来，做他的帮助者，作为神魔小说的西游历程自此才真正开始因此当然要剔除大闹天宫和江流儿的部分，或将它们视为是西游开始之后的追溯，或者，像本文一样，是一个冗长的开头。

更早时候，退了休的图书馆长老聃，一生不显山不露水，直至靠近函谷关的时候，他在青牛背上打着瞌睡，身上无意中泄露出普通人看不见的浩荡紫气。函谷关那个名叫喜的关尹，刚刚成为望气术的入门级学徒，气也盛，胆儿肥，挡住了老人去路。老子不得不打破初代大智者包括孔子、苏格拉底、释迦牟尼……直至耶稣述而不作的共约，吭吭哧哧，写下五千字，为自己赎身。

秦皇东巡中的传奇因素，也在海边开始，向海内外同时翻卷；有说他折返内地，趁着夜色，用来历不明的宝物“驱山铎”《西游补》曾写到了它把山峦变成羊群，拼命向东海赶去，以期在他第二次抵达海岸线时，可以有一系列跳岛，错落有致，可供他蹦蹦跳跳，将于某个晨曦或者薄暮中登上仙岛“蓬莱”；据称这个人工的造山或移山运动功败垂成，不是缺少牧羊人或者牧羊犬，而是被一个姜姓女子居然古往今来有很多人说她就是孟姜女，这其实不是个首要问题。更应该搞清楚她的家族与当年的姜子牙什么关系——但却很少有人研究以半夜鸡叫之术破坏掉的——因为驱山见不得光的缘故。转而，始皇帝开始信任持竹杖的男巫徐市也写作徐福。“市”跟“市”形音义皆不同，但容易混淆，可后者是个骗子，带走了五百个童男女，登上海船，东渡日本，杳无音信。

南方边界也能提供足够的证明，来声援我的推断。历史上，往南行走的痕迹，按照安南人在《岭南摭恠》一书中的记录，最早是炎帝的五世孙禄续留下的，称他从北方来，安于南方，后来被封为泾阳王，与洞庭龙女相婚，生下貉龙君云云。在历史学家看来，可信度并不高，因为北方更古老的汉文史籍都不曾记载其人，而其事又与唐人小说《柳毅传》有太相似之处。安南人还记载过殷商时候的故事，天子带兵南巡，为扶董天王所阻，所谓天王，原本是扶董乡一个〖**交趾之人**〗，后世被奉为安南“四不朽”之一，因为他在国难关头，瞬间从不能言语、发育迟缓的孩童成长成威猛巨人，交趾因为他而免于过早沦陷云云。与其说这都是虚构的，不如说，边境之外的叙述，本体上就显得恠诞而荒忽。

再往后看，则出现过一次往返的复式叙述，先是由南向北的一段长途跋涉，后是自北往南的一路轻松归程：到了周代初年名叫姬旦的周公辅政时候，自称“越裳氏”的南方部落，有智者从天文地理的征兆中洞悉，北方中原已经进入一个新的时代。他们于是抓了一只山鸡，派了一个人作为使者，万里迢迢来到了黄河边。当姬旦见到山鸡，团团有九个不同族籍的翻译家围着他们。越裳氏的语句经过多次重申是向鸡申旦呢，还是向旦申鸡？这是一个问题、几经延宕，才在周人的耳朵里产生意义。姬旦很高兴，做主把黄帝时代秘密流传下来一说是周初的发明的〖**指南车**〗，回赠给了越裳氏。使者于是得以笔直向南，追赶着指南车，沿着车辙，不再踟蹰游移逶迤，遣散了向导，告别了眼馋的翻译家们，直接回故乡去了。越裳氏的地盘到底在哪里，中国的历史学家又多有歧说。我在交趾则观察到，他们对越裳氏的认同感早就深入到村社与乡野之间，他们那些未经修葺的民间信仰中国古代的士大夫斥之为“淫祀”，“淫”并非淫乱（尽管也常有生殖崇拜的因素不入卫道士的道德之眼），而是过分与不守规则的意思。规则指的则是儒家伦理与国家有关部门所制定的信仰与祭祀的清单及仪式，常说有越裳氏时代某位大神通之士，直到近世依然灵验，被奉为某个村庄或者城镇的保护神，遂盖起神庙殿宇，神灵显圣的事迹被工工整整写下来放在神案上云云。

自越裳氏之后，北方与安南又有数百年未见往来记载。直到上文提及的秦始皇时候，北方人任嚣生年未详，卒于公元前二〇六年带着赵佗等部下，镇守岭南。中央王朝第一次正式控制北回归线以南地区，也包括安南——当时可能已经有了交趾这个叫法，但是官方在文件中一开始把那片土地随意地称为象郡。任嚣后来死了，赵佗乘乱自立为王，称南越国，九十年后，他的子孙被伏波将军路博德为首的汉王朝远征军所平定。那时，帝国中心地带的问题已全部摆平，就像后世所有有统一之心的政权一样，朝廷终于腾出手来，剑戟化作了指南针。

路博德还不是最著名的伏波将军，更多时候，后人把东汉初年的马援称为马伏波，或者径直就叫伏波将军、伏波将、伏波光武皇帝跟一众臣子说：“伏波论兵，与我意合”。马援于是有点类似于生物学命名方式中所谓的指名种但马援自己口中的“伏波将军”，又会指向路博德，见《后汉书·马援列传》：“昔伏波将军路博德开置七郡，裁封数百户……”。与伏波将军路博德一样，伏波将马援也有一次南征，当时，交趾爆发了反抗州官的暴动，以征姓姊妹征侧、征贰，生年未详，卒于公元四三年为首，一时声势浩大，史称二征夫人现在河内市区有一条街道和一个郡（区）以此命名，那里多有咖啡馆，当年我大都履足过，陪人喝过咖啡，有一回还请过一对姊妹。每一家皆不相同，各有各的个性、风貌特色和口味。这次在安南史上十分著名的起义，毫无悬念，被迅速敉平。马援在此之前已成名将，合乎他自诩的马服君赵奢其生卒年未详之苗裔兮是不是受纸上谈兵的赵括所累？弃赵姓马的将种身份；实则却是白手起家，并无祖荫可蔽。他的大半人生像励志故事的范本一样积极成功；但等到他率领大军抵达南方边陲，异乎寻常的事情终于开始发生。这次南征，黄河流域的历史文献，以及当时朝廷里一辈子都没去南方的那些人普遍关注的，不是胜败，乃是：马援到底从遥远的交趾私自带回来多少“南土珍恠”，他是不是准备吃独食，接下去吃相难不难看。有很多人都看见了，他回师时候车载马驮，收获满满，笑容满满。但皇帝对马援信任满满，所有猜测都暂时埋藏起来，贴近众人的脐眼才能听到叽里咕噜的鸣音，它们发酵，憋得一干人等肚肠满满，憋到马援死了，腹诽终于一一吐露出来，抹在暗处的箭头上，当事人无法从棺材里爬出来反驳，每一个场合都沸沸扬扬，迅速形成一张舆论之网，成功把皇帝的情绪与意志都裹挟进去，马援的清誉、遗体及家人的安全都深受其苦，费了多少精力、时间的代价才得以澄清与平反。

一般以为，让那些人失望了，马援带回来的只有一车薏苡。一种植物，名字听起来像“意义”两个字，可用以服食轻身，不是世俗意义上的珍宝与奇物，也根本无法分润同侪、共襄盛举。但马援受没受到诬陷，或许还只是一人一姓的小事；更重要的是，当时一种普遍观念就此跃上台面：黄河文明中心的人把交趾视作奇珍的集散地、异宝的大仓库。接下去，从汉到唐，甚至到明清，这种思路一直都是那些有幸抵达安南的官吏与军士的惯常历程，催生了一次又一次急征重敛。

事实上，马援与这一类贪婪者确实有所区别马援爱骑马、会相马，得了骆越铜鼓重铸成马式——千里马的标准化雕塑，“高三尺五寸、围四尺五寸”。马援还有一句名言传于后世：“男儿要当死于边野，以马革裹尸还葬耳。”一千年前起屡入诗，如苏轼有“马革裹尸真细事，虎头食肉更何人”句，又有“誓将马革裹尸还，肯学班超苦儿女”句；秦观则有“马革裹尸心未艾，金龟换酒气方震”一联。他非但没有从事单方面的专业掠夺但是杀了不少土著，相反，他对南方多有馈赠，若干痕迹原地长存，或者存记在文献中。譬如神庙：至今在边境上，以及安南北方还有不少对马援的崇信，称之为“白马大王”，塑像立祠，定期祭祀。而除了镇压起义者，马援很可能还勘察了边界，借用一根高大的铜质图腾柱，在边界线的位置上，树为标识。历史上，马援的铜柱很有名，有关其性质、形态与构成也广有讨论元至正五年即安南陈朝绍丰五年

（1345），据《大越史记全书》记载，“秋八月，元使王士衡来问铜柱事，遣范师孟往辨之”。但史书编撰者比较老实，又怀疑这件事不是真的，因为范师孟往返太快了，第二年九月就履新职，“为掌簿书兼枢密参政”，被升了官，但似乎都没有什么真凭实据安南近世历史上地位有类于中国梁启超加上孙中山的，是一位叫潘佩珠的小说家兼诗人。他有组诗《哀安南》，其中有“铜柱摧残马伏波，入境已成新世界”之句。人们只能在程度与意义的方向上，想象它应该崇高或者狞恶、图案繁复或者神秘、气息沧桑或者恢闳……而学者更关心它的位置。到了近世，人们勘察国界之余，还在孜孜不倦地讨论这根铜柱在哪里，或者到哪里去了。大致上，安南在公元十世纪之后自立，安南国的史学家们一度倾向于认为：马援的铜柱原本就建在，或者被移到了安南与中国的边界线上；但中国的史学家则大多觉得：它应该在今安南中部，当时交趾与占城的分水岭上。但问题是，可能早在唐代，马援的铜柱就已经不码在原始位置上了。唐代段成式的《酉阳杂俎》提到，是海陆变迁的原因，导致铜柱和它所在的地区都沦陷为海神的领域：已经沉没了也。所以，后来人都不免徒然于捕风捉影，要么就是别有居心。

关于铜柱，还有一个细节，在时间长河中留下痕印：凯旋回朝时，马援留下了两百个士兵，将他们分配给了当地的美丽姑娘，还给他们交代了累及子孙的世代任务：好好看守与维护铜柱。这批人被称

十八世纪《澳门记略》一书录澳门地图，右偏上见有岛名“马骝洲”

为“**马留**”，或者因为限制他们不得回归北方，等同于被终身流放，而又作“马流”。没有十分可靠的资料表明，在桑田变成沧海的历史过程中，那些**马留**人及其后裔命运如何，何时放弃了祖先的使命，有没有一齐随着铜柱入海居住。

如今两广还有一些人安南的情况我还调查不到，不太清楚，自诩是**马留**人的子孙，其中有比较普通的姓氏如黄；也有很罕见的姓氏：禤。有一年我去广西防城港做田野调查，那里有三个岛，岛民几个世纪之前陆续从安南漂海而来，那一系列的迁徙导致了如今中国官方认定有五十六个民族而不再是天地之数五十五——这些人是今日中国境内京族或称越族的主要来源。当地人与我寒暄闲聊，有一回宣称，他们那里一位副县长的姓氏我一定见所未见，读不出来、无法宣之于口的，他们说的就是这个禤（xuān）字。

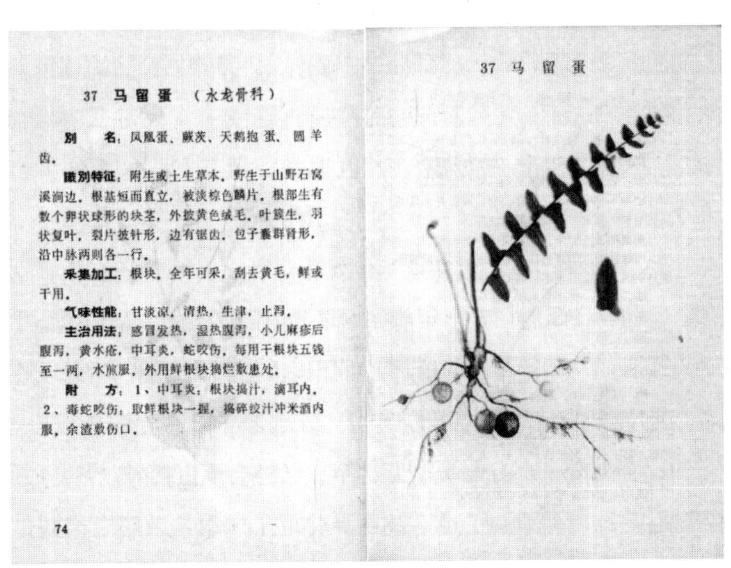

37 马留蛋 （水龙骨科）

别　名：凤凰蛋、蕨茨、天鹅抱蛋、圆羊齿。

识别特征：附生或土生草本。野生于山野石窝溪涧边。根基短而直立，被淡棕色鳞片。根部生有数个卵状球形的块茎，外披黄色绒毛。叶簇生，羽状复叶，裂片披针形，边有锯齿。包子囊群肾形，沿中脉两则各一行。

采集加工：根块。全年可采，刮去黄毛，鲜或干用。

气味性能：甘淡凉，清热，生津，止泻。

主治用法：感冒发热，湿热腹泻，小儿麻疹后腹泻，黄水疮，中耳炎，蛇咬伤。每用干根块五钱至一两，水煎服。外用鲜根块捣烂敷患处。

附　方：1、中耳炎：根块捣汁，滴耳内。2、毒蛇咬伤：取鲜根块一握，捣碎绞汁冲米酒内服，余渣敷伤口。

74

37 马留蛋

《中草药选编》第1集，中国人民解放军六六四七部队后勤卫生科，1969年10月印刷出版从更大的平面范围里来说，**马留**远不止于被边缘化、被冷落成罕见姓氏；甚至，他们可能已经在热带十万大山的雨林中，进一步逆进（nghịch tiến）化成了：不通人言、身上不着片缕，长出长长的毛，甚至还返祖出一条遇树而卷、逢敌则竖的尾巴！是的，他们连野人都已经算不上了，而只是大猴子作为猴子它们倒是能在树上攀援、四处旅行，《西游记》里提到花果山的四个健将："马流二元帅""崩芭二将军"。可知至少曾有两个**马留**，流浪到东胜神洲傲来国做占山为王的强盗了。又，依前文提到的铜柱陷海一说，马流或许还有一支迁播水域，有以海老人和水猴子而闻名的，前者因为遇到了水手辛伯达，而被以讹传讹，辗转成为一种天方夜谭；后者在东亚的民间传布甚为普遍，但我没听说过有什么特别有趣的故事。在南方很多地方，这件事曾经广为人知说来惭愧，我当年很早就知道**马留**指猴子，却到很晚才知道这个词跟马援南征有关。甚至那几年南北穿梭，时时飞赴安南的时候，尚不深思，不勤于查考，也还只知其一，不知其二。有一回在回国前夕，小苹（Bính）为我饯行，喝得都有点半醺。小苹其实很会说汉语，平日里话并不多，从不哼哼唧唧，那天喝了点酒，就仿佛是被摁下了一个秘密的开关，开始不停跟我说话，到后来，颠来倒去地说一句话，现在想来，那想必是她酝酿了很久一直藏在心里了吧：你为什么不做个**马留**呢？你为什么不做个**马留**呢？你为什么不做个**马留**呢？当时我闻听第一通以为是玩笑话，第二通体内禁不住酒精如洪波涌起，第三通心里就有点憋闷了，火往上撞：凭、凭什么你要我做猴子？老子偏不做猴子……于今思之惘然，只是当时太无知（当年可不知道，世界上很快将会出现一句流行语叫："重要的事说三遍"啊），至今还在流传——很多南方方言和地名中，都把猴子叫作**马留**。有时写下来，带着人类狭隘的倨傲，会作"犸留""犸骝""马骝""马獶"和"犸獶"。人们不常把猴子与马援联系在一起但会把猴子和马温联系在一起，常说猴子弼马温——指的是道教护法四大帅中的两位温元帅和马元帅的助手都是猴子。弼是辅佐的意思。四大帅有近十种不同版本，其中六七种都有马、温二元帅。温元帅是东岳神部将之首温琼；马元帅一般认为即是华光元帅，亦即华光天王、五显大帝、三眼灵官等等，有很多个名号，明代小说《南游记》就是写他的故事的，所以又名《五显灵官大帝华光天王传》。也许正是这个原因，所以小说《西游记》为拔高猴子的地位，虽然不可避免"弼马温"一段情节，却用谐音梗混淆事实，瞒天过海，说成"避马瘟"——这么解释马援留下的那些**马留**，倒也有效：为了逢凶（瘟）化吉，他把二百条汉子留在安南，充作他自己的替代物，当成某种禳解仪式的牺牲品，相互联想；但其实，这两件事情前后相关。

当然，雨林幽暗，天知道当年发生过什么？一定还有很多别的可能。譬如，我偶然在五十年前一本军队内部出版的中草药图集中，发现有一种叫"**马留**蛋"的植物，可用以治疗热带常见的毒蛇咬伤。这种名字恠异的植物，亦可以唤作"凤凰蛋"和"天鹅抱蛋"。据此可知，至少有一部分马援所留部卒，已经会下蛋一说这是指**马留**的外肾，所以**马留**蛋也被用来治睾丸炎。但从类比的那两个别名来看，可知其说不确：如果马留的蛋蛋都就地离体生根，他们又如何繁衍子息呢了也，甚至异化成了凤凰、天鹅之类骄傲的鸟类去往南方的军人基因突然变得不稳定，这样的事情已有先例：著名的行者天子周穆王，曾在西游之外发动过一次南征，详见葛洪《抱朴子》，结果"一军尽化，君子为猿为鹤，小人为虫为沙"。所以马留不仅变猴，变鸟也自在情理之中。但或许，事情是反过来的也未可知：马援当年在边界上、交趾的南陲即铜柱旁，招募过一些由猴子、凤凰和天鹅（难为它们，从此改变了冬候鸟的积习）化作士兵留守，而将军却带着一大箱可以轻身的土产植物，退回到遥远的北方去了，坚决果断、无动于衷，似乎一次也不曾反顾。

飞头蛮 | 即下（tức hạ）

飞头蛮不止以一个视觉族群我在《耳史》一书中作出的界定和区分：视觉族群、听觉族群。《耳史》试图重述（而不是重写和重见）文明史，强调被忽视的口耳相传的信息对文明至关重要的作用。但同时提到，在时代进程中，眼珠越来越灵活骨碌碌乱转；而动耳肌眼瞅着退化到无能，这正是一部悲剧史，下限是讲到手机看的功能如何全方位地超过了听。有不止一位朋友建议我写完这本书之后再写一册《眼史》一种《鼻史》，我拒绝了，书名太难听，偶一为之可以，不可再二再三的概念，幽暗恠异，残存在这个世界上；他们更早被牵连上的是听觉标签。两千年前，大汉帝国日趋崩坏，终于一碎为三，稍聚再散，南北纷乱，历史很热闹。就是在那几百年期间，**飞头蛮**的消息渐次蜚声于北方，各路流传，异文繁多，彼此间大相径庭，却始终不见当事者出来现身说法。综合流言和传闻，大致上说他们生活在地平线的无限南端，华人十九世纪安南的汉文文献作者往往把安南人也称为华人，与蛮人、夷人相区别。所以说，在前现代的远东，华人大致上是文明人的代名词不能履及的所在，在岭南、在交州，甚至，在交州的南方。那些轻身飞头的蛮人对旧美学的冲击如此之大，因此大家往往满足于通风报信、口耳相传、津津乐道；最早一个忍不住落在笔端的，可能是东汉时候桓谭公元前三六年至公元三五年在世的《新论》。作者刻意求新，论及南方长江流域的鼻饮风俗和越来越南方的**飞头蛮**，对仗并举，一律验证为真实。

之后，吴国万震的《南州异物志》、晋朝张华的《博物志》与干宝的《搜神记》也都记录了这群禀性奇特的人。但须知，这些古代博物学家当代一些有志于博物的志怪小说家也写过**飞头蛮**的故事，据我所知，盛文强《海怪简史》（中央编译出版社 2016 年版）中有《飞头獠》一篇、杨典《恶魔师》（作家出版社 2020 年版）中有《**飞头蛮**之恋》一篇。一九九四年，钟鸣《畜界，人界：一个文本主义者的随笔集》中有《飞骸兽》一篇，其中一节写也亦是**飞头蛮**。更早时候，日本作家涩泽龙彦写过《**飞头蛮**》，见其《龙彦之国绮谭集》一书（中译本，后浪·四川人民出版社 2020 年版）。本文写于二〇一四年八月，未曾参考相关篇目无不道听途说，以讹传讹，挂一漏万。

依据有限的史料，**飞头蛮**族的女子脖子上应该都有一丝天生的红线红珊瑚项链和其他所有的细丝项链，或许是跟风的文创、剽窃的设计，或许是奇怪的巧合，以及某种始终不曾被好好发掘的世界属性：对称！有句西哲的名言如今举世皆知："人不可能两次踏入同一条河流。"但绝少有人知道，在东方曾有一句相似的话与之针锋相对："人必然会一次踏入两条河流。"当然，这一句非名言并非无可指摘，譬如，**飞头蛮**就是例外，他们无须踏入，而可以飞过；她们出嫁前后，生命轨迹大不同。这"轨迹"不落在修辞意义上，而是指行动方式，包括：她们的热情与厮守、跳脱与沉静，她们所能拥有世界之广，与所能驾驭领域之繁复……这使得**飞头蛮**女更加慎重地对待婚姻大事，但并不是逃避。少女**飞头蛮**们才是更加确切的**飞头蛮**，她们毫不顾忌，把整个夜空都当作自己的织机、绷子和锦缎；而她们自己化身为梭子与编针；至于针脚、襻扣和女红图样，则是那些闪亮的星星、夏日的萤火虫、中元夜的露水，还有林中泉流里翻跳上来的鱼尾纹。她们嫁人之前，鱼尾纹也会频频出现在上一代人的表情危言中，少女**飞头蛮**们总是满怀着推人及己的哀伤，或者轻巧的笑，把它们拓印为织锦上的纹饰，成为宿命的人生谶语。

是幽暗的夜色掩护了这些抒情与描写，但偶然的微光可以让人稍稍目睹更具体的怪异：夜空中，**飞头蛮**的少女们飞舞着，但是，并没有玲珑曼妙的身躯作为铺垫与陪伴，只有一颗颗头颅，优游俯仰在幸运观众的视野里。她们摆脱了所有的羁绊，来自重力的与来自欲望的，却保留了梦幻、歌唱与聆听的能力。

问题在于，那些头颅是活的……而且在飞！颉之颃之，这就否定了所谓"隐身"在字面上的那个意思。但仿佛又有隐身的旋律，下一刻马上就要显现为翩然的歌喉和音符似的。如果有人更幸运并有先知之明，早早潜伏在某一丛夜开花的背后，因此有机会足够凑近某张未事妆容的光洁脸庞但是敬请安静，不要吓坏了她们，那就可以看见，在黑暗中悬浮的头颅，两侧耳廓比常人更大一些，宛如西洋传说中的精灵，或者说，精灵那修长而尖端的耳朵，也是对东南部亚洲的这些**飞头蛮**的一种拙劣模仿；但白色精灵始终都学不会的就是，那些飞头之耳，就像蜂鸟之翼，正高频振动，扇出风，让空间平滑柔和起来，托起纤巧的少女头，使截短的秀发看上去像流波中的水草，却马上在夜风中纷乱成张牙舞爪、虚张声势的一张细网。

那么，她们的身体去哪儿了呢？几乎所有的非**飞头蛮**人总是刨根问底煞风景的，尤其是北方人，如你我，不管听得懂还是听不懂，总好奇于询问飞行的真相、原理、规则，最好还有其他不为人知的绯闻或秘辛，花边缠绕，天地山泽勾动风雷水火。古籍中也无一例外会说到，**飞头蛮**人每每当黑夜来临，身心就不再协调，让不知情者以为病恹恹，一时间，他们的头脑突然如此渴望突破自我的自由，却只能奄然偃卧在床榻上，看上去人事不知。片刻之后，脖颈上的红线就开始扩张了，成为裂缝，完成大陆漂移和星体穿越，时间宛如一枚看不见的利刃，头颅默然滚开，在枕上摇晃两下，耳朵比理智更早清醒，各种流言驱使动耳肌在笑声中颤动。那时候，请一定要把窗户打开，如果不想破坏屋内陈设的话。直至**飞头蛮**的头从野外归来，脑后白带晨曦，嘴里衔着被露水打湿的花朵；请不要关上窗子。对**飞头蛮**充满敌意的北方人，曾留诸字简，怂恿人做各种试验：把窗子关上，把鲜红欲滴的无头脖腔用一张薄纸、一个铜盘、用花瓣及其他杂物盖住，把月光下在蝙蝠与猫头鹰之间飞舞的**飞头蛮**头用捕虫网与粘鸟胶捉起来……无所不用其极。事实上那很可能是一些纸上狂想，对未知事物的防御性好奇，一转成为己所不能的迷惘，再转念间，化作肆无忌惮的妒意宣泄出来。他们很难真正造成破坏，因为根本没有机会觅得实验体。

只有在三国的东吴时期，极少数豪富并且权势炙人的人种收集者，宣称拥有活的**飞头蛮**、〖**瓮人**〗和〖**黄头人**〗。譬如封地在嘉兴的名将朱桓公元一七七至二三八年在世，他以武力与这一特殊癖好，而在不同的小圈子中留名。直到他去世一千五百年之后，尚有人带着宣称会说女人话的〖**狌狌**〗，千里迢迢去到嘉兴，谋求被收购。朱家曾经得到过一个**飞头蛮**姑娘，充作婢女；文献记载：一辈子杀人无算的朱桓突然因为恐惧，匆匆把人放了，他终生对异能表示不可理解；但我疑心，这恐怕只是防人反复申请访问参观的借口，因为，朱家晚上从此总是留着天窗与狗洞，可知那位南蛮女子很可能还在家族里，可惜不知其终，不知其尚能飞否，更不消说谁知道她有没有生下后代，其子孙是不是秘密遗传到了这种特别的体质……据我所知，到了我这一代，两千年后，我的家族中当然已经没有一个人听说过谁会把头摘下来飞了；尽管我小时候，老屋依然开有天窗，门边还有狗洞。

飞头蛮女子一般不轻易许婚，那是因为，习惯上她们只能族内婚，别族的男儿即使如朱桓这样的，也无法忍受与她们夜夜同床……而事实上一旦嫁了飞头蛮男子，她们的夜晚就完全不同，只能贡献给没有头颅的丈夫，替他们守候着漫漫长夜中的各种危险——不只是北方人这么恶意地对待过**飞头蛮**；飞翔的头颅可能遭众生妒忌：混进屋子的蚊蝇、盘踞在床脚的蟋蟀、逡巡在门外的狼和野猪。让一部分获得高度自由的代价是另一部分瘫如死尸，丧失任何自卫能力。当然，摊开四肢身体和奇异的无梦睡眠显得那么无助，需要看护。因此，让一部分人获得高度自由的代价是另一部分人从此不再飞翔：

妻子带上项圈与耳环，自此代替母亲承当起责任，夜夜与无头的僵直身躯相伴她们迅速沧桑，再次不事妆容。《诗》曰：“首如飞蓬，谁适为容？”（那个）脑袋如果飞到蓬草中去了，还有谁值得我打扮呢。安南陈朝陈仁宗有诗：“蓬底厌厌首不抬，三峡暮云无雁到。”陈仁宗做了皇帝后来又出家做了和尚，号竹林大士，与释法螺、释玄光合称竹林禅派三祖。这两句一定是他出家前所作，有点艳，因为后一句藏着巫山神女的典故。看起来，飞头蛮伴侣们确乎更合契宋玉《高唐赋》的原文：“朝朝暮暮阳台之下”，早晨和傍晚才能敦个伦，或者在早晨和傍晚之间。但傍晚和早晨之间，他忙着飞出去了呢，就没辙了。她们反复预演着：有朝一日亲人头飞回不来，身体在家里寿终正寝时候——这几乎又是**飞头蛮**男子的宿命——长夜那孤苦而狰狞的、与伸手不见五指的忧郁一面。这与室外及回忆中的广袤天地，该是多么巨大的反差呵。

我不是没有猜想过，而今安南或许还有一些秘密的**飞头蛮**苗裔，尽管这并非我屡次南行的主要目的。但不论我大多少次胆、领略不同的热带植物，却在各不一样的良宵里，始终无缘发觉哪一个少女会有特异的习惯，至多就是磨个牙说个梦话而已，连个拖身体依我祖母、我母亲所持的方言说法，这三个字指的是有孕在身。但此处不是这个意思梦游的都不曾遭遇过。这或许只是我睡觉太沉虽然，“一夜无话”也是传统故事中常有的生硬过场；但像《一千零一夜》和《意大利民间故事》中都提到过，因为男子人事不醒，而故事遂变得更加波折，枕边的女子也格外辛苦，甚至踏破铁鞋无觅处的缘故。其间，要说蹊跷也不是一点没有，我曾对阿竹（Trúc）——一个山西女孩——安南也有山西省——耿耿于怀，念念难忘。她每次都喜欢抱着我的头睡觉，要埋在她胸前，颇让我呼吸紧张、心生疑窦。可我始终没来得及问，每每总被其他更紧要的话题和事项打了岔，或是堵了嘴。到后来，因为不宜宣之于口的一桩鸡毛蒜皮拌过一次嘴之后，阿竹不告而别，一周之后来了封邮件，满纸控诉：说我不关心她的头，她那么关心我的头；我只对下半身感兴趣，对下半生没什么筹划；又指责我只留心即下（tức hạ）三寸我以为她汉语不够熟练，想说脐下（tê hạ），但后来才明白，即下指的是当下，她指责我鼠目寸光，并没有深谋远虑，从来不想着一个或者两个未来……生硬的汉字把我看得一愣一愣的，但的确没上心，因为当时急着要回国，为申请一笔研究经费而奔走。待三年后故地重游，我好不容易辗转联系上她，电话里邀请她一起吃个饭，但闻听筒里好像有稚童哭闹的背景，很吵，她沉默了一会儿，说不来了，又大着肚子呢，行走不方便，吃什么都反胃，以后再说吧……后来再也没有联系过。

当**飞头蛮**女人从人妇再成为人母，情况会不会由于激素或其他方面的原因有所好转呢？不，那只是无头繁殖成复数的无头。**飞头蛮**的生育率因此一直不高，尽管善于飞头的少女并不只热爱山泽草木，她们也渴慕恋情；就像柳枝期望风，风中摇曳的花朵等待着蜜蜂。花前月下，一对对未婚的**飞头蛮**爱侣之间拥有更多的耳鬓厮磨时间，虽然只限于运动中的耳朵和摇摆中的鬓角，他们模仿不了两个人——那时候他们没有身体可以相互纠缠；但可以模仿一对蛾子、一双飞鸟，也可以安静下来停在水面的浮萍和亭亭的芰荷上变成并蒂莲。

可以理解了吧？婚礼来临，意味着天地缩小到了天花板和地板，继而可能还会挤压成穹庐一般的蚊帐，以及生前平铺、死后卷起尸首的芦席。婚礼之后，当华烛燃尽、洞夜陈旧，他们，一方的红颜衰老陈益稷有诗描述：“平生事业浑如昨，无奈青灯照白头。”请注意，这里的白头是单数，不是偕老的复调和另一方的吰头吰脑明末清初北方的钱谦益曾咏叹道：“艰难仍有步，顾眷岂无头。”他觉得，所有不曾嫁予男飞头蛮的女子都可以说是幸运的，要克服困窘，好好活下去。当然，钱其思其诗，由于众所周知的原因，常遭人诟病，还有多少时间相看两不厌呢？要知道，根据安南古籍《兴化风土记》和《南国地舆志》记载：另一方的飞头，启动方式都与少女们迥异。男人们在婚后使用后坐力抛射的方式起飞，好像不这样不能痛下决心、义无反顾似的，在深夜，他们蜷身，像个可笑的圆球，用两只脚上的拇趾插在又大又红的鼻孔里，腿上的肌肉一用劲，头像炮弹一样呼啸而走……

要不要来批判一下男性**飞头蛮**的怯诞、自私与自我中心主义？他们另有故事，别有天地。人类学家在占婆、高棉、贤豆中国古籍所见对印度的别称诸国的田野中宣称发现过他们的踪迹。至于往北，在贴近地平线有颗北极星北极星与地面的夹角值，即是当地的纬度的方向上，这些雄性的一夜生动物可能曾经发愿过探索世界的可能性与他们自己的极限也许他们听说过《吕氏春秋》所记载周鼎所铸饕餮“有首无身”的事迹，那么，此行外带有寻根溯源和走亲访友的目的。

也许，按照崔致远《补〈安南录异〉图记》提供的信息，安南西北方向有去往神秘的“女国”的通道，男**飞头蛮**有可能是想偷渡去女儿国，所以夕发朝返，传说中深入到广西与云贵一带，但在一千八百年前，他们却遭遇了挥戈南下七擒孟获的诸葛亮公元一八一至二三四年在世大军，那些可怜的飞翔者被悉数敲打下来，盛在金盘中，祭献给了江河中的神灵与微生物。由于无知，古代说书人演绎的《三国演义》在这方面含混其词，但是，有一点小说说到了：那些金盘中的头颅不复能振起飞走。即使这样，这依然让北方来的目击者兼猎手们惊诧不已。他们后来反复用一种叫“面”的粉末，堆塑成**飞头蛮**头的样子，其中，原籍长江流域的人可能更加考究与细心一点，还会塞一点其他白花花的物质譬如猪肉冒充脑子。因为雕塑当然更不会飞，后来他们遂把“飞”字去掉了。他们除了将它继续用作祭品，还有就是直勾勾地注视着它那用面做的，没有瞳孔的眼睛和褪去血色的面孔，心中充满好奇和莫名的期望。直到有一天，有一个人实在看得饿了，凑上去亲了一口、舔了一下、咬了一记，然后如梦方醒：这“蛮头”真好吃除了头能吃，人心也演绎成了一种大众食品：饼。这是日本民俗学之父柳田国男的观点。可参见〖**穿胸人**〗一篇。又，杨孚《异物志》提到，椰子的别名叫“越王头”——想来是有恠谈提到，曾有百越之地的王，其头颅化作椰子。所以，蛮头并不孤独，而食人的习俗，要比我们想象中的，更加深沉地隐藏在我们的日常生活中呵。如我们所知，一种早餐食品，冒名顶替，于焉风行天下，大江南北、黄河上下，无处不有——只是，没有一个拙劣的仿造物，再能在黑暗中诡秘而香喷喷地飞起来。

黄头人 | 塌缩

tháp súc

二十三年前，我决意安于南方，要持续探索交趾的文献和文化我不止一次被要求当场回答，为何要做这样一个抉择。在国内，也在安南。同一个问题说过多次，心中不免暗自厌倦，或者漫不经心。但提着耳朵的问者谁，显然也会影响应声的腔调、口气和语速。我曾经跟染了一头明黄的嫉妒心和好奇心兼重的陈氏苗（Trần Thị Mèo）提到说——现在想来，那段时间我活像个水田里的小农夫，憨厚、按部就班又狡狯——我的指导老师出了一道单选题：要么探讨西双版纳历史上关帝与财神信仰的痕迹，要么调查东帝汶题材的汉文诗歌，要么研究北朝鲜早期文学史，要么在安南找个题目写论文。然后，“吾道南矣”。其实，我有时候想想，挺后悔没有选欧洲的，想起安南竹林禅派三祖之一释玄光曾有两句《舟中》诗：“迷茫四顾晚潮生，江水连天一鸥白。”此江水可与“问君能有几多愁，恰似一江春水向东流”互注——尤其在我为安南研究的题目无进展而发怵、无边无际而发狂、岔道港湾岸上婀娜的景致无穷尽而发愁时。唉，我人生之舟就此与一个欧洲大概率拜拜了。但所幸还有友谊的小船不断往前行驶。发愿如此，有个很重要的原因，是我做了一个梦，梦见一本安南古籍上夹杂着我看不懂的方块字交趾的文献与文化很大程度上基于汉字（汉文），此外则有自生的喃字（喃文）。“喃”一说是南方的方音，另一说是“土俗”之意。一称字喃。始终模仿汉字、期待被认可，却又有一分自卑和三分自知之明。我梦见的那本，无疑是喃文书，同时有一个陌生的声音，不知为谁，像是个黄毛丫头我指的是很青涩的女孩子的声腔，类似旁白，窃窃说与我知，称这是古代交趾人写下的一首诗，韵律悠扬，声色清亮，意味深长；而我在梦中也不十分惊诧，大致记得其大意，说的是：你以为，你所见到和听说过的人，都与你一样么？你以为，大家都在同一个时空中、同一片蓝天下，一起呼吸命运么？错啦，错啦，错啦，就像我看画像中的、听故事里的人一样，或者就像画像里的人、故事中的人看我那样：耳目所及之处，人们生活在不同的世界里，只能互相知悉，彼此间莫能来往、莫能沟通、莫能交心成为莫逆……

我醒来之后，在燠热的夏夜，感到了四重的震惊，仿佛天地震动地有地球、有地球仪，天有天球（celestial sphere）、有天球仪。地球有地震，地震有纵波（又称推进波、P 波）和横波（又称剪切波、S 波）。未料天震是否亦如此，又如层层海浪滔天而来，在我苍黄的头脑里像是被榴弹炮打了一般隆隆轰响：

一则，因为梦境的意蕴玄奥——或者说，我吃不准它什么意思、几个意思；

再则，是我居然对这个梦记得一清二楚，念念不忘——并且这念念不忘后来也一直伴随着这个梦，如影随形，从此我总是一起想起两件事，这颇让我耿耿于怀，直至黄了各种宏图大计白了头；

还有，我为何会梦到这一段来路不明、诡称诗意的话语呢，那首诗有没有可能是真实存在的，就像那位写伤痕小说登上文坛的前辈小说家刘心武当年表述曾得一梦，梦中得一佳句“江湖夜雨十年灯”一千年前，诗人兼书法家黄庭坚已经抢先写下了这个句子，并寄给居住在南海的友人黄几复那样；

最后，怎么居然是我正要做决定的安南！我既不迷信，也不固执，却不免多疑多犹豫。我最终做出了双重的决定，要记录下这个梦，带上这些文字，去摇曳多姿而似曾相识的安南，待到在那里考究与探访文字的密林之余，抱着侥幸心，碰碰运气，去邂逅我梦中听到的那首诗——万一撞见我希望它是一桩验证世界真相的美事。或者说，我乐意相信这个世界的基座是巧合，基原是偶然，基干是伪装成故事的事故呢？顺道去印证，原文究竟如何清扬婉兮，其作者是否曾经生活在这一方现实的宇宙中呢？

多年以来，无所收获。这当然也完全在意料中，但我总是不免心生恍惚。多年以前，我在河内，位于热带乔木掩映的国家书院即安南的国家图书馆，Thư viện Quốc gia，对应汉字是：书－院－国－家，这是因为安南语中心词前置，与汉语不同里查索与研究的时候，常常感到水土难服所致的疲倦。我掩上复印的卷子，阖上正放大着扫描照片的电脑，闭上因故纸灰尘反复扑染而干涩的眼睛，晃晃脑袋：这个热带的维度，真的与我原有的世界，与我的旧友与家人平滑地连结在一起么？故交与新知，旧情人和未来的女友，可以举头看同一个月亮？我跋山涉水，从长江入海口赶赴红河三角洲，使用过飞机、火车、汽车，也曾经步行翻越过边界，我可曾经过了某几个往来自如的奇点而毫不知觉？这里的一切、一方陌生的水土，能够轻易构成一个毫无意义的远方他者，呈现在视野尽头变形的余光中，成为日后的谈资，仅供我与故乡友人们茶余饭后助消化而吞之吐之么？面对那些湿热气候中保管不善纸张泛黄的文献，长时间埋头其中，总会钩沉出大量实证的线索，让历史变得单一而触手可及，简直简单得像个陷阱。于是，我的学术叙述始终因这些冗余的顾虑与杂乱的思绪，诸多细节之下潜藏或遗留了不确定的怀疑。肯定句纷纷塌缩（tháp súc）汉语原有一个相似的概念：坍缩，是个天文学术语。此处，二〇一六年我写下初稿时用了“内卷”两个字，如今热度太高，为免传染，不撄锋芒，避一下风头，今改用此词，考据变身成另一个面向上的虚构，论证偷偷长出了不可知论的小尾巴。

历史学的条理一旦溃败起来，颇具有惯性，窗外春光好，黄花烂漫，我的头脑和笔端却仿佛成了一条漫长的直行道，路上满是迁徙的蚁群、纷沓的逸马、逃荒的难民、手刹失灵的跑车。后来回到国内，改在更熟悉的古籍阅览室翻检，我的疑心病渐次加重：古代中原与长江流域的作者所记录下的安南，是否真的就在如今的北部湾西岸；甚至，我们的祖先是否真的如实传承下了他们笔下的那些文字，我们的血脉又来自何方？一只只小耳朵在雨后林中的朽木上冒出来，把清新与混淆的气息掺杂在一起。遗俗、文物以及地下不断跳出来一冲洗就熠熠闪光、一阐释就赫赫闻名的那些叫作考古的材料——老一辈学者曾经很兴奋地谓之“地不爱宝”——也常常值得警惕，因为书上与地下的配合实在令人叹为观止，反倒让人怀疑有什么看不见的大手仿佛能穿透时空，安排好了一切，就像作家是缪斯的传声筒一样，考古工作者与历史学家会不会也是某个伟大的异界意志的代言人呢？所有的传声筒都散发着狂热和急切，而我想慢下来，冷下来，静下来。

这次第，恐怕虚无主义、神秘主义或唯心主义都难以一言蔽之。我自己将其理解为一种前现象学的情绪，我希望它禹步般游移曲折，唤出更加周全与宛转的想象，我希望事实呈现出多种可能性并存的本相，我希望我长着黄帝的头《太平御览》引《尸子》载子贡问孔子："古者黄帝四面，信乎？"传说黄帝长着四张脸，但孔子不相信，寻求到一种恰到好处的复调叙述，以及其他所有偏激、偏颇、偏狭、偏移、偏三向四、以偏概全、剑走偏锋、无党有偏的挥发不足及过度阐释。

在我日渐齿摇发斑的生命旅程中，各种经验页面也依次插入到这种世界观中来，使之迫切地将要变成某本我写下的书。我可能见过保外的囚犯、年衰的妓女、富豪的二代目、卸任的驻非洲某小国外交官、拐卖孩子还不曾归案的男人、退休带孩子跳广场舞腰肌劳损的徐娘、无聊时爱坐过山车却害怕蹦极同时又喜欢讨论酷儿染了明黄的一头短发的女大学生……他们与我都没什么关系，或许，正如二十三年前这是一个自否的所谓"弃置身周期"，出处见诗人刘禹锡与白居易（他们都是公元七七二年出生的）邂逅时，所写下的赠诗。二十三年前，我还纯洁得像一张白纸，上面印满了大半页字，留出宽大的天头地脚：因为我当年信且只相信书籍涵容了一切，甚至包括人。而如今我已然明白文献的脆弱，我自己这本书也已经陈旧，但今天我依然不知道，那一段宣称剥除了诗句外衣的神秘句子，何以早早来到我的梦里出现在我梦中那个至今不知出处的声音所说，我与其他人终将彼此交错，只是相互想象，甚至各自梦见。

但是，如果你因此就以为，世界有如轨迹，狭窄而封闭，有如英国神学家艾德温·A·艾伯特Edwin Abbott Abbott，公元一八三八至一九二六年在世笔下的科幻小说《平面国》乃至单维的线条国那样，那就匪我本意了。事实上，在关于安南的想象中，我提供的很多篇章，皆想证明古代异物志所记下的那个世界我在另外的篇目中称那个世界为这个世界的“原本”与“底本”，这个世界是那个世界的“复本”或“副本”。但事实上，有更多的文献学术语值得援引：递修本、参校本、善本；简本、繁本——如果参照《水浒传》的经验；丁巳本、戊申本、壬午本、己酉本——如果参照《红楼梦》的成果。丁巳戊申壬午己酉，则是三十年前我初涉电脑时，因为一直不知道自己的八字，想用那时候 Windows 3.1 上自带的万年历来查一查，后来知道推算的结果不对，但当时那个刹那，则大出了一身冷汗，山人没有妙计，人脑中一段空白，平白生了几分凄苦，因为那八个字听起来大悲大喜，令人哭之笑之：定死无生，人无己有，是如何具有开放性与发散性的；如果从这个方向瞄准，那么，接下来要说的**黄头人**，只是不再足为奇的另一个例据而已。

黄头人的问题足以证明，基本上，富人与凡人生活在不同的时空中，富人与富人之间亦如此。我们看钱吃饭、没钱享受的庸碌之辈，以参观万牲园为满足；而小康之家喜欢养两三只在各种公开出版的图录上找得到对应、在某些小圈子里煞有其事流传的档案系统中有记载的犬科动物；至于少部分富豪，他们以搜集数种被保护的猛兽活体，或者抢在灭绝之前得到若干种食草及杂食、肉食动物的皮毛，自诩为高尚而优雅的乐趣——之所以谓是高尚，乃是大众尚不明觉厉、觉得高不可攀、在力有不逮的自卑中、黯然追随不得的缘故。但这还不是位于财富有时候可用权力来兑换顶端的那些人所为。在历史上，所谓敌国的那些，除了有名有姓如石崇渤海郡人，公元二四九至三〇〇年在世那样品味恶劣的——在安南传说中，石崇的故乡却正是在交趾故地，他魂兮归去，化作了一种丑陋而胆小的爬行动物，体形与习性都有点类似于壁虎——据我所见知，他们曾经有着更广泛搜集人种按照他们的观念，这是物种的爱好，因此，不是成为另一国的天子，就是变成了这一国的公敌而湮没无闻，但他们却在所不惜，乐此不疲。

黄头人，与〖**瓮人**〗我在〖瓮人〗一篇中没来得及提及，他们有一种悲惨的可能命运，是被望文生义的主人封于瓮中，仅露头在外，辗转卖于马戏团和各种冒充丐帮的黑帮、〖**狌狌**〗都曾经是北方顶尖的富人觊觎、索求的物种。《交州异物志》的作者从**黄头人**的原产地得到了这样以讹传讹的信息：

黄头人，群相随行，无常居处，其类与禽兽同，或依大树，以草被其枝上，而庇阴其下。发正黄，如扫帚。见汉人，散入草，终不可得也。

文中将**黄头人**归为禽兽类上古时候人们曾认为，除了居于天下之中的我们之外，其他四荒八野中的类人生物，都未必有资格被称为人，所以他们提到东邪西毒南帝北丐——啊不，是东夷南蛮西戎北狄，都很邪门，蛮字从虫，戎狄皆位列犬部；侥幸只有那个夷字，是个带着弓的人的样子，那可能是东方日出时逆光所见，算是带了点光环，让东方之人暂时占了一点点优势。后来西汉的时候东方来了一位个子矮小的异族智者，也在这方面讨便宜，他本无名姓，灵机一动，自称叫“东方朔”，冒籍平原人。不过，按照东汉许慎《说文解字》中的观点，东方亦不可例外：“南方蛮闽从虫、北方狄从犬、东方貉从豸、西方羌从羊。”东南西北都是非人的世界，所以屈原一系的《招魂》词也提到：“何为四方些？舍君之乐处，而离彼不祥些。魂兮归来！东方不可以托些。……归来兮！不可以托些。魂兮归来！南方不可以止些。……归来兮！不可久淫些。魂兮归来！西方之害，流沙千里些。……归来兮！恐自遗贼些。魂兮归来！北方不可以止些。归来兮！不可以久些。魂兮归来！”总之哪都不要去最好。这种早期思维流毒甚远，近古视外人为鬼子，一直用到今天。而现代之前，对南方诸族群犹常加反犬旁来蔑视之，如：猓猓，是彝族旧称；猺，后改为傜，现在称瑶；獞，后改为僮，现在用其同音常见字“壮”；狪，后改为侗；还有一个“猫人”，当然不是猫（māo）变的人——现在写作猫的，以前多作“貓”——而是苗（miáo）族。说起来，安南语的猫可读 miêu，也作 mèo，前者也有介音 i，而后者也是苗族的称呼之一。我在安南拜访一位前辈学者陈义教授（Trần Nghĩa，公元一九三六至二〇一六年在世）的时候，坐在他家的沙发上，他的爱猫不怕生，噌地跳到我的膝盖上来。老先生见状很高兴，跟我说，我的喵（Miáo）很喜欢你啊，你是不是一向很喜欢喵啊？他一甲子前留学济南，当年是治《易》与《诗》的名教授高亨先生的高足——据说曾有一位山东女孩很爱他，但无果——汉语当然很好。我使劲点头，心领神会，我很喜欢喵的。一开始我还以为他用的是现在网络上大家喜欢说的“喵星人”的“喵”；事后才知道，哦，老先生的汉语再好，在猫的问题上还是露了口音，或者猫脚，或者猫耳朵，或者猫尾巴，说他们十分难得，提到他们的黄头，是因为黄色的、有若扫帚的头发。于是，我们就知道了，那其实就是一个金发的种族。不知道，他们与我们现在这个世界“终不可得”也可能是因为黄头人和顶级富人，以及我们都不在同一片时空中上来自印欧语族、白色人种中繁多的金发女子碧眼儿郎，有没有血缘上的关联？他们难道是因为散入草间，而径直要小心，别被伪装成枯枝的〖[illegible]狼〗的角绊倒流徙西风带，侨居欧洲？如此说来，那真正神异奇特、恠诞稀有的，还不是黄头的人，而是令他们来去无踪，乃至洲际漫游、一去不归的，这种无名的草神奇植物的命名，常与其功能相关。前人屡屡提到过“无忧草”，吃了让人失忆，重新开始新的生活。老普林尼《博物志》第十三卷中则说到北非有一种忘返莲，声称一旦服用，移民与流民都会毫不眷恋故土，把祖国忘得干干净净。世界各地民间故事中则常见有变形果，效力各不相同，如意大洛·卡尔维诺所编《意大利民间故事》在朱瑛的六则轶事（第 190 篇）之前的第 189 篇《头上长角的公主》中记载的长角无花黑果，就是其中的一种。此外还有《笑林》引用《淮南方》的隐身叶。而这一种散入**黄头人**的无名草，我觉得可以叫它“瞬移草”，或者“草遁草”呢。

hứa dư

槟榔女外一篇 | 许予

两宋之际有个叫马纯生卒年月不详的官员，山东人，是一位槟榔爱好者，时逢家国巨变，只身随大流南渡，想来渐渐有了一些逃避统治的艺术经验，流徙在江西与福建寄人篱下，却相继做过十来年不咸不淡的转运副使。在距离靖康耻十年之后，他侨居到浙江陶朱山下，对常见的悲喜剧充满了厌倦，开始写一本杂录志怪的书，叫《陶朱新录》。之所以称“新录”，想来当时还有相传是陶朱公所作的一些真伪莫辨的书行世。陶朱公即春秋时原越国大夫范蠡生于公元前五三六年，卒年不详，一说卒于四四八年，事迹见诸《越绝书》《吴越春秋》等，想当年，他献良策于勾践、献西施于夫差，之后一一果如其所运筹，越国大败吴国；他被围绕在喜悦之中，却深感上位者不可与之同富贵。有说范蠡偷偷到姑苏在乱军中拐跑了西施，泛舟于五湖之上，一去不归，漫游天下，逍遥自在，全身远害；还有说他去了山东陶地，化名朱公，成为一名做跨国生意的成功商人，直至成为当时首富——这才是他苟全性命于乱世的良策的全部民间传承的财神之一，即是发胖的范蠡或陶朱公。有意思的是，还多有财神年画画的是夫妻双双，财神边上并列着一位发胖的夫人唤财神奶奶，如果前述皆所言不差，那么，在情理之中而意料之外的是，那位胖成一个团圆脸的财神奶奶，乃多年之后归于平静和发福的越女西施。浙江诸暨的陶朱山，既以陶朱为名，总能与范蠡拉扯上一点关系，诸如当年选美的时候登临过，或者后来成为财神之后重游过；即有点类似于东南沿海的诸多“秦山”，皆说是秦始皇东巡时来过一样。

一千年前，马纯住在陶朱山脚，即将把多年漂泊各地所听闻的恠异故事从脑子里淘出来流泻下来，当作打发余生的兴趣。不知他持笔写下书名时，对“生意”两个字，涌起过多少思绪。我想象他一定曾在夜里推窗举头，悠然看见陶朱山沉默在幽暗之中无以消化，而月亮的光华马上要在山的东麓悄悄升起，把一日份额中最后一个槟榔或许这是他家从爷爷辈开始养成的习惯吧放入口中，抽丝一般的苦涩直牵后脑，他会不会想起失陷在故土存没不知的家人与旧交？会不会回忆起自己大半辈子中的高光与黯淡、危急与幸运？世间的恠异与平常，马纯都经历过了，可是比之一千五百年之前的陶朱公，现实与历史、经历与传奇之间似乎横亘着一面反差强烈的镜子，却又好像有一些隐微的线索像血管一样潜伏与显现。这本叫《陶朱新录》的书，可能本来就是要揭示这其中的奥义，但它自问世之后，一直隐微到残缺不全南宋最重要的三部书目中，有两部根本没有提到它，另有一部仅提到了一个书名，遗漏了作者及其他信息。到了清代编《四库全书》时，学者们发觉它所剩内容，拼拼凑凑，只留下了一卷：在南宋当时，可能与作者地位的边缘化有关，并没有什么轰动性的效应，不像陶朱公，反倒是像另一个隐居的陶姓征士公元三六五至四二七年在世那样时人不识。但他毕竟又不同于五柳先生五柳先生有《己酉岁九月九日》一首诗，结尾处作：“何以称我情，浊酒且自陶。千载非所知，聊以永今朝。”，后来至今，却仍然其名不彰——总算到明代时候，它还是稍稍被人征引了，从历史的幽暗中浮现出一些段落，进入了一部稍有名的书籍：《玉芝堂谈荟》。作者徐应秋生年不详，卒于一六二一年在卷十一概括了《陶朱新录》的一段，据此我们才知道，马纯当初在写作时一定拥有若干出入古今的思路，而不仅仅是对传闻的搜集，更不是故意整蛊搞恠、博人眼球而已。

那段不长的引文从马纯的祖父开始说起：马默生于约公元一〇二一年之后，卒于约一一〇一年之后。一说，马默的儿子叫马纯，一个如今几乎默默无闻的人，但《宋史》有传。马默曾经于北宋神宗元丰五年合公元一〇八二年起担任广西一路的转运使，这是马纯在南方一直没能扶正的职位，他在叙述这则家族里相传的故事时，特地首先说到了祖父的荣耀，背后一定有心弦在轻轻拨动，家族记忆与自身经验同时涌起，此起彼伏间，构成高高低低的相和。

而当年马默也遭遇过一段虚惊与惶然，但那是地方性知识，既非个人史的血脉呼应，更不比得山河破碎、二帝北狩。但一代有一代之风景，马纯自幼却对此印象深刻——因为祖父老来无事，经常旧话重提。元丰五年，马默刚刚抵达广西，山高水远，喘息才定，正在克服水土和湿热中的敌意，孰知当地因为交趾方面传来有大批士兵异动而人心惶惶，以为历史的惨剧又将重演——七年前，也就是熙宁八年合公元一〇七五年，广西邕州即今南宁等地遭到了交趾军队的入侵并屠城，一直都不曾恢复元气。这一次，有经验的郡守直接派出侦骑，不久回报说是其国内的军事冲突，中央与地方间的争执与掠夺，看样子不会逾界行动，擅自将事态扩大。广西官民于是都松了一口气。传回来真伪莫辨的情报细节，于焉成为几十年间山东到浙江一家人反复咀嚼的南方恠谭。

事情是这样的，早在二十年前，交趾在靠近北方边界的地方，以今人的知识来看，应该是僮族的某个支系譬如侬氏不知是不是侬智高的兄弟子侄们，本来普普通通，干栏座座，炊烟袅袅，年复一年，日子滋润，生活平淡，不知有汉旱，无论味精，其声名不会传到万里之外、千年之下。但山寨中种植的一株槟榔树黎崱自安南入元之后，有一首送他的新同僚去故国出使的诗，开头两句是：“桂林南去接交州，椰叶槟榔暗驿楼。”槟榔树是更明确的南地景观，而文明的通路与坐标反倒只在暗处，不知何故，树干突然膨大出巨型的树瘿，看上去就仿佛一个妇人怀孕时隆起的腹部。村中真有顽皮的老头，寿眉耸然，老不正经，不合时宜，一摇三晃恬恬然，趁着酒意黄昏下去拍打树干了，“孩子爹是谁啊？什么时候生啊？”结果却仿佛兜头一盆冰水淋得满身满脸让他酒意全无，闷头转身慌慌张张跑回家如厕更衣被老伴耻笑一通：“黄汤灌多了，听到小孩哭声？活该一辈子没儿没女，没人送终，尽自个儿哭丧呢！哪有树生人的？就算是大肚皮娘子，小孩没生下来，也没哭声，只有心跳！”说着这话，芳华早逝的老妇人其实自己没生养过，她的丈夫倒也没有当场再次反唇相讥她的肚皮不争气，默默躺床上去了：老太婆说话没个对手，眉毛挑起来，好奇胆大，自个儿出门跑去树下瞧个究竟。一会儿，让老头真正大吃一惊，却转而又欣喜异常的是，老太婆居然把那啼哭声带回家里来了——幽暗中有光亮展开她脸上的纹路和围兜里的衣褶：她的怀中正小心翼翼地托着个小小的生命，那个从树瘿里出生的女婴。

这个故事的后续部分开始于太多男人们不知道的手忙脚乱，也许我们已经在日本《竹取物语》里见过相似的路径：辉夜姬传奇被一些学者认为具有示踪性意义，即东瀛的故事能与中国大陆西南若干少数民族的树木生人传说勘同，可以认为和族中至少有部分血缘与文化的基因来自那个方向。同类型的故事在安南及云南甚至更多地方确实都有传布，而这一个版本的结局却有着当地特有的执拗与不幸：

被那对孤老精心养大的女孩，一年年过去，出落得远远超出凡人，单纯的美貌使她面临了小范围里的特别护持：一峒上下，上至峒主，下至鸡犬，似乎都满心喜欢着她，一力保庇着她，他们悬置了她出生的疑案——是的，谁也没有忘记过，却认为自己已经不再把它当回事重新提起——而早在她懂事之前，那株槟榔树已经莫名死去；然后十来年间，渐渐凋零的还有她的养父养母，生命轮回之中，先辈总要成为养料，他们含笑而去，丧礼如其所待，隆重而热烈，虽然没有留在寨子里成为长久显著的记忆，却成了一个临界点：自此之后，小女孩可以更加名正言顺，归属于整个山峒而不是某个更小的群体。她家门前种满了四季鲜花，鸟多，不远处泉水清亮，在日光下反光，在月华漫光时吟唱。但另一方面，必然有人想要博取芳心，一代年轻人开始竞争，分擘出黯然自卑与雄心勃勃，阳刚和公正正在生长，整个山寨也因为美和力的躁动而显得蓬勃而缤纷，可是太遗憾，那些细节都不可具考。

随着与其容貌相衬的声名漫过寨墙，光彩广传四方，乃至安南各省周知，其命运也就成了普通人难以承受的负担，阴影开始在大道小路上乘间游荡。但一开始谁也不曾想到巨大的恶意会那么快从暗色中走出来：突然有一天安南王派来整齐而庞大的军队，刀枪齐备，人马喧嚣——勒令他们交出女孩，声言至美须归于至高，号称带走她意味着爱护她。峒人不从，悉数在战场上归零。发生了连广西都惊动到的局部战争，一峒人咀嚼着强权与暴力带来的残忍与苦痛，咬牙切齿，当着他们所爱的女子的面，不知是坚守着美还是自己的心愿。他们从被槟榔润染的斑斑喉管里吼出声响，其音义却像是悉数被传说中的〖**吒螺**〗吃掉了，只是连同身体一起，横陈在地上无人收尸，渐渐成为密林的养分。

而**槟榔女**的下落，在广西一方官民举手加额时，北方刚来的地方官马默只知道被安南王抢了走，再无新的情报，也不是兴趣的重点，因而在中国的文献中遂别无记录。而我在安南居然也没有找到任何相关记载，不论是槟榔的起源传说还是其他槟榔故事都与此无关。

外一篇【槟榔】

〔安南〕马氏榴（Mã Thị Lựu）　原著

朱琺（Chu Pháp）　编译

槟榔多见于东南亚以及华南一带，乃谈婚论嫁时必备之物。如中国宋代《太平寰宇记》卷一七六记“哥罗国”，今考在马来半岛，提到那里完整的婚礼由两个阶段组成，前一半称为“问婚”，**槟榔**即是它的必要条件，得摆得琳琅满目才行，最多的会铺陈出三百盘**槟榔**，把两家人连接在一起；后一半叫作“成婚”，这时的主角与其说是那对新人，不如说是两家彩礼嫁妆中的金银——只有金银才是婚礼上唯一合法的硬通货，金灿灿银闪闪，照亮羡慕、欣慰、狂喜、黯然等等百般表情，这真金实银其实也不必特别多，二十斤也就足以让一场婚礼久久地留存在众人的记忆中了《太平寰宇记》：“嫁娶：初问婚，惟以**槟榔**为礼，多者至三百盘。成婚之时，惟以金银为财，多者至二百两。”。而交州之北的南中地区，今川南至云贵所在，据宋代《群芳备祖》引“群志”称，聘礼也必须要用**槟榔**盘，不然，会严重影响感情《群芳备祖》：“南中风俗：男聘女必以**槟榔**盘为礼，宾客会见，必先进**槟榔**，若不设用，相嫌恨”。而在安南亦如此。最重要的神话传说故事集《岭南摭恠集》有序称：“南国聘礼所重，莫如**槟榔**。”又有一种近代文献，名《安南风俗册》，说到婚配时：“乃取男女生年月日，推占五行相合，并无冲克，然后议婚，行问名礼，用芙榔为贽……时行聘使人请期择吉成婚，前数日送芙茶酒肉银钱为聘礼。”这里说到的婚俗其实可以分出两条线索，阴阳相合，宛若是一对结缡的新人：一是要讲究五行八字生克，乃干支历法及世界观的影响，来自北方的传统；一是所谓“芙榔为贽”，深植于南方土地上的文化根底，其中提到的“芙”以及“芙榔”，同书前文有解释：

“芙叶、**槟榔**、石灰三味合曰芙蒥。”

也就是说，存在着一种叫芙蒥的物，三位一体，**槟榔**只是其三分之一的材料。但事实上，很多地方，包括中国湖南和广东的潮州一带，都把那种人类奇妙调和的物品直接叫作**槟榔**。甚至，自从二十世纪中叶潮州地方政权以禁奢侈品的名义禁止**槟榔**，而民间遂以橄榄替代槟榔，就此却把橄榄直接叫作“**槟榔**”承蒙中国治宗教学的吴真教授赐告，至今犹然所以，若加拼音，应该这样标：橄（bīng）榄（láng），参见〖**飞象**〗。

把以**槟榔**为主的三种不同物品混合在一起，古亦有之。在一本叫《荆扬已南异物志》的中国古籍里，作者说到“**槟榔**”时，早有类似的表述。这本书已不知其详，只知道是三国末期的史学家薛莹其生年未详，卒于公元二八二年的作品。从书名上看，它无疑是《异物志》的传承之一，所谓荆州与扬州以南琎案：这里薛莹用的是《禹贡》中的九州概念，冀、衮、青、徐、扬、荆、豫、梁、雍，荆扬是其南端。那时候还没有“交州”的说法，其实也就接近于岭南的地域范围，或者说是“南方”——所以可以看作是另一本《异物志》。《文选》注，引用而保留了其书关于**槟榔**比较完整的一段：

> **槟榔**树高六七丈，正直无枝，叶从心生，大如楯。其实作房，从心中出，一房数百实，实如鸡子，皆有壳，肉满壳中，正白，味苦涩。得扶留藤，与古贲灰合食之，则柔滑而美。交趾、日南、九真皆有之。

其中提到的扶留藤与古贲灰，就是《安南风俗册》里说到的芙叶和石灰。可见这种三合一的配置，早为北方的汉人所知。但其书却并没有说到它是吉礼之必备，可知在中原及江南一带，人们仅知作为植物的**槟榔**而已甚至没有芙蒥的叫法与写法，并没有牵扯来与生活烟火发生关联。这与《荆扬已南异物志》说到此物“交趾、日南、九真皆有之”相印证，可知**槟榔**及芙蓾，都是安南原产。

安南最古老的一些文献中，多载有《**槟榔**传》一篇，有意思的是，其中编说**槟榔**的起源故事也恰恰是与特殊的婚恋相关，与**槟榔**用于婚礼一事颇可联系到一起来阐释：

上古的时候，有一位官员，因为个子高大，而成为有功之臣。按交趾人种较之北方，因为榛莽密布，视野丰富，普遍都更加恋栈地面而非天空，也许正因为这个缘故，所以在传说中反倒有巨人崇拜，物以稀为贵，人亦然，个子高大即是优点与功勋。这位古老的巨人官员就是一例另一个例子在秦始皇时候闻名遐迩：有个交趾人叫“李翁仲”，依《李翁仲传》不同于中国史志的说法：“金人十二”乃是等身仿制他的塑像，用来威慑更北方的游牧民族；墓前翁仲亦是追摹其形，镇在墓道，死者安息，朝廷赶紧赐他姓高。姓高的高官有两个儿子接连出世看起来可谓是福有双至，但结果谁知道呢，大的叫槟，小的叫榔，容貌相似，接受相同的基因，在一起不分彼此、茁壮成长，外人很难分辨兴许他们是孪生兄弟，但按照民族志的普遍说法，双生子在出生之后很可能要被认为不祥而弄死，所以这里也许又不是。

但在高槟和高榔十七八岁的时候，他们的父亲高官及其夫人却一起去世了。两个年轻人一下子从锦衣玉食之家，直落红尘，沉沦到无人管理、少人教导的境地，高官为官还比较清廉，所以两兄弟很快就变得穷困起来，无以生计，最后，只得去投奔一个叫刘玄的火居道士，投入门下，替他做各种杂务。刘家有个女儿叫“琏”，与两位年轻人一般年纪，都是豆蔻年华，正在情窦开放的季节。两兄弟似乎都对姑娘产生了仰慕的情愫，只是彼此不知道自家兄弟也有，各自的皮囊成为隔绝情思最好的借口。而刘琏呢，很可能一开始就没打算认出**槟榔**是两个人；等到知道原来是兄弟，她依然因为内向或者其他原因，始终与现实之间保持着并不唯一的可能：同时对他们好得似乎他们是同一个人。

但决断的时刻终于还是来到了：兄弟二人分别向刘道士提亲，开明的道士表示由女儿做主。女儿把兄弟两人召集到一起，没等他们面面相觑完，就出好了一个哑谜：盛一碗粥，拿着两根筷子，放在两兄弟的中间。弟弟出于自幼以来的教养与习惯，把碗筷让给了哥哥——他没来得及意识到，他同时出让的还有姻缘。

我们猜想弟弟接下来一定陷入了无可名状而难以言表的痛苦之中而兄长可能也有所不自在，他时时刻刻都不自觉地提防起新妇是不是会无意中走错房间或认错人，于是他决定一退再退，再次出让自己的空间，从这个特殊的家庭不告而别，回家乡去了或许是从妻居的现实避免了这件故事更加复杂，譬如直接走向J.L.博尔赫斯在《布罗迪报告》一集中所写的《第三者》的结局：手足之情克服羞耻感和嫉妒心，发展为共妻；又克服爱与痛，哥哥把嫂嫂杀了埋了——经过施蛰存对施耐庵的重新发现，我们可以看到，《石秀之恋》也是相似的一个情节脉络。但是，太阳底下无新事，在更大的一个范围里，这些文本有着相同的骨架和基因。但走在半路上，旷野中，他遇到了没有渡口和桥梁的一条深深的河流。他的记忆似乎拒绝提供先前兄弟二人一起来的时候是如何渡过迷津的经验；他的体力亦因为情绪上的伤口，而如抽丝般消耗殆尽。在踟蹰良久之后，他把全部的泪水都倒入洪流，自己变成了一根无言之树，龟裂着皮肤，任地衣和苔藓占领体表，把心藏在无人知晓之处，在河口孤零零地站着，再也回不了故土，也到不了彼岸。

哥哥这时候已然闻讯，他从小家庭初建时的排他性喜悦中冷静下来，终于想起了弟弟，想要见他却再也看不见他，遂脑子再次一热，顾此失彼之后又顾彼失此，决定抛下妻子追赶而来。命运的天平剧烈摇摆，越来越多的不可捉摸被释放出来：他到了面目全非的现场，立即就能确认弟弟刚在此物故，于是委顿在树下再也没起身，竟化为一块石灰岩。前不见古人，后不见来者：他既来不及看到兄弟第一个人的背影，也来不及看到伴侣第三个人的脚步狂奔在路上，一如他弟弟没来得及看见他的焦急，他妻子没来得及看见他的痛苦。第三者当然是刘琏，她步兄弟之后尘，而死法稍有不同，天地悠悠，她长叹一声，在河口投水而死——这决心与哀伤，却想必一般无二，是以她的遗骸在岸边水流冲刷不走，徘徊不去，竟扎下根变成了一棵谐音“流连”或者“夫留”的藤蔓。有的版本提到刘琏抱石而亡，有的版本说到芙蓾旋绕着树，或许反映的是不同叙述者的情感倾向，说不定正与其人在兄弟中排行伯仲的位置相印证。总之，就在这里，就在此时，二个男子和一位女子都死了，而后人发现，他们留下来或者变成的物品，只有相互配合，才会味道鲜美，让唇颊变成绯红色，成为佳事。

我觉得，这个故事以一种很复杂的方式，把**槟榔**所有的物性与人情都暗示得很清楚了。

〖**译后记**〗

我任性地把我编译的《槟榔》一篇留在《安南想象》中，也许并不是真的因为我曾经想给该文的作者马氏榴一个位置，而是计划让这本书多一些植物的因素。但由于同一个原因，它不能独立成篇——各篇都是动物性的，流动不居，形成了默认的秩序与体例。即使其中的〖**龙脑**〗，在书中也是作为龙的脑子，而不是树而存在的——因此，《槟榔》也只能作为《槟榔女》一篇的附录。可我又感到汗颜，槟榔女的故事跟槟榔的故事之间，似乎并没有什么关联与呼应，除了都提到了槟榔，除了各有一个姑娘命运奇特、对未来有着美好憧憬、却被无情粉碎。我花了很多时间和精力，试图要把它们改写得两相凑合、暗通款曲，但似乎效果并不佳，可能是我始终没有养成长期嚼槟榔的爱好吧。

我在安南的时候，与马姑娘讨论过槟榔及其他问题。那时候我刚刚认识她，两个人产生了第一个共识：约好一个星期定期见一次面聊学问，她醉心于槟榔已经一年多了，正在写相关的论文，却缺乏国际视野和全球视角。所谓其他，指的是我一开始以为她跟白马将军马援有什么关联，惹得她颇不高兴了几天，参见〖**马留**〗。后来，好像又惹她不高兴了，是因为我再次唐突了。

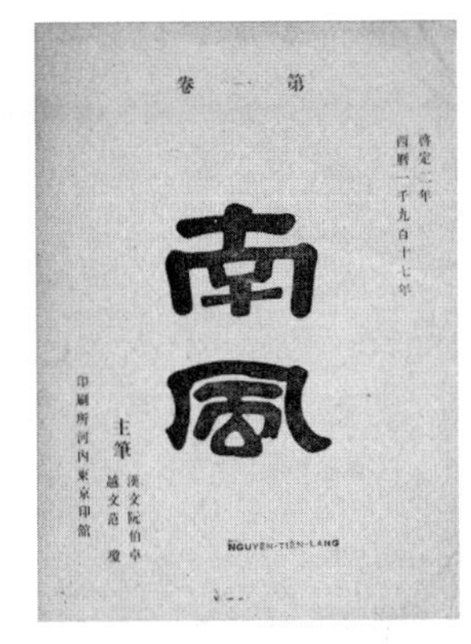

一九一七年起出版的安南《南风》杂志书影

当年我在研究中国《诗经》对安南的持续影响，发现了一批材料鲜有人注意过，称之为“南风”。这是安南古代文人焦虑于他们的祖先没有参与到三千年前的《诗经》十五国风中去，而有意识去搜集民歌并整理成汉文四言诗的成果——安南的国风，颇能保留南方不够雅驯的热烈生趣。其中，《南风解嘲》是较为知名的一种选本，诗人陈名案生于公元一七五五年，卒于一七九四年原作、吴浩夫生平俟考，约十九世纪前期在世续作、杜璞吴浩夫的同时代人再续并编集。在马氏榴的影响下，我突然注意到书中有《彼聘》一章：“彼聘之榔，孰咽其偿。妹年幼藐，嫁则未当。”其后又有《芙榔》一章：“有芙与榔，匪硋莫尝。有襟与席，莫我同床。”其中的“硋”是一个从广西到安南不同族群中都在用的字，意思就是石灰，但汉字倒不这么写。我马上给马氏榴发了封信过去，跟她说，《南风解嘲》一书里有槟榔啊，你应该去看看。

然后，到了第二天会面时我去晚了，一到就见她似乎薄怒着，晕着眼又沉着脸，还鼓着腮使着劲，两只手攥着小拳头，我觉得她很有可能会当场动手，但吃不准是想挥粉拳把我痛打一顿，还是想

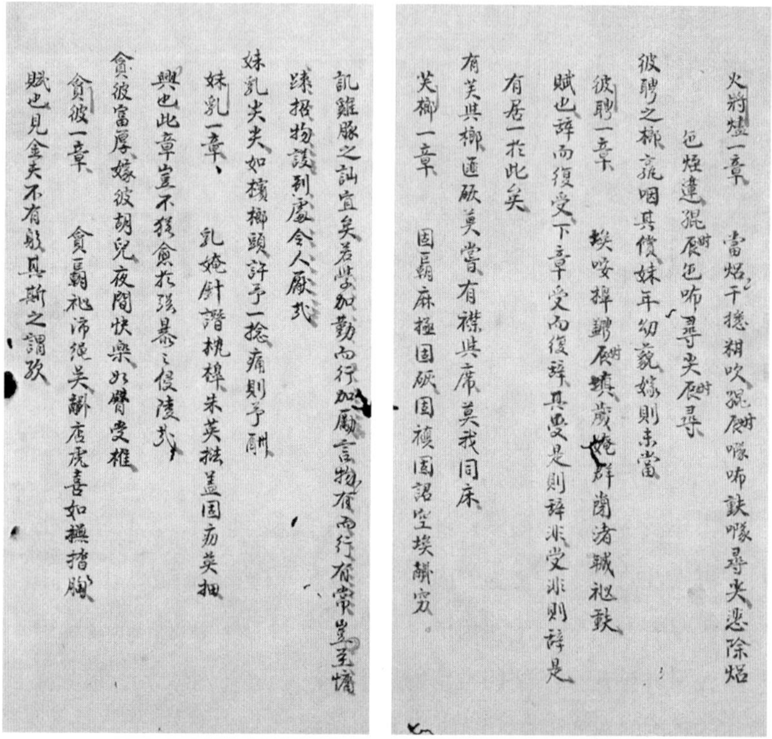

安南国家书院所藏《南风解嘲》抄本 R.1674 书影

这并非我当年读到的版本，“许予一捻，痛则予酬”，动了四个字，工具性与技术花巧陡然带来情色意味

但我再也找不到那个本子的图片以及马氏榴的联系方式了。如果有哪位读者认识她，请跟我联系，这回，我要补付她稿费

用力掐我痛得我哇哇叫才解气。不知她为何作如是想，气不打一处来又是从何而来。难道前一天后一首的四言诗中有“同床”云云，被想多了？那至多算是含蓄的艳情，纯知识的探讨，只要不断章取义，应该不会被视为暗示吧；就算是理解成了“挑兮达兮”，也不至于有那么大的反应吧——两个人各怀心事，我偷偷朝她瞄了几次，仔细看她的眉眼，丈二和尚摸不着头脑。一次尴着尬着的见面没说上

什么话就这样结束了，我如芒在背仿佛背后一直紧跟着马氏榴的白眼，忍着不回头走回住所，吃着一大杯芒果冰沙，回复了心情继续去看《南风解嘲》的复印本，没翻两页，在《芙榔》之前，赫然有一首题曰《妹乳》的一章四言诗，过分直白地撞入眼帘："妹乳尖尖，如槟榔头。慨予一握，若痛予酬。"居然之前从来没有发觉。尽管我一个人租住在一间空荡荡的大屋子里安南的房子大多窄且长，但我还是马上用手把脸捂了起来，感觉被自己昨日之我羞辱了一通似的，直到手温上升到不再眼高手低，才拿了下来，决心要给马氏榴打个电话，无论如何许予（hứa dư）再见一次面，得把有些事情解释清楚。等到掏出手机，发觉有条未读消息，正是她刚刚发来的，说的是：本来要跟你讨论一下帮我把槟榔的文章译成汉文的那件事，今天我来的路上有点晕车状态不佳没有说成，明天如果你有空，晚上我们再见个面可好，请你放心，我会付你薄酬的。

想来她是特地使用了"薄酬"这个词，不在我的意料之中。我跟研究槟榔的马姑娘的故事就是这么，不知不觉中，在误读与错漏、遮掩与提示中开始长出叶片、卷须和茎干。准确而简洁地说，本文外一篇缘是而起。而一篇译后记，我觉得，不宜别生枝节，但有必要坦陈因果，补充其中物性与人情的来龙去脉，所以决意交代如上。

khánh dạ

嬾婦魚 | 庆夜

“**嬾婦魚**”也就是懒妇鱼，那种名叫嬾婦的鱼此刻，我离家三月，正在写这篇**嬾婦魚**的故事，我住在河内一条叫琳琅的街道上一个三楼的公寓里，天气燠热，空气湿润，窗外楼下有女子推着自行车，朗朗叫卖，我听不太懂，据说是卖莲蓬，这里离西湖不远。但这是安南的西湖；与我的故乡，钱塘江畔的西湖直有万里之遥，我正打算突兀地横生枝节，从南宋中兴四大诗人说起。我在这里想起他们写于一千年前的诗文，首先是杨万里公元一一二七至一二〇六年在世的两句：“自笑吟秋如嬾婦，可能击鼓和冯夷。”这里，冯夷乃黄河之神，也就是上古神话中屡屡作为龙套小丑的河伯。可以在一种隐喻关系中跟河神击鼓唱和的“嬾婦”又是何许人物呢？也许出人意料，诗中所指，乃一种常见的小虫子，既叫作嬾婦，又称为促织——没错，并非误读，也就是蟋蟀。

所以，“嬾婦”二字，你以为就是指北方话里懒婆娘一个？不，不，同时，它至少可以是两三种动物呢。首先就是蟋蟀我查过蟋蟀鱼（*Gobiodon okinawae*）的信息，那是个俗名，原指一种原产印度洋的虾虎鱼，也许可以经由安南抵达中国。但它们总喜欢有珊瑚的所在，不然会抑郁而亡——它们跟**嬾婦魚**的关系不大。“嬾婦”和“促织”都是蟋蟀的别名，最早见于公元三世纪三国时候东吴的南方人陆玑生平不详那本最早研究《诗经》博物问题的著作《毛诗草木鸟兽虫鱼疏》。因为是“嬾妇”，所以被“促织”？但书中没有说明为什么，只称其是幽州也就是如今京、津等地的方言——一千八百年前的老北京话；然后，作者似乎意犹未尽，还提到了蟋蟀的其他称呼，譬如在楚地也就是长江中游另有恠名称之为“王孙”云云。没过多久，西晋的崔豹其生卒年不详则在《古今注》一书里写到，济南也开始把蟋蟀呼为嬾妇了。不过，杨万里的诗并不能接着成为直接的证据，说：到了八九百年之后长江流域的人们也终于开始知用这种称呼云云；须知他一生没去过北方，但却和陆游一样，始终心系沦陷的故土。他笔下的嬾妇，实以《古今注》为注脚，指涉在燕、齐之间。

南宋中兴四大诗人中，范成大与杨万里多有不同。他曾以贡使身份侥幸真正踏上北国土地、目睹沧海桑田，写下过《使金纪行》组诗；他以《桂海虞衡志》的名目记录岭南风物，也提到了“嬾妇”我正为笔下的例证已经翻过五岭、离我越来越近而感到欣喜，虽然楼下进城的安南农妇已经远去。她们是东方的现代阿里阿德涅（Ariadne），在这个叫河内的复杂谜团里自有其从不重复的路线图，却又会天天沿路走过一遍，我的相机镜头每天在窗口出没，自以为曾认得出她们中间更年轻的两三位。虽然自行车绝尘而去，但好听的叫卖声还在狭窄的小巷子里袅袅地绕着。不过，声响突然被声响盖下去，一个人一种情绪也容易被其他人的其他一种情绪盖了下去：二楼传来脆的一声响，像是一个玻璃瓶子跳了起来又重重落下尘埃，不再回到早先的形状，接着，两个女人的声音穿过地板传上讯息来：房东婆媳又吵上了。从我入住的第一天起，她们就完全无视楼上我这个外国客人，甚至有时在同一张桌子上共用午餐时——她们家包膳食——也曾一言不合、三番五次干起架来，用我还听不太懂的安南话，而我，目瞪口呆七上八下之后，就学了房东的样子，反正碗啊筷子啊很有技巧地，从不会飞到我头上，遂目不斜视，不浪费自己碗里的粮食，埋头吃饭……。范成大无视北方传统而遵循南方传说：称它是一种比山猪小一点的野兽，喜欢糟蹋田里的禾苗，南方的农夫们不是用稻草人来驱赶防治之，而是把破败的织机堆在地头、把废弃的梭子挂在田角；基于某种有待申说的原因，嬾妇兽都吓坏了，自此一只都不敢再出现在坏织机、旧梭子所在的那块田里，而将会去其隔壁的那一畦大行其道。

很难想象，在核电站泄漏、古生物学发达，以及《侏罗纪公园》（1993）之类的幻想电影大行其道之前，会有如小山猪大小的蟋蟀，被一位名诗人目睹并且记载下来，而广大读者前后耗度了一个千年纪的时间，居然还不曾发觉其异——就像卡夫卡Franz Kafka，公元一八八三至一九二四年在世笔下《变形记》里把自己关在卧室里的 Gregor Samsa。但格里高尔·萨M萨只是对发生在他自己身上的变化、对他自己的新形象既不好奇也不恐惧，情况与此又多有不同我也正把我自己关在二十美元一天的卧室里。这两天工作——查考安南的古代文献——遭遇到一些障碍，图书馆里找不到那些书。我懒得去趁机观光，只想在字里行间远游。所以，更规矩、更本分一点来谈千年之前的博物问题吧。我们只能认为：南方的嬾婦兽不只是相貌，而且在类属上，都接近于脊椎动物门哺乳纲偶蹄目。这也许会得到来自“懒猪”一词的奥援，以为旁证：猪就是偶蹄目动物；至于嬾和懒，一则重视性别的区隔，一则从心所欲；或者，看重的是内在的心理性别。甚至，把嬾婦归为豕类，说不定还有与“家”相关的深沉隐喻。但更有可能，嬾婦兽近乎猪的说法只是以讹传讹——

最先提到嬾婦兽的，据现有文献，很可能是汉末三国时的杨孚。他住在东吴一说他住在公元一世纪的东汉，一说他活得很长。我觉得他要么不是同一个人，要么已成为异物，年稍长于陆玑，撰有《交州异物志》一书，也简称《异物志》，是同类书籍中的滥觞之作，最早就是他以“异物”命名来所记录的各种特异奇恠之物没人确知他的生平，不知道他有没有像我一样来到过这里，也许只是道听途说。之后一直到隋唐，各地曾出现数十种“异物志”，排列有序，尾随其后。范成大不是人类学家，从不做田野调查，遵循的是文献而不是生活的传统，所以他叙及嬾婦兽时采信的即是出自《交州异物志》时代某种已经失落的旧说。《交州异物志》和南朝宋代沈怀远生卒年并不详的《南越志》两本书中都说到，嬾婦兽是一种水中的动物。交州也就是交趾，后来又称为安南也就是我现在所在的地方啊。我最早应该是在中学时代读小说《围城》时知道“安南”这个地名的，钱锺书在第一页上即两次提到。我已经多年不曾重读，我的印象中以为他说的是上海法租界的安南巡捕，其实作者写的是一九三七年航行在大海中的法国邮船白拉日隆子爵号上，有法国人，有安南人，有中国人；又叙及说有几个法国人是新派去安南，或中国租界当警察的。适才收到国内友人的电邮才知道记错了，先是，我跟她说，我现在的安南房东好像是个做巡警的，这让我想起《围城》——我一向服膺不在围城里的想进来在围城里的想出去那句话。我还跟她说到我的房东应该是当了个小官的样子，但清官也难断家务事啊云云。

但凡只在水里出没的动物，汉字中多归化为鱼类，或会在偏旁缀上“鱼”的标签，宛若在体表敲了个鱼类认证的蓝色章子没见过鱼类认证章的，可以到菜场里去，找肉贩子，对，别找鱼贩子，看看冷猪肉肉皮上那个放心肉的章子想象一下吧。我早上刚刚去过两条街道之外的那家菜场，跟国内的似乎没有什么太大区别。但因为不用自己做饭，所以我没有花一分钱，施施然空手而出，走出来的时候看到两个小贩正用恠恠的眼光盯着我看。所以，在稍后于沈怀远的齐、梁时候，任昉所著《述异记》中，这种出现在遥远南方的嬾婦兽就已经被正名为“**嬾婦魚**”了。

但如果望文生义，我可以附会说：当嬾婦兽开始被称为“鱼”，意味着这种动物从陆地而两栖，而这最晚是南朝齐、梁时代当时诗风日趋艳丽的事情，嬾婦正式徙居水中，甚至从此再也不肯爬上岸——这结果，可以援引意大利小说家意大洛·卡尔维诺笔下《宇宙奇趣》里那位水族舅公老 N’ba N’ga 的新娘 Lll 为例——她曾经是主人公 Qfwfq 的未婚妻，却跟他掰了，因为爱上了老 N’ba N’ga，Lll 决心回归鱼类，逆进化的大势而动，要把更多的鱼生到这个世界上来，“她最后纵身攀爬，攀到蕨树最高的一片叶子上，将其弯向潟湖，又纵身跃入湖水中”。

但**嬾婦魚**却像楼下那对婆媳一样，另有故事，大相径庭。她们不肯爬上岸，乃是因为在桂海，也就是宋代时候的广南西路，现在的广西、海南即桂、琼二省，既找不到田头有堆什么织布机的风俗，也未见那种比山猪略小的野兽。须知，范成大《桂海虞衡志》这本书名义上是俗信与方物的记录，实际上却常为想象力附体我则一直要避免有更多的想象力，去干涉房东家的私事；也许还是因为听不懂她们在吵什么；也就是因为我反倒对房东有点好奇；我还没结婚，家长里短的关系并不在经验之中。站在南方，以及更南方的立场上，我倾向于把嬾婦、嬾婦兽直接叫作**嬾婦魚**——即使它有可能是某种像鲸和豚那样的哺乳动物，而不是鱼类。更重要的是，它生活在水中，并非一直在陆地上。近代以来，教育家受科学观荼毒，曾反复向孩子们申明：“鲸鱼”的说法不对、“鲸”是哺乳动物不是鱼云云，可是，如前文提到的鱼类认证章所示，他们的逻辑多么不彻底，作为哺乳动物的“鲸”，一日不从犭部写成“猄”，而与鱼相始终，那就昭示着“鲸鱼”一说从来都是既定事实事实上这只是缘木求鱼、不计其余的强辩，我自己也做不到贯彻到底，譬如，〖**镜鱼**〗要写成“鏡鱼”，〖**南方有大鱼**〗一定要写成“鲬鲂鲔鱿鱼”么。鲸鱼的事例还有如下启迪：如果，**嬾婦魚**从来只是一种鱼，由古人望眼所不能穿的史前漫长岁月中自然演化而来，那么它很可能会被早早地写成“鱋鳏魚”。所以，情况并非如此。按照文献记载和口碑流传，**嬾婦魚**就跟其他异物、幽灵一样，皆是史后某个突发事件造就的：在很久很久以前，有一个嬾婦跳下海去变成了一条鱼，从此独自——孤独却自在地——生活在水中。这个古代交趾的故事，早早地见于《交州异物志》、《南越志》以及《述异记》，在岭南流传了一千年之后，到了明清时代，渐渐讹为江南或淮南的鱼，甚至说就是江豚，又名江猪，这便又回到之前的偶蹄目之舛了，不赘述。

嬾婦魚的本事显得粗暴而简单，却包含关于家庭中的职责、权力、代沟、刑罚，以及悲剧：南海边上小渔村里那个不知名的年青妇人热情外向，天性好动，嗜喜歌舞，疏于家事我总是把富有风韵的房东太太也想象成这个样子，她至少常常想教我安南语，不论晨昏，那时，连空气都会化作她丰腴的热情的一部分，一阵风似的凑上来。但我实在太驽钝，所以总是只有两三句话结结巴巴，手势无力，把她的初衷与好意凝固在转身走开的笑脸上，她白天常常在织机前纺布的时候打瞌睡，可一旦遇到有邻舍来串门或者要出个门办个事访个客聚个会什么的，却顿时又精神抖擞起来。或许是性格使然，或许是夜里在房中歌舞达旦也未可知——总之这让她的婆母十分不快。两次三番，从板起脸到嘟囔过，终于升级为詈骂，新妇就此被唤作嬾婦故此，在本文中，我用异体与繁体字来标示古人认为“懒妇”应该拥有的女性色彩，以及日常生活的痕迹。包括“魚”字，提示它本来有四肢——这在简体字中已经荡然。在两代女性之间，代表着过去、经验和衰老的一方似乎是意犹未尽，而走向未来的年轻一方看上去屡教不改，事件经过几番明中暗里的摩擦，到了一个午后终于升级。这边是老妇人悄然潜入正在变旧的新房中，暴起发难，一手抓起尖尖的梭子，反复从后背扎进去拔出来，把娇嫩立刻变作血肉模糊，使光洁过早预知人间沧桑，衣裳濡成了另一种刺痛的红妆；那一边，年轻妇人生生被驱逐出短暂的酣睡，触目、经耳，以及来自后背的三方面强烈感受让她不可忍受，她哑声发出绝望的尖叫，未来成为不可解脱难以醒转的噩梦，当即她就夺门而出，投了海。

投海往往是一个民间悲剧的终点，或是一个志恠故事的起点，但**嬾婦魚**似乎还不太一样我不知道我的房东家的故事又将如何发展下去，或者年复一年，或者突然产生类似或者相反的暴力。我打算很快回国，也未必再来，再来也不太会住回这里。这在未来岁月里，会不会让我产生编织一个故事的兴趣呢？但至少，现在我只想说的是**嬾婦魚**的事儿。人们正在悖离耕织这样的古老经验，越来越疏远我带着访古的一厢情愿千里迢迢来这里，当然并没有见到一架纺机。不过，想必在哪个时代都不难理解：重复性的劳作是多么让人厌倦。举个例子，《史记·天官书》就已经提到过的天帝那个叫作“织女”的孙女，按照在任昉那个时代，梁代人殷芸公元四七一至五二九年在世所撰一本直接叫作《小说》的小说集记载，织女之所以久居在银河边，化作织女座螺旋星云据东瀛所传孙悟空的故事，织女座第廿七主星系的人形生物短笛·佸僋曾为祸地球，参见〖鸤〗，不是因为私嫁凡人云云，而是在嫁了牛郎仙人之后，荒废了她的职业即织事所以至今牛郎也是个暧昧的称呼。所以被重复性劳作与重复性劳作就是不一样的。前文已及，陆玑的《毛诗草木鸟兽虫鱼疏》说到楚人管促织叫“王孙”，或许背后也是同一个故事。民间传说中，天帝威严高大，却不止有一个子孙是虫豸。另有说，灶王爷有五个儿子，是蟑螂；而灶王爷，又被说成是天帝的螟蛉子。“螟”“蛉”皆虫旁，称呼本身即是虫族——在织女的故事中，天性疑似勤劳的虫族天帝祖父晚清有套《香艳丛书》，署“虫天子”辑，据称此人真名实姓是张延华，乌程人，其余就什么也不知道了，一怒之下，棒打鸳鸯，不许牛女二人再如胶似漆，勒令他俩当且并当人间七月七，方可见面。天上祖父毕竟不可与人间恶婆婆同日而语，后者反复詈骂乃至家暴，乐此不疲，显然是反人性的；前者则是一次判决和始终执行，只要：银河依然在。需要指出的是，这反反复复、年复一年地实施着的，根本就算不得什么苦刑苛罚；鹊桥仙的桥段实乃千年来我等凡胎俗眼放大了的：须知天上一日，地上一年。地上每年七月七，而天上呢？牛郎织女天天见，只是定时有律，即之又离，稍纵即逝，不能持久罢了这不是我的发明，钱锺书《管锥编》中曾对此旁征博引，提到几多古人已然注意到这一点，诉诸诗词。譬如，南宋女词人严蕊有一篇《鹊桥仙·七夕》，称“人间刚道隔年期，想天上，方才隔夜”。严蕊是当时两浙东路台州营妓，色艺双全，曾被朱熹严鞫几死，而青史留名。

而不管是《异物志》还是《述异记》，似乎都漠不关心那位背负着嬾妇恶名的少妇在化鱼之后的幸福与否，故事在悲悼情绪中简单地伫留一下，又接着往博物和普遍经验的角度前进了。就着同样的轨迹，再比对一下《述异记》一书中有关精卫鸟的八卦，便可知**嬾婦魚**的事迹有太多阙失，跳脱在情感之外，留下了叙事上的遗憾：精卫鸟也是一个死于水中的女子，炎帝的小女儿女娃，其事出自《山海经》，广为人知。早年，诗人陶渊明有句：“精卫衔微木，将以填沧海。”但任昉却添油加醋房东太太曾经上楼来，向我添油加醋地说她的婆母，那个老不死、老东西、老棺材、老牌位、老浮尸……当然，我都听不太懂，这些是我呆呆看着她好看的嘴唇想象的，因为我能听懂一个“老”字，并心想，你一点也不老啊……半天都没回过神来她说的是她老公的老母，首先为她另起了好几个名字，“帝女雀”“誓鸟”“冤禽”“志鸟”，这几个名字都因事而起、因人而得，与“其鸣自詨”也就是摹写其叫声来命名的“精卫”不同，颇接近“**嬾婦魚**”的风格我也愿意想象我的房东太太，她比我大不了几岁，像鲜花一样盛放着，名字里应该有个 hoa——也就是汉字的“花”或“华”字；她每每出入，香气袭人，还得有个 phuơng——汉字写作“芳”……。接下来，任昉说到，女娃变成的精卫，到底是一只还是一群、一种：精卫与海燕结成了伴侣，生蛋孵化，所得雌鸟皆是小精卫，所得雄鸟都是小海燕……

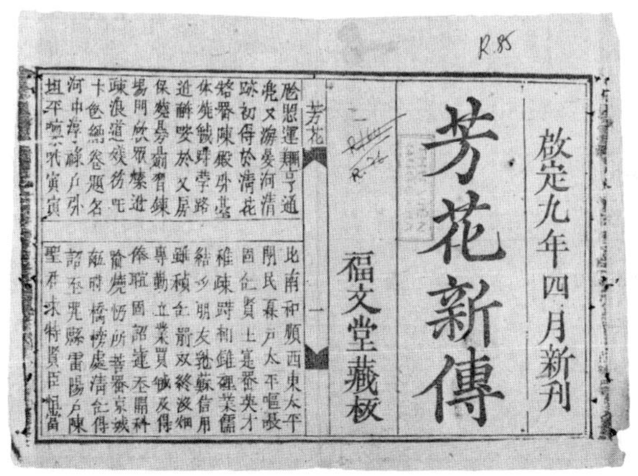

安南古籍《芳花新传》书影，原书藏于安南国家书院，馆藏编号 R.85

这才是小说家的趣味所在。但如前所述，女娃遇到了她的鸟——海燕，Lll 遇到了老当益壮的老 N'ba N'ga；但我们无从知道**嬾婦魚**有什么新爱情以及种群繁殖问题的细节。也许这正是仙凡之间的不同逻辑：作为凡人的嬾婦投水而死，怨魂化作了鱼类，她的凡夫从未登场，之后也无戏份：一则是生死两茫茫，一则是水陆间、山与海的差别，一则是人与兽，甚至人与鱼的不同我的房东也很少露面，除了最初签合同，除了几次吃饭。他在家吃饭，我偷眼观察到，他的母亲和妻子拌嘴的概率就会大大增加，而我先前说过没有？他始终不苟于言笑，瘦而精干。这次第，即使当年夫妻相得、琴瑟和鸣、锦书虽在，但物是人非也；而况如此三重看似正当的理由，困难何其重重呢。于是，绮丽的罗曼司尚未曾展开，《乐府诗集·孔雀东南飞》或《搜神记·韩凭妻》的向度就被掐断了，让座给物种间奥妙变化、难以钩稽的恠谭。

尽管无法考证，到底是嬾婦的遗体还是其冤魂变成了鱼；但我倾向于认为，更应该是她的记忆：把她们每一条鱼以及最初那个她唤作嬾婦，看似是人们的片面与不公正，实际上却是将鱼与人维系在一起的一个链接。《异物志》说罢"举身赴清池"的悲情戏，尚有后文如下：如果捕到这种鱼——请注意：一网一网打捞，将使嬾婦重回人间楚人在屈原死后也做过这样的事。但我不太会再回到这里来。渔人能在它们的背上看到清晰的梭子纹理，以及有若刺挞的点点疮痕，这时候，童稚年代听说过的故事必然浮上他们的意识。而那些在网中蹿跳的鱼儿更是个个都牢记那个事故，并原模原样地担负在背上，以疤痕的方式，给后世众人看见。

但这还只是古老记忆的表层。〖**交趾之人**〗乐意收购大**嬾婦魚**，经加工，仅一条便可得到三四十斗的油脂。他们把这鱼油用来点灯，专在庆夜（khánh dạ）——节庆之夜使用。每当彻夜笙歌曼舞黎圣宗有诗："芳年解作一生事，缓舞繁弦日夜中"，**嬾婦魚**油点的灯就会显得格外明亮，像是一个少妇的明眸，青春善睐，映得星星和月亮都黯然消沉天色已暗，窗外处处有微光亮起。我想想我的房东太太大约不至于有类似的悲惨命运，因为现在大家早就都用电灯而不是油灯了哎。这样就心安一点了。我起身揿亮了台灯，打算不再想她的事情了。不过，**嬾婦魚**的故事也就要结束了。还有一刻钟就是饭点了，今天又会遇到沉默寡言的房东吧，那我带上纸笔跟他笔谈？或者开两个人都结结巴巴的英语么？我并不知道，那样会不会干扰到席上另两位女性的习惯。不过，不要用错了地方：若用鱼油来秉烛夜读或是点着油灯纺纱织布，那时候光焰就会无风摇曳，越来越暗，像萤火一样微弱胡朝阮子晋有一首咏夜读的诗，开头两句：“雪风吹冷透衣裳，独对寒灯觉夜长。”想来是他家境不宽绰，买的是**嬾婦魚**灯油——每条**嬾婦魚**，不管是丰满还是苗条，它们的每一点皮下脂肪里，都充满了对事务的厌倦。这种抵制，经万世遗传，都没有忘却。

鼠母 | 语母

ngữ mẫu

凡物皆有其母的想法十多年前，有两句电影台词被广大接受过高等教育的网友所追捧：“人是人他妈生的，妖是妖他妈生的。”这两个论断放在一起相互比附，实有现代科学的“生殖隔离”（reproductive isolation）为此背书；从妖怪学角度说，却是混淆了人妖之间的灵肉瓜葛，不免偏颇。要知道，现在人类与世界上所有其他物种之间都有生殖屏障，那是因为人类或者被称为智人的这个物种用了数万年的时间，已经把所有能基因交流的近亲包括但并不限于泥人（又译作尼安德特人，*Homo neanderthalensis*）、匠人（*Homo ergaster*）、能人（*Homo habilis*）、前人（*Homo antecessor*）、龙人（*Homo longi*）等等统统杀掉、吃掉、干掉了——他们的基因由此留在了我们体内。而那两句台词的偏差，又不唯在事实与历史层面上，此外还是出处与灵感来源处有意识的化用与掩盖：那部电影叫《大话西游》（1995）。但凡物皆有其母之说，如下文知见，实乃来自更南方的创意；不知何时会有一部“大话南游”来为之正名。说起来，明代人早就留意到，迎着不同方向的风行走，会产生不同的故事。所以，《西游记》之外，也有《北游记》《东游记》和《南游记》。其中《南游记》的主角是孙悟空的结拜兄弟华光，小说讲的就是他救母的长篇传奇，不论其他地方是否认同或抵制，在交州，是一项摇曳多姿的古老传统。天下众生，皆在遗传与继承的环节中蠕动。风有母亲，叫〖风母〗；云有母亲，叫云母《文选》注引《异物志》：“云母，一曰云精，入地万年不朽。”又称：“火齐如云母，重沓而可开，色黄赤似金，出日南。”黎圣宗时代的诗人阮保有句：“隐隐窗光云母外，沉沉帘影水晶中。”但不论中国作家还是安南文人，都没有说为何云母成了云的母亲；电有电母，早见于晚唐时候高丽人崔致远公元八五七至九〇〇年在世写的《补〈安南录异〉图记》。还有蛮（man）的母亲，蛮在南方，甚至指神灵在北方文献中，这个野蛮的蛮字被说成是蛇种（譬如见许慎《说文解字》），这显然太傲慢；也被当作是南方各族群的统称——也是太含糊其词和居高临下。蛮的母亲叫蛮娘，蛮娘的四个孩子叫法云、法雨、法雷、法电，正是赫赫有名的灵神。祂们的事迹被写成《蛮娘传》，早早录入了《岭南摭怪》《越甸幽灵》等安南最出名的神恠文献，情节略谓：

三国士燮公元一三七至二二六年在世治交州时，北方三分，打得不可开交，越南方，越破碎，独有这岭南一隅安居乐业，遗世如桃花源确切说起来，它正处在桃花源的间隙：按照陶渊明《桃花源记并诗》的记载，桃花源在秦晋之际遁于世外，所以“不知有汉，无论魏晋”。卡在时代的间隙里，合乎桃源所蕴含的奥义，士燮俨然独立如王。当时有印度高僧东来弘法，漂海到了交州，驻锡某寺。当地有一位女子名蛮娘，虔诚专一，坚持每日在寺劳作修行；某一天午后她在寺中就地小憩酣睡时，恰巧挡了那位高僧的去路。他走过此处时，偷了一个小懒，便轻盈地从蛮娘身上跨了过去。说来奇恠，高僧一纵而越，轻轻松松地走了，再无下文；蛮娘后来发觉自己莫名有了孕吐和孕肚，竟怀上了孩子。手足无措，偷偷摸摸地任其自然，足月之后诞下的却是一块石头。未婚妈妈蛮娘暗地里把石胎封寄于河边大榕树的树洞里了。要不是又过一年遭大水，这件事不会被人知道。榕树被冲倒在河中，当地人百计难施，谁都试过了拖不动，轮到蛮娘去返回现场，居然一手把它带上岸来。众人看到树身上现出难以辨识的神秘字迹，始末因果于是哄传四方，行政长官士燮遂令将木头凿为四尊神像奉祀起来，自此，云雨雷电，年年调顺云云。这个离奇的故事看似跟佛教有关，其实却是俗信和民间故事类型在背后驱动：跨身而过是性行为的隐喻，而大榕树并不突兀地成了另一个自然的子宫请参见『槟榔女』一篇，也是孕育了掌控自然现象之神灵的子宫。

在天高地远的南方，有着奇异的孕育与出生史的，又岂止人神。除了蛮娘，还有**鼠母**值得一提。情况虽然各不相同，但我们也能看到些许因果纠缠在自然与不自然之间，形成了某些晦暗难明的经验，悄然藏在人所不察的角落里和墙洞中。

老鼠，大家都知道老鼠何以称老，又是什么原因叫耗子，以及为啥能排在生肖第一位，有很多流传广泛但十分荒忽的解释故事，诸如鼠要小聪明取代了猫，猫鼠由是结仇之类；又说老鼠投机取巧，借牛尾上位云云。大家想必谁也不信，却津津乐道。大家未必知道的是，清代刘献廷《广阳杂记》中提到过一种理论：“天开于子，不耗则其气不开。鼠，耗虫也，于是夜尚未央，正鼠得令之候。”有意思的是，这跟西南诸民族的一些神话遥相呼应。说最初的时候，正是老鼠咬开了那混沌一团的天地，偷来日月、火以及稻种，世界才渐渐成了这个样子。所以，老鼠厥功至伟。而可以继续遥相呼应的是英国科幻小说《银河系漫游指南》，作者道格拉斯·亚当斯可能知道这些东方故事？所以他在小说中在更大的尺度上指出，地球这颗行星实际上是两只老鼠的定制产品。而被称为**鼠母**的，却不是一般的老鼠妈妈或者母老鼠J. L. 博尔赫斯《想象的动物》有《两头蛇》（*La Anfisbena*）一篇提到说，在安第斯群岛和美洲部分地区，这种动物另有两个别名：首施两端的行者、蚁母。后者跟蚁后并没有关系，也全然不肖，指的是当地的“蚂蚁会照护和滋养它”，看上去十分孝顺。按照唐代类书《初学记》引《异物志》所谓，它只是在头和脚上，还有一点点老鼠的痕迹这句话也可以反过来讲：老鼠只是在头和脚上，还有一点点鼠母的痕迹。它的毛皮是苍色也就是青黑的，似乎把它想方设法溶解掉就是一瓶好墨水，可以洋洋千言，藏之名山传之后世；嘴巴则尖长而锐利。更让人不可忽视的是体型，须知，它几乎就能冒充一头水牛——水牛一般大小，只是怕狗。是的，除此之外，它似乎并不畏惧别的什么物种，即便是比它更大的。就算是陆地上最大的大象来了又能怎的？按照人类的说法，**鼠母**的子孙可以轻易把鼻子作为迷宫的入口，而从内部把大象轻易击溃——通过食用的方式。这些啮齿类的小东西并不肖于**鼠母**，却能实现它的意志：通过啮咬与吞噬来表达其对世界或万物的占有。

《异物志》还说到：**鼠母**的出现意味着水田将会有一次很大的损失，突然来到的鼠辈将会带来一次“外灾”。把灾难分成内外两类的观念我曾经在博士论文《东亚皇帝的动物祖先——老獭稚故事系谱、安南汉化范式与风水术起源模型的综合研究》中，将民间故事中包括风水传说等涉及专业知识的文本区分出内外两种。当然，这跟灾难几乎无关，但向外行说内行话，从知识传播的角度上，有时也会形成灾难——向内行说外行话可能是内灾，而反之也许就是出乎意料的外灾。从国内学界的角度来看，我到安南所从事的是“域外汉文献”研究，国内外以及含混的宇内域外，严格说起来这是一些政治学或政治学史的概念，虽然前者在生活中经常听到，但真正与个人相关的是：我要不要随身带一本护照上街和用不用一种外语的问题。外语的问题可能才是内外之间差别的真正要点：与之对应的是母语而不是内语。所幸，在这里它不被叫作“语母”（ngữ mẫu），不然本文还要更加抽象地转向语言学。上一个鼠年，是我最后一次去安南做调查（那时我意外有了一个儿子，准备要稳稳当当地留在书斋里，坐在安乐椅上做学问，不再天南地北地跑来跑去，改发掘国内诸多史料，纸上谈兵，研究妖精学了），跟一些比我年轻的朋友短暂地打过交道，他们大都开放而敏锐，其中一位叫阿草（Thảo）的短发女孩给我留下了很深刻的印象，她刚刚学汉语不久，才认识半天就很直率地问我，阿珐（Pháp）——安南人一直习惯于称人名字的末字，前面加个“阿”来运气打开话匣子，表示亲热——你有内子了么？我很意外，但还是点了点头。刚想解释“内子”不是这么用的，是自称而不是他称，是谦辞而非敬语，没想到她的好奇是连珠炮：这样啊，那你有外子么？我赶紧摇头，把大家的注意力转向别处了。但说实话，我至今都没想明白阿草的意思，是想问我是不是个掰（bi），搞另一种“一夫一妻制”呢；还是好奇我有没有外室呢；或者是先问有没有嫡生子，再问有没有庶生子即私生子呢。越听越有弦外之音十分古老，宋代类书《太平御览》及其他还能有幸引用《异物志》的文献都自作主张地把“外灾”改成了“水灾”，直令众生如漂萍。好在，有另一本类书《白孔六帖》多嘴了一句，认为“水田有水灾，有，即**鼠母**起也”。也就是说，水灾起，而**鼠母**起。这里含糊其词，差一点遗漏了一个重要的信息，**鼠母**也许并不是水灾的动因，而是水灾的结果。是群鼠召唤出了**鼠母**或形成了**鼠母**，而不是相反。

然后又会发生什么呢？这个观点迷惑过我，差点就要把**鼠母**的故事引诱到另一条语词密林的小道上去。我不知道，应灾而出的**鼠母**会给水田、鼠类乃至交州，甚至是世界带来什么样的新的变故。或许不可收拾，或许循环往复。当子在前而母在后，时间呈现出逆行于经验的品貌，那么，想象力也许要托付给大象的思想才成，无形的大象不再是想的客体。但考虑到大象与老鼠在斗兽棋和食物链中的位置，还是暂时按捺下让**鼠母**后出的冲动吧。因为关于作为母的**鼠母**，古代作者毕竟还写下过其他的句子，让一些事情已然先行成为某种事实。

宋代一位叫乐史公元九三〇至一〇〇七年在世的历史学家，严肃地编撰了著名的《太平寰宇记》。书中在交州武仙县的名下，列出一种神秘的“鼠兽”。他提到：“鼠兽，长四尺，马蹄牛尾，如猿有两乳，其声如婴儿。一母惟一子。其溺地一沥，成一鼠。出则岁灾。”看起来，鼠兽有可能就是**鼠母**，一出现就有为期一年的灾祸随行，大概说的是一年生的植物都会遭到损害。不过，其长相与**鼠母**多有不同，它长着马的蹄子——意味着是奇蹄目的？——还有牛的尾巴，这无疑是牛头马面的末梢状态与剩余形式，是一种反向的牛头马面所以它能生，而不是牛头马面那样，作为冥府基层工作人员，主死，照理应该是祥瑞？不过，祥瑞与灾异会像孪生一般相似汉代的《乐纬·叶图徵》就指出：“五凤皆五色，为瑞者一，为孽者四。似凤者四，并为妖。一曰鹔鷞，东方鸟也，状似凤凰，鸟喙大颈大翼大胫，身仁、戴智、婴义、膺信、负礼，至则丧之感也，为兵备；二曰鹔鹴，西方鸟也，状似凤凰，鸠喙圆目□□□□，身义、戴信、婴礼、膺仁、负智，至则疫之感也，为□备；三曰鹪鹏，南方鸟也，状似凤凰，长喙□□疏翼圆尾，身礼、戴仁、婴智、膺义、负信，至则水之感也，为雨备；四曰鹔鹄，北方鸟也，状似凤凰，锐喙小头大身细足，身智、戴义、婴信、膺礼、负仁，至则旱之感也，为□备”。鼠兽还像猿猴一样有胸部，像婴儿一样能哭闹。它四尺来长，显然比水牛要小得多。但如果鼠兽就是**鼠母**的一种形态，那**鼠母**奇特的生鼠方式，就可从中略知一二了：它液态的排泄物，每一滴都成了一只老鼠。不过，按照《太平寰宇记》的说法，这些老鼠都不能称为妵的后代，而只是老鼠而已，一只鼠母只有一个继承其性状的后代。不过，文献并没有说到这个后代的出生及其父系血缘的情况，也许还是孤雌繁殖，也未可知。

更早时候，唐代《酉阳杂俎》说过，“**鼠母**所至处，动成万万鼠”。鼠的洪流人们有着对鼠群根深蒂固的妄想。譬如《格林童话》中提到的被花衣魔笛手（Rattenfänger von Hameln）引出来的哈默林鼠群，它们迷醉在音乐中跳入大河。又譬如那个被收入语文教科书的当代神话：生活在北半球高纬度大规模的北极旅鼠群犹如蚂蚁般长途迁徙为了蹈海自杀云云，这已经被证明并非真实，乃是起源于迪士尼的动物纪录片《白色荒野》（1958）中的虚构场景。旅鼠确有神秘意味，至今生态学家都无法建立起预测其数量的模型。斯堪的纳维亚半岛的农人称其为天鼠，西伯利亚的雅皮克人也认为此物只应天上有，像当代著名的英国傻瓜憨豆先生一样，是天上掉下来的。唯憨豆只有一个，而旅鼠万万鼠。而科普作家方舟子《旅鼠集体跳海自杀是一个美丽的谎言》一文（2006 年 7 月 19 日《北京科技报》）中提到，十六七世纪时候连很多欧洲学者也这么相信——只要空气条件合适，就能自发生成旅鼠从天而降。感觉空中似乎飘浮着一只**鼠母**或者鼠王似的。的确，没有古籍讨论过**鼠母**会不会飞。至于飞鼠的母，我暂时没有找到任何线索是**鼠母**强大生殖力的具象化，隐喻成为现实，甚至，现实只是隐喻的一种呈现方式。但《酉阳杂俎》随即消除了万万鼠带来的恐惧感：而说到，**鼠母**的肉崔致远《补〈安南录异〉图记》则提到安南之异有“鼠肉万斤，虾鬓一丈”，前一句所指，要么是**鼠母**的肉，要么是“**鼠母**所至处，动成万万鼠”的肉“极美”。

可是，《酉阳杂俎》中的文字未必全可信任，也许存在一点校勘问题，因为它在此前后，上下文都在谈说鼠王。**鼠母**出现得十分突兀。鼠兽、鼠王与**鼠母**，都很容易混淆在一起。鼠王是溺精一滴成鼠一只，其耗费能量的浓度，因为精子数量问题，也许**鼠母**并不能及。鼠王的传说不限于交州参见钟鸣《畜界，人界：一个文本主义者的随笔集》中的《鼠王》一篇，中西皆有，有说普通的老鼠一旦吃到死人的眼睛，就会晋级成为鼠王。这也许是一种复合形态与人为畸变的状态，阴森可怕，不赘言。

如果坚持以《异物志》的佚文为本位，《酉阳杂俎》和《太平寰宇记》说到的“溺一滴成一鼠”，或许是窜入安南**鼠母**传说的讹文。安南拥有奇特的南方母性，北方的道教，传播到这里的热带雨林中，也变出了“母道教”的别格安南近古以来最重要的民间宗教，信奉女神为主神。其与道教之间的关系表现在他们主要奉事的柳杏公主，被编织到玉皇的系统中，说成是玉皇的三女儿，谪降成圣，修行归真。母道教常使用降乩附体的神示方式，生成了一批称为“国音真经”的宗教文献，用喃字书写刊刻，一直少有人关注。其主要神职人员亦为有通灵能力的女性，但也不乏有男性通灵者，在降神仪式上，格外妩媚，声腔曼妙。多年以前，我参加过安南知名的人类学家吴德盛（Ngô Đức Thịnh，公元一九四四至二〇二〇年在世）教授主办的一次母道教国际学术研讨会，吴教授邀请到了安南全境的著名女巫（包括一些男性通灵者）。上至西贡来的八十老妪，我攀谈了一位会说一口流利普通话，嗓音洪亮，称自己是广东人的后裔；下至二十来岁的少艾，颜色动人。在会议现场——安南北部一处知名的陈兴道祠中——逐一降神，此起彼伏，且歌且舞，宛转悠扬。我擅自将那一次会议称为“安南第一届全国女巫代表大会”，但不知道他们后来有没有开过第二届、第三届。所以，交州毋须另有鼠王。但不知，《异物志》原本还有多少关于**鼠母**的字句，没有得到后世文献引用者的青睐，而永远消失在历史洪流中了？难道是**鼠母**溺生的老鼠远远地来，窸窸窣窣，动用无数强大的啮齿，把那些秘密悉数保留在鼠肠之中了？

或许，在《异物志》里，讲**鼠母**只是为了讲另一种异物：原本**鼠母**与〖**嬾婦魚**〗大有干系。我只有一个证据，晚在宋代僧侣释赞宁公元九一九至一〇〇一年在世《东坡先生物类相感志》的明代抄本里，有很突兀的一句：“鼠一母唯一子。其一溺地一滴为一鼠，故名为**鼠母**焉。《异物志》云：一名懒妇兽矣。”不管可不可靠，这个孤本努力把两种异物联系在一起，可以一揽子解决两个问题：一是懒妇兽即嬾婦魚究竟是如何生存繁衍的，依此说，则一匹懒妇兽一生可以诞下一只子代懒妇兽加上无数只老鼠，子子孙孙，无穷尽也。再则，老鼠大肆在水田里造成灾祸，背后乃是懒妇兽敌视及破坏劳作的意志。设若真是如此，那该是多大的仇恨一直在积累与传承呵——这恨意既会是人对懒妇或嬾婦魚的，也会是懒妇或嬾婦魚对人的。

风母 | 浮停 (phù đình)

一百年前安南以越、法、汉三种文字
出版的《南风》杂志书影

曾有漫长的一场隔代讨论，众说喧哗，纠缠各种风的名字，在前两个千年纪的文献里流转，时空中团团建构起文字的雾障，最终都成了风的敌人但他们忘记了清风不识字，会无故翻乱书。多少重要的思想家和语文学者因此变得不可靠，风声鹤唳草木皆兵，他们不得不在这一团风吹不散的迷乱面前勉强发言，假装理清了自家错乱的思路，努力给四面来风、八方来声命名。他们有平庸的共识：不能让风声简单地屈从于方向，不让风被路线定性，英雄不问出处，咱是有学问的人，请不要直说东风恶、西风烈，南风自飘、北风其凉，东南风、西南风、东北风、西北风——不觉得这么说有点无趣么？但在无趣之外，具体的称呼却不曾同声共振，总是各说各的一揽子。有的时候，是由于一本书来自群策群力，参与写作的作者彼此间有门派、理念、利益及情感、爱好、位置、能力方面的差别乃至于龃龉、争执、对抗，在封面和封底之间，在书页内部，早已开始互相矛盾、彼此征伐、各自拆毁。譬如《淮南子》，这本原名“鸿烈传”的巨著，是淮南王刘安的众食客撰著的，他们把荣耀归诸恩主——这是他们最大的共识。后来，他们还来不及完善和统筹这部书，刘安一人得道鸡犬升天，就被捎上一起飞升，全都带上天了若哪天发现了天宫图书馆的遗迹，《淮南子》全本或许才能重现人间。依不待见淮南王的汉武帝的传记《汉武内传》记载，天帝的藏书处称“玄景之台”，亦简称“玄台”。譬如在其书《天文训》一章中，提到东北风叫作条风；而到了《墬“墬”是地的古字，屈原《天问》就曾经用过：“康回冯怒，墬何故以东南倾？”经常有人把它误作坠（墬）或者堕形训》一章中，又把条风的名目安在东方其他风亦然。譬如景风，《史记·律书》说：“景风居南方。”而《淮南子·墬形训》称：“东南曰景风，南风曰巨风。”到了《文选》刘良注中，又脱了一个南字，曰：“景风，东风也”。弄得东汉高诱，逞勇好胜，凭一己之力为《淮南子》做注时，不得不恍若未见、见招拆招，而不敢多作说明：前一条处标示条风是艮卦之风，后一条下面释曰条风是震气所生。天差地别，由它去吧由它去让后世文献学家猜吧。我猜也未必是编撰者的内讧，或许是某代抄写者的失误。但何处抄错了呢？会不会两处都没抄对？可惜并没有那么多文献的实物证据保存下来，文献学也不得不从案头劳形处废然而叹，锱铢终究返归于玄空，饾饤必将让步于悬想。

其实，高诱要比《吕氏春秋》《淮南子》《说文解字》高诱也注过《吕氏春秋》。《说文解字》的作者许慎也注过《淮南子》。这几部书都很草率地记载了八风的名字的作者们想得更加高远与诱人，他立意于源头与动力。虽然说将这八方之风归结为八卦的力量所生会有谁不喜欢八卦呢？我在河内还剑湖畔一家书店里结识的青萍（Thanh Binh）也不例外，当时她在读一位叫汝伯仕的古代安南诗人的别集《飞鸟元音》。因为她每当说起书的时候总是眯眯笑，我爱书及淑，费尽了心机接近她，但等到真正近距离沟通交流之后，才发觉深浅：她说起八卦来时，两眼放光，整个人都亮堂起来，滔滔不绝，不舍昼夜。不过，万物自有平衡。阿萍喜欢说别人的八卦，后来，她和我的八卦也被人风传。树欲静而风不止，都过去了很久，还有一些小道消息不肯散去，给多方都造成了困扰，不算有什么新意；但发生学要比命名术有意义多了。在这个世界上，原本有一些风出自人为，即使困顿在现阶段的庸常生活中，我们也都容易理解，因为时常遭遇到：

一柄夏夜蒲扇风，
一台陈旧嘈杂的电吹风，
一种进出后门无忌的打秋风，
一套动之以色晓之以利的枕头风，
一袭香水时装高跟鞋摇摇摆摆的人肉风，
一记冲动无比魔鬼附体响亮又清奇的耳光风，
一阵吹走牯牛席天裹地容易致人下巴脱臼的口舌风，
一锅张家长李家短千里一线牵谩说时光皆可煲的德律风（telephone），……

“人为”二字，有时还不局限于人和人造的机器所为；但凡并非抽象的自然力量与神秘的元素功能所为，即可以称为“人为”人为亦可拼出一个“伪”字——而人类之外所能为者，主要也就是指生物界和鬼神界各位主体惯做的勾当这也会对人的身心造成伤害，这时候，风照理该写成病理性的“疯”——但像类风湿、风颠、痛风、风痹、风疹种种，风都潇洒地把病字头撂在一边，过不留痕了。

也是《淮南子》中，还有《本经训》一章，提到有一个可以制造大风的恠物，最终被后羿藏在风中的弓箭所杀。它的名字即叫作大风，生活在青丘之泽，能作浪。会兴风，被称为风，最终死流矢于风中它的死因可以称为“中风”么，善泳者溺，这也算名实相符了。很可能，不是后羿，而是完美的形式主义、宿命论和数学收割了大风的性命。

事实上，有更多的风来自于妖恠与其他生灵。我曾经提到，〖**髯**〗的胆遭遇墙头的草之后，会被人剥离身体，浮停（phù đình）现代航空领域有个概念叫hover，简体中文译作悬停，在台岛称停悬、悬滞或滞空，与安南人所说“浮停”勉强通约，但语感各不一致在空气中，形成微型的风。每每想起髯胆，我总是会联想到热带雨林里五彩斑斓的蜂鸟。这是我们这个副本世界按照《史记》中的说法，最早时候，作者把书写出来之后，会将毫无舛误的原本藏在一个叫名山的地方，那里只有等到未来才会开启——但直至今天，我也没有听说过关于“名山”的考古发掘；很可能现在还不够未来——至于上交到设在首都的国家图书馆的，只是一个副本：“副之京师，俟后世圣人君子”。所以，这是很值得注意的，在这个副本世界里，我们读的书也都是副本中最小的鸟。而原本世界中最大的，或许要算是风之鸟——鹏了。文字学家考证，鹏、凤繁体字写作“鳯”、风，音形同源，而义渐行渐远或者说是越刮越远，像少年时的兄弟，微时的故人。智者庄周写过鲲鹏之变，说到这种生于北冥的鸟有宿命，一生下来就往南飞我怀疑，北冥一说是北海，可能不确，它说不定并不大，就是北极点。因为只有在那儿，所有方向皆南，将未来直指南海。一旦它展翼陡然拔高，就会形成名叫“抟”或者“扶摇”的，打着旋儿的羊角风。

甲骨文中的凤与凤群

到了战国末期，屈原的弟子，美少年宋玉曾有一篇《风赋》名动天下，其中提到，风是一个名叫“地”的神秘生灵所制造的。这里的地可能是大地本身，也可能是偶然的重合，那时候，这是一个常用的名字，那个不喜欢听合唱、不喜欢滥竽充数的齐愍王姓田，就叫作田地公元前三二三至前二八四年在世。《风赋》的原文如此：“风生于地，起于青萍之末。”也有可能，他要说的是：风乃居住在一个叫“青萍”我曾经在跟青萍刚刚认识时，对她说，我最喜欢汝伯仕的《飞鸟元音》了——其实合我意的是这部诗集的名字：风中飘来鸟鸣声，都是a、o、e、i、u、ü，岂不妙哉。我素来以为，安南别集佳名不多（但中国别集名又有多好呢）。《飞鸟元音》在我心目中排在首位，黄文槐《鹤人丛言》、范廷煜《刷竹诗草》其次之，余者几无足道也——汝伯仕还有一本《澹斋压线集》，勉强可以压线。但刚才乱翻书，刻板廿年的看法一朝翻覆：范廷琥《珠峰杂草》的名字在我眼前一亮。放到现在看起来，这四个字自有出离本意的妙处——让珠穆朗玛上长出杂草，其气魄与玄妙之力，至少可以与《飞鸟元音》别一别苗头的地方的妖神“末”，在大地上而不是天上凭空造出来的。可惜关于这个“末”，我们几乎没有其他资料，总是误解甚至假装祂并不存在。如果忽视不忽视也暂时无法解释妖恠大风的出生地“青丘之泽”与这里的“青萍之末”和“地”之关系的话，宋玉的说法或许是有问题的。何况宋玉常常忘记了区分概念所以他无法追随屈原，师徒两人走不进同一条河流，他喜欢笼统，这是包括“巫山云雨”与“登徒子”在内，他所创造的词汇，后世所传都不是其初义的原因。天下风有各种，东风与西风之间相互赌赛多年，东南方向来的春风绝不迈过玉门关一步，那关外正是《说文解字》所记“不周风”即来自不周山的风的所在。宋玉设想这些不同的风有一个统一的源头，他是不是像如今很多书上所谓，风都只是空气的流动，这怎么可能？除非宋玉真以为世界是个圆的、叫“地”的球；还当是你我都真以为地球是个圆球请参见〖马留〗一篇的开头部分？

在南方，巨风或景风，很可能来自一只叫“风母”的奇异动物风母与飓母不同。有时飓母指的是飓风来临前的云晕或者彩虹，如唐代《岭表录异》：“南海秋夏间，或云物惨然，则见其晕如虹，长六七尺。比候则飓风必发，故呼为飓母。”有时也直接用以指称飓风，如一位叫阮宁的安南古代诗人写《望海》诗有句：“飓母不生鲸浪息，曦轮初出蜃楼空。”。后世有些人贬低这种生灵，不信任它的事迹，写作“狐母”。它的长相确实易被判属于兽类，东方朔公元前一五四至前九三年在世的《十洲记》声称，在南海中的炎洲看到了它，把它称作“风生兽”。它长得像猿，也说“大如〖狌狌〗”，所以后人有称之为“风猩”者。而《异物志》据不知出自哪里的证词，又称它为“平猴”，这个“平”字很让人疑惑和迷茫，你是平……凭什么呀。但它与宋玉所说“青苹之末”的苹同音，后者只是多了些许掀不起风浪的水草罢了。风母没有尾巴，梨头枣目：眼睛是红色的，宛如两块宝石，它的羞涩可能源自于此，所以一旦它看到猎人，总是把头垂得低低的，把脸藏起来。这当然会严重影响它的逃窜，所以往往被人抓住，不知情者并不知道其身份，总想着要把它打死。它很配合，轻轻一打，很干脆地就死了。被人收纳起来，四肢不自然地伸展开来或者扭曲作一团，毫无尊严的样子，嘴巴微微张着，没有了呼吸。但等到风来了，山林簌簌发出声响，风母的口鼻之间就会重新产生若有若无的气流，在人毫不察觉的时候，它便从众多猎物中消失得无影无踪，随风遁去，就好像猎人从来也没有见到这么一只奇怪的动物似的。

风母这种向风而生的异能，意味着它同时又是真正的风之子。也就是说，它与风形成相互转化的小循环。风在印度的哲学范畴中更受重视，是建筑世界的四种元素即所谓“四大”之一：地、水、火、风。所以，宋玉的说法也有可能辗转来源于天竺，有类于五行的相生之说，但暂时既没有其他证据相佐，也没有很有道理的说法相左。在古希腊，同样有四元素的理念，不过，地弱化成了土，风泛化而谓之气。但要比中原的五行更完全一些，在我们的祖先的观念中，气与风似乎是另一个层面上更加神秘的物质元素。不管是在西方还是东方，造人传说多有抟土的情节，人生于尘土又复归尘土的说法比比皆是，还常有人“零落成泥碾作尘”“化作春泥更护花”，可谓是土母兼土之子。

清乾隆朝宫廷画家波希米亚人艾启蒙Ignatius Sichelbart，公元一七〇八至一七八〇年在世《风狸图》，今藏于台北故宫博物院，后世对艾启蒙评价不高，不知道他凭什么把风母画成这样

水元素则也有水母之说，我一直觉得它不该只是那种低等的无脊椎刺胞动物，虽然美丽并且多毒，但那正是要提醒人们，这里有着诸多幻象。鉴于我们自古以来对水域的认识并不深入，即使现在的科学体系中亦存有认知盲区，所以俟考。

而地水火风中的火母与火之子，却可以言之凿凿：西方又有神鸟飞霓鳴鸞（phoenix），自埃塞俄比亚、埃及到地中海世界，常有称它在第五百年，或者第一千四百六十一年，或者第一万两千九百五十四年——这几个数字都是庄子所谓的“大年”之数。飞霓鳴鸞严格按照时间的规律来衡量自己的生命——的时候，会在它的鸟巢里生上一把火，然后跳进熊熊的火焰，成为它的燃料，最终，大火分泌出精华，一只新的、同时又是原先那一只寿数已到的飞霓鳴鸞从火中跳出来。这种叫作火鸟的神物，又称不死鸟，被现代的郭沫若（公元一八九二至一九七八年在世）译介成“凤凰”，于是在汉语中造成了类似 dragon 与龙（Looo……）的淆乱，实在很成问题。凤凰并没有不死之能，前文也说到它的本相属风，尽管后来迁就五行之说，与朱雀相混同，归了火。

如前所述，倒是同处南方的风母，也属于一种不死的动物，假如我们不信任那些炼丹师的笔记的话。他们的想象力与实践力都特别丰富，但想入非非者比比皆是。我不知道著名的葛洪在不在其列，他就曾经记载过，中国古代一心求仙的人做了无穷多的实验，最终他们发现，这种烧也烧不死绝，打也打杀不绝的小动物，如果采来“*石上菖蒲*”（《抱朴子》遵循《十洲记》的传说，说风母生活在南海大林之中，一身青的保护色，像豹子又像狸。“石上菖蒲”一句今本《十洲记》中就有，但我情愿相信这是炼丹术士们的经验窜入的，葛洪有造作赝品的前科，署西汉刘歆《西京杂记》，实是他的手笔。风母像豹，有异文，一说像貂——但这里豹才是对的，因为其中当有屈原提到过的山鬼基因：“*乘赤豹兮从文狸*”“*披薜荔兮带女萝*”——只是大概自从秦皇汉武一统天下继而思想界之后，百家罢黜，古老的精怪渐渐退隐，改被单色打印了，不再五色斑斓），塞住它的鼻子，它就会真的死去。这时候敲开其脑壳，把白花花的脑子弄出来，拌上药香浓郁的白菊花，任何人只要能吃上十斤，就可以活五百岁。

金文和汉隶【息】字

先不去纠缠其中的残忍吧，这个世界上的恶行之多，即使我们把所有生命都用在愤慨和叹息中，都难以一一关怀得过来，所以古人很哀婉地说“罄竹难书”这个成语的意思是：我们索性把竹子也灭绝了吧，让它们去陪伴那些亡灵好了，寄托—替我们捎上—我们的哀思。与其感怀与痛苦，不若去揭开那些暴虐之手手心里的图形，那些冷酷之心的心理念想与思考路径。葛洪提到，风母生命的关键还是在于鼻子，这是一个在我们身上制造自然风的所在，生生不息的息字，既有休憩又有生长的双重含义，上方是一个自，下方一颗心，这“自”即是鼻子的象形字——没错儿，自己的自，第一自称代词的主体认同，自我中心主义之中心的确立，以及生命持续的关键，都在于脸部中央的这个器官。而在安南地方的各种想象动物那里，我发现，会一再地提到鼻塞的意象，可以参见〖**飞头蛮**〗。而另在〖**飞獵**〗一篇中，我埋伏下类似古代炼气士所谓内息与胎息的猜想，指出，把鼻子一塞，可以使内外各成天地把个（元）宇宙变成分母，个体各自的小宇宙成为分子，老死不相往来——从风母的情况来看，风可能总是从一个世界吹到了另一个世界中去了，或者说，风总是从另一个世界来的。

nhược bất động
南方有大鱼 | 若不动

“别小看南方的，
我们也有大的□哦。”
——李氏梨（Lý Thị Lê）
2007年春天亲口对我所说，
六八体。今下句剃去一字。

世人眼下的认知习惯，相去古时已经很远了。古早不敏感的诸多领域，多少个世纪以来一直默默无闻，譬如荒凉的南海与古恠的石中的油，如今却都是国家必争之地和紧俏物资，成为国际局势的诸多旋涡中，距离我们比较近、动静比较大的一个。古人并不多加深思的若干问题，现代以来，会连累篇牍——连篇累牍地连累篇牍，化作厚重而令人疲惫的文章与书籍：总有人写，也有人看，只可惜灾了梨、祸了枣——这也是旧时的说法，字面意思指：给枣树与梨树带来了屠戮的噩运。那是因为一千年前古人自从有了雕版印刷之后乃至现代铅印术及电脑兴起之前，枣、梨这两种果树的茎和干常被人用作刻印的雕板，被迫承担起更悠远与深沉的意义。更早个一千年，主要是竹坚定地盘踞在这个位置上，间可容发，它被称为简。这三种植物有个共同点，我们称呼它们的时候，会将其母子两代都招呼上不唯植物如此，动物包括虫子——虫子本身也是——也有，可参见〖**蠍蝺子**〗。又如虱子、豹子、狮子。但龙子、虎子与呆子皆不是，后面拖上一“子”字。枣子、梨子，竹子。这些“子”看上去挺虚指，其实却是掩饰了人类冷酷地食用其种子或幼态植株幼仔的残忍事实。既食其子，而那些竹子笋、枣子和梨子有侥幸长成者，最终又将面临伐砍锯割继而凿刻雕镂的命运。当年，南山之竹就时有灭绝的危险因为人类之恶如许之多，罄竹，最终果然连山体都几乎化作虚无，成为猜想隐者的一个玄妙区域。

言归正传。现代人对事物的认识，继而那些事物的命运，所以都与先前大不同。我再举个例子，唐代佚书《岭南异物志》中曾有这么一段信息，主要借着清代高士奇公元一六四四至一七〇三年在世所编那本叫《续编珠》的类书幸存下来：“**南方有大鱼**，声为雷，气为风，诞津为雾。”这种声势浩大的鱼叫什么名字，古人未必特别关心，所以语焉不详，因为世上无名之物太多；但是当代人，至少我，却十分好奇，虽然还没有更多的线索。

线索总是可以找出来的，不济可以从身边、衣服上，头顶、书页之间。根据个人理解，首先不排除，前人早已道出它的名字而后人没有理会：其实，那种鱼，就叫作“南方有大”啊。“南方有大”鱼，会发出振聋发聩的声响，没错，它是雷之源、电之根，鱼呼出的气息为世界创造了风，它还会吐泡泡，或者口水。**南方有大鱼**吐口水的本领很大，噀一口水，噗地喷将出来，于是就有了雾非霾，所以它是水的一种形态，微小水滴颗粒的大型组织。依古人的理解，雾向上升为雲，移向异地再落下来就成了雨。我疑心三国魏时周斐撰《汝南先贤传》中提到的郭宪、晋张方撰《楚国先贤传》中提到的樊英、葛洪《神仙传》中提到的东汉时成都人栾巴、《桂阳列仙传》提到的成武丁，都身具**南方有大鱼**的血统。因为他们四个都有事迹，曾经噀一口到三四口水，遥向东方、西方或西南方喷去，霎时间拯救了千里之外远方都市的火灾，现场诸人唯见天际飘来积雨云，顷刻间降水如注，如瓢泼，如倾盆。以往人们认为这不过是道士的神通，但对勘一下文本可知，这就是**南方有大鱼**一系的天赋呵。这四个人中，栾巴的名气稍大一些，他还去过今江西等地任地方长官，他往故乡成都方向喷雾，成都人觉得似有酒气——其实是栾巴的口气稍重一些吧。按照《后汉书》中栾巴传的记载，他最终死于党锢之祸，因一再为清流领袖窦武、陈蕃发声鸣冤，结果，窦自杀后被枭首，陈被杀，栾被下狱后自杀。

类似这一段被我添过油又加了醋我在〖**飞鸓**〗一篇中曾提到油盐酱醋的文字中提到的生物

性巨响，在东海也曾有过，见诸《山海经》，说的是：东海之中的流波山上，曾有一种特产叫夔我在〖交趾之人〗一篇中曾提到夔人，天生只有一条腿的偶蹄目牛形动物，它的声音震彻千里。可惜现代动物园是无缘收集其样本了，何以一条腿犹称偶蹄目而不是奇腿目所以也成了个千古之谜：因为当年，轩辕黄帝我在〖黄头人〗一篇中曾提到黄帝四面为击败蚩尤，曾将夔屠杀殆尽它失去生命之后倒地腿朝天，初民谓之“肉笋”。后来人心不古，时代的潮水往低处流，有越来越多的狭邪与淫泆，那两个字渐渐指涉别的去了，他轻信拥有原始思维的众方士，以为夔把巨响都藏在皮毛中，遂鞣了所有夔皮，蒙在战鼓鼓面上，加上方士们不知从哪里找得来卖给他的“雷兽之骨”——在写本文时，我很不负责任地猜，说不定那是“南方有大”鱼的鱼骨头也未可知——制成声波武器，轰轰烈烈，轻启战端。这次种族灭绝事件，大概可与大禹屠杀防风氏相提并论。但是，恠物夔的那种大声响，与“南方有大”相比，想必只是小儿科。

在意象与气势上能比拟，甚至睥睨“南方有大”者，《山海经》里也有。那是居住在遥远西北方的一条叫烛的龙。它甚至伟大到不吃饭、不睡觉甚至不呼吸，但它的眼睛会开合，睁开眼睛天下光明，闭上眼睛黑夜降临所以后世的蜡烛，是待烛永久性闭了眼之后，用其产生的油脂即“蜡”发明的？在古典时代，所幸有了蜡烛。天若不生烛，万古如长夜；天既已死烛，万古亦不夜；眼睛再一睁新的一天就来了。按照《山海经》的说法，风雨也是它的发明，是它的“谒”——但正文中并没有解释“谒”到底是什么，有可能通“霭”即烟气，也可能依照字典上的解释，是它的陈述或请求——向谁发出请求？可能是更抽象的天。但烛龙无疑也算是具有至高神格的了，天地规则只是它眼皮子动一动而已，所以也是最初的主观唯心主义者：所谓世界，只是视觉甚而幻象而已。由此看来，《岭南异物志》的记录显示的是多元主义世界观，并隐隐然有向《山海经》所显示的北方中心主义挑战的意味：试问风云到底是谁的创造？西北有烛龙，**南方有大鱼**。答案可能还不是唯二的：综合不同的文本与环境，我们可以看到更多种意见枕藉并列——最知名的也许是盘古南朝任昉《述异记》载："今南海有盘古墓，亘三百余里。"又说："南海中盘古国，今人皆以盘古为姓。"想是盘古的直系后裔。不过按照宋代《路史》罗苹注引《元丰九域志》的说法，扬州有盘古冢，也有盘古庙。这个扬州应该是九州中的概念，不只是今日区区一地（级市）、中古史上著名的芜城。东南从长江流域延展到南海都曾是它的领地，不赘谈。

而从另一个维度，在言语与言论的层面上，虽然说堪堪能与"南方有大"相提并论的并不是没有，却未必真能与之相埒：包括后世安南的民族主义诗句"南国山河南帝居，截然定分在天书"二〇一六年时任美国总统奥巴马访问河内时，曾用英文引用了这首诗。据安南现代学者的意见，它被比附成一千年前的独立宣言。但按照《岭南摭恠》和《越甸幽灵》的说法，这首诗的作者是两位神灵，名字叫张吽（又写作"吼"）、张喝，是两兄弟。原初是在一次古战场上，安南士卒与北方的宋国军队相对峙，半空中神祇显灵，厉声吟出的神谕，震动天地。当代解释则把这件事归类为陈胜、吴广狐鸣鱼书般的伎俩，而将其责任人归诸战役中安南一方的主帅李常杰，更早时候来自西南的那个夜郎王之问"我夜郎大还是你汉大"，相形之下"南方有大"都要显得更为大气，这是因为：有容乃大。一旦起了区别心与比较心，气势上不免由于竞争与切割，而流于弱势，即使其势乃是守弱事强。真正能与之相颉颃的，要数当年楚王面向北方的"问鼎"。可是，陈述间的沉静自信，又总会略高于诘问语气往往伴生的夸张与急切。

话又要说回来，把"**南方有大鱼**"一句中"南方"理解为名字的一部分，可能恰恰是北方人的看法。这就跟"中国套盒"（Chinese boxes）一词永远都有外国腔调、普鲁士蓝（Prussian blue）的语源一定在普鲁士之外、南极棉（Antarctic cotton）不产于南极，是一个道理。在安南历史上，民族认同的形成过程中，也有类似的证据："安南"一词本是唐帝国命名它的四陲，表达四境平宁的愿望；之后安南本土屡有要把"南"字移开或移动的愿望，曾自称过大瞿越与大越，到了清代时候，也正值安南最后一个王朝建立，阮氏立国，以朝贡国的身份向大清皇帝提出他们打算叫"南越"，安南史学也素以汉初赵佗所立，在岭南与汉相距的南越国为其正统的上古三代之一；但清帝清臣以为南越乃国内割据政权，不许邻国袭其名，以免有领土纠葛，结果安南人狡黠地变换了一下字序：复以“越南”提出申请，遂得许可，蒙混过关，沿用至今。

另一个例子是：早先时候，安南一直因袭中原的名称，以“南海”来命名其领土之东的那一大片水域南海除了有大鱼，还有海人。明人叶子奇《草木子》提到：“南海时有海人出，形如僧，人颇小。登舟而坐，至则戒舟人寂然不动，少顷复沉水，否则大风翻舟。”或许这跟貉龙君百子中带走入海的五十子有关；或许他们是水鬼，正等待着替死的海难者，这个问题在现代而言因为投奔怒海而太沉重，请恕我存而不论，安南民间也一直有着“南海大王”“南海广利王”“南海四位圣娘”“南海公主”等名目繁多的水神，祂们有是从中国信仰传播过去的分身，有是中国人士的英灵成神。譬如“南海四位圣娘”，其主神被说成是南宋末年的杨太后。在其子端宗帝昰公元一二六九至一二七八年在世死后，她拥立并非亲出的帝昺宋度宗另一位妃嫔俞修容所出，公元一二七二至一二七九年在世。到最后的厓山海战时，陆秀夫公元一二三七至一二七九年在世抱幼帝蹈海自尽，众所周知；而与文天祥公元一二三六至一二八三年在世及陆秀夫并列为宋末三杰的张世杰生年不详，卒于公元一二七九年则保护杨太后突出重围，可惜却在南海上遭遇飓风，船只倾覆，气数遂尽。在广东一带，这位杨太后并没有形成超出史实太远的丰富信仰；在安南，却以“南海四位圣娘”的名义，神格有类闽台与两广的妈祖妈祖一名天后，一称天妃，有几百年的时间里，曾是其地最灵验的女神与水神；但后来，随着本土意识的兴起，她的影响力有意识地被抑制了，继起的是云葛神女柳杏公主崇拜，而“南海”也开始被称为“东海”北方应该庆幸这种改变才是：东海，依然是东（中国）海的翻版与模仿；而如果还是“南海”，或会被别有用心地附会成是“安南海”的略称，继而又有了新的“东海大王”等神祇北宋的邵康节曾有诗：“**南海有大鱼**，罔罟无能近。砀然一失水，蝼蚁得而困。”提到**南海有大鱼**的一种或然的悲剧性下场。但通行本常作“东海有大鱼”，与安南的南海、东海变化相映成趣，但究其原因，或许是南宋人恐南海大鱼之不吉会致使南宋不吉（最后厓山不免于此）而避改的；但改成东之后，此大鱼成了龙之藩属，成一困局，依然不祥，弄巧成拙。其实改成西才更合乎当时情势，依五行之说，女真人所建的金朝之“金”，是一直配秋季、白色和西方的。

回到“**南方有大鱼**”的问题上，所以，我们相信，假设《岭南异物志》的记录全然写实，并完整传达了来自岭南的认识与信仰；那么，在南方，那种有创世力量的鱼至多应该叫作“有大”鱼。说起南方那种叫“有大”的鱼呵……

南方。
“有大”鱼声为雷，
气为风，
诞津为雾。

这个“有大”之有，可以理解是一种无意义的前缀，用法近乎《诗经》即有的“有马”以及至今通用的“有染”；与有没有无关，存在是一个不言自明的前提。其潜台词是：在此基础上我们来说起“有大”鱼的神迹，也就是风雷的起源吧。

也有可能，如前所述，“有大”蕴含着有容乃大之意，就像“有大”鱼蕴含着气象的起源与宇宙的奥妙一样。它的存在是一个象征，一个缩略符号，一个短链接。它，以及有关它的一些故事，可以使我们窥见那个更加真实的世界。它的名字甚至可以更短一点：“大”。“南方有‘大’鱼”，那种鱼的名字就叫作“大”，可想而知它有多大吧，就像设若有一种鸟，它的名字就叫作“飞”，飞鸟，那它一定是在飞行方面比之其他鸟都更加突出的一种鸟吧。而当名字直接是“大”，其意义又更有特别，就像那种叫“大”的虫在古代汉语中，虫有动物统称之意。龙也被归为鳞虫，鸟也类属于羽虫，甚至人被叫作“裸虫”，是百兽之王一样，那种叫“大”的鱼因其大，而呼唤着我们内心的崇高感。

南方有大鱼。甚至多有大鱼，不过，那些大鱼也许只是那一种或那一条创风造雷的“大”鱼之后裔与部属吧。譬如安南汉文古籍《喝东书异》载有海中“德鱼”，其双目亮如大灯，其身躯可负船而走；德鱼救助海难者的做法，揭示其身份大概是鲸鱼黎圣宗时代的诗人阮益逊有一联：“醉醒风月骑鲸客，簸弄云烟吐凤人。”历来被认为气魄甚大，但前一句的真相或许是神志不清的漂海幸存者，后一句不详，或者大海豚虎鲸之属。甚至更远一些，在南海之外往西去，或许会碰到当年阿拉伯的水手辛伯达所遇见的那种长期若不动（nhược bất động）的、背上可以形成海岛的大鱼背上可以形成海岛的大鱼，世界各地水域和滨海都有类似的一些想象。譬如，冰岛的各种《萨迦》中会提到“石南背”（Lýngbakur，一个长满石南的小岛实是它的鱼背），也称岛鱼（hólma-fiskur）。十三世纪的《欧瓦尔－奥德斯萨迦》（*Örvar-Odds Saga*）叫它 Hafgufa（哈佛估琺，它不是缺斤少两的半个朱琺（Giufà）之意，haf 意为海，gufa 指水汽，更确切地说，就是前文提到的雾，**南海有大鱼**的诞津为雾，以及烛龙的谒）。中世纪爱尔兰的《圣布伦丹航海记》（*Voyage of Saint Brendan*）提到的 Jasconius（加斯科尼乌斯），也就是岛鱼。英国诗人丁尼生（Alfred Tennyson）在 21 岁时写下过彼特拉克体十四行诗 *The Kraken*（克拉肯，亦被意译作“海妖”），不过他称它常在海底深渊而不甚耐烦于化身为岛——那是它的大限，Kraken 被认为来自挪威语，也常被想象成会缠绕海船的巨大章鱼或称巨乌贼（但亦有争议）。而石南背却会永远存活下去，在见证这个世界灭亡时才会死去，恐怕是鲸鱼经过众人之口的另一种结果。

而这意味着，方位可能不成问题。南方有“大”鱼，并不影响到**南方有大鱼**，西方、东方与北方也有大鱼。鱼可以真正四海为家，只要它有时间。譬如说西方，在当年南赡部洲的玄奘法师带着东胜神洲的一只猴子，以及猪、马和一个水边的食人生番去往西牛贺洲的路线上，一个瀚海瀚海一说是沙漠的意思。所以，谁说大鱼只能生活在水中？（但是反驳者可以说，瀚、海、沙、漠，哪个字都有水啊）中的鲭鱼妖精化名悟青明末博闻强记爱做梦的江南学者董说率先发现了它，其事迹可从一本薄薄的小说《西游补》中找也可能是“大”鱼的后裔，这倒不是因为它大，而是它能幻化天地、演绎世界。至于北方，那里有一条鱼与“大”鱼的关系可能更复杂一些，我情愿这其中有人说错了什么而这本身就是同一条鱼，我说的是庄周提到过的北海中的鲲。他说鲲化成大鸟“鹏”之后飞去了南海。设若这个世界是平衡的，设若鲲鹏不是孤独的妖怪，那么，它更可能像候鸟或是洄游鱼类那样周而复始，往来有度。也许，南方的“大”鱼也会在另一个季节展翅飞往北冥。这种鱼鸟互化的技艺，《山海经》提到，大蛤即黄雀也会。

只是，可能还有纰漏：按照某一家训诂，“鲲”可能只是鱼子，还不是鱼；而且成年体的鲲即鹏才能在九万里的高空制造抟扶摇也就是羊角风人间的羊角风，即癫痫可能是它的副产品，普通人又谓其羊癫风或羊痫风，说是患者病症发作时倒地抽搐，口吐白沫，声似羊鸣故名。但这似乎是只知其一，最早的羊角风是被卷入羊角风所致，是人经受不住自然伟力时爆发出的无穷惊骇，是他无意识中想用其微不足道的肺、气管和口鼻制作一个迷你羊角风时的效应。一种病态的天人合一，或者说人想要与天合一时的病态反应，不过，这里的鱼子，我们可以联系本文开头，从枣子、梨子和竹子所归纳出来的“子”字后缀规则可知，它总会在幼体时经过我们的嘴巴，而在成年体时成为我们书写的对象。只是，与枣子、梨子和竹子不同，我自幼听说，鱼子吃了善遗忘，多错乱，本文也许就是一个例子。

ban xả

镜鱼 | 搬扯

博学如 J. L. 博尔赫斯，未免对安南这一方天地也缺乏足够的认知，少见其多恠——安南那么多恠物，没见他多提几种。这跟他盲目有关；但更重要的原因是每个读者都有一个盲目的后缀睿得耳（reader），看上去在注目在阅，其实是开口在读和侧耳道听途说。耳朵通往睿智，五色令人目盲，这是关于阅读的两种观点之一；另一种当然是眼见为实、耳听为虚的耳食批判论，在我看来，那有点儿陈词滥调了。我准备要写一本叫《耳史》的书来讨论一下。说真的，大家当然包括了我对南方博尔赫斯最重南方的异物挺懵然的，困于经验的限制——很少有人扶摇直上阮子晋有一联颇好："笑予曾借扶摇力，飞去枌榆只一枝"，空降到那一片时空中去；囿于文献的阙失——不是我们善遗忘，而是记录安南的那几种异物志，都只剩下断纸残篇，隐藏在那些大书的边边角角中，在反复的抄录与征引过程中，又多有损失。

可以设想，如果远在布宜诺斯艾利斯布宜诺斯艾利斯可以视为是上海的对跖点，即，存在一条地球的直径，一头在上海，通过地心对称，另一头在布宜诺斯艾利斯的博尔赫斯突然知悉虽然他很熟悉海上，在南中国海与古交趾地方的水域中，自古以来生存着一种叫作镜的鱼，他那个已然被世人熟悉的镜子与交媾的比况，其深意会不会还能翻上一倍，或者四倍呢——须知世上最深的所在，也就离南海不远之所以有最深的马里亚纳海沟和最大的太平洋，依照小达尔文的理论，原本有一大块地球，此地不留，自有留处，飞升去了广寒宫，造成了这里永久的缺失以及浪潮起伏，永无宁日，也就是说，再也无法平静。那种**镜鱼**，显然就是水中的镜子，在粼粼水波折射中，顽强地保持着反射的能力与明鉴的威名，它们如何生存并且繁衍，如果其准确的细节还在不被温柔化尽，我觉得，那一定会给予博尔赫斯启发，会使得他所编著的那本《想象的动物》多出一个迷人的条目来虽然十分羞愧，但必须沉痛地报告一下，我在八年前写这一篇故事时，《想象的动物》杨耐冬中译本就在案头。但我居然到现在才注意到，其中有 *Animales de los Espejos*（《镜中动物志》）一篇其实已经提到镜鱼：“总有一天，它们会摆脱那种神奇的昏睡。第一个醒来的将会是‘镜中鱼’。在镜子深处，我们会看到一条非常淡的线条，这条线将是一种与众不同的颜色。稍后，其他形体也会觉醒。渐渐地它们会和我们不同，渐渐地它们不会再模仿我们。它们会打破玻璃或金属的屏障，这次不会被打败。水中生物将与镜中生物并肩作战。”（引用叶淑吟译本，台北：麦田出版 2021 年版，译文有改动）真正盲目的不是博尔赫斯。太惭愧！我先前只留心他提到了安南之虎，其实这一篇也提到了云南与安南接壤处的“镜中虎”。那时候我错过了镜鱼，可能是因为我急于要写到熊猫与笋，也可能我在读《想象的动物》时心不在焉，这篇《镜中动物志》说这是广东民俗中的迷信、幻想与讹传；况且这一篇开头还有一处牢牢吸引了我而不计其余：在更老的一个中译本中，博尔赫斯援引的十八世纪上半叶巴黎印行的一种三十四卷本 *Lettres edifiantes et cuieuses*（《振奋与好奇信函集》）被译者杨耐冬写作《杂摭邪异奇谈》——有一度，我很想把《杂摭邪异奇谈》的三十三卷完整地写出来，但计划了很久之后突然发现我还不懂法语。

须知，那些水中的镜子，是活动的！它们既随波逐流，又趋吉避凶、贪生怕死，它们的镜面上因此有欲望关于鱼类的镜中爱情，我在〖**高鱼**〗中略有陈述、有恐惧，有意志时而积聚时而消散。若是二十年前我就在典籍中翻看到它们就好了。那时候，我还在犹豫，并没有下定决心终生步趋这位视力不佳的伟大作家只写诗歌和短篇小说，我还年轻气盛，未有家为，一心想写第一部长篇，名字都已经起好了，借用西方民间故事中一个变形咒语的句式：叫 *Man I Am, and A Mirror Will I Become*，要说的是一位米姓的哲学讲师，发表不顺，教职岌岌，身心软趴，婚姻不睦，中年危机，一觉醒来孰知多年以后我自己何尝不是如此呢。想我少年时代读到“为赋新词强说愁”，以为智珠在握，常以此讥笑自己——以为是自我警醒，并调侃同时代人——以为是客观批评；但多年以后，当奥雷良诺·布恩迪亚上校面对行刑队的时候，回过神来看看，那有可能是预言和诗谶，是单纯的直觉，而不是单纯的矫情，发现自己变成了一面镜子暗藏着 error 的 mirror，向 Kafka 的 Gregor Samsa 致敬！又，新近我已经想好了它的中文名字：《镜观其变：变镜奇观》。恰逢妻子不归，窃贼上门，他在被反复运输、交易、物流过程中，离奇地进行了一场僵硬的十万八千里环球旅行与冒险，冰凉着不可突破的欲望，破碎与重合，竖立与躺平，镶嵌与遮蔽的主题时隐时现反复交替，他被搬扯（ban xả）到各种枝蔓复杂的情节中去，遭遇到不同的人和事，一回回有惊无险，不由自主成为一个单薄的纯反映论意象装置，借由不断重现他人的经验，最终侥幸变回并成为一个丰富的人，重启了新的生命征途云云。但几易其稿，最终舍弃最后一次努力是在安南，我暂住在还剑湖畔的小旅馆里，那儿离“庯帮糕”（Phố Chợ Gạo，米市街之意）一步之遥。能查到的中文资料都纷说那里从一开始华人悉称之为“高朗街”（对应安南文：Phố Cao lãng），一九三九年三月那条街上二十七号发生过一起命案，一名死者和数名行凶者都是中国人，凶手训练有素，极为专业，有特工背景，但是杀错了人（是不是跟博尔赫斯《小镜分岔的花园》有几分仿佛？啊，我错了，分岔的是小径）。他们想杀的那一位一再寿多则辱，一直活到了一九四四年才死在日本，叫汪精卫，在高朗街误被枪杀的是他的秘书曾仲鸣。但“庯帮糕”未必真的就是高朗街在安南语中的镜像，它们在语义上没有什么关联，庯帮糕是个河口壅塞之后自发形成的稻米交易市场，一九四五年之后拥有了路名并沿用至今；而高朗街据说乃高档别墅区，高朗街二十七号是民国时代国民革命军一级陆军上将朱培德的遗孀的房产。我想去找那座原属朱家的房子，但在庯帮糕那里没有找到什么确切的痕迹。那天兴致索然回到旅馆，抬头看见来找我的段氏笋（Đoàn Thị Duẫn），遂问她知不知道，她毫无兴趣，一无所知。我跟她知无不言，言无不尽，遂说那也没什么，不过我在写一篇关于镜子的小说……她夺下稿子——那时候我还喜欢直接写在纸上——说一会儿再写先陪她玩，于是就搁笔陪她玩闹起来，一搁就没再拿起来，因为稿子找不到了——现在想来，那段时间我活像只熊猫，连眼圈也是黑的。如果那时候知道**镜鱼**的话，会多出很多小故事，小说水陆并行，叙事在浮沉中更有持续的动力，写作的过程或许就会像某些故事情节本身那样峰回路转、柳暗花明。

但现在这个世界总是充满了遗憾：古往今来也没有多少人真正在意过**镜鱼**，更不要说去记录传抄了。就像南方的其他物种那样，仅有的关于**镜鱼**的些许记载中多有错讹。能追溯到的起点，应该还是在杨孚的《交州异物志》中，这本岭南最早的文献亡佚久矣，损失不可估量，我们并不清楚书中到底说了什么。迟至宋代初年编纂的《太平御览》，关于**镜鱼**的出处，已然被张冠李戴到《临海异物志》中去了。后者只是一本跟风与致敬之作，又称《临海水土异物志》《临海水土志》《临海水土物志》等等，盈缩不定，作者沈莹其生年未详，卒于公元二八〇年是杨孚的晚辈，他以丹阳太守的身份与吴国偕亡。学者揣测，他在年轻时候应该亲自到过台湾，有过航海经验。台湾岛当时称夷洲，孙权公元一八二至二五二年在世于黄龙二年公元二三〇年将其纳入视野与势力范围。而临海指的是浙省南部。所以这是一部记录东海从浙到闽图书馆学及印刷史学者张秀民出身东海海岛嵊泗，一九三〇、四〇年代滞留北平，对安南也多有研究，曾撰有《安南王朝多为华裔创建考》一文，引证古籍说明，安南历朝在南海边上称王称帝者，大多是东海人的子孙：李朝王室据《续资治通鉴长编》称“先世本闽人”，陈朝王室据宋代周密《齐东野语》说“本福州长乐邑人”，胡朝开创者胡季犛据《大越史记全书》载“自推其先祖胡兴逸本浙江人”，莫朝开国君主莫登庸据明代严从简《殊域周咨录》谓“其先不知何许人，或云广州东莞县蛋民”，蛋民又作蜑民、疍民，指在水上生老病死、以船为家、四乡漂泊的族群，捕鱼或水运为生，先前主要分布在长江和东南沿海一带，后集中在两广和福建沿海。阮朝王族据清代徐延旭《越南辑略》云“其先福建人”，但据清代潘来《遂初堂文集》云“上世广州人”、台海域及沿海地区物产的博物著作，后亦亡佚。当然，作为鱼类，天下海域相通我很喜欢科幻小说的先驱儒勒·凡尔纳（Jules Gabriel Verne）的《海底两万里》（*Vingt mille lieues sous les mers*），据说它另有一个译名是“海底六万里”’，它们之中，说不定偶有探险家顺海岸线北上也未可知。所以，明代嘉靖年间公元一五二一至一五六六年的《河间府志》在卷七“风土志”中，还记录有“**镜鱼**”二字，却没有作任何解释。稍后，屠本畯公元一五四二至一六二二年在世撰《闽中海错疏》，其卷中亦提到了“**镜鱼**”。或许，在闽为官的屠与渤海地区的史官们都凭辗转得悉的数据，那可能是同一条或几条镜鱼探险家的行迹，在多年之后，它们又从北向南，回老家去也。

但情况也有可能更为复杂，因为《闽中海错疏》中提到的**镜鱼**，下有一句寥寥数字的说明：“眼圆如镜，水上翻转如车，亦名翻车鱼。”渤海河间府那里的情况并不清楚，而这里所说的翻车鱼，即翻车鲀，东海、南海皆有，随黑潮洄游，但大概也就眼珠与镜子可以发生一丝关联——可是，那么多鱼，鱼眼珠之圆，哪一种不与圆镜子相似呢。而看唐代段公路的《北户录》，称“南方**镜鱼**，圆如镜也”。并没有“眼”字，若非缺文漏字，那么，“圆”指的是身体与总体的轮廓，而并非其一部分或某个器官要不然，我们就可以在地图上往南海边上画个圆圈，万物皆可镜鱼矣。这只是对镜鱼的禁欲式想象，金鱼吐泡泡式的一厢情愿。《太平御览》中明确记载：“**镜鱼**如镜形，体薄少肉。”翻车鱼固然肉也不多，身形也短小、尾鳍退化腹鳍消失，但体形离圆实在还有距离。附会翻车鱼是**镜鱼**的真正原因，也许是因为它常可潜至五百米以下的深海中捕食，体表不免常附着一些发光生物，故在夜色中，当它在洋面上游动翻滚时，发光生物便会一起发亮，部分海域的渔民遂称其为月亮鱼参见维基百科“翻车鱼”条，胪列“它在荷兰语、葡萄牙语、法语、西班牙语、加泰罗尼亚语、意大利语、俄语、希腊语、挪威语、德语中分别被称为 maanvis, peixe lua, Poisson lune, pez luna, peix lluna, Pesce luna, рыба-луна, φεγγαρόψαρο, månefisk, Mondfisch”都是‘月亮鱼’的意思。”月亮是面镜子无疑，但镜子未必是月亮；**镜鱼**与月亮鱼，当作如是观。

可以为**镜鱼**与月亮鱼或翻车鱼的关系证否的，是《本草纲目》。李时珍一口气提到了**镜鱼**的另外三个名字：海镜、琐珐、膏药盘。

第二个名字使之与东晋博物学家郭璞《江赋》中“璅蛣腹蟹，水母目鰕”一句联系起来。璅蛣与“瑣𤥥”属抄录过程中的异文。按照《文选》六臣注的说法，璅蛣是《临海水土异物志》中所记的“海月，大如镜，白色，正圆，常死海边。其柱如搔头大，中食”，与“**镜鱼**”不是一回事，人以为是贝类，今亦名海月（*Placuna placenta*），也有说可能是钵水母的一种即海月水母（*Aurelia aurita*）。但后者持论**镜鱼**是鲳或银鲳（*Stromateoides argenteus*），也不可信任。按照李时珍的说法，镜鱼也接近贝类，但又有所不同：“生南海。两片相合成形，殼圆如镜，中甚莹滑，映日光如云母。内有少肉，如蚌胎。腹有寄居虫，大如豆，状如蟹。海镜饥则出食，入则镜亦饱矣。”但更加明显的一个事实是，这种有类寄居蟹的复合或共生生物，与鱼的称呼相去甚远。

以上古文献的列举与考索，只能证明，南海的**镜鱼**扑朔似是，安南的**镜鱼**迷离而非，寻求现存海洋物种的实证主义做法往往缘木求鱼。也许，它与包括月亮鱼翻车鱼、海月贝、海月水母在内多种生物都有牵连它们也许都是它的弟子？不成形的亲戚？后代？像龙那样，虽然《本草纲目》传承的说法中，镜子更会折射日光；但无疑在色彩、属性与故事方面，月亮准确地说是圆月。“人有悲欢离合，月有阴晴圆缺”，缺月或者说残月跟**镜鱼**关系不大，（除非是被吃了一半的**镜鱼**的残骸——但我不知道**镜鱼**有什么天敌，它会不会反射一切物理及法术攻击？）但跟一个叫“破镜”的物种倒是可以对应起来。破镜更多时候会写成“破獍”来炫耀其动物的特征，但其实它是鸟还是兽有异说（当然也不排除它既是鸟也是兽，有些生灵还会既是草木也是鸟兽呢，譬如杜鹃、龙，参见〖**龙脑**〗；还有些鱼变个形状就上岸上天了呢，参见〖**鰽鱼**〗）。任昉《述异记》卷上说：“獍之为兽，状如虎豹而小，始生，还食其母。”更早时候《史记》就提到过它，说“古者天子常以春秋解祠，祠黄帝用一枭、破镜”。孟康认为这是黄帝亲自早早安排下来的后世祭祀自己时的祭品。为什么要用枭和破镜：“枭，鸟名，食母。破镜，兽名，食父。黄帝欲绝其类，使百物祠皆用之。”这不免太道德想象，而破镜到底是挑父亲吃，也是像传说中的猫头鹰——枭那样专挑母亲食用，古人语焉不详，但总之是把它们刻画上了真正的啃老印记。不过，佛经传统中却明确说破镜是鸟，见《楞严经》卷七，父母不忌口，而因果有报应：“破镜鸟以毒树果抱为其子；子成，父母皆遭其食。”不知这是不是境内外的镜像反差，照理说，这是翻译时旧瓶装新酒惹出来的问题；但也是中外的想象力类同，善恶观有普世性的缘故都是更加接近镜鱼的一个意象。李白有诗：“小时不识月，呼作白玉盘，又疑瑶台镜。”按照通俗的传本，后面还有句子“飞在青云端”，可我总觉得，后面的诗句有蛇足之嫌，使之臃肿成一首庸诗，宜削足，到镜子戛然而止，才具有深意——尤其是与李白的结局联系在一起看的话。此外，诗仙斗酒诗百篇，难道篇篇都会中规中矩地写完么？多年以后，李白在江上吃醉了酒，泛彼柏舟，惺忪恍惚，仿佛看见白玉盘落水了，他见义勇为，仿效那些小型灵长目亲戚的做法，跳入江中捞月亮去也，竟再也没有上船来，溺水仙去——我想，那是李白没有同伴帮忙拉住，没有尾巴除了人，一部分动物也没有尾巴，譬如翻车鱼。所以，维基百科并称，德语中它有时被叫作“漂浮的头”（Schwimmender Kopf）或“游泳的头”；波兰语 samogłów，意谓“孤独的头”。我想起《搜神记》等六朝志怪集所载三王墓故事，即眉间尺为父干将复仇的情节，又为鲁迅改写成《铸剑》一篇，收在《故事新编》一集的，其中提到一只鼎里三个人头在沸水中翻滚云云，各自孤独地漂浮着游泳，直至“三首俱烂，不可识别。乃分其汤肉葬之，故通名三王墓”。或许，现场只是一锅翻车鱼汤，王已经被绑架者带走，从此下落不明可以接力之故。但问题是，那个在江水中的，在稍晚一些时候被形容为“别时茫茫江浸”的月，真的只是倒影而非实体么？会不会有一半的几率，是冒险远道至此的**镜鱼**呢？更早时候，郭璞之所以把它写到《江赋》中去，说不定也是要暗示这一点吧。

据此，那**镜鱼**，作为历史上默默无闻的旅行家，却要比我们想象的更加活跃，无处不在；也许，它照人事，反映日月天地及其中万物生灵，是世上所有事物的一个遥远而不可知的见证。从历史上看，它养成习惯并不透露龙宫与大海的缤纷奥妙情况很可能恰恰相反，它惯于向龙宫与大海透露世上的奥妙缤纷。譬如：安南最热衷于做诗的皇帝大概要数十五世纪的黎朝圣宗黎思诚，他自称“骚坛元帅”，并将常来唱和的二十八位臣子封为“骚坛二十八宿”；黎圣宗有两句诗：“水国人从镜里看，老去道心乾不息。”我知道，他写到的“镜”，指的就是**镜鱼**，就像白雪公主的娘家宫廷里那一面存天理会说话的镜子，或者像月亮那样。

瓮人 | 嘻 耍

hy　xọa

我们的祖先曾静静地把世界想象成五彩的，但不缤纷。虽然，古人也提到过天旋地转，却并不活跃，这其中究竟关涉了生理、心理还是地理、天理暂且不论，设若一个观测者可以感知到：以他为圆心，作为平面的大地正在进行着某种速率的圆周运动；那么，各方将还以令人晕眩我想到了极光的本相：汉语的“五光十色”还只是一个低估的评价，无数种不曾命名的颜色就要以视觉暂留（persistence of vision）现象与补色原理，一股脑端到他眼前，犹如一架涂抹了红花、蓼蓝、雌黄、苏木的纸风车，在风中卖力而无所用心地，呜呜打着转。

但在古人图景美好的五彩世界中，月兔东升，金乌西落；我不就山，山来就我。就此，世界的本质便在躁动与循环、不居与变动的底下显现出来了，暗中有北极星标志着稳定的秩序与结构：青色是东方专属，红色在南方起源，白色归诸于西方，黑色盘踞北方，而中土则乃黄色的天下。这种奇幻而素朴的世界观，岁月静好，到了近世乃至当下，还有容身之所，甚至被嵌套到人种学与人类学框架中。在学理上早已过时的黄种人认同，须在这个方向上讨论，方可知为何人们至今依然普泛沿用：以肤色区隔和命名种族，正可与先前中国为天下之中的古老视野相勾联，当年结成的稳固同盟，始终不曾全然失效；所谓西方列强船坚炮利的近代压力，更是滋长了这种认同感。欧洲人远涉重洋而来、一路向着太阳升起处行进，居然成了不易为人察觉的强大奥援：他们来自西方，持有各种金属西方属金，这是五方五色在另一维度上的性状打造、威力巨大的奇技淫巧，主杀，如秋风扫落叶般不可抵挡，而且，他们是白种人。我们是黄种人。当我们在东西二元的处境中，西风压倒东风，那是应了金克木的天劫；至于近现代来自更东方的侵犯，谪仙李太白早有句“留恨向东风”他的名字“白”跟他的出生地西域碎叶城，都全然合乎五行设定，则算作木克土安南陈仁宗也有一句“黄鹂不语怨东风”；北方大患不足为虑，因为土克水；南南合作可以扳倒西方，缘于大火流金。

这种古老的解释学成果终究是代码，失之素朴、手段单一、范式粗陋，以自我为中心，过于一厢情愿了。参照地理大发现，一些问题就会浮现出来。譬如所谓的红色人种，居然不在正南方赤道以南的大陆与岛屿上，生活着棕种人。安南居然没有长一些红种人出来，不得不说也是一个遗憾，而在拉丁美洲。若以大洋彼岸为世界中心，倒还说得通；但那里并不是黄种人的中土呵。说起来，五色世界观一千年前就已经出现 bug 了龙凤的消失——在桐木上找不到凤，在尺木上找不到龙，或许引发过更早的焦虑。参见〖**龙脑**〗：当时黑色人种并没有服从五色配位的法则乖乖出现在北极圈稍南的区域那里并非自古而今一个黑人都没有。现代之后不论，据我所知，两百年前曾有一位黑人留下的后裔因为写诗和死于决斗而广为人知，他叫普希金（Aleksandr Sergeyevich Pushkin），我在魔都见过他的雕像，但总觉得哪里不对，刚刚回过神来，不知是因为雕塑家无知，或者是周围树木太茂盛，而普希金由于是位诗人体质敏感易受传染，总之，现在普希金像的位置上被个绿人抢了风头，头发翻卷，仿佛雕的不是普希金，而是东方朔似的——汉代的东方朔可能是那个时代的一个东北人，《汉书》本传提到他的籍贯说是平原人，那平原可能指的是东北平原。朔有北方之义，所以朔土指北国；朔风指寒风，或者北方音乐，趁凛冬夜袭，而竟然源源从西或者从南来到了中土。

广为人知的例证来自唐代小说另一个例证稍晚，要等到托于唐代的神魔小说《西游记》中才出现，那里面的唐国，忽称“东土”，又说位于南赡部洲——那是另一套体系了，那可能是侠客的传奇第一次比精怪更令人悠然神往，其中即有一位浑身如黑漆的高手磨勒，为奴数十载，一朝为自家公子哥出头，决然显露了形迹。这个故事一度几乎妇孺皆知，并自此之后，论者常常听信了小说家言，谓黑人为昆仑奴，并以文证史，持论中古时代已经有黑种人堂皇虽然不高贵地现身于唐帝国的中心。这大概与事实相去不远——可问题是，这以“昆仑”为号的黑人，到底是从何处来的，而且是不是我们现代日常意义上的黑人即尼格罗人种、偶尔从欧亚大草原上一路东来的非洲人呢？有一种说法也一直有支持者其中包括了我，认为这是原居东南亚和南亚的矮黑人。印度的一些原住民，以及后来称之为棕种人的那些族群，也都曾经被叫过黑人。

还有一个问题，为什么南方来的人也和“昆仑”联系在一起？如果简单一点，把昆仑理解成昆仑山，那么这个世界上的昆仑山除了一说在极西之外，魏晋以来也多有处在南海中的意见。安南东南近海就有一个岛屿，古来即名叫昆仑安南或许也不止一座昆仑山。有位身世不详的古代诗人潘廷槐写过一首《北淅昆仑山》，中有“休论沧海无穷事，见说鲛人有化形。剑马英雄空净地，仙龙山水自余灵”等句。北淅一直是安南的省份名字，在其西北。“诗无达诂”，或许是安南依葫芦画瓢，参照中国的做法，依古籍所述，把神话地名落实到现实中的结果；但也有可能，从句中的“沧海”“鲛人”诸意象来看，写的还是海中的昆仑，那么，可能就是题名相传有误，或者有脱字，《宋史》《明史》俱有记载，而昔日郑和公元一三七一至一四三三年在世下西洋亦曾到过，近代则开辟成流放政治犯的天然监狱。其四周的水域称昆仑海或混沌大洋，洋流复杂多变南宋末年吴自牧《梦粱录》中称：“自古舟人云：‘去怕七洲，回怕昆仑。’”这句俗语到了元代，汪大渊《岛夷志略》记载了一个更长的版本：“谚云：‘上有七州，下有昆仑。针迷舵失，人船孰存！’”不知该算是哀叹还是恫吓。

安南文献也偶然提到过黑人，还有黑孩和黑肤的神灵。譬如有一位叫麻罗或摩罗的神，曾冒名顶替一位叫士瀛的燕行使，每晚偷偷到士家与其妻通，使她生下一个黑肤的小孩叫何乌雷，才罢休败露。那位肤色乌黑像被雷劈过一般的何乌雷其传记早见于《岭南摭怪》，亦可参见拙著《安南恠谭》中的《神的私生子　擅长私通始末》一篇，曾在陈朝裕宗本名陈暭，《明史》记作陈日熞，陈仁宗的曾孙，公元一三三六至一三六九年在世，一三四一年起在位年间作为宠臣有恃而骄，在朝廷上下荒淫无度，几乎不可收场。

另一本叫《沧桑偶录》的书记载：华阳来潮铺这个地方有一位

少女，贪图富贵，嫁给了一个狗国来的黑人富商。没过多久，商人生意做完了，将要回他的老家去也，女子拉扯住他的衣襟，问他还会不会回来。商人说：“如果三年之后不回来，你就不必再等我，随便嫁人就是。”说罢，乘着退潮出海去了。女子痴痴地等了五年，就是不见商人回来，所幸没有子息牵绊，遂改醮邻家拉车为业的阿大，因为阿大似乎也不计较她的过往。但再转过年来，她生下了头一个男孩，却闹得家中鸡犬不宁，因为那个婴儿居然是个黑小孩！百般苦恼之下，做母亲的准备偷偷做个漂流瓶把孩子丢到海里去。但在码头上，却意外遭逢了狗国来的商船。这其中就赫然有她的原夫。那黑人一开始没认出她来，但看到黑小孩也就明白了。他很想和女子重续鸳盟，告诉她不是故意愆期，而是在海上命运难测、历险不断、奇遇一个接着一个……如果是现代的读者，会听到他讲述的情节与《天方夜谭》中的辛伯达辛伯达的七次航海历程显示他曾履及南亚一带。其故事虽然在欧洲和东方都家喻户晓，但现代阿拉伯学者认为这是将《天方夜谭》即《一千零一夜》译介到欧洲的安托万·加朗（Antoine Galland）及后来的伯顿爵士（Richard Francis Burton）等等欧洲人执意羼入全书的，其实原本不在其列。伯顿版《一千零一夜》，很多人都不以为然，但是 J. L. 博尔赫斯赞之，吾亦赞之像极了，听得妇人如痴如醉。但是阿大坚决不肯。告到县官处，最终的判决是：孩子归狗国商人带回去，女子归阿大。阿大总是担心妻子有朝一日弃他而去，狗国商船还会再来，遂卖力地让她生了好几个孩子。他倒是不担心接下来再生出几个小黑人来，因为在码头上有走南闯北的老水手都在说，那第一个孩子，是黑人留在女子体内的余气所结，而孕成生命的，在北方的典籍中有记载，叫作“荡肠”或者“宜弟”，不唯早期的黄皮肤，在红皮肤、白皮肤、黑皮肤的外国人那里也都常有这种习俗——她接下去的几个孩子，果然都是安南人的模样，一个个成人之后伶俐乖巧，治生有方。

狗国的名目，不见于《太平御览》卷七九〇的四夷部，那里引了《交州以南外国传》一书，称“有铜柱表为汉之南极界，左右十余小国”参见〖马留〗一篇。《太平御览》又用杨孚《异物志》的材料，罗列了〖**雕题**〗国、狼牘国、儋耳国、穿胸国、西屠国等等，其中还有一个就是**瓮人**，谓“人”不谓“国”，大概是其社会发展还比较原始的缘故吧但也许只是古人随意用的。这里提到的“穿胸国”，他处即作〖**穿胸人**〗，即述**瓮人**与其前文所引万震《南州异物志》所记“扶南海隅有人如兽”的“类人”相似，齿目鲜白，面体漆黑，皆有光泽。但对**瓮人**，这里并没有更多语言关于**瓮人**，我暂时也没有更多言语。我在安南的日子里，曾尝试与多名年轻的女子交往，其中跟我比较合得来的，阿柏（Bách）无论如何算一个。她皮肤白皙，可能是自幼比一般安南女孩更少受热带阳光的抚慰之故。看上去亭亭玉立很文静，但我知道她骨子里很疯，我们一起发明过一种叫“瓮中捉鳖”的游戏，两个人做得不亦乐乎（我从未与其他人玩过同一款）。嘻耍（hy xọa）的间隙，我们聊天，天南海北，无所不谈。阿柏在我面前话很多；我也喜欢闲聊，会提一些古怪的问题或者振振有词发表一通荒谬的意见，就此来校雠我想象中的世界与现实世界之间的落差，有何不同版本又有哪些地方可以勘同拼合，常有裨益，长此以往，会建立起谱牒和目录式的不惑之论也未可知。有一次，我问起她知不知道**瓮人**。她当然不知道，缠着要我讲给她听。但问题是我也不知道更多，只好跟她讲安南版《辛伯达历险记》。她听罢，拍拍自己的胸口，说：“还好，你不是狗国来的客商。”我一愣，马上反应过来，好啊，竟敢嘲笑我黑！就这样，一千零一夜与一夜顺滑交替、无缝对接，我们又愉快地玩起新一轮瓮中捉鳖的游戏来了——也就避免了更多的歧视——不提诸如与猪犬混居、没有衣服穿等等；而只是说到“为奴婢，强勤力”。可知这些黑人的命运，包括何乌雷以及狗国的海商，以及更早时候中原地区的昆仑奴，无一不是操持贱业的，即使那位巧言的海商很难说其真实身份是不是个伙计，但他毕竟从“狗国”来，其文化色彩中的奴仆意象当然，有诸多层次上的歧视、恶意和刻板印象昭然若揭。

五千多年前的另一种瓮人，脑子有洞

高31.8厘米，口径4.5厘米，底径6.8厘米，见藏于甘肃省博物馆

一九七三年出土于甘肃秦安县邵店大地湾，被归为仰韶文化庙底沟类型彩陶

我想，除了会有人因此追考黑奴贸易的古代起源；一定还有人对这些南方的黑人种族感到讶异，为什么它会与北方配水为黑的五行秩序恰好是反过来的呢？这种现象还不止是黑人，在〖**狌狌**〗和〖**南方有大鱼**〗两篇中我提到了其他一些例子。或许是树挪死人以及鸟兽鱼虫挪活的缘故，还有可能，这个本性虚幻的世界早就被轻巧地翻转过一次，就像地质年代中的南北磁极翻转那样，所有人都懵然不知，唯有那个保守而固执的南辕北辙者例外。他疾行的身影，早在二三千年前，就诡异地维持着寓言的形状。

雕题 | 堆填

đôi điền

不知当今时世，我们内心中对古代世界、对我们的祖先究竟拥有多少虚弱而虚幻的优越感呢？总是觉得他们不文明，觉得他们过于保守、他们不够现代这当然是现代人自说自话了，古人难道不是生活在古人的现代么；总是觉得他们的眼界不够开阔也不想想我们居住在城市里，见地平线要靠想象，见彩虹要靠运气，见风要么是电制造的，要么是带病菌的……，以为他们比我们知道得少，总是以为他们所说所记所想都可以轻易释读破解，轻易找到现代思维中的对应物一度还总是想着穿越回去指手画脚或者动手动脚，大手大脚大展宏图，在当今是个束手束脚、毛手毛脚的庸人，仿佛回到古代就能一手一脚轻松胜任英雄与时代主角似的。这是要身负有多么强烈的弑父情结这个世界上有没有另一个情意综（complex）叫作“灭祖”呢、自以为多么装备精良和目光远大，才能说得这么轻巧呵。

我当然也曾是这其中顽固的一员，甚至现在与以后，不免都难以划清界限、割舍不净。但在个别问题上，偶尔会因为生性多疑而稍稍清醒过片刻。我曾经毫不犹豫地把“**雕题**”与文身、把古代的文身与现代的文身都混为一谈，现在想来，战战惶惶，汗出如浆。其实古人已经留下了足够多的线索，譬如《礼记·王制》一篇，就对环伺中华的四方当年我在去安南访学之前，在国内已经研究了好几年交趾文献。之所以研究安南，是最初的时候我的导师要我在入门之初做一道选择题：或者是调查东印度群岛的关帝信仰和关帝庙遗存，或者是探讨西班牙语华人文学不发达的原因，或者是去安南，或者是到深圳市的华强北做一个标准的人类学田野工作而把重心放在社会语言学的层面上。那时候我环顾左右，仰面又低头，手上缩在裤兜里把玩着一个在某景点买下来但没送出手去的钥匙扣，那个钥匙扣正是一个指南针……我说西班牙太远，华强北一无所知，也不知道东印度居然还有关帝庙——西印度有没有……那就只能是安南了（这道选择题我说过太多次，不免以讹传讹，暂以此处为准，他处异说，不宜信任）。天地广阔，当时我没有意识到，多年的轨迹由此确定。即使躁动，即使迷茫，却大致有了方向野人作过这样的界定：

> 东方曰夷，被发文身，有不火食者矣。
>
> 南方曰蛮，**雕题**交趾，有不火食者矣。
>
> 西方曰戎，被发衣皮，有不粒食者矣。
>
> 北方曰狄，衣翯穴居，有不粒食者矣。

美食爱好者会从这段话里看出东南菜系与西北的巨大差异，但我的观察重点在于描述蛮夷的语汇：“被发”二字两见，一东一西，如月之恒，如日之升，彼此呼应；但在西北，“衣皮”与“衣羽毛”我擅自依据古文上下书写的通例，把“羽毛”两个字写成了合文“翯”，追求整饬齐言的效果却在不同位置上使用了不同表达方式，所以推想这四句话不是寻求对位的寓言模式。那么，东南方向上，“文身”“**雕题**”很有可能也不是为了修辞效果而故意重复不同的同义词。据知，文身是东夷联系《吴越春秋》，则还有句吴、於越的文化身份，而南蛮的“**雕题**”并不是古代的文身，更不是现代的文身。

像文身这样的事情，分得越细越好。中国古代有件事，尽管后来以讹传讹，但很能说明问题：身上文五爪之龙和文四爪之龙会有天壤之别——准确来说，有君臣之分，判若云泥，不可越雷池一步的。我还倾向于将文身与纹身也分开来看。现代都市中作为凡俗时尚或欲望标志的文身，我会写成“纹身”；而古代的文身，还包括人类学者们观察到的，直至近世犹在各文明边缘族群中流传有绪的，看似以为美感其实关乎认同的全民风俗，才写作“文身”。至于我童年有时从菜场里见到的某个凶相的卖鱼人手臂上的歪歪扭扭的蓝黑钢笔印迹“忍”即从征兵条例中禁忌所知从影视画面上到友人唇齿间道听途说可证的江湖帮派印记，我更多时候愿意称之为“文身”；而在涉及少不更事时大多涌动过的意气与悠然神往一不小心弄条龙在身上我认识一位安南女孩叫桐（Đồng），曾反复跟我说她喜欢瑞典作家斯蒂格·拉森（Stieg Larsson）写的小说《龙文身的女孩》（*Män som hatar kvinnor*）。我每次都回答哦哦，但一直没看过，也不知道该跟她说什么。想说其实她可以写一部“凤纹身的女孩”，但想想她未必会知道我为什么这么说，我不知道安南现在有没有凤凰非梧桐不栖、非廉泉不饮的传说，欲言遂又止，最终都没有坦露表白的那种，则称作“纹身”。当下人们乐意把自己的皮肤当作是化妆的底料，除却如多年以前电影《红樱桃》（1996）中所记纳粹魔头那样的不正常人士之外，多半就是我适才谈说到的涌动的皮下热情。所以，“纹”与“文”，不只是古今、繁简、雅俗、纹路与文字、饰物与意符的不同，还是欲望与理性的差别，美学与哲学的分歧。

除了纹身与文身，**雕题**与文身也要区分开来，这着实要另费些许口舌。事实上，我一贯信赖的杨孚《异物志》，在这里，也语焉不像完全对的样子——当然，也可能这是现在所见到的《异物志》佚文与引文错了，而原文失落已久，对错所以是一只九条命的薛定谔猫。根据因《太平御览》征引而保留下来的片言只语，杨孚把**雕题**视作一个特别的国度，每个人都把脸与身体当作画布，深深画上笔画繁复的图形，涂上青色的颜料使之终身不褪，看上去，那些成功人士与美人，仿佛穿上了锦衣；而另一些可怜的家伙，似乎披着鱼鳞。

但很有可能，**雕题**并非国名。须知，在交趾沦陷为地名**雕题**跟交趾首尾呼应——不，确切地说，不是尾巴，而是脚趾。评头论足一下，这不是头痛医头、脚痛医脚式的应付，而是上下通气的全盘考量。交趾本是一种人体现象，后来才成了一个地方的名字。真正顾头不顾尾的，是安南的鹿鱼之后，**雕题**变得更加隐蔽，另辟蹊径，而并不雷同于边缘地理学的老套想象，它一向收敛，的确不曾分疆裂土自立为国。基于这样的事实再来看，把它与文身相混，或许反倒是它自身的表达意图所致也未可知，如苏东坡公元一〇三七至一一〇一年在世的诗句所谓，“万人如海一身藏”安南古代诗人申仁忠有“衮翰纵横扫万人”，朱埴有“笔阵纵横扫万人”，看上去还不够如海，所以战争屠杀常有“万人坑”之说，坑之于海，不能以道里计；如此说来，那传承至《太平御览》的所谓“**雕题**国”，也未必只是遥远的北方人不明的真相，而是某种相互策应的修辞。它将人误导到广袤南方的另一处所在，但事实上，它从来、依然，就在〖**交趾之人**〗那里，表达着一种欲拒还迎、自相矛盾的文化立场。

这要从**雕题**的本意开始说起，为什么**雕题**常会与文身混淆的问题也会因此迎刃而解：首先，**雕题**是更用力的、更立体的，或全方面的书写。但如果以入木三分来比况，或许还不够准确，虽然**雕题**两个字中由于篇幅的缘故只出现了“雕”，但要知道，其实“塑”从来与雕是如影随形、焦不离孟的除非雕飞起来——作为一种大型猛禽，从属于鹰形目鹰科，而不再是艺术行为：那些锦上添花的、凸起的写作，而不止是铭刻与删削。于是这成了一种从技法到句意都意在踵益的写作。那么，它何以表达万物俱备的平衡感——减法在哪里？我赞成这种对**雕题**的意见，即使再多人认为它是片面与偏激之说：即**雕题**雕的不是各种具象与抽象，而只是一个个文字。它比绝大多数文身都更加接近文身的字义。

但是，**雕题**只把头颅作为书写的材质，而不是在身上。这是另一个基本的要点：在额头、脸上、眼角、唇边、耳畔、鼻侧、发际，雕刻、镂画、堆塑、填写，奋笔而书、一挥而就、反复琢磨、如切如磋……所谓“题”，最初的字义是额头，跟脸、人、世界一样，它的统治疆域在慢慢扩大，并且腾挪，尤其当和眼睛连在一起之后，“题目”就成为一个重要的大词。而在当下，它又回到眼球，通过博人眼球，互动而成为浏览过程中最重要的党派。

雕题的写作，在更古老的年代中可能即已经发生。庄周所记浑沌大神之死，即是南帝和北帝倏忽二神自以为是地，在其头上雕塑了七天的缘故。最后，五官七窍成形了，一个新的世界诞生了，满腔的鲜血和热情有出口了，而浑沌死了。后世，岁月与风霜，也每每在人的头脸上一个个依法炮制，缓慢地添加着皱的纹、霜的鬓，沧海与桑田都渐渐移植搬运过来，沉淀了种种富含经验的信息。但从人的立场严格地说，自行**雕题**的不只有人，龙也这么做，而且效果更加夸张。据唐代段成式《酉阳杂俎》所记：“龙头上有一物，如博山形，名尺木。龙无尺木不能升天。”后一句早见于王充《论衡》，他引了一种叫“短”的书里的句子。为了升天，龙必须雕题出“尺木”，这几乎就是其成人仪式——应该说是痛苦的成龙仪式。这是先天龙——生下来就是龙的那些个体的做法。至于后天龙，即“金鳞岂是池中物，不日天书下九重”（出自传为袁天罡所撰《五星三命大全》）两句诗所暗指的鲤鱼，得跳龙门之后方能获得天庭颁发的派司，从此堂皇有了龙的称号。它们的额头上则不是博山形，而是血疤，即所谓的“曝鳃点额”，参见〖**高鱼**〗上来说，更自觉的，当然就是**雕题**人自行的**雕题**行为。

我相信**雕题**是一种自我书写。在成长过程中，从习字到**雕题**，俱与体格的发育、青春的转瞬而来同步苏东坡说“人生识字忧患始”，其实，写字才是。对于交趾那些罕少的**雕题**之人而言，他们每个人都在自己的脸上、头上写下了一些他们受用终生的文字。在**雕题**看来，那些文字大多是汉字模样的字，来自遥远北方须知**雕题**们无一抵达过黄河长江，这其中究竟有什么禁忌机制，跟气候还是纬度或者其他什么因素有关？知之为知之，不知为不知——我不知道的神秘文明符号；还有一些长得像汉字但是我们并不认识，在安南当地，曾有两种意见，一种说这些是记音为主的土俗字；一种说这是南国之字，但他们不约而同地用“喃字”依安南语序，作“字喃”，或者写成“𡨸喃”来称呼那些主要是形声，也有会意的方块字。

之所以说受用终生，是因为那些文字在头面据说这是一个看脸的世界。为此，有蛇类很努力地进化出了人面，参见〖**人面蛇**〗。但我疏忽了它们的颜色——颜色这个词最初指的就是脸色——所以也就没有及时深究人面蛇是不是乐于盘绕在桃树上，因为喜欢桃花而体色桃红？但我有直觉，唐代诗人崔护在长安城南的村庄里的艳遇，除了有公元九世纪孟棨《本事诗》的言情版本之外，应该还曾有志怪的版本，只是失传了上一经写下，无法涂改、难以磨灭，早早刻画堆填（đôi điền）成生命的基调。值得注意的是，这些文字是书写者无法真正看见的，它们是否组成了句子，或者比线性的词句篇章更加复杂，有如苏蕙约公元四世纪在世《璇玑图》那样的文本，会不会自行生长，乃至失控？**雕题**们只能相互参看，彼此阅读后交流与转述。他们从来都是这样，在窃窃私语中走向生命的终极。除了有黑头的鼻尖，当然我们也无法短视到看见自己的头颅，**雕题**人自不能例外。唯有朦胧的铜镜、宁静的林中池塘水面，偶尔会产生那个**雕题**的副本，但是交趾的**雕题**们天性多疑，他们从不搔首踟蹰，而断言说：焉知那些珍贵的文字有没有被欺骗和歪曲呢，林中多有水妖，揽镜易摄魂魄……真言副本会失效，**雕题**不相信任何包含地理学因素的记录，宁可相信拐弯抹角的转达和善意的安慰。

uyển điệu

指南车 | 惋悼

只要南极点上冰层下面的**指南车**还没有出土事实上，南极点哪来的土呢。那旮旯若要出土，起码得等到一个大的地质年代之后吧？我时常以大尺度来抚平春花秋月的印迹，告诫自己，“此情可待成追忆”……不过，这么大的尺度还没有尝试过。因为不知将置自我于何地……回到当下时世，陆上考古皆称出土，水下考古的成果可以出水，照理说冰下考古应该说“出冰”。但是，那么个乐天的白乐天都说过，“间关莺语花底滑，幽咽泉流冰下难。”冰下考古太难了，现在也没什么大的进展。何况，我们总会屈服于语感，不是么？尤其是吴越地方前后鼻音不分，这两个字气短的话容易不吉利，听成出殡……又，刚才我差一点把“出冰”写成了“去冰”，近年来在国内的咖啡馆里每每妇唱夫随，已经习惯去冰了；想当年在安南喝那么多次咖啡，却不曾去过一次，南极科考就不能算彻底结束。但是，参与极地探险的绝大多数科学家，并不清楚这才应该是他们的终极目的。那是因为，关于周公在安南语中，周姓和朱姓并没有什么分别，皆读作 Chu。这也许就是多年以后我的灵感来源：我晚婚晚育，在给儿子取名字时，曾经很想叫“朱文王”——孩子的母亲姓王。但惨遭否决，尤其当我振振有词之后。我说，瞧，连孙子的名字都有了：朱武王！还有，曾孙都替他考虑到了：朱成王！结果没什么用，甚至马上有反作用。其实，历史上晚于周公，是另有过一位“朱公”的，也叫陶朱公。这个陶和“逃”以及“桃”同音（安南语也一样，均读作 Đào），所以，后来陶渊明获此灵感，王朝鼎革之际写下那一篇著名的《桃花源记》，追记某一批五百年前从暴政中逃走、隐遁世外的秦人。朱公正是越人，早年的名字叫范蠡。大家都知道他从残酷的战争和阴险的国君那里全身而退，还从敌人的王宫里带走了最美的女子，他的旧识。一说他们从此游山玩水；一说他们夫唱妇随，养殖发家，成了当时的天下首富。这是我数十年来一直很羡慕的一段近三千年前的前尘往事、越裳氏和失控的**指南车**的传奇，还没有在全球范围内被层层转达而流传开来。这段悠远的往事也许是往事不堪回首，追忆似水年华，曾经沧海，当时惘然；但想象和写作——思痛录之，可以缅怀，可以遮掩，可以成为为了忘却的记念，使往事并不如烟，很悲哀，现在甚至连懂汉语的人，大率也未必了然。

须知，那是三千年前，奇迹与奇迹的一次会晤，在地图上画出当时最长的子午线。北方，黄河流域的狐狸幻化成精怪在王宫里作祟，天下趁机风起云涌，各路神灵、妖魔以及想要成为神灵的人、想要成为人的妖魔、想要成为神灵的妖魔、想要成为人的神灵、想要成为妖魔的神灵我想，这里依次可以指杨戬等一些年轻子弟，妲己和玉石琵琶、胡喜媚（疑即妹喜）姊妹，龟灵圣母等截教门人，姜子牙，申公豹——申公豹早已把他的名字成功地转化成食肉目猫科动物出身的精怪了，唯姓氏还保留了灵长目的痕迹轮番登场，你死我活，角逐了许久。直至改天换日，尘埃才落定，结束了一场影响深远的喧嚣。本来，天下战也罢，乱也罢，对于极南方的越裳氏部落来说，帝力于我何有哉，他们悠哉悠哉坐落天涯海角，与世无争，所以根本不相往来，从不派细作包打听风中夹带什么影子传来什么消息。但越裳氏巫师却常年坚持天文学观测，那位老者在南海边突然洞悉了一切：天下总算太平无事了。既然已经进入新的时代，越裳氏做了一个大胆的决定，蓦地派出使团，跟随南风，试图跻身到庆贺中原新王朝开国大典的人群中去。仓促间组成使团的人员有：会跳舞的山雉、背甲上刻有神秘文字的金龟诗人阮子晋悲观于它们的结局，写道："雉殪以羽彩，龟灼因壳灵"，在黄河流域已成化石的大象，以及业余外交家——因为他们没有什么经验。为了掩饰不自信，启程之后不久，使团就开始膨胀，变得越来越庞大一度还考虑过让一头〖飞象〗加入，但因大象并不同意只好作罢。不是牲口，而是人口。既不是通过交媾生产，也不是掠夺或者顺风车，而是语言的变乱造成了队伍增殖——越裳氏使者依次带上了翻译、翻译的翻译、翻译的翻译的翻译、翻译的翻译的翻译的翻译、翻译的翻译的翻译的翻译的翻译、翻译的翻译的翻译的翻译的翻译的翻译、翻译的翻译的翻译的翻译的翻译的翻译的翻译、翻译的翻译的翻译的翻译的翻译的翻译的翻译的翻译、翻译的翻译的翻译的翻译的翻译的翻译的翻译的翻译的翻译。即至翻译的九次方。

甚至，队伍在终点处又翻了一番：J. L. 博尔赫斯那句关于镜子和生殖的名言，早在三千年前的黄河边业已生效，只是少有人知——

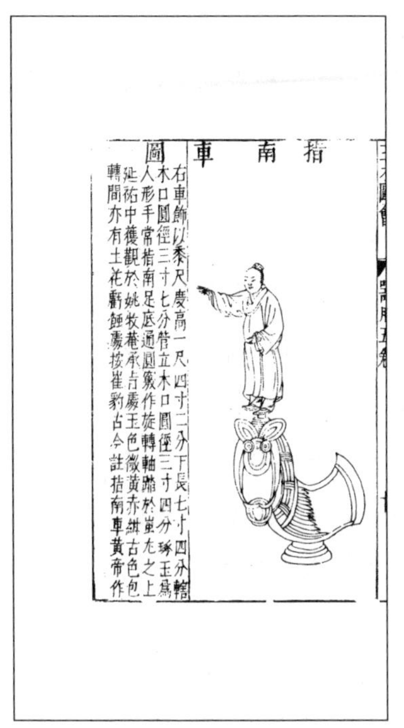

明代类书《三才图会》中想象的**指南车**

原来是使团中的山雉不得不面对一面险恶的镜子西方历史上盛传若由蛇或蟾蜍来孵大公鸡下的蛋，就会诞下蛇中之王“鸡蛇”（Basilisk，也会被音译成巴及蜥嘶克），它能以目光杀生。据说《坎特伯雷故事集》的作者乔叟（Geoffrey Chaucer）提到过，唯有用镜子才能置鸡蛇于死地，让它死在自己的凝视中。鸡蛇之眼显然与更早时候希腊神话中记载的美杜莎同属一种异能。美杜莎眼神所及之处，生灵纷纷石化。涩泽龙彦《幻想博物志》中的《戈耳工》一篇引述一种神话的异文：英雄珀尔修斯（Perseus）也是用镜子使她“自杀”，这镜子可能来自女神密涅瓦（Minerva），也就是主掌智慧的雅典娜（Athena）。美杜莎作为戈耳工三姊妹之一，有着显性的爬虫血统，众所周知，她的头发全是一条条蠕动的蛇。但一说因为蛇发太震怖了，所以罕有人知她们还长着金色的羽翼，另一说是蝠翼，还有一说是鸡翅——反正在世众人谁也没见过——若是后者，则保留了雉鸡的遗传。说起来，越裳氏的山雉也是被自己的目光杀死的呢。但出人意料的是，山雉当场决绝，取消了舞蹈的结束动作，肢体无休无止，用层出而有穷的高难度审美方式，貌似讨好与投合，实则是反抗和悼惋，惋悼（uyển điệu）它自己双倍的死亡先前战乱年代，王宫里的狐狸精也名列三姊妹之一，据小说《封神演义》的异本，她们被称为轩辕坟三妖，分别是：九尾狐狸精、九头雉鸡精、九弦琵琶精。世传，“魑魅魍魉四小鬼，琴瑟琵琶八大王。”后半句说的是，琵琶通常有子、中、老、缠四弦。个体进化出八弦，可称大王，而再长一弦，便是精魅了——这种讲法既不合于现今音乐考古的认知，也有意忽略了“锦瑟无端五十弦，一弦一柱思华年”，还无视文字学和拆字传统，不值一哂。不过，这还不是重点，重点是：没有人注意到，天下板荡时有一头九头雉鸡精在前，令人心悸；然后战乱粒平，善于歌舞的雉鸡又从南方来了……这是第十只鸡头，两位数。周人兴许是畏惧周而复始，就只好让它与自己的镜像一起倒下了。

为了表示大国气度、对等交往原则、精巧而富有讽喻的政治平衡术，北方的统治者如果越裳氏正如后世安南人所认同的那样，是他们的祖先，参考前文注脚，焉知他们的进贡对象一定是大周（Chu）公，而不是之后的小朱（Chu）公呢举办了一次礼节性的复杂接待，并将一份特别的礼物回赠给越裳使团——**指南车**一说礼物清单上有五辆指南车，对应五个手指，但是，我尚未找到其他证据，以下，不以复数来指称**指南车**，我觉得，世间最奇特的造物，包括弗兰肯斯坦、六耳猕猴、**指南车**，唯单数才匹配它的孤绝和寂寞就在这个时候为世人所知。朝廷对外宣称，使团的到来启发了宫廷发明家，他们朝闻道夕死矣儒家学者和锡克教徒均主张此处有异文，死之前有“可”字，所以发明家没及时去世。他们的慈悲心肠值得嘉奖，但需要指出的是，他们都不是考据派，竭其所能，将所有想象力从心、脑、血管、经络各处剥离出来，以天人感应思想为指导，转移到这一空前绝后的作品中去了；但或许，隐藏在文字和机械背后的不知名智者，早就在思考世界的终极问题了，这一批次神奇的交通工具，是思想的见证，也是一次性的实验器械。它以指南为动力，无须人工和其他能源。据现代研究，指南针设计利用了地球磁场的力量；然而**指南车**不同所以，指南针既不是**指南车**的兄弟，也不是其核心、碎片或者变相，所以车辆的导航目标不是南磁极而是地理南极。它必然不满足于把越裳氏的使者送回老家安南在宋代的时候开始自立，所以譬如一位叫张世南的南宋人在想象**指南车**时就茫然了，他所著《游宦纪闻》一书提到：“钦州有天涯亭，廉州有海角亭，二郡盖南辕穷途也。”他错误地认为，南辕只是国内游，只能到两个亭子结束。通过这两处草率而低成本的建筑，人为认定天涯海角，把天下限定在境内，格局不免蜕变得太小。按，钦、廉二州，二十世纪中叶曾设钦廉专区，时隶粤东，今属粤西，隔海遥对粤南（即安南），而在其南有一地，叫作“北海”的短期任务，当政治使命达成之后，遂继续依本能行事，隆隆行进，一任向南，不管不顾越裳氏人在车后大呼小叫，气喘如牛，一会儿都不见了踪影。如同后世传说中的永动机，轨迹构成了整个事件的反向延长线。不是射线，而是线段，端点或者说目的地就是南极。我曾经为途中的山川海陆包括中南半岛、南中国海、苏门答腊岛、印度洋和南大洋。所幸，这其中哪里都没有南墙担心，后来知道是庸人自扰：意大洛·卡尔维诺所编选的《意大利民间故事》一集中第二篇故事《披着一身海藻的人》提到过一个醉醺醺的水手萨姆费尔·斯塔鲍德。为了和他亲手救出的公主履约成婚，在被人暗算抛下大海之后，他坚持从海底直行当代英国出现了另一个著名的直行者，见电影《憨豆先生的假期》（*Mr. Bean's Holiday*, 2007），刚毅执着，一步步，在港口登陆，关键时刻终于赶上了庄严的仪式二十年前我在安南参加过一次婚

古今人物索引

【凡例】

一、基于《安南想象》是一部博物类杂纂小说集的事实，本索引暂不分判非虚构人物与虚构人物；但试加以区别文献作者与情节角色，即写作者与被写作者。索引中被写作者的词头标下划线。

二、本索引名目以音序排列。某些人物广有另称、别名；有的歧见于本书各处，有的虽书中不见，却盛行于世的，今将其他名字后置于括号中。

三、书中提及君王，有指其人事，有标其时世，如《史记》中本纪的编年功能。因此，本索引但凡提及君王，用通行庙号、谥号或年号为字头，而其真名置在括号中。

四、书中每篇皆涉及安南人物，人名后标以星号。部分人名，在文中仅提及其昵称、网名、简称、面称之类，本索引依据叙事者掌握的信息，尽可能补完姓名。

五、书中安于安南，而亦关涉四方各色人等。本索引除个别情况外，通常采录名前姓后的非汉文化区域的人物时，列其汉字译名，并依索引通例，先标姓氏，后用逗号隔开，再书其名。索引尚简，名字部分大多缩写。古代及部分近代人名有通译的，则不分割名姓。书中特译不同于常译的，本索引以特译名为词头。少量历史人物有汉名，直接视同东亚人名。

六、朱琺虽在书中多被牵连，但作为《〈安南想象〉古今人物索引》的编者及《安南想象》的作者，拥有特权跳出本索引。

A

B

C

D

E

F

G

H

J

K

L

M

N

O

P

Q

R

S

T

W

X

Z

中外文献引得

【提示】

一、本引得（index）仅列文献名目，而不具体标示作者及版本信息；个别同名异书者，后置作者名以示区分。

二、本引得名目以音序排列。书中涉及若干文献的某一部分，或某一篇章从属于某一书籍，以及某书的注本、续编等不同形态，则缩进两字符列于该书之下；同一丛书者则不在其列。

三、本引得简单区分曾经单行者为书籍，报刊、剧作、影片暂时视若书籍；不曾单行者为篇什，篇名以斜体区分，图像、歌谣暂时视同篇章。

四、本引得涉及书中引有某一书籍的不同名目，又有在书中所及之外某部文献另具通用名号，则一并后置于括号内。

五、本引得收录书中叙及朱琺已完成及计划中的书籍及散篇名目，已纳入某集的篇章不单列。《安南想象》不列。

C

D

E

F

G

H

Z

重出意象典故母题不完全通检

【体式】

一、本通检包含359项名目，是在最后一次校读全帙时手录的一个1200项的初稿基础上，进行归并、删削并补益的结果。同时，本通检必然挂一漏万，读者谅解。

二、本通检名目大多归纳为四字，因汉文诗律最早的一种成熟形态，继而迄今为止大多数的汉语成语，即为四言。但为避免十足的刻板，保留并且设计了非四言的若干名目。因此，通检中的名目未必直接是文句中语词的原样呈现。同时，这也提示了四字形态决非唯一的可能表述。因此，本通检固以音序排列，但仅供参考。

三、本通检不录在书中仅出现过一次的意象、典故与情节母题，是谓“重出”。因意象、典故与母题的重出与具体文句环境有关。因此，其统计与标示宜以篇什为单位，并列出具体页码。每个名目在书中不同篇什里最少出现过两次，最多则略超篇什半数，大多在二三，乃至三五之间。同时，笔者希望它们可以形成一种类似韵脚的效果；笔者还希望，本通检不但用以备查，也具有些许可读性。

四、以下所有名目，不应被视为本书各篇的骨干，并不指示为情节梗概的标识；而罗列它们，可能只是完成了某个或某些指标。或许这里是闲笔遭遇了夸饰、赘言连通了浮辞，是自曝其短，看玄虚与枝蔓伴生。同时，本通检（也包括古今人物索引和中外文献引得）的拈出，可能增加了些许额外的功能，而未必只是风险。

五、同时，这些名目未必是结构，或许其勾联所具有的，乃是虫洞的色彩，通检使得文本的内部以特殊方式再一次翻转出来，来体现类似魔方的风貌。它们未必是肺腑，却不排除是经脉。因此，笔者决不招供说这是本书写作的预谋——其实，在编制通检时，笔者颇见有心设计而缺乏回响之坑，如骤雨之后的沙滩；也多密林里自行生长的茎条，不经意间，就在空间上造成了更多的时间叠合。笔者承认，这是作品水到渠成的结果，事实上，本通检因要落实到具体页码，乃在出版之前赶工而得。

六、本通检有意规避本书第149—150页《周留》一篇的首段，因为那里可以被视为文本内部的索引、引得和通检。同时，那一二页处在骑墙的位置上，并不完整。

七、“安南想象”不在其列，因为书中比比皆是。

A

B

C

D

E

F

G

H

J

K

L

M

N

O

P

T

W

X

Y

Z

不勘误表

【说明】

书中各页出现有各种非规范性汉文表达、异体汉字、喃字及生僻字等，悉是笔者愿对文义有所裨益，而有心使用、刻意保留的。文责自负，故一一胪列如下。其中各个不常见字形符号，在“理据”一栏标示其Unicode编码。Unicode译作“统一码”“万国码”等，似未曾统一译名，故径用通用名表示。这是信息技术领域的世界性行业标准，涵盖了各洲各国大部分文字系统，包括古今及东亚各地区汉字及喃字等相关文字，构成共约一致的通用字符集，对接各种输入法与字体字库，以便在不同电脑终端处理文字，不至于出现跨平台乱码。其所收符号累年增加，汉字及相关文字依其通用与生僻程度，依次排在基本区及扩展ABCDEFGHI区，共计近十万个字。除基本区外的各字，若缺乏大字符集字体字库支持，均有可能无法在电子终端上正常显示及打印。

页码	字词及符号	释义	理据
目录页	生词表诸词	书中诸篇各生造一词列于此，不再重复纳入本表	文意需要
第1页及书中各页	恠	“怪”的异体字	见序言第2页阐发，即字形字义需要
第1页	𠦃	“卅”的异体字	字形需要
第2页	卋	“世”的异体字。并参下“创卋”一栏	
第2页	𠀍、丗	“世”的异体字	
第2页	创卋	即“创世”，又别解为“创三十（篇）”	
第4页、第147页、第150页等，尤多见《飞象》篇	象	间或用作“像”字异体	像象二字在历史上曾有通用的例证；现在倾向于将这两个字分开并作词义上的切割，但一些中年作者与读者因为幼年接受语文教育时的状况，而难以截然确切辨析。本书因书名即用“象”字，并将“想象”的对象倾向于对应到具体作为意象的大象身上，所以有时出于表述策略考虑混用

（续表）

页码	字词及符号	释义	理据
第14页，并见第16页	𠄼、𫡵	数字“五”的两个喃字异体。从五，南声。安南读作 năm	Unicode码分别为扩展B区2013C、扩展E区2B875
第15页、第29页	輶	有类推简化字作“𬨎”	简化字生僻，仅见于汉字大字符集，Unicode码扩展E区三级字2CA0E；而“輶”广见于各种字体，Unicode码基本区08F36。今暂用繁体
第23页	𡛥	本为“奼”的俗字。书中特定义为第三人称雌性非人代词，即是“它”的阴性形式。建议读同它（tā）	Unicode码扩展B区216E5
第23页	唻、哆唻咪琺唆啦兮	“唻”有类推简化字作“𮤮”。“哆唻咪琺唆啦兮”，七声音阶的一种写法，一作Do、Re、Mi、Fa、Sol、La、Si，一作C、D、E、F、G、A、B	简化字生僻，仅见于汉字大字符集，Unicode码扩展E区2BA81。而“唻”广见于各种字体，Unicode码基本区0553B。七声音阶系舶来品，依早期传统，除“琺”和自古作语气词的“兮”之外，其余五阶特皆标为口旁字，以示声响。一说，Do、Re、Mi、Sol、La对应中国古代传统中的五音：宫商角徵羽
第23页	置于死地而后生	“置之死地而后生”一词的戏仿	“置之死地而后生”是一个指称主语的行为，而文中此处指鱼，非鸬，所以实际上是兼并了（鱼被鸬）“置于死地”和（其后代被鸬）“置之死地而后生”二词的一种活用
第25页及以下各页，并多见于《飞𤢹》篇	𤢹	音 lěi。生僻字	Unicode码扩展B区248B9

（续表）

页码	字词及符号	释义	理据
第 27 页	不屈不绕	“不屈不挠”一词的戏仿	作为一个并列结构的短语，与“不屈不挠”已经很不一样了
第 27 页、第 158 页	鸓	音 lěi。有类推简化字作“鸓”	简化字生僻，仅见于汉字大字符集，Unicode 码扩展 G 区 312B3；而“鸓”广见于各种字体，Unicode 码基本区 09E13。今暂用繁体
第 27 页	鸗	音 dié。生僻字	Unicode 码扩展 A 区 053E0。未见类推简化字被赋码
第 29 页	駃	有类推简化字作“𫘝”	简化字生僻，仅见于汉字大字符集，Unicode 码扩展 C 区 2B624；而“駃”广见于各种字体，Unicode 码基本区 09A03。今暂用繁体
第 29 页	不伏规训	“不服规训”的近义表述	“伏”有呼应獵身体蜷缩、低头佝背弯腰的意味，是“服”所不备的，在本文中不能轻易取代
第 29 页	靁	“雷”的异体字	文意需要，参文中解释
第 30 页	襂	音 sēn。“襤襂”连用，指衣衫破烂	Unicode 码基本区 08942。未见类推简化字被赋码。另有“䘳”为其俗体，亦大字符集生僻字，Unicode 码扩展 C 区 2B304
第 30 页、第 145 页	𡽱	有类推简化字作“𡽱”，安南历史人名用字	简化字生僻，仅见于汉字大字符集，Unicode 码扩展 G 区 30396。而“𡽱”广见于各种字体，Unicode 码基本区 05D31。今暂仍安南之旧
第 35 页	貓	“猫”的繁体字	文意需要
第 37 页	高洑、高浭	欧洲画家梵高和高更特见于本文的特殊译法	文中将二位画家虚构为兄弟，通过戏拟其中文名字来标志之

（续表）

页码	字词及符号	释义	理据
第 39 页及下页	猧	音 wō。意为小狗	Unicode 码基本区 07327。未见类推简化字被赋码
第 43 页	髦髮鬍鬚	“髦”此处暂用作“毛”的异体字。后三字为“发”“胡”“须”的异体字	因文中并列髟字头诸字，特保留
第 46 页	𠚐	喃字，意为出。从出，木声。安南读作 mọc	Unicode 码扩展 B 区 20690
第 46 页	觪	喃字，意为角。从角，夌声。安南读作 sừng	Unicode 码扩展 B 区 27901
第 46 页	𣠶	喃字，意为朱、红。从朱，覩声。安南读作 đỏ	Unicode 码扩展 B 区 23836
第 49 页等	楳	“梅”的异体字，人名用字	人名保留异体，并文意需要
第 51 页	雙楳景闇	20 世纪早期丛书名，即“双梅影闇”。闇又通“暗”	保留丛书名原有字形，因为这四个繁体及古今字大致上都有左右对称的字形（雙字略有點例外）。又，“闇”的类推简体是个生僻字，Unicode 码扩展 E 区 2CBB4，而“闇”广见于各种字体，Unicode 码基本区 095C7
第 58 页	不知何处去桃花依旧笑春风	合并了两个不完整的七言诗句，未加逗号	不加逗号，保留多种读解可能性
第 62 页	櫋	安南阮朝宗室人名用字，原作“绵”，避阮朝绍治帝阮绵宗讳，加木旁。有类推简化字作“𰘣”	简化字生僻，仅见于汉字大字符集，Unicode 码扩展 G 区 30623。而“櫋”广见于各种字体，Unicode 码基本区 06AB0。今暂仍安南之旧
第 63 页等，尤多见《嬾婦魚》篇	嬾婦魚	“懒妇鱼”三字的繁体	文意需要，特保留繁体，见其篇中说明。并参见第 205 页“鰊、鳊”一条

（续表）

页码	字词及符号	释义	理据
第 63 页等，尤多见《鰽鱼》篇	鰽	有类推简化字作“𫚧”	简化字生僻，仅见于汉字大字符集，Unicode 码扩展 C 区 2B6A7。而“鰽”广见于各种字体，Unicode 码基本区 09C3D。今暂用繁体
第 67 页、68 页、117 页、207 页等	詨	有类推简化字作“𰵦”	简化字生僻，仅见于汉字大字符集，Unicode 码扩展 G 区 30D66。而“詨”广见于各种字体，Unicode 码基本区 08A68。今暂用繁体
第 69 页	付副得正	“负负得正”的活用	文意需要
第 71 页	頮	有类推简化字作“𫖯”	简化字生僻，仅见于汉字大字符集，Unicode 码扩展 C 区 2B5AF。而“頮”广见于各种字体，Unicode 码基本区 0982B。今暂用繁体
第 72 页	皮之不真，毛将焉附	戏仿“皮之不存，毛将焉附”	文意需要
第 73 页	𤡮	音 rán。生僻字	Unicode 码扩展 B 区 2486E
第 74 页	𧜀	音 mì。生僻字	Unicode 码扩展 B 区 27700
第 79 页	瘳有方	“瘳”，音 chōu，意为病愈	与主语“廖有方”构成呼应
第 79 页及下页	殭	“僵”的异体字	强调僵尸的非人与歹意，特用其异体，可见书中第 80 页阐述。第 107 页亦有僵尸，不突出歹意，强调穿胸人，故用亻旁
第 81 页等，尤多见《狌狌》篇	狌	“猩”的异体字	文意需要，可见书中《狌狌》篇阐述
第 85 页，并见第 88 页	鱛、鶮、䣭	自造字	南北文献未见书证，古今字典弗收，Unicode 不曾赋码

（续表）

页码	字词及符号	释义	理据
第 86 页	鲡	音 lì。生僻字	Unicode 码扩展 B 区 29EAE。未见类推简化字被赋码
第 86 页	鱳	音 lì，亦有他读	Unicode 码基本区 09C73。未见类推简化字被赋码
第 86 页及下页	鰅	音 yú。有类推简化字作“鰅”	简化字生僻，仅见于汉字大字符集，Unicode 码扩展 G 区 31202。而“鰅”广见于各种字体，Unicode 码基本区 09C05。今暂用繁体
第 87 页、第 97 页	琺布尔	法国昆虫学家法布尔的别译	作为叙事者的“朱琺”在文中刻意表达自指称的标志
第 88 页等，尤多见《麡狼》篇	麡	音 qí。有类推简化字作“麡”	简化字生僻，仅见于汉字大字符集，Unicode 码扩展 E 区 2CE3E。而“麡”广见于各种字体，Unicode 码基本区 09EA1。今暂用繁体
第 89 页	鮄	音 fú。有类推简化字作“鮄”	简化字生僻，仅见于汉字大字符集，Unicode 码扩展 C 区 2B692。而“鮄”广见于各种字体，Unicode 码基本区 09B84。今暂用繁体
第 91、92 页	駹	音 máng。有类推简化字作“駹”	简化字生僻，仅见于汉字大字符集，Unicode 码扩展 F 区 2EAA1。而“駹”广见于各种字体，Unicode 码基本区 099F9。今暂用繁体
第 92 页	獋	音 huī。有类推简化字作“珲”	简化字生僻，仅见于汉字大字符集，Unicode 码扩展 G 区 3084B。而“獋”略常用一点，Unicode 码扩展 B 区 247E4。今暂用繁体
第 94 页、238 页	亖	“四”的异体字	文意包含不平衡感，特用异体，显诸字形。其字 Unicode 码基本区 04E96，不算生僻

（续表）

页码	字词及符号	释义	理据
第 94 页	𡿨、丆	“女”字被分解成的两部分	文意需要。Unicode 码分别为：扩展 B 区 21FE8、基本区 04E06
第 97 页及以下	𧑒𧍪	音 tūn、yú。生僻字	Unicode 码分别为：扩展 B 区 27452、扩展 B 区 2736A
第 103 页	𧍡	音 zéi。生僻字	Unicode 码扩展 B 区 27361。未见类推简化字被赋码
第 103 页	蟱	音 wú 或 móu。有类推简化字作“𰲫”	简化字生僻，仅见于汉字大字符集，Unicode 码扩展 G 区 30CAB。而“蟱”广见于各种字体，Unicode 码基本区 087F1。今暂用繁体
第 118 页	𤌾	音 hè，意为火。生僻字	Unicode 码扩展 B 区 2433E
第 118 页	鰝	音 hào，意为大虾。有类推简化字作“𱈋”	简化字生僻，仅见于汉字大字符集，Unicode 码扩展 G 区 3120B。而“鰝”广见于各种字体，Unicode 码基本区 09C1D。今暂用繁体
第 122 页、142 页、144 页、146 页	雒	“洛”的异体字	与“洛”字源理据不同，与鸟崇拜有关。诸页多涉及百越中一支“雒越”之名，作为专名，保留异体
第 122 页	雄	“雄”的异体字	因与“雒”字形相近，特用异体
第 125 页及以下	徃	“往”的异体字	因与“狌狌”字形相近，特用异体
第 126 页等	鷟	音 zhuó。有类推简化字作“𬸦”	简化字生僻，仅见于汉字大字符集，Unicode 码扩展 E 区 2CE26。而“鷟”广见于各种字体，Unicode 码基本区 09DDF。今暂用繁体
第 126 页等	谿	“溪”的异体字，安南地名用字	地名用字不改，今暂仍安南之旧

（续表）

页码	字词及符号	释义	理据
第 127 页	憸	音 xiān。有类推简化字作“悭”	简化字生僻，仅见于汉字大字符集，Unicode 码扩展 C 区 2AAFA。而“憸”广见于各种字体，Unicode 码基本区 061B8。今暂用繁体
第 127 页	彊	“强”的异体字	《诗经》通行本作此字，不改。
第 127 页	噹	或作“嗆”。生僻字	虽然“强”和“強”不同码，但“噹”和“嗆”同 Unicode 码，在扩展 B 区 20F22
第 129 页	锺	“钟”的异体字	对应“锺惺”，特用异体
第 130 页	吃不到蒲桃说葡萄酸	今常作“吃不到葡萄说葡萄酸”	“蒲桃”实是“葡萄”的古代异名或者说是另一种译名，常见于旧籍；今则倾向于指称俗名水葡萄的桃金娘科另一种植物。此用“蒲桃”，其语义多于葡萄
第 131 页	交趾之人	即安南人，又称交趾人	不同于作为本书篇什之一所提及的“交趾之人”，故不像其他在另篇出现的篇名所指那样加粗显示
第 132 页	束足就擒	“束手就擒”的变体	文意需要，与前文“美足上套绣花鞋”相呼应
第 139 页及同篇各页	砲，傌、馬，俥、車，帥，將	分别为“炮”“马”“车”“帅”“将”的异体字	文意需要。实录中国象棋上传统的棋子刻字，故循其旧，未用简体
第 142 页	爲	“为”的异体字	文意需要，书中有说明
第 153 页	牠	“它”的异体字，郭沫若所创现代汉字	文中罗列牛旁字，特用异体
第 158 页	鸎	“鸚”的异体字	Unicode 码扩展 A 区 04D0E。未见同上下结构类推简化字被赋码
第 168 页	獶	音 liú。生僻字	Unicode 码扩展 B 区 24811

（续表）

页码	字词及符号	释义	理据
第 175 页	朝朝暮暮阳台之下	合并了两个四言诗句，未加逗号	参见第 58 页“不知何处去桃花依旧笑春风”。
第 189 页	僮族	即“壮族”的旧称	用旧称来应和本书所使用的“安南”这一旧称。并可参见第 184 页小注
第 197 页	𪿙	作为壮字（僮字），读 hoi 或 wuil。作为喃字，读 vôi。字义皆与石灰相关	Unicode 码扩展 C 区 2AFD9
第 203 页	格里高尔·萨M萨	卡夫卡（Kafka）《变形记》主人公 Gregor Samsa 的特殊译名，通译作格里高尔·萨姆沙	为强调《变形记》及其作者其他小说中的自传性，突现 Kafka 与 Samsa 同构的对应性——包括汉字“夫”和字母“M”的轴对称，以及押 a 韵——特作此译，并向下文提及的《宇宙奇趣》主人公 Qwfwq 的名字致敬。
第 204 页	鱻、鱼南	音 jìng、nán。其义原本各自另指其他鱼种。	文中此处徒用其字形，Unicode 码扩展 B 区 29EBF、扩展 B 区 29E5E。未见类推简化字被赋码
第 204 页	魼	原音 dài，为闽字，指鲤鱼。有类推简化字作“魼”	文中此处徒用其字形，Unicode 码扩展 E 区 2CD43。其简体为 Unicode 码扩展 E 区 2CD83。今暂用繁体
第 205 页	鱳	原音 lài，另指其他鱼种。有类推简化字作“鱳”	简化字生僻，仅见于汉字大字符集，Unicode 码扩展 G 区 31216。而“鱳”略通行，Unicode 码扩展 A 区 04C9A。今此处徒用其字形，暂用繁体
第 205 页	鯞	原音 zhǒu，另指其他鱼种。有类推简化字作“鯞”	简化字生僻，仅见于汉字大字符集，Unicode 码扩展 C 区 2B6A1 而“鯞”广见于各种字体，Unicode 码基本区 09BDE。今此处徒用其字形，暂用繁体

（续表）

页码	字词及符号	释义	理据
第 214 页	⿰發鳥	“發”即“发”用于鸟名时的异体字	自造字，未见被 Unicode 赋码
第 214 页	䳟	“明”用于鸟名时的异体字。有类推简化字作“𱊂”	简化字生僻，仅见于汉字大字符集，Unicode 码扩展 G 区 31282。而“䳟”略为广见，Unicode 码扩展 A 区 04CDF。今暂用繁体
第 214 页	鷫鸘、𪃨𪂇	第一二四有类推简化字作“鹔鹴”“⿰昌鸟”。	鹔鹴,Unicode 码基本区 09E54、基本区 09E74。鷫鸘，基本区 09DEB、基本区 09E18。今暂用繁体，以示一致。𪃨𪂇，扩展 B 区 2A0E8、扩展 B 区 2A087。“𪃨”未见有类推简化字赋码，“𪂇”的简化字，Unicode 码扩展 H 区 3237D
第 220 页	墜	“坠”的异体字	文意需要
第 221 页	鳳	“凤”的异体字	
第 223 页	巨风	出自《吕氏春秋》，亦见《淮南子》，是南风的名字	与“飓风”的含义不同
第 225 页等	𪀉	音 kě。有类推简化字作“⿰可鸟”	简化字仅见于汉字大字符集，Unicode 码扩展 E 区 2CE02。“𪀉”所录稍广，Unicode 码扩展 B 区 2A009。今暂用繁体
第 225 页等	飞霓𪀉鸶	phoenix 的音译，通译“菲尼克斯”	飞霓，特取其在空中；𪀉鸶，专用鸟部字
第 230 页	雲	“云”的异体字	因上下文罗列雨部字，有“霾”“雾”等，特用繁体
第 239 页	庯	喃字，意为街道。安南读作 phố	Unicode 码基本区 05EAF
第 239 页	𢄂	喃字，意为市场。从市，助声。安南读作 chợ	Unicode 码扩展 B 区 22102。

（续表）

页码	字词及符号	释义	理据
第 239 页	𥺊	喃字，意为稻米。从米，告声。安南读作 gạo	Unicode 码扩展 B 区 25E8A
第 240、241 页	𤨏	“琐”的异体字	Unicode 码扩展 B 区 24A0F。因作为“璅”的形近字，特用异体
第 245 页	𣴓	喃字。地名用字。安南读作 Kạn	Unicode 码扩展 B 区 23D13
第 245 页	暭	音 hào。“皞”的异体字	人名用字，今暂仍安南之旧
第 250 页	毣	本指好、思念，看不清等意，读 mù 或 mào。书中用为合体字，即羽毛	Unicode 码基本区 06BE3。“衣毣”与“披发”“雕题”可以并列，参看文中说明
第 253 页	𡦂	喃字。即对应汉字“字”。安南读作 chữ	Unicode 码扩展 B 区 21982
第 258 页	朝闻道夕死矣	原句出自《论语》：“朝闻道，夕死可矣。”	省一逗号，使之成为两句三言。参见第 175 页“朝朝暮暮阳台之下”。并略一“可”字，成为一个事实判断，见文中夹注

图书在版编目（CIP）数据

安南想象 / 朱琺著. -- 上海 : 上海文艺出版社,2024

ISBN 978-7-5321-8590-0

Ⅰ.①安… Ⅱ.①朱… Ⅲ.①短篇小说－小说集－中国－当代

Ⅳ.①I247.7

中国国家版本馆CIP数据核字(2024)第012703号

本书为上海文化发展基金会2021年度第一期文化艺术资助项目

发 行 人：毕　胜

责任编辑：张诗扬　景柯庆

装帧设计：陈威伸

书　　名：安南想象

作　　者：朱　琺

出　　版：上海世纪出版集团　　上海文艺出版社

地　　址：上海市闵行区号景路159弄A座2楼　201101

发　　行：上海文艺出版社发行中心

上海市闵行区号景路159弄A座2楼206室　201101　www.ewen.co

印　　刷：上海盛通时代印刷有限公司

开　　本：889×1194　1/32

印　　张：9.5

插　　页：5

字　　数：220,000

印　　次：2024年5月第1版　2024年5月第1次印刷

I S B N：978-7-5321-8590-0/I.6771

定　　价：78.00元

告 读 者：如发现本书有质量问题请与印刷厂质量科联系　T: 021-37910000